# Le jour de gloire

Du même auteur
chez le même éditeur

*Crimes de Seine*

Danielle Thiéry

# Le jour de gloire

*Collection dirigée*
*par François Guérif*

Rivages/noir

Retrouvez l'ensemble des parutions
des Éditions Payot & Rivages sur

payot-rivages.fr

*À Maïka*

*Crimen extinguitur mortalite*
(la mort éteint le crime)

# 1

***Paris, Institut médico-légal***
***3 avril, 10 heures***

Le claquement d'une porte résonna longuement dans les couloirs de l'Institut médico-légal du quai de la Rapée à Paris. Le commissaire Guerry des Croix du Marteroy sursauta, tandis qu'à côté de lui un froissement de tissu lui rappelait qu'il n'était pas seul. Il fixa intensément la vitre occultée par un store vénitien aux lamelles abaissées.

– Vous êtes sûr que vous voulez le voir ? émit une voix de femme, feutrée, neutre. Vous n'y êtes pas tenu, vous le savez.

– Je le veux, dit le commissaire, c'est mon droit.

– Bien entendu. Mais si cela vous semble trop dur…

– Je suis flic.

Le ton sec indiqua à Jeanne Desombres, médecin-légiste, qu'il était inutile d'insister. D'un émetteur-récepteur miniaturisé, elle lança un ordre :

– Ouvre, Max, s'il te plaît !

Les stores couleur passe-muraille s'écartèrent lentement avec en fond sonore le chuintement d'un bruit de moteur. Une petite salle violemment éclairée apparut, un sol carrelé de blanc, des murs nus peints en gris clair. Puis ce furent les pieds à roulettes d'une table en métal couleur acier. Sur le plateau reposait un ensemble étrange, le squelette reconstitué d'un être humain de taille moyenne. Une sorte de puzzle composé par un fou ou la nature morte d'un esprit dérangé. À première vue, il n'était pas complet, il manquait quelques côtes, un morceau de colonne vertébrale, l'avant-bras et la main du côté droit. À ses pieds étaient déposées deux chaussures en piteux état, le cuir ravagé et blafard, ainsi que quelques objets difficiles à identifier à cette distance.

Le commissaire Guerry blêmit sous le regard vigilant de la femme médecin.

– Ça va ? s'inquiéta-t-elle tandis qu'il portait une main tremblante à sa nuque, caressant machinalement ses mèches d'un blond délavé qui dépassaient de son bonnet de laine noire.

Il ne répondit pas. Des images se superposaient à ce qu'il voyait de l'autre côté de la vitre. Celles d'un corps décharné, démembré comme un jouet oublié dans une décharge publique. Un visage couvert d'excréments et des orbites vides grouillant d'asticots. Une bouche sans lèvres d'où sortaient des araignées et de gros vers noirs. Puis vinrent celles d'un garçon de treize ans, les yeux cernés, couvert de bleus, tourmenté, qui l'appelait la nuit, le suppliait de venir le chercher, de le ramener à la maison. Les lèvres de Guerry formèrent un prénom : Abel.

Après une éternité, le commissaire fixa Jeanne Desombres, hagard :

– C'est pas mon frère ! marmonna-t-il en lui tournant le dos et en s'éloignant sur ses grandes jambes du pas heurté d'un ivrogne.

Elle ne comprit pas ce qu'il voulait dire par là sinon qu'à l'instar de nombre de familles dans le même cas, il n'admettait pas une vérité traumatisante. Le déni supplantait les résultats scientifiques, en l'espèce incontestables.

– Mon frère est vivant, il m'attend, gronda Guerry en disparaissant à l'angle du couloir, mais le docteur Desombres ne l'entendit pas.

# 2

***Cimetière du Montparnasse***
***5 mai, 5 heures***

À l'aube d'un jour pluvieux, Chang Ho Li, un Chinois spécialisé dans l'exploration des poubelles à déchets recyclables, tirait son caddy le long des immeubles chics du boulevard Edgar-Quinet, en direction de la gare Montparnasse. Le mur du cimetière éponyme assombrissait l'artère de l'autre côté du terre-plein central. Chang avait revêtu un ciré dont la capuche, relevée sur sa tête, lui donnait l'air d'un fantôme glissant sans bruit sur les pavés. Et c'était bien à cela qu'il s'évertuait de ressembler, tant le « métier » qu'il exerçait comportait de risques. Il aperçut, à cinquante mètres devant lui, les feux arrière d'une voiture de police s'éclairer un instant et s'éteindre. Il ralentit la cadence car ces enfoirés stationnaient pile devant les deux bacs bourrés de papiers qui l'amenaient là. Sa moisson de la nuit n'avait pas été fameuse jusqu'ici. Il espérait beaucoup de cette fouille, la dernière aujourd'hui. À cette adresse, il avait déjà mis la main sur une série de relevés de comptes, même pas déchirés, des photocopies de déclaration de perte de permis de conduire et des cartes d'électeurs obsolètes. Des gens qui avaient fait du tri dans leurs tiroirs, c'était assez commun mais, pour Chang, cela constituait une aubaine. Il avait revendu le tout à son contact habituel, un Pakistanais installé dans le 20e arrondissement de Paris, qui les recyclait en vrais faux papiers que s'arrachaient les marchands de sommeil et autres exploiteurs de l'humanité en détresse. Pour être juste, il fournissait aussi de nombreux escrocs que le développement des échanges virtuels avait fait naître, telle une gangrène. Il pesta dans sa langue natale contre « ces connards de keufs » qui glandaient dans une artère déserte où il n'y avait strictement rien à faire. Par habitude et par principe, il évitait tout contact avec eux bien qu'ils ne fussent pas, et de loin, ses pires ennemis. Certes, il vivait sous couvert de papiers bidon, une fausse qualité de Français arrachée à un imprudent qui, comme beaucoup d'autres, jetait n'importe quoi dans sa poubelle. Il n'était pas pressé de tester la solidité de l'identité empruntée à un certain Jean Holin et ne tenait pas à ce que les rouages de la machine judiciaire se mettent à le grignoter. Toutefois, il craignait moins les flics que ses concurrents, en tête desquels d'autres Chinois comme lui. Tous ces gens fonctionnaient en réseaux, organisés par des chefs de bande — eux-mêmes inféodés aux triades — installés en banlieue Est, et les bagarres de territoire étaient monnaie courante.

Arrêté au bord du trottoir, il eut le sentiment que cette bagnole l'avait repéré et l'attendait. Que, s'il n'était pas tombé cette bruine froide qui se glissait dans son col, ses occupants seraient déjà venus le regarder sous le nez. Il observa encore une minute le gyrophare qui tournait, ventousé sur le côté gauche du toit du véhicule, et décida qu'il n'irait pas à l'affrontement. Il fit demi-tour sans se presser et s'engouffra dans la première rue qu'il trouva sur sa droite. À l'aplomb d'un immeuble en travaux, il repéra la bâche qui protégeait l'échafaudage et se glissa dessous. Au moins, en attendant que le danger s'éloigne, il serait à l'abri. Les yeux mi-clos, il perçut le bruit d'un moteur qui démarrait et celui, caractéristique, de la marche arrière. Habitué à vivre dehors, il comprit que la voiture manœuvrait à l'entrée de la rue. Elle marqua un temps d'arrêt. Par une brèche dans la bâche, Chang distinguait les rotations silencieuses du gyrophare comme autant d'éclairs annonciateurs d'orage. Il tendit le cou pour élargir son champ de vision et vit nettement la plaque lumineuse « POLICE » incrustée dans le pare-soleil. Les salauds ! Pourvu qu'ils n'aient pas l'idée de venir voir là-dessous ! Il se ratatina en priant les âmes de ses ancêtres de lui venir en aide. Sans doute fut-il entendu. La voiture se remit en branle, passa très lentement devant sa cachette. Il lui sembla qu'il n'y avait qu'une personne à bord mais il n'en fut pas absolument sûr. Le chant du moteur décrut et s'éteignit.

Chang Ho Li aurait dû renoncer à son projet mais la perspective de passer à côté d'un filon le torturait. Il ressortit donc, avec d'infinies précautions, de la protection de la bâche de chantier et pointa son museau sur le boulevard. Aucune voiture en vue, la voie était libre. Il approcha lentement de son trésor, sur ses gardes. Il commença sa prospection par le premier bac, s'aperçut très vite qu'il ne contenait que des objets sans intérêt. Il allait attaquer le second quand il se rendit compte que quelqu'un était couché entre le conteneur et la vitrine d'un magasin d'articles funéraires, assez répandus dans le secteur. Il n'en voyait que les pieds nus, et se dit que la misère gagnait du terrain si les clochards ne pouvaient même plus se chausser. Il ouvrit le couvercle du caisson en douceur, n'ayant nulle envie de réveiller le clampin qui dormait là, à peine abrité par l'auvent en toile de la boutique. Son geste suffit pourtant à déstabiliser la poubelle à roulettes, qui bougea de quelques centimètres, suffisamment pour déséquilibrer le dormeur et le faire basculer sur le côté. Chang s'attendit à une réaction, à un réveil en fanfare sur le mode aimable auquel il était habitué avec cette population de sans-abri alcoolisés, de plus en plus nombreux, de plus en plus ingérables. Rien ne se passa et le Chinois reprit sa fouille. Il en aurait crié de dépit car ce bac était pire que le premier. Il allait repartir quand la curiosité lui fit contourner la poubelle à papiers. Sauf à ce qu'il fût contorsionniste, le propriétaire des pieds nus n'avait pas pu s'enrouler entièrement, bras inclus, dans une bâche en nylon, de celles qu'utilisent les peintres en bâtiment pour protéger les sols, et se la scotcher dans le dos. À hauteur de la tête, le plastique était lâche. Chang aurait dû filer, mais une force l'attirait vers le corps recroquevillé. Il écarta doucement les pans de nylon comme on effeuille une marguerite au printemps. Je t'aime, un peu, beaucoup, passionnément… Il aperçut des cheveux blonds. À la folie, pas du tout… C'est ce que semblèrent lui énoncer deux orbites vides, sous un front lisse et enfantin.

Chang avait déjà été en contact avec des morts. Avant qu'il n'entame la longue marche de la Chine jusqu'à l'Europe, il avait vu des pauvres et des indigents abandonnés au bord des routes parce que personne ne voulait payer leur enterrement. Mais ces morts-là avaient des yeux, au moins. Au bord de la panique, il entendit des portières claquer et son stress s'amplifia. Quand il se redressa, il sentit une présence derrière lui. Son dernier repas au bord des lèvres, il se retourna d'un bloc. Les poings sur les hanches, le flic le contemplait. C'est tout son corps qui se mit à hurler de terreur.

# 3

***Hôpital de la Pitié-Salpêtrière***
***15 mai, 21 heures***

Quand Marion ouvrit les yeux, la garde de nuit avait pris la relève de l'équipe de jour à l'hôpital de la Pitié-Salpêtrière une demi-heure plus tôt. Les soins que nécessitait son état lui avaient été prodigués vers 20 heures, aussi personne n'était présent pour assister à ce petit événement.

Trois mois et sept jours s'étaient écoulés depuis le moment où la commissaire divisionnaire Edwige Marion, chef de la Brigade des chemins de fer, avait vu, dans un poste d'aiguillage, son adjoint, le commissaire Guerry des Croix du Marteroy, lui tirer dessus. Et, chaque fois qu'elle reprenait pied dans la réalité, c'était cette image qui la frappait, d'emblée. C'était la seule, à vrai dire. Toute sa vie d'avant n'était qu'un trou noir.

Trois semaines après qu'on l'eut transportée à Paris et opérée, elle avait eu une première phase de conscience, une sortie de coma saluée par le corps médical. Les dégâts observés dans son cortex temporal et frontal étaient en effet importants et ses chances de survie quasi nulles. Non seulement une balle l'avait touchée à la tête mais, enlevée à l'hôpital par son agresseur, elle avait passé plusieurs jours dans la nature, sans soins. Qu'elle ait survécu à la blessure et à cet enlèvement tenait du miracle. À croire que Marion était d'une constitution exceptionnelle et que la balle, en longeant la zone frontale au plus près de la boîte crânienne s'était montrée peu offensive. À son premier retour dans le monde des vivants, elle avait terriblement souffert, se débattant avec hargne, arrachant ses perfusions et ses sondes. On l'avait replongée dans un coma artificiel pour qu'elle récupère. La sédation massive endormait la douleur des lésions cérébrales mais chaque réveil la trouvait désorientée, agressive, en proie à des troubles du comportement. Désinhibée aussi, ce qui n'allait pas sans quelques épisodes cocasses. Pire, une anosognosie, plutôt classique dans son cas, l'amenait à un déni de son état. Inconsciente de ses limites, elle tentait d'improbables sauts hors de son lit pour « aller bosser » tout en faisant preuve d'une grande confusion dans ses gestes. En résumé elle cumulait la plupart des handicaps liés aux traumatismes cranio-cérébraux. Vedette du service de neuro-traumatologie, elle progressait, pourtant, et son état s'améliorait, lentement mais sûrement. Son corps supportait bien les massages et les exercices d'assouplissement.

Elle aperçut des murs gris pâle, un écran plat éteint, accroché au mur. Sur la gauche, une fenêtre où l'on apercevait la lumière d'un soir morose. Ce lieu ne lui disait rien et il faudrait, avant qu'elle pût l'identifier, que quelqu'un l'aide à se rappeler ce qu'elle faisait là. Les images entraient en elle comme des photos prises au hasard, amenées sans raison et sans ordre sous ses yeux. Les objets qui l'entouraient n'évoquaient rien. Tout ce qu'elle en déduisait, c'est qu'ils composaient un ensemble qu'elle n'aurait pas choisi de son plein gré. Elle tenta de bouger la tête et y parvint difficilement. Toutefois, son regard réussit à accrocher le bocal au contenu translucide suspendu à une potence. En dessous, un appareillage et un écran sur lequel des lignes de couleur apparaissaient. La verte l'attira comme un aimant. Elle était jolie, avec ses pics et ses décrochés. Un moniteur de contrôle, entendit-elle dans un coin intact de son cerveau. Diable ! Qu'avait-elle besoin de cette machinerie ? Elle associa à tout hasard l'objet à la maladie. Malade ? Était-elle malade ? Puis, c'est le mot blessure qui s'imposa et tout aussitôt l'image de l'homme qui l'alignait comme au stand de tir. Un visage allongé avec des yeux de caniche habitué à prendre des raclées, des oreilles décollées, des cheveux trop longs dans le cou, des lunettes rondes, un grand nez, une bouche large…

Un bruit du côté de la porte la perturba. Elle voulut tourner la tête mais ne parvint qu'à bouger les yeux. Le rai de lumière provenant de l'extérieur lui montra une haute silhouette qui s'y découpait en ombre chinoise. La panique envoya dans son corps des millions d'aiguillons. Ses membres se raidirent. Guerry ! Le nom sonna douloureusement dans son cerveau et elle mobilisa toute son énergie pour appeler à l'aide.

Son agitation fit accélérer les mouvements de la ligne verte dont les pics s'étrécirent en se rapprochant les uns des autres. Puis une douleur aiguë dans la poitrine la fusilla sur place. À quelque distance de là, un frère jumeau de l'écran de contrôle fit réagir une infirmière de l'équipe de nuit qui se précipita. Elle remarqua la porte entrebâillée mais ne vit personne dans les parages. Marion, les yeux grands ouverts, fixait le vide.

# 4

***Gare du Nord, Brigade des chemins de fer***
***17 mai, 15 heures***

Le capitaine Luc Abadie écouta son interlocuteur et, quand il raccrocha, sans avoir prononcé un mot, sa main tremblait avec une violence qui ne devait rien à l'abus du tabac. Depuis l'accident de Marion, jamais il n'avait autant fumé. Au point que, même en frottant fort, il ne pouvait plus décoller la nicotine de son majeur et de son index droits. Au point aussi que ses dents jaunissaient et se déchaussaient tandis que son compagnon qui, lui, ne fumait pas, commençait à se plaindre de son haleine de putois. Il avait bien d'autres récriminations, au demeurant, le commandant de police Yves Boteiller. Luc Abadie, avec lequel il vivait depuis une dizaine d'années, était devenu irritable et agressif. La nuit, il était la proie de cauchemars et son seul sujet de préoccupation était sa « patronne », la divisionnaire Edwige Marion. Leur vie intime était devenue un désert et, après avoir imaginé quelque infidélité, Yves Boteiller avait décidé d'aller lancer ses lignes ailleurs. Accablé, Luc Abadie n'avait pas la force de réagir. Ou pas l'envie, se disait-il certains jours tandis que le chaos domestique enflait et que se profilait une inévitable séparation.

Il avait pâli sous son hâle de Méditerranéen basané d'un bout de l'année à l'autre.

– Qu'est-ce qui se passe ? s'inquiéta le jeune OPJ qui partageait son bureau.

– Rien.

– Et c'est ce *rien* qui te met dans un tel état ?

Abadie fit non de la tête, à peine conscient que son collègue parlait. Il pensait à celui qui tenait lieu de patron à la brigade depuis plus de trois mois maintenant et qui ne cessait de le désarçonner. Il fallait qu'il aille lui parler de ce coup de fil, qu'il lui dise merci, peut-être, de lui accorder cette faveur, mais le malaise qu'il ressentait à cet instant lui interdisait tout mouvement. Du reste, le commissaire Guerry n'était pas dans les murs de la brigade, il le tenait du major Morel, chef de la salle de commandement, qui lui en avait rendu compte dans la matinée. Où était-il ? Que faisait-il ? Mystère. Ce genre de fantaisie n'était pas nouveau. Le commissaire Guerry des Croix du Marteroy cultivait le secret autour de lui comme d'autres des salades ou des radis dans leur potager. Depuis l'épopée de la crue de la Seine et ses suites funestes, les choses avaient empiré. Beaucoup, dans le service, mettaient ce comportement désorganisé sur le compte du traumatisme qui avait suivi la série de catastrophes. Guerry était resté absent plusieurs semaines pour se remettre de ses émotions et satisfaire aux exigences de la procédure confiée à la Brigade criminelle de la préfecture de police de Paris. Puis il avait effectué un pseudo-retour, entrecoupé d'absences, d'arrêts maladie, de congés pris pour un oui, pour un non. Personne n'osait lui en tenir rigueur, comme si ses malheurs, ajoutés au cataclysme de l'inondation, avaient sidéré une hiérarchie habituellement plus prompte à couper les branches malades. Un commissaire de la direction de la Police aux frontières — dont dépendait la Brigade des chemins de fer — supervisait administrativement le service depuis son bureau de la place Beauvau en attendant qu'il soit statué sur le sort de la divisionnaire Marion et de son adjoint. Pour les aspects opérationnels, c'était la structure intermédiaire, des gens comme Abadie et quelques autres, qui faisaient tourner la boutique. Jusqu'à quand cela tiendrait-il ? C'était une vraie question que personne ne voulait se poser. Guerry, embrouillé, déconnecté des routines policières les plus élémentaires, réussissait à se maintenir à son poste parce que personne ne se serait risqué à le virer. Dixit-Valentine Cara, qui devait à Guerry, justement, sa récente nomination au grade de capitaine et en éprouvait un ressentiment coloré d'une répulsion difficile à expliquer.

– Il n'est pas net, disait-elle en aparté, loin des grandes oreilles du commissaire.

En la nommant capitaine, Guerry avait tenté de s'attirer les bonnes grâces de Cara mais, surtout, il l'avait séparée d'Abadie. Sa promotion avait placé la jeune femme à la tête d'un groupe de l'unité ferroviaire de contrôle transfrontière, activité qui la conduisait souvent à Londres, en Belgique ou dans d'autres pays d'Europe. Un changement de route qui cassait le duo le plus soudé du service. Abadie admettait que Guerry avait bien changé. De gentil et presque naïf, il était devenu roué et retors, manipulateur et sans scrupules.

– Il y a un truc qui ne colle pas chez lui, s'acharnait Valentine tandis qu'Abadie préférait penser que les événements avaient joué comme un déclic et ébranlé la personnalité de Guerry et son équilibre. Tu es trop indulgent, en fait, ce que l'on voit là, maintenant, c'est le vrai Guerry, un grand con imbu et tordu.

Le jeune gardien attendait la suite. Abadie lui renvoya un sourire forcé :

– Je suis muté à la Crim, au 36…

– C’est super ! s’exclama le jeune homme sur un ton plein d’envie. Ça n’a pas l’air de te faire plaisir !

Abadie ne pouvait pas se confier à ce garçon encore candide. Il ne pouvait pas lui avouer que, même pour un service aussi prestigieux, il considérait son départ de la brigade de Marion comme une désertion. Il pensa à Valentine qui se retrouverait seule face à Guerry. Plus fragile et plus à cran que jamais, Valentine, qui avait laissé ses plus belles plumes dans les drames encore frais. Il songeait à la culpabilité qui le poursuivrait si des choses tournaient mal.

Et que dirait Marion, si elle retrouvait assez de lucidité pour comprendre qu’il avait quitté la gare du Nord ? La connaissant, elle approuverait : « Chacun doit mener sa vie, la vôtre n’est pas avec moi. » Quand même. Et si Marion reprenait sa place à la tête de la brigade ? Il reviendrait, se dit-il. Il renoncerait à la Crim et réintégrerait son poste ici. Une voix intérieure lui souffla qu’il se berçait de fantasmes. Quand les pages sont tournées, elles sont tournées. L’image de son compagnon en train de vider ses tiroirs en profita pour traverser son champ de conscience. Nom de Dieu ! Pourquoi avait-il fallu que de tels fiascos se produisent ?

Il déglutit avec peine et se leva. D’une pichenette dans le dos, il tenta de rassurer le gardien qui l’examinait avec anxiété.

– Si, c’est super !

# 5

***Brigade criminelle, 36, quai des Orfèvres***
***30 mai, 18 heures***

De la fenêtre de son bureau du 36, quai des Orfèvres, la commissaire divisionnaire Maguy Meunier contemplait la Seine à ses pieds. L'été pointait son nez, ramenant des touristes voyeurs. Des bateaux pleins à craquer leur montraient cette année un spectacle inédit : les dégâts de la crue historique qui avait englouti la capitale de la France quatre mois plus tôt. Bien que le fleuve eût retrouvé son niveau habituel, ses soubresauts n'en finissaient pas. Les services de la mairie de Paris avaient beau s'employer jour et nuit, des tonnes de déchets continuaient à sortir de nulle part, envahissant les berges, s'agglutinant autour des piles des ponts. La Seine ressemblait chaque matin à une zone insalubre où, inlassablement, les démons de la nuit se donnaient rendez-vous pour déverser leurs miasmes. En moins de trois mois, une dizaine de corps avaient fait surface au milieu des boues fluviales. Plus de la moitié d'entre eux correspondait à des personnes signalées disparues accidentellement : une chute, une imprudence. Les autres laissaient la Crim perplexe bien que nul n'ignorât de quoi est capable l'être humain. Selon des codes bien installés dans son ADN, il profite des temps troublés pour régler ses comptes. Le cadavre de sexe masculin retrouvé avec une balle dans la tête et la femme charcutée avaient fait les frais de la situation, leurs assassins comptant sur la désorganisation générale pour échapper à toute sanction. Si l'on ajoutait à cette liste les huit momies rescapées de la crue et découvertes dans les sous-sols du musée de l'Homme, la Crim s'était retrouvée à la tête d'un nombre inhabituel de dossiers. Additionnées aux complications de la gestion de catastrophe naturelle, ces affaires finissaient de perturber la brigade, qui n'avait pas besoin de cela.

Ce que l'on dévoilait ailleurs aux touristes était bien pire. Les fondations d'immeubles anciens, fragilisées par l'eau qui avait stagné pendant des semaines, refluant à une lenteur désespérante, avaient, ici et là, craqué. Des bâtiments s'étaient fissurés, d'autres s'étaient écroulés. Près du pont Saint-Michel, c'était toute une ligne de bâtisses qu'on avait dû évacuer et étayer. Ailleurs, le travail de sape se ferait sournoisement. Les édifices dont les pieds restaient gorgés d'eau mettraient des mois, des années, à s'en remettre mais, telle une maladie, la flotte finirait par en avoir raison. Les vieux Parisiens avaient tous en mémoire des histoires de cet acabit. Même les rats avaient fui ces ensembles noyés sous les eaux de la Seine en 1910 tandis que les occupants se plaignaient encore, des décennies plus tard, de maladies liées à l'humidité. Une deuxième attaque, un siècle après, aurait raison des constructions qu'on n'avait pas — ou mal — restaurées ni assainies. La bâtisse du 36, quai des Orfèvres, accolée au palais de justice, et qui hébergeait la Police judiciaire parisienne depuis un siècle, avait elle-même subi des dommages irréversibles. La réintégration des services s'était faite lentement, contre l'avis des spécialistes des bâtiments historiques qui préconisaient un relogement immédiat dans un quartier plus salubre. Le tout était de trouver où. Car, si le déménagement de la PJ et du palais de justice dans le secteur des Batignolles était programmé de longue date, la tour qui abriterait le quartier judiciaire de Paris n'était pas encore sortie de terre. Le projet s'était attiré la réticence générale des flics parisiens à quitter le « 36 ». De la circonspection à la résistance il n'y avait qu'un pas et, aujourd'hui, Maguy Meunier regrettait un peu d'avoir hurlé avec les loups. Les cellules du dépôt n'avaient été libérées des eaux que quelques jours plus tôt et, de toute façon, elles n'étaient plus utilisables. Déjà, avant la crue, leur état de délabrement était devenu inacceptable, la France étant montrée du doigt par les instances européennes et quelques organisations internationales de défense des droits de l'homme. Aujourd'hui, d'inquiétantes fissures laissaient en permanence filtrer une eau nauséabonde que les pompes installées à demeure ne suffisaient plus à évacuer.

Les détenus devaient être répartis dans divers sites de secours. Cette gymnastique imposée aux fonctionnaires, plus les contraintes de la garde à vue, devenue impraticable depuis la dernière réforme du code pénal et la présence des avocats au cours des enquêtes, se révélait de jour en jour plus incertaine. Les temps de garde à vue s'en trouvaient gravement amputés, d'autant que circuler dans Paris relevait d'une gageure toujours plus complexe.

En effet, de nombreuses rues étaient restées fermées à la circulation. En de multiples endroits, les chaussées s'étaient affaissées, des lézardes menaçantes étaient apparues une fois les eaux retirées. Les conséquences de l'inondation étaient faramineuses, et encore n'en était-on qu'au tout début du bilan.

La patronne de la Crim souffla sur la vitre, faisant voler un peu de poussière. Elle avait travaillé sans relâche depuis ces semaines de crue. Elle aussi avait laissé une partie de son plumage dans l'affaire. Sa brigade, bien que solidement ancrée dans une immuable organisation, avait du mal à se relever. Elle avait perdu deux de ses membres, un lieutenant et la commandant Régine Duval, chef de groupe. Une tragédie aux effets irréversibles. Elle était bien placée pour le savoir, puisqu'elle était passée, avant sa consécration comme chef de la Crim du 36, par la BRB[1], puis par la BRI[2]. Deux brigades de haut niveau qui avaient, en leur temps, vécu les mêmes épreuves et n'avaient jamais réussi à les surmonter vraiment. Désormais, la Crim avait, comme les autres, agrandi sur ses murs la galerie de portraits de ses martyrs.

Laminée par les épreuves, Maguy Meunier avait demandé sa mutation. Le préfet de police la lui avait refusée.

« Vous partirez quand vous aurez bouclé cette affaire ! » avait-il décrété. « Cette affaire », un amalgame de tous les crimes survenus à la faveur de la crue, et qui faisait qu'elle était toujours là. Alors que le préfet Tiercelin, lui, avait tourné casaque brusquement. Un infarctus l'avait envoyé ad patres, un matin, à l'heure du laitier. Il avait piqué du nez dans son bol de café au lait et ne s'était pas relevé. Son successeur, un homme vaniteux et sans humour, n'avait toujours pas donné son feu vert au départ de Maguy Meunier de la Crim.

Les gars travaillaient sans faire d'histoires mais les demandes de mutation s'étaient empilées sur son bureau et cela continuait, avec deux nouveaux rapports cette semaine. Elle les refusait toutes. On ne vient pas à la Crim par hasard, parce qu'on a vu de la lumière aux fenêtres depuis le quai des Orfèvres. On ne quitte pas davantage, sur un coup de tête, un service qui a mis des

1. Brigade de Répression du Banditisme.
2. Brigade de Recherche et d'Intervention.

années à vous former, à faire de vous la crème de la crème de la flicaille et ne peut vous remplacer d'un claquement de doigts. Alors, oui, les hommes se lassaient, oui, ils en avaient marre, disaient-ils, de vivre avec des fantômes dans une ambiance à couper au couteau. Et elle, hein ? Qui se souciait d'elle ? Un nouveau soupir lui échappa, avant qu'elle ne s'arrache au spectacle désolant des quais de la Seine pour reprendre sa place, à sa table de travail, les épaules voûtées. Vieille, tout à coup.

Elle prit sur elle pour lire l'ordre signé du juge Leminois, en charge d'instruire le dossier Guerry des Croix du Marteroy et ses éléments collatéraux. Le magistrat venait de décider la levée des scellés sur le château de la famille, à Saint-Médard, dans l'Eure. Une décision qu'elle ne s'expliquait pas mais qu'elle n'avait pas osé discuter. Albert Leminois était un homme emmuré dans un physique ingrat, aussi souple qu'un manche à balai. Il n'aurait rien toléré, ne fût-ce qu'un avis. De plus, il y avait fort à parier que le commissaire Guerry avait manœuvré pour convaincre le magistrat de lui restituer la propriété de famille dans laquelle il comptait se réinstaller, selon les bruits qui couraient. Qu'allait-il faire de ce tas de pierres sans confort, au bord du délabrement ? Les greniers et dépendances avaient été vidés de leur contenu infâme, les instruments de torture remis au musée de la Police, rue des Carmes à Paris. L'hypogée, avec ses dizaines de momies d'animaux, avait été transporté à Rosny-sous-Bois, dans une annexe de l'IRCGN[1], la gendarmerie nationale ayant été chargée de l'enquête pour cette partie de l'affaire.

La mort dans l'âme, la divisionnaire apposa son paraphe sur le document et le jeta dans la corbeille destinée au groupe en charge de la commission rogatoire. Voilà, c'était fini.

1. Institut de Recherche Criminelle de la Gendarmerie Nationale.

Le château, dans lequel ses troupes s'étaient installées quasiment à demeure pendant deux mois, allait être rendu à l'unique survivant de la famille. Dans les jours qui avaient suivi la mort de Régine Duval, persuadée qu'une partie de la solution s'y trouvait, Maguy Meunier avait obtenu du juge la mise sous séquestre de la totalité des bâtiments et des terres de Saint-Médard. Une exploration méthodique avait commencé, un passage au peigne fin de tous les coins et recoins de l'insondable propriété. À commencer par les douves du château, qui avaient été vidées. Les fossés d'évacuation étant à moitié comblés, il avait fallu les recreuser. Des filtres et des bassins de décantation avaient été installés. Un pisciculteur de la région était venu prêter main-forte pour sauver quelques dizaines de carpes. Selon le spécialiste, la sécheresse survenue deux ans auparavant avait laissé peu de survivantes qui peinaient, depuis, à se reproduire. Une fois l'eau évacuée, le fond des fossés était apparu, envasé, jonché de détritus délaissés par les poissons, nourris pour l'essentiel de zooplanctons et de vers. À l'aplomb du mur qui, à l'ouest, prolongeait le chemin de ronde, des ossements avaient été découverts : os longs, côtes reliées à un sternum, morceaux de colonne vertébrale. Des résidus textiles et une boucle de ceinture avaient migré un peu plus loin, à proximité d'une paire de chaussures en cuir avec encore les os des pieds à l'intérieur. Enfin, à moitié enfoui dans une excavation du mur, les fouilles avaient révélé un crâne que les mesures avaient attribué à un jeune adulte ou un grand adolescent. Des analyses à l'Institut médico-légal du quai de la Rapée avaient formellement établi qu'il s'agissait bien des restes du troisième « triplé » de la famille Guerry des Croix du Marteroy : Abel, treize ans au moment de sa disparition. Mais, si l'on peut dire, c'était tout. En refermant une partie de ce dossier, la divisionnaire se demandait encore ce qu'elle avait espéré découvrir à Saint-Médard. L'ordinateur de Régine Duval ? Son sac à bandoulière avec toutes ses affaires et la procédure qu'on n'avait jamais retrouvée ? Et pourquoi ces objets auraient-ils atterri au château de Saint-Médard ? Y avait-il la moindre raison, le plus petit lien entre ce lieu maudit et le meurtre de la commandant Régine Duval dans les toilettes de l'hôpital de Dreux ? En dehors du fait qu'elle y procédait, ce jour-là, à l'audition du commissaire Guerry des Croix du Marteroy, justement, le seul et unique survivant du carnage ? Cette piste était restée stérile. Régine Duval avait été assassinée sans témoin et, au château de Saint-Médard, rien n'avait permis d'établir la moindre corrélation. Parce qu'ils sentaient qu'il y avait là comme un furoncle sous la peau, les enquêteurs de la Crim avaient pressé le commissaire Guerry comme un citron. Elle ne l'aimait décidément pas, celui-là, avec son air impavide et sa version immuable des faits qu'il débitait mécaniquement, dans le même ordre, comme un disque rayé. Son absence d'émotion faisait tiquer la chef de la Brigade criminelle.

Elle consulta sa montre pour vérifier qu'il n'était pas trop tard pour un café. 18 h 22. Un peu tard, en effet, mais qu'importe, elle en avait besoin. Et tant pis si elle ne dormait pas. Elle ne dormait plus, de toute façon, depuis que, en apothéose à sa débâcle professionnelle, son mari avait joué les filles de l'air avec une « belette » de vingt ans plus jeune que lui. Tout en regardant le jus foncé de l'expresso couler de la cafetière installée dans le cagibi jouxtant son bureau, elle se dit, une fois encore, et avec rancœur, que la belette était bien l'animal le plus redoutable de la Création. Ils n'avaient pas eu d'enfant ensemble et lui, qui avait toujours repoussé avec force l'idée d'un « braillard » ou d'une « pisseuse », affirmait, à présent, être prêt à devenir père, à cinquante ans passés ! À cette éventualité, l'estomac de la divisionnaire se rétractait, refusant toute nourriture. Elle en perdait le sommeil. Elle avait le même âge que son mari et, pour elle, hélas, l'horloge biologique avait cessé de tourner. Elle trempa les lèvres dans son café en imaginant les années de solitude qui l'attendaient.

Une demi-heure plus tard, alors qu'elle se décidait enfin à quitter son bureau, elle se heurta au permanent de l'état-major.

– Ah ! Romain ! s'exclama-t-elle en découvrant le commandant, un grand type un peu voûté au front dégarni. Quoi de neuf ? Vous veniez me dire bonsoir ?

Elle savait bien que, jamais, le permanent ne venait jusque-là lui dire bonsoir. Immuablement et sauf contrainte majeure, c'est elle qui allait rendre une dernière visite, avant de partir, à *l'étage des morts*, le ventre de la PJ où convergeaient toutes les mauvaises nouvelles.

– On vient de nous signaler un corps, dans le 12e...

Maguy Meunier leva un sourcil, étonnée. Un corps dans le 12e ! Pourquoi diable le commandant Romain prenait-il la peine de venir en personne l'en informer ? Alors qu'il pouvait le faire par téléphone ?

– Ah ? fit-elle. Une personnalité, une star, un ministre ?

– Non, non, pas du tout, du moins je ne crois pas, mais il semble qu'il y ait des corrélations avec ce garçon dont la disparition a été signalée il y a trois semaines... Celui dont la BPM[1]...

– Oui, je vois très bien, coupa la divisionnaire, qui avait assisté à une réunion de chefs de service au cours de laquelle le patron de la Brigade des mineurs avait attiré leur attention sur cette affaire.

Le garçon disparu n'avait que treize ans. Ses parents l'avaient laissé voyager seul, entre Bruxelles et Paris où il

1. Brigade de Protection des Mineurs.

devait rejoindre une tante, pour les vacances scolaires. Sa mère l'avait mis dans le train à la gare de Bruxelles-Midi. Plusieurs témoins, dont le contrôleur du Thalys, l'avaient remarqué durant le voyage mais la tante ne l'avait jamais vu débarquer et, dans le train, on n'avait même pas retrouvé son bagage. Le père de famille belge, un important promoteur immobilier, avait attendu deux jours avant de se manifester, de remuer ciel et terre et même de s'installer à Paris, campant quasiment dans le bureau du commissaire Thierry Belout, le patron de la BPM qui avait multiplié les recherches et les appels à témoin. Non sans arrière-pensée car il s'était rendu compte, grâce à la collaboration de la police belge, que le jeune homme n'était pas un enfant de chœur. Il avait faussé compagnie plusieurs fois à ses parents pour se rendre à des rave-parties ou à des soirées où des gosses de riches jouaient à se faire peur à coups de vodkas-citron ou de cannabis. Parfois pire. Les possibles contacts du jeune Mark à Paris et en France avaient été écumés, sans résultat.

– On n'est pas totalement sûr qu'il s'agisse de lui, si je vous suis bien ?

– Non, le corps est en mauvais état, il a été mutilé, semble-t-il. Le groupe de « dérouille » est parti sur place et j'ai pensé que vous voudriez voir ça…

La divisionnaire se redressa. Tous ses doutes, ses tensions, ses mauvaises pensées venaient de s'envoler. Dans l'action, son cerveau marchait autrement, l'adrénaline ouvrait ses sens. Elle ne s'était encore jamais demandé, avant aujourd'hui, pourquoi, *exactement*, elle n'avait pas eu d'enfant. Face au commandant à la tête de loup déplumé, elle eut enfin l'explication, la seule. Jamais, même pour un enfant, elle ne se serait résignée à renoncer à *ça*. Un sourire, surprenant pour l'homme sombre, éclaira son visage :

– Bien. Envoyez-moi un chauffeur, Romain !

# 6

***Gare du Nord, Brigade des chemins de fer***
***30 mai, 18 heures***

Sous la grande verrière d'un bâtiment voisin de la gare du Nord, la cérémonie battait son plein. La période des mutations était arrivée avec le printemps et une partie de l'effectif de la brigade s'en allait explorer d'autres horizons. Les remplaçants étaient déjà arrivés et le passage du flambeau se faisait traditionnellement en grande pompe. Alignés sur quatre rangs, de part et d'autre de la salle, les hommes en uniforme attendaient, au garde-à-vous. Les officiers des groupes d'enquête, également en tenue d'apparât, étaient rassemblés au fond, l'ensemble formant un U à la présentation impeccable. Dans le silence, quelqu'un se mit à tousser bruyamment, créant divers mouvements — entre rires et agacement — parmi les policiers en attente. Des bruits de pas se firent bientôt entendre ainsi que l'écho d'une conversation. Le commissaire Guerry apparut, suivi de près par son adjoint, le commissaire Kevin Leprix. Deux hommes, à distance respectueuse, portaient l'un un coussin avec des médailles, l'autre des parchemins roulés et entourés de nœuds rouges. Guerry marqua une hésitation à la vue des troupes tandis que le premier officier lançait un « Garde-à-vous ! » tonitruant. Les corps se dressèrent, les bras se tendirent vers le sol, les épaules rejetées en arrière firent grandir leurs propriétaires de quelques millimètres. Guerry s'avança entre les rangs, la démarche mal assurée, embarrassé par ses longs bras. Du coin de l'œil, il surveillait Kevin Leprix et calquait son attitude sur la sienne. Son adjoint lui fit signe d'avancer un peu plus vite. Quand il passa devant le groupe des « civils », Valentine Cara se crispa. Sans tourner la tête, elle s'arrangea pour croiser le regard de Luc Abadie, son plus proche voisin. Il semblait aussi contrarié qu'elle par l'allure décidément insolite de leur patron. Cheveux trop longs qui dépassaient sous la casquette, uniforme informe qui le faisait ressembler à un épouvantail. Pire, la nonchalance avec laquelle il se mouvait, l'ironie méprisante de ses yeux sans couleur qui semblaient prendre tous les autres pour des crétins donnait champ libre à une animosité qu'ils ne pouvaient plus dissimuler. Leurs collègues ne semblaient pas y attacher autant d'importance, ou bien ils s'en foutaient, ce qui paraissait plus probable. Cara observa le commissaire patauger encore au moment de monter sur l'estrade où il était censé faire un discours. Il s'installa derrière le pupitre, sortit deux feuillets de sa poche et les lut d'une traite. Sans respirer et sans la solennité qui s'imposait. Il redescendit aussi vite et se dirigea, toujours indolent et traîné par les deux officiers, vers un groupe de quatre flics, installés à l'écart des autres, à qui il remit, à la va-vite, la médaille d'honneur pour acte de courage et de dévouement. Aidé par une antisèche laborieuse, il rappela que ces hommes avaient risqué leur vie pour sauver celle d'un voyageur coincé sous un train. Il trouva moyen de « savonner » sur les noms des récipiendaires et il fallut que l'un des officiers lui vienne en aide à deux reprises pour qu'il puisse enfin débiter les formules consacrées.

– Non, mais quel connard ! éructa Valentine, dents serrées, quand enfin il daigna quitter la salle. Luc Abadie fit semblant de s'intéresser aux hommes qui sortaient des rangs pour se rendre au buffet dressé dans la partie latérale de la verrière. Il ne dit rien mais n'en pensait pas moins.

# 7

*Hôpital de la Pitié-Salpêtrière*
*30 mai, 18 heures*

Marion surfait sur une vague déferlante. Les sédatifs la portaient au sommet du bien-être pour la faire redescendre tout aussi vite dans des creux vertigineux. Le docteur Razafintanaly, chef du service de réanimation, était venu la voir. Il l'avait trouvée agitée et avait ordonné qu'on prolonge la période d'isolement. Cela ne faisait guère de différence pour elle, coupée du monde par une amnésie rétrograde tenace. Quand elle retrouverait sa lucidité et le fil de ses souvenirs, elle apprendrait que son compagnon, le docteur Pierre Mohica, avait lui aussi déserté le monde normal. Peu après la réapparition de Marion, ses absences de plus en plus fréquentes l'avaient obligé à consulter. La tumeur que son cerveau avait nourrie depuis longtemps n'était pas opérable. Trop volumineuse et trop enfouie dans les méandres du cortex. En quelques semaines, son état s'était détérioré. Il perdait la vue et parlait avec difficulté. Après des chutes à répétition, sa mère, chez qui il avait trouvé refuge, s'était résignée à le faire hospitaliser. Il avait élu domicile à Villejuif, même pas conscient qu'il effectuait là un voyage sans retour. En tout cas ce n'était pas lui qui pourrait aider Marion. Certains voyaient dans l'apparition de cette tumeur cérébrale une volonté d'empathie avec elle mais le docteur Razafintanaly, dit Raza, dit « l'homme aux lunettes bleues », les avait recadrés : Mohica cultivait ce bubon depuis bien avant sa rencontre avec Marion. Raza n'avait rien d'un sentimental mais il avait raison : le noyau avait mis une dizaine d'années à se développer, traîtreusement d'abord, avant de provoquer d'inquiétantes plongées dans le néant.

L'édifice familial recomposé à partir d'Edwige Marion et de Pierre Mohica s'était effondré. Eugénie Mohica, la mère, ne pouvait assumer l'ensemble des conséquences de la défection de ses piliers. Elle avait gardé avec elle Marie, la plus jeune de ses petites-filles. Jennifer, l'aînée, mariée et nouvellement mère de famille, ne souhaitant pas s'encombrer d'une adolescente. Le sort de Nina, la fille adoptive de Marion, était tout autre. Après le diagnostic de la maladie de Pierre Mohica et l'issue qui en était prévue à court terme, la jeune fille avait plongé dans une phase dépressive. C'était comme si l'histoire, *son* histoire, se répétait. Quelque chose qu'elle avait senti de tout temps comme inéluctable. Elle parlait de malédiction pour évoquer le double assassinat de ses parents dans son jeune âge, son adoption par une femme-flic à la vie sentimentale tumultueuse et professionnelle trop exposée, la preuve. Quand on l'avait amenée au chevet de Marion, elle n'avait pas supporté la vision de son corps amaigri, immobile et, ainsi qu'elle le ressentait bien qu'ayant refusé de le toucher, froid. Ce jour-là, Pierre Mohica était encore debout et lucide. Il avait demandé à Nina de parler à sa mère. Elle l'avait regardé avec incompréhension car, même en rameutant tout ce qu'elle gardait en elle de leur tendresse réciproque, elle ne ressentait rien. Sa mère ne pouvait pas être ce morceau de chair maintenu en vie par quelques tuyaux, relié au monde par une canule de trachéotomie. Elle avait refusé de toucher les mains inertes, puis éprouvé de la rancune et sûrement pire lorsque Pierre Mohica l'avait réprimandée et traitée de sans-cœur. Elle avait fui sa mère et cet homme, stupidement assuré qu'il suffisait de parler aux morts (ou tout comme) pour les voir enfin sourire, se lever et vous prendre dans leurs bras. Elle regretta par la suite son intransigeance quand la maladie de Mohica fut identifiée et que des symptômes plus sévères apparurent. Mais elle ne changea pas d'avis vis-à-vis de Marion, à laquelle elle n'avait plus jamais voulu rendre visite. Angèle, la sœur aînée de Nina, une jeune femme belle et frivole, s'était chargée d'elle. Mariée à Londres avec un homme deux fois plus âgé mais riche et éperdument amoureux, elle avait consenti à ce que l'adolescente la rejoigne dans sa maison victorienne proche de Hyde Park. Du bout des lèvres, cependant, car en dehors de quelques rares dates anniversaires, Angèle, depuis belle lurette, ne s'intéressait pas plus à Nina qu'à leur frère, installé en Afrique.

Marion ignorait tout cela. Ses seuls visiteurs se nommaient Valentine Cara et Luc Abadie. Si le médecin imposait l'isolement, c'était parce que eux-mêmes l'avaient exigé. Ils étaient devenus, pour ainsi dire, et ce n'était pas qu'un peu cocasse, les parents de leur « patronne ». Une fois Pierre Mohica dans l'incapacité de se substituer à elle — et encore n'existait-il aucun lien juridique entre eux — la question de la gestion de ses affaires s'était posée. Marion n'avait plus de parents depuis longtemps, pas de fratrie, aucune famille, même lointaine. C'était incroyable mais vrai. Mille problèmes étaient rapidement apparus : bancaires, administratifs, médicaux. La démarche de placement sous tutelle avait été décidée par le procureur de la République sous la pression conjointe des deux officiers et de l'administration de la police, en accord avec le corps médical. Luc Abadie avait été nommé tuteur, Valentine Cara, subrogée tuteur. Marion les avait toujours considérés, avec Nina, comme sa seule famille.

L'isolement, c'était pour la protéger tant que, comme l'avait clamé le préfet Tiercelin de son vivant, toute « l'affaire » ne serait pas élucidée. Le tandem tutélaire avait imposé le silence au corps médical et coupé les ponts entre Marion et la police. Officiellement, elle était toujours dans le coma et nul n'était autorisé à lui rendre visite. Il y aurait bien un moment où il faudrait revoir cette position et peut-être que, si la mémoire lui revenait, Marion se rebifferait. Jusqu'ici, on ne lui avait pas demandé un avis qu'elle aurait bien été en peine de formuler.

Un homme pleurait, pas loin. Des sanglots de désespoir ponctués de mots impénétrables. En tendant l'oreille, Marion finit par comprendre ce qu'il disait :

– Ma bite, ma bite, on m'a bouffé la bite !

Elle écouta longtemps les lamentations auxquelles personne ne semblait prêter attention. Quand la porte s'ouvrit sur une aide-soignante vêtue d'un ensemble-pantalon vert pâle, elle sourit au plafond :

– Quelque chose vous met en joie, madame ? demanda la jeune et jolie nana dont la coloration soutenue de ses pommettes et l'ourlet rouge de ses lèvres dénonçaient un émoi sexuel récent, du moins selon ce que Marion en perçut.

– On lui a bouffé la bite…

Sa voix gardait les stigmates de la trachéotomie, rauque et encore mal placée, avec des pertes sonores par instants, mais elle revenait un peu plus nettement chaque jour.

– Je vous demande pardon ?

– Le mec qui gueule comme un veau à côté…

– Un accidenté de la route…

– Mon cul, accidenté de la route… Je vous dis qu'il s'est fait bouffer la bite ! Et à la façon dont il braille ça doit faire très mal.

La jeune femme tendit l'oreille en s'arrêtant au pied du lit où la commissaire avait été transférée la veille. Elle hocha la tête :

– Il parle de l'endroit où il habite… Vous avez mal compris.

– C'est vous qui n'osez pas dire le mot bite ! Vous avez honte…

La soignante rougit légèrement.

– Honte ? Mais pas du tout ! Qu'est-ce que…

– Non, c'est vrai, les bites, ça ne vous pose pas de problème. Faites attention !

L'aide-soignante contourna le lit, attrapa d'autorité le poignet de Marion pour lui prendre le pouls. Elle jeta un coup d'œil à la quadragénaire à laquelle elle avait encore rasé la tête quelques heures auparavant avant de la lui remballer dans des bandages qui la faisaient ressembler à une momie ou à une bonne sœur sur le point d'enfiler sa cornette. Encore que là, avec les insanités qu'elle déballait, la comparaison devînt discutable. Elle soupira, naturellement encline à l'indulgence :

– Attention à quoi ? finit-elle par demander, tout en sachant qu'elle ne devait, en aucun cas, entrer dans son jeu, ainsi que le prescrivait le beau docteur Roland dont la seule évocation fit contracter son estomac.

– À force de vous faire tringler par tous les mâles du service, vous allez à la catastrophe !

La fille sursauta, effarée.

– Eh bien, dites donc, ça ne s'arrange pas, vous !

Marion laissa flotter sur ses lèvres un vague sourire entendu et fit de la main un geste obscène.

La jeune soignante la considéra avec pitié puis tourna les talons. Dans le couloir, elle croisa le docteur Roland, justement, interne de garde qui entamait sa tournée.

– Elle est en plein délire, la 302, dit-elle au beau gars qui l'avait honorée dans la salle de repos, une demi-heure plus tôt.

– Qu'est-ce qu'elle a encore fait ?

– Elle n'arrête pas de débiter des insanités…

– Par exemple que tu t'es fait sauter par un bel interne fougueux ?

Accablée, la jeune femme haussa les épaules.

– C'est une particularité de son état mental, fit le médecin, optant pour un ton plus sérieux, elle est désinhibée et exprime tout haut ce qu'en temps normal elle ne ferait que penser. En outre, elle dispose d'une acuité étonnante pour quelqu'un dont la zone du cerveau qui a morflé est précisément celle de la perception sensorielle.

– Quand même, de là à me traiter de pute !

Le médecin eut une moue ambiguë mais quand il vit les yeux de sa conquête se brouiller, il reprit son air sérieux :

– Bon, je vais aller la rappeler à l'ordre… On se voit tout à l'heure ?

La blouse verte s'agita sous une houle prometteuse. Le médecin prit la direction de la chambre 302 en se disant que la commissaire, quoique désinhibée, n'en était pas moins clairvoyante.

# 8

***Gare du Nord, unité de contrôle transfrontière***
***30 mai, 18 h 45***

Valentine Cara était penchée sur le tableau de service que venait de lui remettre l'assistante du patron de son unité, le commissaire Kevin Leprix, sorti depuis quelques mois de l'école de police de Saint-Cyr au Mont d'Or. Elle pesta à voix haute : le commissaire le faisait exprès ou quoi ? Exprès de l'envoyer, elle, sur toutes les tournées longues, les « découchés » comme on appelait les missions qui nécessitaient de dormir loin de son domicile. Dans des hôtels moyenne gamme, la plupart du temps, un mode de vie qui désorganisait la vie privée. Il était d'ailleurs courant que les policiers du groupe, en grande majorité des hommes, tous volontaires pour cette fonction, mènent une double vie. Une à Paris avec leur légitime et leurs enfants, une autre à Londres, avec une autochtone. Cara avait fait ce constat qui l'amenait à conclure que les hommes étaient naturellement polygames et les femmes consentantes, car ses collègues à double foyer faisaient aussi des enfants à leurs compagnes cachées. Il n'y en avait pas moins un déséquilibre dans les structures car si le foyer « doublette » connaissait l'existence du premier, l'inverse n'était évidemment pas vrai. Ces gars jouaient avec le feu, réalisant chaque jour des acrobaties pour ne pas se trahir. Souvent aussi, leur travail en souffrait. Fausses pannes d'oreiller, faux prétextes pour multiplier les missions « découchés » ou s'en inventer, des arrangements sur la corde raide qui tournaient parfois au drame. Les intéressés étaient sermonnés mais personne n'ignore la vertu des sermons : ils ne font que rendre les fautifs plus prudents. Revenue au célibat forcé depuis la mort de Régine Duval, Valentine ne connaissait pas ces tourments. Elle avait perdu sa compagne et avec la mise hors circuit de Marion, c'était un point d'appui, un repère dont on l'avait amputée.

Heureusement, se disait-elle dans les moments de panique affective, il lui restait Luc Abadie.

Alors qu'elle finissait d'examiner son planning et d'en retranscrire les données sur l'agenda de son iPhone, elle se figea. Il y avait soudain dans la pièce une atmosphère viciée, un parfum qui lui levait le cœur. Elle attendit, les doigts crispés sur son téléphone. Un déplacement d'air la força à se retourner.

Guerry était là, derrière elle, à moins d'un mètre.

– Vous ne frappez jamais avant d'entrer ? se cabra-t-elle.

Le commissaire arbora ce sourire satisfait qui la révulsait. Elle eut envie de bondir de son siège et de s'enfuir. Pourtant, elle se cramponna à son fauteuil.

– Vous êtes seule, capitaine Cara ? demanda-t-il.

Elle prit sur elle pour examiner la pièce avec ostentation et un soupçon d'ironie. Bien sûr qu'elle était seule, il le voyait bien, ce n'était qu'un bureau de passage où les fonctionnaires ne s'attardaient jamais en dehors du temps nécessaire à l'élaboration d'une procédure ou à la rédaction d'un rapport.

– Non, dit-elle calmement, vous êtes là aussi, maintenant.

Puis elle attendit. Il s'approcha de la table où elle avait posé son iPhone et le tableau de service. Les effluves de son odeur corporelle l'agressèrent. Un mélange de lessive et de savon bon marché. D'un regard, elle vit qu'il avait troqué son uniforme pour un jean qui habillait ses longues guiboles maigres et pochait aux genoux. Guerry portait aussi un blouson de faux cuir noir sur une chemise à rayures grises et bleues. Il était, comme toujours, mal rasé, mal coiffé, ses mèches blond lavasse se perdant dans son col. Avec ses lunettes aux verres teintés et son éternel bonnet de laine noire enfoncé jusqu'au ras des sourcils, il ressemblait à ces jeunes loubards qui hantent les gares et les stations de métro. Valentine s'était plusieurs fois posé la question de savoir s'il dormait avec ce bonnet. Ce qu'il ferait quand la chaleur deviendrait insupportable. Est-ce qu'il mettrait un bob ? Un panama ? Elle se souvint qu'avant les événements, le commissaire arrivait à se passer de couvre-chef. Pourtant, là, entre la casquette d'uniforme, le calot d'intervention et ce satané bonnet, elle n'avait pas en mémoire de l'avoir vu, une seule fois, tête nue, au cours des trois derniers mois. Elle détourna les yeux quand elle s'aperçut qu'il la fixait comme si elle avait commis un crime de lèse-majesté.

Guerry fit tourner la feuille de route vers lui avec une lenteur calculée.

– Vous en avez de la chance de voyager, soupira-t-il, vous n'imaginez pas combien j'aimerais vous accompagner…

Elle eut envie de dire « faux cul ! » ou de grincer « oui, c'est une chance, merci, patron, c'est grâce à vous ! », mais c'était probablement ce qu'il attendait. Elle s'efforça de rester impavide.

– Je suis sûr que la chef Marion serait ravie de voyager aussi, reprit-il avec son air roublard.

La chef Marion ! Et pourquoi pas la cheftaine ? Le malaise de Valentine monta en puissance. Jamais Guerry ne l'appelait ainsi, jamais personne, au demeurant. Il aurait dit la « patronne », la « divisionnaire », la « commissaire », passe encore, mais la *chef Marion* !

– Au fait, je suis allé à l'hôpital, on m'a refusé l'accès à sa chambre…

Le sang se mit à bouillonner dans le corps de Cara. L'autre s'était retourné vers elle et l'examinait comme un entomologiste un insecte.

– Personne n'a accès à Mme Marion, dit la capitaine, agacée par le tremblement de sa propre voix et consciente que Guerry avait dit « accès à sa chambre » et pas « accès à Marion au service de réanimation ».

– Même pas vous ?

« Mielleux, sale con ! » s'insurgea Valentine en silence. Elle affermit sa voix :

– En réanimation, personne n'a accès aux malades, sauf la famille, et encore, sous condition !

– Ah ! Eh bien… Et comment va-t-elle ?

– Aucun changement. État stationnaire.

– Ah ! Eh bien… répéta le commissaire sur un ton qui en disait long quant à ce qu'il pensait vraiment. C'est dommage, toute cette histoire, capitaine… Mais ce qui l'est plus encore, c'est votre attitude à mon égard. Vous n'êtes pas très… amicale. Je pensais que vous me seriez reconnaissante…

Elle se tut, incapable d'une réaction appropriée.

– Bien, dit-il après une attente raisonnable. Je compte sur vous pour arranger ça !

Arranger ça ! Arranger quoi ? L'état de Marion ? L'accès à sa chambre ? Sa propre amabilité ? Plus qu'une injonction, Valentine décela une menace dans l'intonation. Prudente, elle continua de la boucler.

Guerry n'insista pas. Sans la lâcher des yeux, il reflua vers la porte. La main sur la poignée, il se retourna :

– À propos, votre ami, Abadie…

Cara se crispa. Elle érigea à toute allure une barrière symbolique entre elle et lui, se préparant au pire.

– Il a demandé sa mutation pour la Crim…

L'air content de lui, il planta la dernière banderille :

– Et il l'a obtenue !

## 9

***Gare de Lyon***
***30 mai, 18 h 45***

Quand la divisionnaire Maguy Meunier sortit de sa voiture à proximité du parvis de la gare de Lyon, elle constata avec irritation que plusieurs véhicules de presse étaient déjà là, stationnés à la queue leu leu le long du boulevard Diderot. Quelques photographes faisaient le pied de grue, tentant d'apercevoir ce qui se passait derrière la toile verte tendue devant la scène de crime. Celle-ci se situait entre un énorme bac en bois abritant un arbre au tronc maigrelet, un conteneur à ordures et une grille ouvragée qui surplombait un parking payant. Par réflexe, Maguy Meunier embrassa la zone du regard, cherchant des points d'accroche : réserves de témoins, caméras de vidéosurveillance. Sans présumer de la médiocrité des résultats prévisibles des premiers — dans ces lieux interlopes, personne ne voyait jamais rien — elle devina qu'il ne faudrait pas compter davantage sur les secondes. En effet, si le périmètre de la gare comptait un nombre important de caméras, il s'était installé entre leurs optiques une demi-douzaine de tentes destinées à la tenue d'un événement éphémère. L'ensemble, imposant, faisait écran. Quant aux caméras urbaines proprement dites, il faudrait le vérifier, mais il y avait peu de chances qu'il s'en trouvât une bien placée. Le PVPP[1] était certes lancé dans la capitale, avec ses mille et quelques oculaires annoncés, mais il lui faudrait au moins trois ans pour être déployé entièrement.

Le groupe de la Crim avait fait élargir le périmètre de sécurité de plusieurs mètres et, à l'évidence, il manquait des gardiens pour empêcher les curieux de passer sous les rubans jaune et noir de la PTS[2]. La divisionnaire héla le plus proche, qui regardait ailleurs et venait de laisser s'infiltrer une jeune femme armée d'un micro « RTL » :

– Où est votre chef ? aboya-t-elle en l'attrapant par la manche de son blouson.

– Pourquoi ? demanda le jeune type — guère plus de vingt ans — sans se démonter.

– Parce que, fit Meunier en lui collant sa carte professionnelle sous le nez et en lui montrant la journaliste qui venait d'être refoulée sans ménagement au ras du barnum, vous ne faites pas votre boulot et je vais lui demander de vous sanctionner. Ça vous va comme réponse ?

Le gardien rougit et désigna une femme en uniforme un peu plus loin, en grande discussion avec un contrôleur de la SNCF. Son postérieur proéminent tendait la toile du pantalon d'uniforme et quand, attirée par les grands gestes de son subordonné, elle se précipita vers la divisionnaire, celle-ci eut l'impression qu'un sac de gélatine se mettait en mouvement. Ce n'était pas la peine, songea Meunier, d'exiger des critères physiques draconiens de recrutement pour les hommes de troupe, et pour les femmes aussi d'ailleurs, pour, après, les laisser s'empâter de la sorte. La femme-brigadier arriva, essoufflée. Elle salua en affirmant qu'elle attendait des

1. Plan de Vidéosurveillance de la Préfecture de Police.
2. Police Technique et Scientifique.

renforts. Elle avait la face large d'une lune au zénith, de la couperose sur les joues et les ailes du nez.

– Évacuez-moi ces charognards ! ordonna la divisionnaire en désignant les photographes qui s'étaient approchés, à la perspective d'un bon coup.

– Madame la divisionnaire ! la héla un type au look de baroudeur mal rasé qu'elle ne connaissait que trop, un de ces poissons-pilotes que la Crim traîne dans son sillage par tous les temps, en toute saison.

Embusqués dans les coins, à l'affût d'une information, même anodine. Ceux qui, happant le plus petit tuyau, en feront deux ou trois pages le lendemain ou le soir même, au risque de compromettre l'enquête.

Elle lui adressa, de la main, un signe qui n'avait rien d'amical. Plutôt connoté « va te faire voir chez les Grecs ! », mais avec un sourire de circonstance car elle savait, pour l'avoir expérimenté à ses dépens, qu'elle était, depuis son arrivée, mitraillée sous toutes les coutures. Les photographes publieraient, sans aucune gêne, le cliché le moins flatteur, pas forcément sur le coup, mais un jour, quand l'envie leur prendrait ou si elle les évitait trop souvent. Il fallait composer avec eux, constamment, c'était la première chose que ses chefs lui avaient apprise.

– Est-ce que cette affaire a un rapport avec l'autre garçon ?

Pour le coup, elle marqua un arrêt involontaire. L'autre garçon ? De quoi parlait-il, ce free-lance qui, elle le déplorait mais n'y pouvait rien, était mieux introduit dans la plupart des services de police qu'elle-même ne l'était ? Qui savait tout sur tout le monde parce qu'il passait sa vie à fricoter avec les flics, les magistrats, les avocats ?

– Trop tôt pour le dire, marmonna-t-elle au flan. Laissez-moi passer, s'il vous plaît !

– Vous nous direz quelque chose, tout à l'heure ?

Elle lui adressa de nouveau un signe vague et s'engagea sous la bande plastifiée.

Le chef de groupe, un commandant nommé Nerval, l'accueillit à proximité du corps entièrement nu du garçon. Elle évalua le mort d'un regard. Un mètre cinquante-cinq environ, il n'avait que la peau sur les os et un petit ventre étrangement rebondi, des cheveux blonds clairsemés, rejetés en arrière, un appareil génital prépubère, sans pilosité, intact. Aucune blessure apparente, ni marque de coups ni de sévices. Ses orbites vides contemplaient le toit du barnum installé pour le protéger des regards indiscrets. Il n'y avait pour autant aucune trace de sang et l'énucléation avait vidé les creux orbitaires sans dégâts visibles. La peau présentait une coloration blafarde tout à fait inhabituelle, choquante, car elle faisait ressembler le corps à un gisant de cire.

– Qui l'a découvert ? s'enquit Maguy Meunier auprès du commandant Nerval.

– La femme, là-bas…

Il désigna une personne à la peau sombre vêtue d'un ensemble veste-pantalon en toile grise ornée de bandes orange et vert fluo. Brodé sur la poche de poitrine de la vareuse, figurait le nom de l'entreprise de nettoyage PRONET. Nerval précisa que cette grosse boîte francilienne détenait la plupart des contrats d'entretien des plates-formes ferroviaires de Paris et de sa banlieue.

– Elle est venue déposer des sacs de déchets secs dans le conteneur, là… Elle a fait bouger le bac involontairement et le corps était coincé derrière, emballé dans cette bâche…

L'objet qui avait servi de linceul avait été plié et introduit dans une mallette de prélèvements pour être examiné dans un lieu plus propice. Il s'agissait d'un morceau de plastique fin, une bâche de peintre en bâtiment, expliqua le deuxième de groupe, un capitaine petit, sec et nerveux, au visage mangé de cicatrices d'acné, constamment agité de tics.

Le commandant Nerval attendit la question suivante. Il n'était pas surpris de la présence de Maguy Meunier. Depuis quelques mois, elle venait sur toutes les scènes de crime. Comme si, subitement, elle ne pouvait plus s'en passer. Elle n'était pourtant pas une acharnée de ces spectacles, d'habitude. Elle avait les traits tirés et elle était mal coiffée sans qu'elle parût s'en préoccuper. Des racines grises d'un bon centimètre envahissaient sa blondeur décolorée et, quand on connaissait le soin qu'elle apportait d'ordinaire à son image, il y avait de quoi s'interroger. Elle n'en parlait pas avec eux, forcément, mais il se disait dans la brigade qu'elle essuyait des revers conjugaux. En plus de la tourmente qu'elle devait contenir à la Crim. Dans les bureaux, les gars parlaient d'elle avec rancune, la rendant responsable de la mort de leurs deux collègues. Tout en sachant qu'elle n'était pas directement en cause, il fallait bien que leur colère et leur chagrin trouvent un exutoire. Leur agressivité disparaissait cependant sur les scènes de crime, où tout semblait redevenir comme avant. Voilà qui expliquait sans doute l'entêtement de Maguy Meunier à se montrer sur un terrain où elle retrouvait ses marques et retendait les fils avec ses troupes.

Elle remarqua la présence du substitut de permanence en train de s'entretenir avec le docteur Carré, de l'IML[1], et revint au corps de l'adolescent. Même dépourvu de ses yeux, bleus si elle se souvenait bien des photos, il n'y avait aucun doute : il s'agissait bien du jeune Belge dont la disparition avait fait un barouf du diable, quatre semaines auparavant.

– Les parents sont au courant ? demanda-t-elle au commandant Nerval, qui avait repris le cours de ses constatations en compagnie du procédurier.

– Pas encore ! Nous voulions être complètement sûrs et je n'avais pas envie de les avoir sur les bras.

1. Institut médico-légal.

– Bien sûr, mais vous avez vu que la presse est là… Il ne faudrait pas qu'ils apprennent la nouvelle par un journaleux…

– J'ai prévu d'aller les voir à leur hôtel dès qu'on aura enlevé le corps.

– Je m'en charge si vous voulez…

Le commandant avait envie de lui dire de rentrer à son domicile, il n'avait pas besoin d'elle, mais elle lui inspirait à cet instant plus de pitié que d'irritation. Et il s'était toujours senti mal à l'aise dans le rôle de celui qui va annoncer la mort d'un proche à une famille. S'agissant d'un enfant, il entendait d'ici les cris de la mère.

– D'accord, patron, si vous voulez, murmura-t-il.

– On sait comment il est mort ?

– Non, pas exactement, mais, selon le légiste, la couleur de la peau et l'absence totale de lividités cadavériques indiquent une exsanguination massive. Pratiquée à partir d'une minuscule incision dans les carotides. Une de chaque côté. Le corps est souple, mais on ne peut pas pour autant fixer le moment du décès, car le contexte est inhabituel… Autopsie demain matin, 8 heures.

C'était une façon de lui faire comprendre qu'il n'était pas utile qu'elle pose d'autres questions auxquelles il ne pourrait pas répondre. Elle alla saluer les autorités et les hommes du groupe de Nerval, qui se préparaient à commencer les investigations périphériques. Elle battit en retraite avec l'impression de ne servir à rien dans ce processus raide et immuable.

Au moment où elle quittait la place pour aller porter la mauvaise nouvelle aux parents du jeune défunt, elle se heurta une fois de plus au reporter barbu. Il la guettait, elle en aurait mis sa main au feu, avec l'expression d'un prédateur aux abois. Elle le laissa lui emboîter le pas jusqu'à sa voiture, sous l'œil soupçonneux des autres représentants de la presse, qui n'osèrent pourtant pas suivre le mouvement.

– C'est le jeune Belge ? souffla l'homme sans presque remuer les lèvres.

– Je ne peux rien vous dire, Steve, fit la divisionnaire sur le même mode.

– Ça veut dire oui, traduisit-il.

Meunier ne répondit pas, ne laissa rien transparaître. Elle s'installa à la place passager de la voiture officielle et, à moitié tournée vers le conducteur, proféra distinctement :

– On va à l'hôtel Novotel-Front de Seine, Antoine !

Elle ne prit pas la peine de constater la lueur d'excitation dans le regard du prénommé Steve. Il lui avait remis en mémoire l'affaire du jeune inconnu, découvert un peu plus de trois semaines auparavant, près du cimetière du Montparnasse. Fallait-il qu'elle soit perturbée pour n'y avoir pas songé elle-même ! Fallait-il aussi que perdure le cloisonnement entre les groupes, d'un côté du couloir à l'autre, pour que le commandant Nerval n'ait pas fait allusion à ce premier corps qui présentait avec celui-ci des similitudes troublantes ? Ou bien l'avait-il fait exprès ? La fronde avait-elle gagné en profondeur, au point que les chefs de groupe eux-mêmes s'abaissent à ne pas partager leurs informations avec elle ? Voire à ne pas les partager entre eux, ce qui était quand même le but de la réunion hebdomadaire qu'elle avait instituée, afin que chacun évoque ses dossiers en cours en présence des autres ?

« Tu ne vas quand même pas sombrer dans la paranoïa ! » se tança-t-elle tandis que la voiture démarrait. Elle adressa un sourire furtif au reporter qui, deux doigts portés à hauteur d'un chapeau imaginaire, lui renvoya une espèce de salut militaire. Elle se dit qu'il allait la suivre, attendant, avant d'enfourcher sa moto, le temps qu'il fallait pour ne pas entraîner les autres dans son sillage. Elle le laissa faire. Elle lui devait bien cela, au fond. Et, pour tout dire, plus que jamais, elle avait besoin de soutien. Toute aide serait la bienvenue.

## 10

***Hôpital de la Pitié-Salpêtrière***
***30 mai, 20 heures***

Marion dormait quand ses « tuteurs » entrèrent dans la chambre 302. Ils s'étaient retrouvés en bas, dans le hall. L'heure des visites était dépassée mais ils bénéficiaient d'un statut à part, depuis trois mois qu'ils venaient ici, tous les deux soirs et une ou deux fois pendant le week-end. Ils avaient obtenu ces dérogations en raison de la personnalité de Marion et des conditions très particulières dans lesquelles elle avait été blessée. Ils avaient bénéficié de l'appui plein et entier de la chef de la Crim, l'unique représentante de la police à connaître la vérité sur l'état de Marion et son évolution. Maguy Meunier était en effet la seule personne capable d'imaginer et de comprendre ce qui les dérangeait et qui nécessitait ce black-out. Le docteur Razafintanaly avait fini par accepter de jouer ce jeu inhabituel. Après quelques recherches officieuses, Abadie avait découvert quelques cadavres dans ses placards. À l'époque où il étudiait la neurologie à Lyon, « lunettes bleues » avait fait l'objet de plusieurs plaintes pour harcèlement sexuel. Des étudiantes, pour la plupart, mais aussi une infirmière et une patiente. Il avait dû s'exiler, partir étudier à Londres puis à Cologne.

Sans doute pour les mêmes raisons, il en était revenu et on pouvait se demander par quel prodige il avait décroché ce poste à Paris, dans un hôpital prestigieux. Et comment son dossier personnel avait miraculeusement retrouvé sa virginité. Un nettoyage en règle qui n'avait pas poussé ses lingettes jusqu'aux archives de la police, le seul lieu de la Terre d'où rien ne disparaît jamais.

Raza était monté sur ses grands chevaux. Après un tête-à-tête avec la divisionnaire, il avait changé de ton et accepté de maintenir Marion en réanimation le temps qu'il faudrait. Hier, il avait rompu son engagement. D'où la chambre 302. La réa manquait de place et il avait du mal à vendre à son personnel que Marion dût y être maintenue alors qu'elle était débranchée, détrachéotomisée, et suffisamment consciente pour égrener des insanités aux infirmières. Il avait juré tout à l'heure aux tuteurs que, néanmoins, les cerbères hospitaliers veillaient.

Abadie et Cara étaient contrariés. Ils entendaient les arguments de Raza : Marion ne pourrait pas rester indéfiniment en réanimation, ni même dans ce service et dans cet établissement. Il fallait songer qu'elle irait de mieux en mieux, qu'elle retrouverait sa motricité, ses facultés, sa mémoire.

– On n'en est pas encore là, avait objecté Abadie. Et pour l'instant, rien n'a changé.

– Si vous me disiez ce qui la menace, râlait le médecin, j'aurais une chance de comprendre !

Comment lui expliquer ce qui, pour eux, relevait d'un sentiment plus que d'une certitude ? Ils ne voulaient pas que Guerry approche Marion parce qu'elle avait peur de lui. Ils se méfiaient de l'homme, de ses réactions parfois incompréhensibles. Un psychiatre qui s'était, à la demande de Maguy Meunier, entretenu avec le commissaire, avait détecté un fond de rancune liée « à sa fratrie ». La mort de son frère Ambroise était, elle, liée à Marion. Son inconscient pouvait, puisqu'il s'agissait d'un vrai jumeau, créer une association de cause à effet et l'en rendre responsable. Meunier et les tuteurs avaient entendu que le commissaire Guerry entretenait peut-être avec son frère défunt une forme de complicité posthume ou qu'il était victime d'un syndrome de mimétisme comportemental courant chez les jumeaux. Un peu comme si le survivant se trouvait investi de la nécessité testimoniale d'absorber l'image du disparu, de se comporter comme il l'aurait fait, voire de perpétuer son œuvre. Il n'existait cependant aucune fatalité de ce type dans les relations gémellaires, en dehors d'une abondante littérature que la science n'avait jamais cautionnée. L'enquête sur les drames de la famille Guerry n'avait pas permis de progresser sur ce terrain.

– On va peut-être avancer, maintenant que tu pars pour la Crim, dit Valentine sur un ton doux-amer.

Le teint coloré d'Abadie s'enflamma.

– Tu es au courant ?

– Guerry s'est chargé de me prévenir. Quel enfoiré ! Il m'a même dit que tu étais demandeur ! C'est vrai, ça ?

– Je ne vais pas te mentir, Valentine, personne ne m'arrache ma chemise pour que j'aille au 36. C'est une chance unique…

– Ouais, ouais…

– Oui, je te le confirme. Si tu n'es pas coopté, tu ne vas pas au 36… Ne le prends pas mal. Tu es loin de moi maintenant. Même si nous sommes toujours dans le même service, ce n'est plus comme avant… Et puis, je suis soulagé de pouvoir mettre de la distance entre Guerry et moi… J'en ai marre, tu sais, ça va mal finir à la gare du Nord. À la Crim je vais pouvoir passer à autre chose… Il t'a dit quoi, à part ça ?

Valentine résuma leur brève conversation. Abadie s'exaspéra quand elle lui annonça que, probablement, il était venu ici pour tenter de voir Marion :

– Et tu comptais m'en parler quand ?
– J'ai vérifié tout à l'heure, avant ton arrivée. Personne ne se souvient d'avoir renseigné qui que ce soit au sujet de Marion et donc, de lui avoir refusé l'accès à sa chambre. Mais à mon avis, comme il sait qu'elle est dans une chambre et non plus en réa, c'est un signe…
– Il faut tirer ça au clair. Ça ne me plaît pas qu'elle soit là, le filtre est moins efficace, il va finir par l'approcher…

Le front de Valentine se plissa d'inquiétude.

« Elle a pris un coup de vieux », songeait Abadie.

Il y avait maintenant beaucoup de fils gris dans sa chevelure sombre et, le pire, c'est qu'elle semblait s'en moquer éperdument. Elle avait perdu quelques kilos, aussi. Déjà de stature mince et nerveuse, elle flottait dans ses vêtements.

Le regard d'Abadie glissa sur Marion. Sa tête bandée, son teint pâle, ses lèvres trop sèches, l'impression d'un corps mort, n'eût été le lent mouvement de sa poitrine enfouie sous le drap. Une bouffée d'angoisse lui serra la gorge. Valentine continuait à commenter le comportement, de plus en plus louche selon elle, de Guerry, mais il l'entendait à peine. Brusquement il bondit sur ses pieds :
– Puisqu'elle dort toujours, on va aller régler ce problème de chambre !

Le docteur Razafintanaly était parti, probablement pour éviter un assaut des « tuteurs ». Cara et Abadie croisèrent une infirmière aux yeux fatigués, cernés de poches violacées. Sa peau très brune indiquait qu'elle était d'origine méditerranéenne et son soupir excédé quand retentirent en même temps trois stridulations provenant de la salle de permanence, qu'elle s'éclatait de moins en moins dans ce métier ingrat. Elle leur indiqua que l'interne de garde, le docteur Simon Roland, était en « pause casse-croûte » pour encore un quart d'heure, avant de filer vers les malades qui la réclamaient. Une deuxième blouse, verte celle-ci, lui emboîta le pas dans le couloir. La fille à l'intérieur était jeune et jolie, rousse et ronde. Valentine la suivit du regard, ce qui n'échappa pas à Abadie :

– Quoi ? aboya la jeune femme.

– Rien ! se récria-t-il.

Il savait bien qu'à trente-cinq ans, Valentine ne pouvait pas tirer un trait sur toute vie privée. Le manque d'activité amoureuse la rendrait vite intenable. Mais compte tenu de l'état de sa sexualité à lui, de ce poids qui lui plombait l'estomac à la perspective des prochaines semaines, il espérait qu'elle tiendrait encore longtemps tout désir éloigné d'elle. Il voulait qu'ils restent enfermés dans cette osmose, cette fraternité autour de Marion.

– T'inquiète pas, va, fit Valentine en rajustant machinalement ses vêtements — jean, blouson, baskets, tenue de rigueur depuis la mise en berne de ses amours — je n'ai envie de rien, en ce moment, surtout pas de *ça* !

Ils se replièrent dans un silence prudent tout en continuant d'attendre le retour du docteur Roland. L'infirmière eut le temps de régler quelques problèmes, l'aide-soignante d'apaiser quelques souffrances, qu'il n'avait toujours pas réapparu.

– Une demi-heure, marmonna Valentine, il a dû être coiffeur dans une vie antérieure…

L'infirmière et sa collègue échangèrent un regard. Ce n'était pas à table que l'interne s'attardait, traduisirent les officiers.

– Bipez-le ! ordonna Abadie, on ne va pas passer la nuit à poireauter !

Il lui sembla entendre un petit rire de l'aide-soignante tandis que l'autre se dirigeait sans se presser vers le téléphone. Un bon quart d'heure s'écoula encore avant que Simon Roland ne daigne apparaître, avec la tête de quelqu'un qui sort d'un lit où il a tout fait, sauf dormir. Il lissa ses cheveux bruns qu'il portait coiffés en arrière, extirpa de la poche de sa blouse des lunettes à verres cerclés d'acier qu'il ajusta tranquillement sur son nez. Quand il passa devant les officiers pour les conduire dans un bureau réservé au médecin de garde, Valentine renifla un parfum qui n'avait rien de masculin.

Ils restèrent debout tandis que le médecin s'asseyait devant un micro-ordinateur. Il consulta brièvement son écran :

– Mme Marion va de mieux en mieux, dit-il avec un sourire contraint. Le déficit neurologique est presque entièrement résorbé et la neuro-myopathie consécutive à la période de coma et à la phase de réanimation a entièrement disparu. Les séances de rééducation sont efficaces et il est possible que dans quelques jours elle puisse se mettre debout toute seule, marcher même, probablement…

– Nous sommes au courant, le docteur Razafintanaly nous l'a expliqué tout à l'heure.

– Ah ! il vous a parlé de son petit problème, alors ?

Valentine et Abadie se consultèrent du regard :

– L'amnésie, vous voulez dire ? suggéra Abadie, qui n'avait pas gardé de souvenir d'un autre embarras évoqué par « lunettes bleues ».

– Oui, alors ça, l'amnésie, on ne peut pas savoir encore comment ni quand ça va se remettre, mais il est possible que la mémoire revienne, progressivement ou d'un seul coup. Attendez-vous à des rechutes, cependant, elle n'est pas totalement tirée d'affaire…

– Alors, ce problème ? s'impatienta Valentine.

– Elle présente une désinhibition post-traumatique dont je crains qu'elle ne soit installée pour longtemps…

– C'est-à-dire ?

– La zone frontale est le siège des émotions et c'est là que se fabrique l'inhibition sexuelle.

Il marqua une pause. Les « tuteurs » semblaient pétrifiés.

– Vous voulez dire qu'elle se tient mal ? suggéra Abadie d'une voix mal assurée.

– Verbalement, pour l'instant… Le personnel a l'habitude ici mais il faut que vous le sachiez pour le jour où elle sortira.

– Verbalement, vous dites ? Soyez plus précis !

– Eh bien, elle exprime sans retenue ses pensées en des termes très directs et crus. Elle va vous dire par exemple : « la petite infirmière se fait tringler toutes les demi-heures par le bel interne à lunettes »…

Une lueur malicieuse, provocatrice, anima les yeux de myope du docteur Roland. Valentine le toisa :

– Et moi, je dirais : ils n'ont rien de mieux à faire dans un hosto que baiser comme des lapins, ces deux-là ? Et pourtant je n'ai pas le cerveau endommagé !

Le docteur Roland s'esclaffa :

– Elle est dans l'outrance ! Vous imaginez ? Toutes les demi-heures !

Abadie coupa la parole à Valentine sur le point d'en remettre une couche :

– Est-ce que ça peut évoluer ?

– C'est fort possible. Mais pas forcément dans le bon sens…

Valentine s'imagina Marion en plein délire sexuel, sautant sur tous les mâles et, avec un peu de chance, sur les femelles. Elle se prit à sourire. Abadie, lui, restait dramatiquement sérieux.

– Ne paniquez pas, tempéra le médecin, j'ai connu des cas plus graves… Les atteintes sensorielles sont faibles dans son cas, les zones temporales sont moins affectées. On peut imaginer une rééducation quand elle aura retrouvé tous ses moyens physiques, et également l'essentiel de sa mémoire. On peut même espérer une guérison complète, mais impossible de deviner quand. Quelques semaines, ou beaucoup plus…

« Ouais, comme toujours, songea Abadie, muet d'effarement, personne n'est foutu de poser un diagnostic clair. » Il sentit que Valentine pensait la même chose et le lapin à lunettes, pareil. Ce dernier ne leur laissa pas le temps de commenter :

– Vous vouliez me parler d'autre chose ?

– Oui, rétorqua Abadie sèchement, de sa sécurité.

Le docteur Roland prit aussitôt l'air ennuyé. Il prétendit, en se mordillant la lèvre inférieure, que ce point n'était pas de son ressort bien qu'il fût au courant des consignes que le chef de service avait données.

– Une personne non autorisée a réussi à aller jusqu'à sa chambre.

– Qui vous l'a dit ? s'exclama l'interne, signant ainsi ses aveux.

C'était donc vrai ! Guerry était bien venu ici ! Ils se plantèrent côte à côte face au médecin, qui se récria :

– Il s'est présenté comme son médecin traitant, comment voulez-vous ?…

– Il vous a présenté un document officiel ? l'apostropha Abadie.

– Non, mais vous rigolez ! Ça ne se fait pas dans le monde médical, enfin rarement ! On a tous une carte professionnelle mais on ne s'en sert jamais, sauf pour se faire délivrer des médocs dans une pharmacie, sans ordonnance… Mais il n'a pas vu la patiente… Une infirmière est intervenue…

– Vous vous rendez compte de ce que vous dites ? s'exclama Abadie, tout rouge. À présent il sait qu'elle est sortie du coma, et je peux vous dire une chose, il va revenir !

Cette fois, c'était au tour du docteur Roland d'être ahuri. Déjà qu'il ne comprenait rien à cet acharnement à prétendre que cette femme se trouvait encore dans le coma, voilà qu'en plus on allait le mettre en cause !

– Écoutez, se défendit-il, je ne pige pas bien... Si Mme Marion court un quelconque danger, il faut l'enfermer dans un blockhaus. Parce que ici, c'est une passoire, comme tous les hôpitaux, je ne vais pas vous faire un dessin. Nous sommes en sous-effectif chronique, la moitié du personnel soignant de base parle à peine le français... Il y a un interne la nuit pour cent malades, dans les périodes fastes. Quant à la sécurité, n'en parlons pas !

– Il y a quand même un endroit où on n'entre pas comme dans un moulin, objecta Abadie avec la même véhémence.

– Exactement, appuya Valentine. Alors demain, elle réintègre la réa, que ça vous plaise ou non ! Elle n'aurait pas dû en sortir, c'était un engagement formel de Raza.

Le docteur Roland n'avait pas voix au chapitre quant aux choix du chef de service. Il ne le portait pas dans son cœur, du reste, et c'était réciproque. « Lunettes bleues » manifestait à son encontre une hostilité voisine de la haine qui, il en était persuadé, avait un rapport direct avec ses succès féminins. S'il apprenait qu'il avait mal géré la situation, il lui ferait vivre l'enfer. Il lui vint une idée.

– J'ai vérifié tout à l'heure au cours de ma visite, il y a une place libre, on va la remettre *maintenant* en zone de réa. Je dirai qu'elle a perdu connaissance et qu'il lui fallait une assistance pour éviter l'anoxie cérébrale. En échange, si vous pouviez ne rien dire à Raza...

Cara et Abadie assistèrent au transfert de Marion, qui ne s'était pas réveillée même si les draps repoussés et une jambe hors du lit démontraient que son sommeil était loin d'être serein. Ils quittèrent l'hôpital à moitié rassurés, avec la sensation qu'un danger rôdait derrière les arbres, tapi sous les voitures en stationnement. Un danger qui ressemblait à l'homme, mort et enterré, qui avait tiré sur Marion, l'amenant à cet état lamentable. Mort et enterré. Pourquoi, dans ce cas, éprouvaient-ils la sensation qu'il pouvait encore leur nuire, lui, ou l'autre qui lui ressemblait tant ?

## 11

***36, quai des Orfèvres***
***Brigade criminelle, 2 juin, 9 heures***

La première personne que virent les chefs de groupe de la Crim en arrivant à la réunion fut Marysa de Mareil, la psycho-criminologue que Maguy Meunier leur imposait dans certaines affaires. À chaque fois, il leur semblait qu'on mettait en doute leur compétence, leur capacité à dénouer les énigmes les plus compliquées, et ce, bien que leur taux de résolution des dossiers criminels avoisinât les 90 %. Les progrès de la science et de la technique avaient rendu le crime parfait quasiment impossible et il n'était pas nécessaire, pour le démontrer et confondre les assassins, de s'adjoindre un psy. Fût-ce cette femme qui, par un curieux hasard, avait les mêmes initiales que leur patronne. Beaucoup plus jeune et plus jolie au demeurant, avec sa masse de cheveux roux qui formaient un halo vaporeux autour de sa tête, sa silhouette pulpeuse et ses talons aiguilles. Certains disaient qu'elle les aguichait avec ses falbalas et cette lueur espiègle dans les yeux dont elle ne se lassait pas de jouer.

D'un revers de main autoritaire, la chef de la Crim balaya les objections qu'elle sentait affleurer sous les masques fermés de ses chefs de groupe.

– J'ai souhaité dès à présent que Mlle de Mareil assiste à ce premier briefing afin de nous faire gagner du temps. Il ne vous aura pas échappé que les deux victimes sont mineures, c'est la raison pour laquelle j'ai *aussi* convié le commissaire Thierry Belout, chef de la BPM, à se joindre à nous.

Les regards convergèrent vers un homme d'une quarantaine d'années, de taille moyenne et un peu rond. Sa coupe en brosse, sa moustache épaisse et son teint coloré ajoutaient un côté bon enfant, pourvu d'une discrète british touch suggérée par son costume gris, gilet croisé bordeaux et nœud papillon assorti. Il salua d'un sourire aimable les propos d'introduction de Maguy Meunier.

– De plus, dit celle-ci une fois qu'elle eut vérifié que personne n'allait se permettre d'ouvrir sa gueule intempestivement, je viens de prendre connaissance du rapport d'autopsie de Mark Van de Root, nous verrons ensemble ce qu'il faut en penser mais il y a évidemment des corrélations plus que troublantes avec les constatations effectuées sur le corps du jeune garçon du cimetière du Montparnasse… À propos, toujours pas d'identité ?

Le commandant Bernard, en charge de ce dossier, fit non de la tête.

– Bien, soupira la divisionnaire après avoir attendu en vain un commentaire, dans ce cas nous continuerons à l'appeler X… Nous pouvons commencer…

Le commissaire Belout se tourna vers l'homme qui se dirigait vers un tableau occupant le fond de la salle. Un capitaine, blessé quelques années plus tôt au cours d'une opération avec la BRI. Il en avait conservé une claudication qui l'éloignait du bitume, et Maguy Meunier l'avait affecté à l'analyse criminelle, une cellule encore en rodage. Après que Steve, le reporter à la moto, eut pointé du doigt que les deux adolescents découverts morts à un mois d'intervalle pouvaient être reliés, Maguy Meunier avait imposé l'adjonction du capitaine aux deux groupes en action. Les commandants Bernard et Nerval s'étaient rangés à sa décision, bien qu'à ce stade, la notion de série qui, traditionnellement, commence au troisième fait criminel, ne pût encore être totalement avancée.

Le capitaine boiteux exposa, en commentant les inscriptions du tableau, les principaux éléments des deux affaires.

Un petit mois — vingt-cinq jours — séparait la découverte du corps de X devant la vitrine d'un magasin de Pompes funèbres du boulevard Edgar-Quinet, et celle de Mark Van de Root, sur le parvis de la gare de Lyon. Les deux victimes avaient le même âge, treize ans pour l'un, entre douze et quatorze ans pour X, déduction issue de l'examen de son développement osseux, notamment de l'avancée de la calcification de ses carpes et métacarpes. Leur taille était identique à deux centimètres près, ils présentaient des caractéristiques physiques similaires : très maigres et non encore pubères bien que cette phase de leur développement fût enclenchée.

– Si l'on examine les conditions dans lesquelles ils semblent avoir trouvé la mort, c'est encore plus confondant.

Maguy Meunier écouta l'énumération des détails qu'elle avait lus dans les rapports d'autopsie et qui la faisaient encore frissonner. À l'examen clinique, les deux garçons présentaient des signes qui indiquaient un état de Kwashiorkor, à savoir qu'ils n'avaient que la peau sur les os et un ventre gonflé. Leurs muscles avaient fondu au niveau des golfes temporaux, des quadriceps et des deltoïdes. L'eau, fuyant du secteur vasculaire, emplissait la cavité abdominale et les muscles du ventre relâchés étaient incapables de soutenir le poids des viscères. Toutes les émissions sur la faim dans le monde montraient ces images d'enfants dénutris : un gros ventre sur un corps squelettique. Le diagnostic médico-légal forçait le trait en ce sens : les victimes présentaient une déshydratation importante des tissus, une peau fine, sèche, des ongles striés, écornés, des cheveux bifides et cassants, clairsemés, qui ne tenaient plus en place, un début d'hypertrichose au niveau lombaire. Les organes internes, les reins et le foie notamment, montraient qu'ils avaient aussi souffert de carences en fer, zinc, cuivre et manganèse, avec un taux de protéines réduit. Le taux d'albumine, très inférieur à la normale, confirmait, s'il en était besoin, que les victimes avaient été fortement sous-alimentées pendant une dizaine de jours. Plus alimentées du tout ni hydratées au cours des dix ou douze jours précédant leur décès. Elles avaient perdu entre 25 et 30 % de leur poids, ce qu'avait confirmé la famille Van de Root dont le fils Mark pesait quarante kilos au moment de sa disparition et n'en affichait plus que trente quand on l'avait découvert mort. Bien que les analyses anatomo-pathologiques n'aient pas encore été effectuées dans son cas, il y avait fort à parier que les résultats seraient identiques à ceux de X… Y compris dans la découverte de résidus, dans les intestins et la vessie, d'une solution salée et fortement laxative que le légiste désignait sous le nom de lavage colique à base de polyéthylèneglycol.

– La conclusion des rapports, traduisit Maguy Meunier à l'intention de son collègue Belout, est que les victimes ont été affamées et déshydratées et qu'on leur a appliqué un traitement destiné à nettoyer les viscères avant de les mettre à mort.

– Seigneur ! s'exclama le commissaire.

– Et tu n'as pas encore tout vu… Selon le légiste, le temps écoulé entre la disparition des garçons et la découverte de leurs corps, correspond à celui qu'il faut pour mourir de faim. Tu connais la règle des trois ?

Thierry Belout fit non de la tête.

– On meurt si on ne respire pas pendant trois minutes, de soif en trois jours, de faim en trois semaines, enfin c'est une moyenne…

– Cela suppose-t-il qu'on soit en présence d'un criminel qui connaît la médecine ?

– En tout cas, il a de bonnes bases…

Marysa de Mareil remua au bout de la table, libérant un nuage d'un mélange de patchouli, de vanille, de caramel, assorti d'un subtil arôme de chocolat et de fruits sucrés. Elle leva la main, ses bracelets cliquetèrent. Avec sa robe chamarrée, elle évoquait une héroïne de roman d'amour. Ou celle d'une chanson de Francis Cabrel, « Octobre ». C'est l'idée qui traversa son proche voisin, le procédurier du groupe Nerval, un poète mélomane, troublé par la proximité de la belle.

– Puis-je dire un mot, madame le divisionnaire ?

Elle savait y faire, avec son air candide. Maguy Meunier lui sourit, approuvant son interruption d'un signe de la main. L'hostilité des flics en fut renforcée.

– Il y a, dit la jeune femme, une forme de sophistication dans la méthode d'amener les victimes à la mort qui laisse à penser qu'il a besoin d'une sorte de rituel, ce que confirment l'énucléation et les soins externes…

Une houle agita les officiers. La psy brûlait les étapes et sa science de certains détails montrait qu'elle avait pris connaissance des dossiers. Pas besoin de demander qui les lui avait fait lire. Le regard direct et impérieux de Maguy Meunier tua leur début de révolte dans l'œuf. Le commandant Nerval ne put cependant retenir une remarque irritée :

– C'est juste une série de précautions pour effacer les traces, ne rien laisser derrière lui. Plutôt qu'un connaisseur de la médecine, je dirais qu'il connaît les techniques d'enquête, ou qu'il croit les connaître.

– Peut-être, mais dans ce cas, il aurait poussé plus loin encore son travail de « ménage » en empêchant l'identification ! Et il n'aurait pas laissé les corps en évidence, il les aurait brûlés ou enterrés. Il voulait qu'on les trouve et il voulait nous dire quelque chose en les préparant ainsi…

Nerval haussa les épaules, les yeux au ciel. Il marmonna quelques mots d'où l'on pouvait extraire « élucubrations, délires de psy ». Maguy Meunier leva les mains pour apaiser les esprits.

– Continuez, capitaine, dit-elle à l'officier de l'analyse criminelle, nous devons avancer, nous étudierons les hypothèses plus tard.

Cependant que l'homme reprenait son exposé en énumérant ce que le meurtrier avait fait à ces deux pauvres gamins — coupage des ongles, récurage approfondi du corps, ainsi qu'en témoignaient quelques abrasions, lavage et brossage des cheveux — elle contempla la psy avec angoisse. Ses derniers mots la plongeaient dans la perplexité et un étrange malaise. Elle était incapable de mettre des mots sur ce qu'elle ressentait, mais c'était violent et anxiogène.

La synthèse fut poursuivie par les pistes ouvertes sur des perspectives d'identification de l'auteur d'actes cruels comme on n'en avait pas connu depuis longtemps. Les indices étaient minces. Ainsi que l'avait laissé entendre le commandant Nerval, le meurtrier, à condition qu'il n'y en eût qu'un, était prudent et averti. Marysa tenta bien une sortie sur l'interprétation qu'il fallait donner des différents aspects de la mise en scène : la présentation du corps dénudé et emballé signait une connotation sexuelle bien qu'il n'y eût aucun passage à l'acte avéré. Si, cependant, c'était le cas, l'auteur n'avait laissé aucune trace, interne ou externe, sur ses victimes. On devait s'attendre à tomber sur un criminel narcisso-sexuel refoulé. Quelqu'un qui se défendait de ce qu'il ressentait face à de jeunes garçons dont la recherche, compte tenu de leur âge, était sûrement motivée par un blocage à ce stade de son propre développement. Il pouvait avoir entre trente et trente-cinq ans, mais sûrement pas plus. L'énucléation pouvait signifier qu'il ne voulait pas être vu et jugé, mais aussi qu'il procédait à une réification de sa victime. Il en faisait en définitive un objet car elle l'avait déçu, d'une manière ou d'une autre. Sa démonstration se perdit dans l'indifférence générale.

## 12

***55, rue du Faubourg-Saint-Honoré. Palais de l'Élysée***
***4 juin, 16 heures***

Adel Kinsky regardait, par la fenêtre de sa chambre, deux pigeons qui fricotaient sur la pelouse impeccable des jardins du palais de l'Élysée. Le front barré d'une ride de contrariété, il se prit à les envier. À baver de convoitise devant leur liberté, leur insouciance. Une seule préoccupation à la fois. Manger, se reproduire, déféquer et recommencer. Dormir parfois, blottis les uns contre les autres, dans un coin tranquille et naturel, loin des ors pesants de la République, sans majordomes, huissiers et autres gardes du corps. Fils de président de la République n'était pas une sinécure. Pour ses quatorze ans, il avait demandé un cadeau que tous les ados de son âge obtenaient, du moins ceux qui boxaient dans sa catégorie sociale. Son père, à cran et perpétuellement occupé, avait demandé à réfléchir. Mais il n'avait pas l'air emballé, a priori, comme chaque fois qu'Adel lui rappelait les aspirations d'un adolescent : besoin d'air, de vivre sa vie, comme les autres. Il objectait que le simple fait de faire du vélo à La Lanterne ou à Brégançon représentait une contrainte et une organisation complexe pour les services de sécurité. Qu'en aucun cas, il ne pouvait circuler seul, sans ses baby-sitters. Adel songea avec rancune aux deux officiers du Service de Protection des Hautes Personnalités qui ne le quittaient pas d'une semelle. En toutes circonstances, ils le pistaient comme des chiens de chasse. Du coup, tout, ou presque, lui était fermé. Car, comment traîner dans une fête ces deux balèzes, leurs yeux de fouine aux aguets, leur oreillette translucide à peine visible — on ne voyait que cela — sans que l'ambiance ne s'en trouve aussitôt plombée ? Dans un concert public, il fallait occuper des places spéciales, loin des potes. Le seul endroit où il n'y avait pas trop de problèmes, c'était ici, à l'Élysée, le lieu le mieux gardé du pays. Les contreparties étaient moins amusantes : les contrôles d'accès qui ne laissaient entrer que les copains triés sur le volet, passés au fichier — même leurs familles y avaient droit —, scannés jusqu'au fond du slip par les portiques électromagnétiques. Le cantonnement dans une pièce dédiée, sans possibilité de s'égarer dans les couloirs, la musique pas trop forte à cause de tous les officiels qui travaillaient ou croisaient dans les parages. Et pas question d'organiser plus d'une fête par an. Au-delà, la Cour des comptes mettrait son nez dedans. C'est ce que lui expliquait son père qu'il en arrivait, par moments, à détester d'avoir été élu.

Après un coup discret, la porte s'ouvrit sur Mamou, la grand-mère paternelle d'Adel. En l'absence fréquente des parents, surchargés de corvées, elle veillait au bien-être de ses petits-enfants : lui-même, Adel, et Gina, sa petite sœur de trois ans, née du remariage de son père avec Valéria, peu avant son élection. Adel se retourna d'un bloc, le cœur battant. Elle apportait la réponse à la question cruciale qu'il avait posée à son président de père et dont il attendait le verdict. À voir la tête de Mamou, il comprit que celui-ci était tout ce qu'il redoutait.

– Pas de scooter, mon chéri, dit la vieille dame, vêtue comme à son habitude d'un tailleur, beige aujourd'hui (parfois il était gris ou noir), orné de boutons dorés et d'une chaînette en sautoir qui retenait les pans de la veste.

– Mais pourquoi ?

Bogna Kinsky haussa les épaules.

– Tu le sais bien, pourquoi… Il faudrait des motards pour t'escorter et ce n'est pas possible.

Bien sûr que si, c'était possible, Adel le savait parfaitement ! Il y avait tant de dépenses inutiles dans ce palais ! Que représentaient deux motards de plus ou de moins ? Mamou mentait par charité. Il devait reconnaître que deux motos de la police l'entourant à chacun de ses déplacements en scooter seraient d'un ridicule absolu. La honte qu'il se paierait devant les copains !

Le jeune homme sentit les larmes monter à ses yeux et, pour ne pas craquer devant sa grand-mère, il se laissa aller à une litanie de gros mots, tous destinés à son père.

– Adel ! protesta Mamou, je t'en prie ! Ton père est déjà bien assez embêté comme ça. Il trouve ces dispositifs très pesants, tu le sais, il en a marre parfois, alors n'en remets pas une couche !

– Mais c'est sa faute ! C'est lui qui est président, pas moi ! Qu'est-ce que je risque, moi ? L'État ne tombera pas en morceaux si j'ai un scooter…

– Non, sourit la vieille dame, si tu as un scooter, non. C'est l'usage de cet engin qui pose problème !

Il ne sut comment interpréter l'expression de sa grand-mère mais il y discerna cependant une lueur d'espoir. Signifiait-elle que tout n'était pas perdu ?

– Je vais te l'offrir moi, ce scooter, mais il ne faudra pas t'en servir dans Paris, du moins dans un premier temps…

– À quoi ça sert, alors ? s'effondra Adel, qui avait senti enfler la musique du triomphe et voyait s'écrouler le soufflé. Je ne pourrai même pas l'essayer ?

– J'ai dit, dans un premier temps… Pour l'essai, on verra, tu pourras quand même faire le tour du quartier, il y a un flic tous les vingt mètres par ici, ça ne devrait pas trop craindre, comme tu dis… Ensuite tu le roderas à La Lanterne et, petit à petit, tu verras, ton père lâchera du lest. Tu grandis quand même et, s'il le faut, il trouvera bien un motard inoccupé pour t'escorter, ce n'est pas ce qui manque !

– Mais il est d'accord, pour le cadeau, tu es sûre ?

Mamou laissa filer son regard vers les gazons tirés au cordeau. Non, il avait dit non, fermement et définitivement. Mais elle connaissait son fils comme personne. C'était un sanguin, il se mettrait en rogne et, cinq minutes après, il se calmerait. Elle assumerait la faute, elle prétendrait n'avoir pas bien compris. Elle devenait un peu sourde et perdait la mémoire depuis quelque temps, cela suffirait à expliquer son étourderie. Passé le premier orage, quand l'engin serait là, il s'y ferait, bien obligé. La joie dans les yeux de son petit-fils préféré paya d'avance la mère du Président de l'engueulade qu'elle aurait à subir.

– Mais tu ne dis rien, Adel, tu me promets, c'est notre secret, d'accord ?

# 13

***36, quai des Orfèvres,***
***4 juin, 17 heures***

Marysa de Mareil quitta l'immeuble de la PJ avec le sentiment qu'elle avait gagné le montant d'une vacation assez facilement. C'est ainsi qu'elle était rémunérée. À l'heure. Elle facturerait à la préfecture de police trois heures à 120 euros et elle n'en avait rien à cirer si personne ne tenait compte de ce qu'elle disait. Elle naviguait ainsi d'un service à l'autre, la majorité de son temps étant consacré aux affaires mettant en scène des mineurs victimes des agissements de pervers ou de parents maltraitants. Et tant qu'elle avait l'oreille et la bienveillante amitié de Maguy Meunier, elle pouvait bien prêcher dans le vent, cela ne lui dérangeait pas le chignon. À ce propos, elle calcula qu'avec les 360 euros gagnés, elle pourrait se payer une séance chez le coiffeur Alexandre, avenue Matignon. La perspective lui enflamma la poitrine pour aussitôt la faire retomber dans l'angoisse : elle n'avait pas un sou pour payer son loyer et elle accusait déjà un retard de deux mois. Sans compter une bonne demi-douzaine de factures qui traînaient sur la console de son entrée, même pas ouvertes. Cette vie à flux tendu lui plombait le moral. Elle était une cigale stridulant au jour le jour. Elle faisait un métier de misère et vivait seule. Que ne se trouvait-elle un mari ou un homme plein aux as qui l'entretiendrait ? Hélas. Elle avait beau y songer tous les matins en maquillant son visage ravissant, aucun jusqu'ici ne s'était laissé prendre dans ses filets. Il faut dire qu'elle n'était ni fidèle ni constante. Et, par-dessus tout, elle était libre. Des adjectifs incompatibles avec une notion de sécurité domestique. En débouchant sur le quai, ses talons claquant sur le bitume, elle fut heurtée avec violence par quelqu'un qui semblait avoir le diable à ses trousses. Elle vacilla sous le choc et par réflexe tendit les mains en avant. Son sac, qu'elle portait accroché à l'épaule, vola dans les airs tandis que ses doigts agrippaient une vareuse bleu marine agrémentée de galons argentés. Des feuilles d'acanthe qui lui firent aussitôt identifier le grade le plus élevé de la hiérarchie des flics. Un commissaire ! Celui-là était grand et mince. Il la retint d'une poigne ferme pour qu'elle ne s'étale pas sur le trottoir. Le contact avec les longues mains de l'homme lui fut agréable, sa voix lui chatouilla plaisamment les trompes d'Eustache quand il s'exclama :

– Mademoiselle de Mareil ! Ça par exemple ! Où courez-vous donc si vite ?

– Monsieur le commissaire ! Quelle bonne surprise !

Il l'écarta de lui et la tint un instant au bout de ses bras immenses, épinglée par son regard un peu flou. C'était la première fois qu'elle le voyait en grande tenue de « patron » et elle en fut toute remuée. Comme nombre de femmes, elle était sensible à l'uniforme. Le grand Guerry des Croix du Marteroy qu'elle avait croisé deux ou trois fois dans les couloirs de la Crim ne lui avait jamais paru aussi sexy qu'ici, ses cheveux un poil trop longs coincés sous la casquette, les lunettes teintées lui donnant un côté mystérieux ou l'allure équivoque d'un voyou.

– Je suis navré ! jura le commissaire.

– Pas de quoi ! se récria Marysa, vous avez un côté rentre-dedans que je ne soupçonnais pas jusqu'ici !

Il sourit, découvrant des dents plutôt bien alignées et blanches, un détail qui avait pour la jeune femme autant d'importance que le soin apporté au cirage des chaussures. Machinalement, elle s'assura, d'un coup d'œil d'aigle, de l'état des pompes du commissaire. Impeccables. La joie fit place sur le visage allongé du flic à une expression navrée :

– J'arrive et vous partez, quel dommage !

Il l'aida à récupérer sa besace qui gisait au sol, sous l'œil goguenard de la femme flic de faction devant le porche.

– Je suis terriblement distrait, ajouta-t-il en lui tendant un bâton de rouge à lèvres et un paquet de cigarettes à moitié chiffonné, évadés du bagage. Je vous prie de m'excuser…

– Oh ! Tout va bien ! se récria la psy, rose d'émotion sous la myriade de taches de rousseur de son visage.

– Comment puis-je me faire pardonner ?

– En m'offrant un verre, par exemple !

Il savait qu'elle n'était pas farouche. Il avait souvent remarqué les œillades qu'elle échangeait, là-haut, avec les jeunes officiers et avec les moins jeunes. Il n'avait jamais voulu creuser pour savoir si les échanges s'arrêtaient à ces parades amoureuses, somme toute banales. Lorsque cela n'était pas absolument indispensable, il se tenait loin du commerce des femmes, de tout commerce charnel du reste, bien conscient qu'il ne pouvait en résulter que des tourments. Et, dans son cas, les complications s'avéraient souvent sans retour pour ses partenaires.

Il s'était attendu qu'elle ne fasse pas de manières. Mais là, tout de même, la façon directe dont elle se jetait à son cou (les deux cuisses en avant, ainsi que le disaient finement quelques éléments mâles de *sa* brigade) était presque inconvenante. Trop facile.

– Ce sera avec plaisir, chère mademoiselle, mais là, tout de suite, je ne peux pas… La divisionnaire Meunier m'attend…

Un voile de déception couvrit fugacement le regard vert d'insolence de Marysa de Mareil. Elle se reprit vite :

– Une autre fois, alors, dit-elle avec entrain en jetant l'anse de son sac par-dessus son épaule.

– Ce soir ?

Elle réfléchit à toute allure mais n'avait pas besoin de tergiverser longtemps. Elle sentait qu'il y avait là une opportunité qui ne se représenterait peut-être jamais. Elle devait alpaguer ce garçon qui semblait gauche et empoté avec les filles, lui faire tourner la tête et en faire sa chose. Une chose qui gagnait bien sa vie et dont la gentillesse passait aux yeux de tous pour de la passivité. Elle se lança sans prendre le temps de respirer :

– Ah… mais… oui, pourquoi pas ?

– Dîner ?

Elle gloussa en rougissant, des picotements de plaisir envahirent tout son corps.

– Oui… enfin, si vous êtes libre…

– Je ne vous le proposerais pas si je ne l'étais pas !

– Bien sûr, suis-je sotte ! D'accord… dans ce cas !

Il la contempla un moment, se forçant à l'enrouler d'un œil langoureux et attentif à la fois. Encore sur la réserve afin qu'elle n'ait pas le sentiment qu'il voulait juste la « sauter ». Elle attendit, haletante. Jamais elle n'aurait imaginé, même dans ses rêves les plus extravagants, ce qui était en train de se passer.

– Je cuisinerai pour vous, dit le commissaire d'une voix qu'elle jugea irrésistible. Chez moi, cela vous convient ?

– Parfaitement, fit-elle de son air malicieux, j'ai hâte de voir ça !

Il lui donna l'adresse, rue Lecourbe, et fixa l'heure : 21 heures. Elle s'éclipsa, sa jupe chamarrée dansant sur ses jambes nues, la mousse de ses cheveux roux comme une montgolfière au-dessus de sa tête.

« Pourvu qu'elle n'ait pas cette forte odeur qu'ont les rouquins en général », se dit-il en la suivant des yeux.

Il avait du mal avec les odeurs corporelles, c'était un véritable handicap. Il y avait ceux qui se négligeaient mais le pire était ceux qui puaient naturellement, quand bien même ils auraient passé leur temps sous la douche ou à s'asperger de parfum. C'était, à ses yeux, comme de naître avec un pied en moins ou avec deux nez : rédhibitoire et, forcément… mortel. Il attendit qu'elle ait franchi le boulevard du Palais en direction de Notre-Dame pour traverser la chaussée et remonter dans sa voiture qu'un gardien de la paix lui avait complaisamment laissé garer juste en face du 36. Il retira sa vareuse et jeta loin de lui la casquette de guignol en grattant nerveusement sa cicatrice, qui le démangeait à cause de la chaleur. Il tourna le rétroviseur pour la regarder de près. Ses golfs temporaux trop dégarnis ne parvenaient pas à dissimuler l'estafilade infligée par la balle du Sig Sauer de Marion. Il n'avait jamais cherché à savoir ce que l'enquête avait révélé à ce sujet et personne n'en avait jamais parlé en sa présence. À l'aide d'une pierre, le dernier jour à la carrière, il avait ouvert le crâne d'Amaury avant que les gendarmes ne débarquent. Le flux sanguin étant interrompu, son frère avait peu saigné mais assez pour qu'apparaissent quelques amas de coagulation qui avaient trompé l'examen médico-légal. Il avait barbouillé la plaie de terre et de cailloux. Bien que maintenu dans l'ignorance des conclusions de l'autopsie, il avait appliqué un principe de précaution en continuant à se couvrir la tête en toutes circonstances. Pour l'avoir épié pendant des mois avant l'apothéose, il savait qu'Amaury circulait rarement nu-tête.

Mais, il en était conscient, ce bonnet qu'il était sur le point d'enfiler à la place de la casquette, était devenu un problème. Il essuyait sans cesse des commentaires, des questions insistantes à ce propos, les sarcasmes de Maguy Meunier qui le traitait de mal poli parce qu'il gardait toujours une coiffure sur la tête « en présence de dames ».

Ce soir, s'il devait passer au lit avec Marysa, il ne pourrait pas le conserver. Il fallait qu'il règle *maintenant* ce problème de cicatrice. Il réfléchit quelques secondes, les mains sur le volant, le front sur les mains. Alors qu'il relevait le menton, il vit s'ouvrir la portière de la voiture garée devant la sienne. Le conducteur qui en sortait précipitamment heurta le montant supérieur de l'habitacle et se mit à se frotter le haut du front en grimaçant. Elle était là, la solution. Devant témoin, avec cette gardienne qui allait et venait sur le trottoir en lui lançant de temps en temps un regard blasé. Il ouvrit la portière et, sans raisonner plus avant, se jeta la tête la première sur l'angle qui présentait l'arête la plus vive.

– Putain ! cria-t-il en portant les mains à son crâne d'où le sang se mit aussitôt à pisser.

La gardienne cessa son va-et-vient ennuyeux. Elle aperçut le commissaire entrevu quelques minutes plus tôt en compagnie d'une femme rousse, le sang dégoulinant entre ses doigts, éclaboussant sa chemise blanche. Elle se précipita.

## 14

*Montreuil, domicile de Valentine Cara*
*4 juin, 20 h 15*

Cara venait de rejoindre son studio de Montreuil en se demandant pourquoi elle s'obstinait à rester dans ce quartier où, en y regardant bien, elle devait être la seule Européenne désormais. Plusieurs communautés africaines, dont la plus importante en provenance du Mali, s'y étaient établies, tandis que les « bobos » investissaient l'autre partie de l'agglomération, du côté de Vincennes, faisant grimper les prix de l'immobilier à un niveau que ses ressources lui interdisaient. Après la mort de Régine, elle aurait pu s'installer chez elle, ainsi que le lui proposait Mme Duval mère, restée très attachée à Valentine. Elle n'en avait pas eu le courage et la bonbonnière du passage Saint-Laurent avait été mise en vente, l'affaire réglée en quelques jours. Pas plus que de la maison, Valentine n'avait voulu des meubles ou des objets dont la seule évocation lui flanquait le cafard.

Elle referma la porte palière sur les odeurs de friture, de poulet yassa et de mafé en se disant que son frigo était vide et qu'elle allait devoir redescendre s'acheter une pizza. En attendant, elle se dévêtit en vitesse et fonça sous la douche. L'eau chaude était encore de sortie et c'est à toute allure, sous un jet glacé, qu'elle se débarrassa des miasmes de la journée. Elle revint ensuite vers l'unique fenêtre de son palace où la peinture blanche avait tourné au gris fumée tandis que le parquet — des petits carrés en quinconce dans le style années 1950 — avait atteint un point de non-retour avec des marques d'usure et d'encrassement irrécupérables. Enroulée dans une serviette qui sentait bon le jasmin, elle observa un moment le ballet des ombres au pied de l'immeuble : des dealers de dope en tout genre, multicartes, le nouveau commerce de proximité qui faisait vivre une partie de ces cités pauvres. Il y avait belle lurette qu'elle avait cessé de s'y intéresser, sa survie dans ce secteur était à ce prix. Au fond, elle s'en foutait, ce n'était pas à elle toute seule qu'elle allait refaire le monde, ses tentatives dans ce domaine avaient sombré en même temps que l'enthousiasme de ses débuts. Trop de claques dans la gueule, songea-t-elle sombrement en se laissant tomber sur le canapé déglingué qu'elle ouvrait tous les soirs pour dormir. Alors qu'elle hésitait à allumer la télé pour écouter le dégueuloir de mauvaises nouvelles du jour, ses yeux tombèrent sur le CD posé près du lecteur. Elle le scruta comme Kaa, le serpent hypnotiseur du *Livre de la jungle*, fixe ses proies, avec une seule idée en tête : « Dis-moi ce que tu sais, dis-moi ce que je n'ai pas su entendre ! »

L'objet de plastique ne broncha pas. Elle connaissait le texte par cœur, elle avait fini par se dire qu'il n'y avait rien à entendre ni à interpréter. Rien que la Crim, obnubilée elle aussi par ce dernier message de la commandant Régine Duval, n'ait, de son côté, tenté de découvrir. Pourtant, elle finissait toujours par céder à l'attraction du cercle de polycarbonate. Elle réalisa qu'elle ne l'avait pas écouté depuis plusieurs semaines et y vit un signe de relâchement. Elle devait lutter contre le temps qui lave les émotions, fait entrer par résilience les chagrins dans la routine et l'oubli. Il n'en était pas question. Jamais elle ne lâcherait l'affaire. Un jour, même dans longtemps, elle saurait ce qui était arrivé à son amoureuse, égorgée sur les carreaux glacés d'un chiotte d'hôpital. Et elle réglerait son compte à l'enfoiré.

Elle se leva brusquement, la serviette libérée tomba à ses pieds. Sans se préoccuper de sa nudité, elle marcha jusqu'à l'appareil Sony et le mit en route. Introduisit le disque doré dans la fente.

*« Allô, Val... C'est moi ! Je suis à l'hôpital de Dreux, avec Guerry machin chose. C'est bizarre ce type, il parle comme un gamin, on ne dirait pas qu'il a fait toutes ces années d'études. Il est très... spécial, je ne sais pas comment te dire. Il est au courant de tout un tas de choses, je ne vois pas bien comment. En plus, on dirait qu'il ne ressent rien. Je voudrais en parler avec toi, que tu me confirmes un ou deux trucs à son sujet. Rappelle-moi, j'en ai encore pour un bon moment ici... »*

Les premières fois qu'elle avait écouté les mots de Régine, envoyés sur sa messagerie quelques instants avant sa mort, elle ne parvenait pas à garder son calme. La colère et le chagrin lui brouillaient la vue et l'ouïe, elle avait envie de hurler.

« Qu'est-ce que tu voulais me dire, Régine ? ne cessait-elle de ressasser alors que, de leur côté, les enquêteurs de Maguy Meunier faisaient la même chose, avec la même implication. Valentine s'en voulait de n'avoir pas répondu au téléphone ce jour-là et, pire, de n'avoir pas rappelé sa compagne. Si elle n'était jamais arrivée à décrypter ce message, peut-être était-ce à cause de cette fichue culpabilité qui lui tenait compagnie, chaque nuit, et l'empêchait de dormir.

Ce soir, elle devait s'efforcer de rester en dehors d'elle-même. D'écouter la voix de son amie en se disant qu'elle ne la connaissait pas. De comprendre entre les mots et les intonations ce qu'elle avait voulu lui dire sans que tout ne se termine en sanglots d'impuissance.

« *Il parle comme un gamin, on ne dirait pas qu'il a fait toutes ces années d'études...* »

Valentine remit la bande au début. Plus détachée encore, si c'était possible. Les yeux clos, elle se concentra sur les mots, rien que les mots.

« *Il parle comme un gamin...* »

La chef Marion. Cheftaine Marion.

Elle sursauta, ouvrit les yeux, les braqua sur le CD, armés comme des poignards. Pourquoi venait-elle d'associer trois groupes de mots sans logique ? Un gamin. La chef Marion. Cheftaine Marion...

Son cœur s'emballa tandis qu'elle prononçait ces mots à voix haute comme un « abracadabra » pour l'ouverture miraculeuse d'une porte cachée.

La sonnerie de son portable la fit retomber sur terre, effaçant d'un coup la perspective d'une révélation. Dans un brouillard, elle entendit une voix de femme. Un peu cassée, incertaine, mais elle ne pouvait se tromper, la femme qui prononçait son prénom comme on suce un bonbon, c'était...

– Valentine... Valentine...

– Madame Cara ? dit une autre voix féminine, plus claire celle-là, presque joyeuse. Vous m'entendez ?

– Oui...

– Je suis Irma, l'infirmière de nuit de la Pitié, vous savez ?

« Ben oui, quand même, je suis statufiée mais pas sourde ni lobotomisée. »

– Oui... fit-elle comme incapable de dire autre chose.

– Vous avez entendu ? Mme Marion... Elle a prononcé votre prénom en se réveillant tout à l'heure... Et comme elle a recommencé il y a trente secondes, j'ai pensé que vous aimeriez l'entendre...

– C'est... génial ! Elle a dit autre chose ?

– Hélas non, mais c'est un début… Le médecin de garde aimerait que vous veniez pendant qu'elle est encore éveillée. Il voudrait se rendre compte de la qualité de ce souvenir…

– Maintenant ?

– Si possible…

En raccrochant, Valentine se dit que les choses allaient changer. Un long frisson la parcourut, d'appréhension, d'excitation, de tout cela sans doute à la fois. En ramassant la serviette sur le parquet pourri, elle constata qu'elle était toujours à poil et qu'elle grelottait de froid.

# 15

***Appartement de Guerry, rue Lecourbe***
***4 juin, 21 heures***

Marysa de Mareil avait appliqué un sourire ravi sur son visage qui, malgré un usage immodéré du sexe et de ce qui l'accompagne — alcool, cannabis, nuits blanches —, conservait des rondeurs enfantines. À la vérité, elle n'en menait pas large, se demandant ce qu'elle allait trouver de l'autre côté de la porte. Elle sursauta à la vue de cet homme qu'elle prit d'abord pour un inconnu dans la pénombre du palier. Il avait conservé ses lunettes teintées et, à la place de son inusable bonnet, il arborait un large pansement. Mais ce n'était pas le plus spectaculaire. Ses cheveux blond filasse avaient été rasés, entièrement. Ces changements ne la rassurèrent pas.

– Oh ! fit-il, accompagnant le regard de Marysa d'un geste en direction de son crâne, ne vous inquiétez pas, j'ai eu un petit accident cet après-midi, devant le 36, juste après votre départ. Vous m'aviez troublé, je crois...

Il rit et elle fit de même, soulagée, quoique toujours inexplicablement inquiète. Elle se demanda si la minijupe de cuir noir, le débardeur très échancré qui lui moulait la poitrine comme un gant et les sandales de cuir tressé perchées sur des plates-formes de cinq centimètres n'étaient pas un peu trop démonstratifs. Avec une bouteille de champagne dans chaque main, ne faisait-elle pas un peu « chienne en chaleur » ?

Il s'effaça pour la laisser entrer et, quand elle passa près de lui, il toucha son bras nu. Elle frissonna sans être sûre encore que ce fût de plaisir. Elle détailla avec avidité l'appartement dans lequel elle venait de pénétrer et qui lui parut vaste. Puis, elle revint sur cette impression en observant qu'il était du genre dépouillé, sans meubles ou presque. D'une propreté parfaite. De la porte, à sa droite, provenaient d'agréables odeurs de nourriture. Elle huma le curry et la coriandre, la framboise et le chocolat, se réjouit. Elle avait faim, ce soir, comme les autres soirs. Elle avait perpétuellement faim. De nourriture, mais pas seulement. Elle remarqua du coin de l'œil des cartons contre un mur et en déduisit qu'il était en train de s'installer. À moins que…

– Vous déménagez ? demanda-t-elle en se forçant à la légèreté.

– Oh, je fais un peu de tri… J'ai une autre maison, vous savez…

– Ah oui, ça, je le sais !

Ils rirent encore, ensemble cette fois. Puis elle lui tendit les bouteilles de champagne :

– On en ouvre une ? Il est encore frais, je crois…

## 16

***Domicile d'Abadie, petite ceinture de Paris***
***4 juin, 21 heures***

Abadie était sur le point de céder à la morosité. Ce soir, contrairement aux autres jours, Yves, son compagnon, n'était pas là quand il était rentré. Ce n'était pas dans ses habitudes de s'attarder au boulot. Affecté à la compagnie du périphérique, il bénéficiait d'horaires stricts, immuables, à l'instar de tous ces services qui tournent H24, chaque jour de l'année. Bien qu'il s'en défendît, son travail à la salle de commandement était devenu routinier avec le temps. Il était dès lors évident que ce n'était pas une « affaire » de police qui le retenait dehors. Abadie se servit un apéro, histoire de soulever l'enclume qui lui broyait la poitrine. Son verre de whisky à la main, il fit le tour de la maison située en bordure de l'ancienne petite ceinture, près des Buttes Chaumont. Un salon, une cuisine, une chambre et un minuscule jardin où ils vivaient, l'été, sans voisins ni vis-à-vis. Un temps de plénitude qui lui paraissait définitivement mort. Il évalua le volume de ses affaires personnelles et s'aperçut qu'il n'avait pas grand-chose. Yves, sa stature de rugbyman, son rire tonitruant et sa grande gueule avaient envahi l'espace. Atterré de le constater, le capitaine se demanda comment on pouvait se laisser bouffer à ce point ! Les effets conjugués de la fatigue et du whisky placèrent son cerveau sur une orbite d'où il se vit tel qu'il était : soumis à son compagnon comme une vulgaire femme au foyer, dans l'ombre géante du mâle tout-puissant. Il partit d'un rire amer en mesurant ces années de dépendance amoureuse où il avait surtout fait la vaisselle et le ménage quand son compagnon regardait du foot, du rugby, du tennis, les grands prix automobiles, sans compter les compétitions de billard ou les tournois de poker à la télévision. Il était grand temps que cela s'arrête.

« Dix ans sur quarante, c'est quand même un bail dans une vie, non ? » beugla-t-il pour combattre les larmes qui enflaient sous ses paupières. Il avala son verre cul sec, revint s'en servir un autre au « coin bar », un ensemble hideux comme Yves les aimait, avec du bois, du cuir, des clous et, cerise sur le gâteau, des cornes de cerf en laiton sur le devant, tel un trophée pathétique. Ce n'était pas le seul objet immonde qui lui avait été imposé. Les yeux grands ouverts, il lui semblait pourtant voir cet étalage de mauvais goût pour la première fois.

« Quand on dit que l'amour est aveugle », marmonna-t-il en sifflant une lampée de Lagavullin.

Il en était arrivé au point de se dire qu'il n'attendrait pas que l'autre continue à le narguer ou s'en aille quand son téléphone lança les notes martiales de *La Marseillaise*. Dans les brumes maltées, il chercha l'appareil, le trouva coincé entre deux coussins du canapé.

– Luc ? Tu m'entends ?

– Oui, Valentine, je t'entends…

– Oh, dis donc, t'es bourré, toi !

– Mais non… Qu'est-ce qu'il y a ?

– Si, t'as picolé, qu'est-ce qui se passe ? Encore ton mec qui fait chier ?

– Quel mec ?

Il éclata de rire et, de l'autre côté de Paris, Valentine l'imita. Après un grand moment de n'importe quoi, ils s'arrêtèrent aussi vite qu'ils avaient commencé.

– Tu sais quoi, Luc, fit Valentine haletante, Marion…

Il suspendit son souffle. Quoi, Marion ? Qu'est-ce qu'elle avait encore fait ? Agressé sexuellement un malade ? Pas disparu quand même, pas encore une fois ! Par superstition, il n'osa pas poser la question.

– Elle a dit mon nom…

– Comment ça, dit ton nom ? bafouilla le capitaine qui avait du mal à assimiler.

– Valentine ! Elle a dit « Valentine » en se réveillant !

– Et alors ?

Abadie n'était pas loin de se vexer. Valentine le sentit alors qu'elle s'attendait à une réaction un peu plus enthousiaste. Elle répéta sa phrase, pas sûre qu'il eût bien compris la portée de l'événement.

– Et c'est tout ? insista le capitaine, subitement de mauvaise humeur.

– Non, je suis à l'hôpital en ce moment. Elle a souri quand elle m'a vue et elle a redit « Valentine ».

– Et c'est tout ?

– Eh, s'emporta la jeune femme, qu'est-ce qui t'arrive ? T'es jaloux ou quoi ?

Abadie ne répondit pas, obligé de se rendre à l'évidence. Pourquoi Marion avait-elle dit « Valentine » et pas « Nina » ? Pourquoi pas « Abadie » en fait ? Oui, il était jaloux, outré, même. C'était lui son *meilleur* ami, lui qui l'avait accueillie à la brigade, lui qui l'avait soutenue, inconditionnellement, tout le temps qu'ils avaient passé ensemble en milieu quasi hostile. Parce que, une femme patron d'une unité majoritairement masculine, dans un monde de technique, de machines et d'ingénieurs, de machos qui se prenaient pour des seigneurs au volant de leurs grosses locomotives…

– Elle est réveillée ? demanda-t-il après un silence que Valentine n'osa pas interrompre.

– Oui.

– Je viens !

– Mais non !

– Mais si !

En quelques secondes, il se sentit dessaouler. Il se précipita dans sa chambre, prit un sac sur l'étagère, fourra dedans le minimum dont il aurait besoin pour deux ou trois jours et rafla dans la salle de bains ses objets personnels. Il songea à laisser un message assassin sur le tableau qui servait aux listes de courses mais y renonça. On ne fait rien de bon sous la pression des émotions, l'attitude d'Yves en témoignait. C'est avec un détachement inattendu qu'il referma la porte derrière lui. C'était lui qui partait finalement, sans attendre la mise à mort. Son soulagement fut intense quand il monta dans sa voiture.

## 17

***Rue de Miromesnil, siège du Service de Protection des Hautes Personnalités***
***4 juin, 22 h 15***

L'unique gardien de la paix de permanence au PC du SPHP[1], rue de Miromesnil, bâilla. Il y avait bien une heure qu'il n'avait reçu aucun message ni appel téléphonique. Il est vrai que l'heure du dîner était souvent propice au silence radio. Ce soir, de plus, sommet du G20 oblige, le président de la République séjournait à Rome, en compagnie d'une douzaine de ministres. La première dame en profitait pour visiter Venise avec les autres conjoints de présidents ou de Premiers ministres. Max, c'était son prénom, avait avalé son dîner en regardant le résumé de la première journée de Roland Garros. La télé marchait toujours mais il ne la regardait que d'un œil, déplorant des programmes de plus en plus insipides.

Il scruta, par la fenêtre, le ciel chargé de nuages qui amenaient la nuit aujourd'hui plus vite que d'habitude en cette saison.

– Eden 10, Eden 10, de Vega 31…

1. Service de Protection des Hautes Personnalités, fait partie de la Direction Générale de la Police Nationale.

La voix sortant du pupitre radio le fit sursauter. Il n'était pas concerné, son indicatif à lui étant Rami 75, pourtant il tendit l'oreille en faisant deux pas du côté de l'émetteur.

– J'écoute, Vega 31…

Eden 10 était le centre névralgique de la sécurité de la présidence de la République, installée au cœur même de l'Élysée. Le permanent était un policier, membre du Groupe de Sécurité de la présidence de la République (GSPR) qui, depuis 2008, constituait une sous-direction du SPHP.

– Toujours rien, Eden 10, j'ai vérifié plusieurs adresses, c'est négatif…

Le silence d'Eden 10 indiqua que l'opérateur de permanence, faubourg Saint-Honoré, était embarrassé. Le ton de l'échange radio et son contenu étaient tout aussi surprenants.

« Tiens, tiens, murmura le gardien Max, il y aurait une couille dans le potage ? »

Il exerçait ses fonctions au sein du SPHP depuis cinq ans maintenant et, par la force de l'habitude, il aurait pu parier qu'il se passait forcément quelque chose d'anormal à l'Élysée. En l'absence du président et de la « première » ainsi qu'il était de coutume de nommer le couple installé au sommet de l'État, cela ne pouvait que concerner un des enfants ou la « belle-doche », la redoutée mère du président Frédéric Kinsky. C'était son nom, d'origine polonaise, et non celui de son défunt mari, que portait le président des Français. Elle l'avait prénommé Frédéric, en hommage à son compatriote Chopin. Elle était exigeante et intraitable, plus que ne l'était la première dame, plutôt discrète et de bonne composition. Les officiers de sécurité attachés à son service et à celui des enfants, sur lesquels « Mamou » entendait veiller personnellement, appréhendaient ses sautes d'humeur et son tempérament emporté à cause de l'influence qu'elle avait sur son fils. Le président idolâtrait sa mère et c'était une importante source d'ennuis car, en prime, il avait hérité de son caractère soupe au lait.

Max le gardien fut tenté d'attendre la suite. Mais par expérience, il savait qu'il valait mieux anticiper les choses, quitte à se retrouver, à son corps défendant, au milieu d'un mauvais plan. Il s'empara du téléphone par lequel le PC du SPHP communiquait directement avec celui de la sécurité de l'Élysée :

– J'ai entendu le message radio de Vega 31, dit-il à son correspondant.

Vega, chacun le sait, est l'étoile la plus brillante de la constellation de la Lyre. C'est aussi l'indicatif qui sert à désigner le président de la République et par déclinaison des chiffres, son entourage. Le 2 de Vega étant celui de Madame et le 3 celui d'Adel, le fils aîné de Frédéric Kinsky. Fort logiquement, Vega 31 était l'indicatif de l'officier de sécurité du fils du président.

– Oui, et alors ?

– Il se passe quelque chose ?

– Écoute, pour l'instant, rien d'inquiétant... En tout cas rien qui te concerne.

– Ah ? Et Vega 31 est dehors à plus de 22 heures, à vérifier des adresses alors qu'il ne se passe rien ? Le gamin est de sortie ou quoi ?

Le permanent de l'Élysée soupira à travers les câbles, ennuyé par la perspicacité et le ton ironique de son collègue.

– Bon, je t'explique mais tu gardes ça pour toi. Le fils est sorti et...

– Comment ça, sorti ? Tout seul ?

– Écoute, Max, je n'en sais rien, mais il est sorti. La reine-mère prétend ne pas être au courant. C'est elle qui a donné l'alerte parce qu'il n'était pas là pour le dîner. Ni dans sa chambre ni ailleurs dans le palais...

– Il y a combien de temps ?

– Plus de deux heures…
– Ah ! quand même !
– Oui, mais elle ne nous a sonnés que vers 21 heures. Avant ça, elle a essayé de le joindre sur son portable et de contacter des copains à lui…
– Personne ne l'a vu sortir ?
– Si. Le garde républicain de la grille de la rue de l'Élysée.
– Et il n'a rien dit ?
– Qu'est-ce qu'il pourrait dire ? Il n'a rien à dire. Le jeune était en tenue décontractée, le garde a pensé qu'il allait courir ou un truc comme ça. Pourquoi veux-tu qu'il s'en mêle ?
– C'est vrai, il est grand maintenant, le petit…
– Oui, et il n'est pas en prison que je sache !
Max jubilait de l'embarras qu'il devinait dans la voix de son collègue. Comme la plupart des membres du SPHP, il n'aimait guère la sécurité de l'Élysée. La guéguerre entre les deux unités était même devenue légendaire depuis que des gendarmes avaient été adjoints aux policiers. Bien que le service de sécurité de l'Élysée soit maintenant confié à un commissaire de police, la pseudo-fusion entre gendarmes et policiers n'avait pas tout résolu. Le SPHP avait encore en travers de la gorge les manipulations gendarmeuses pour récupérer la sécurité du président, presque trente ans plus tôt, et les rancœurs perduraient.
– Vous avez alerté la DSPAP[1] ? demanda-t-il, prévoyant la réponse de son collègue.
– Tu n'y penses pas ! On va le retrouver, c'est une question de minutes ! Et on est bien d'accord, tu n'en parles à personne !

1. Direction de la Sécurité de Proximité de l'Agglomération Parisienne, la police urbaine.

– Comme tu voudras, mais fais gaffe quand même, il lui est peut-être arrivé quelque chose. Imagine qu'on l'ait enlevé…

Il faillit éclater de rire à l'idée de la montée de stress qu'il venait de provoquer. Mais il n'en eut pas le temps, l'autre lui avait raccroché au nez. Il y avait de grandes chances pour qu'il ait raison, cependant, le permanent d'Eden 10 à l'Élysée. Adel Kinsky était un adolescent comme les autres. Il avait besoin de sortir et de s'amuser. Il commençait à ressentir les frémissements de sa jeune queue, sûrement. Être fils de président de la République n'étant pas une partie de rigolade, la pression qui pesait sur ses épaules devait s'avérer plus insupportable de jour en jour. Max n'était pas si vieux, il avait encore en mémoire le poids de la poigne paternelle qui l'obligeait à faire le mur pour rejoindre des filles et des garçons de son âge et lui avait infligé quelques cuisantes raclées au retour. Il réfléchit pourtant. Même si cela semblait anodin et dans l'ordre de l'évolution d'un garçon de quatorze ans, il ne pouvait pas ne pas songer au pire. Dans son activité, l'événement le plus insignifiant faisait sens. Pour avoir négligé de s'y arrêter, des gars comme lui, pas plus paresseux ni plus étourdis que d'autres, l'avaient payé très cher. Au SPHP, la mayonnaise montait dix fois plus vite qu'ailleurs. Un ministre qui sortait ivre d'un cercle de jeux ou d'un établissement accueillant mettait le gouvernement en péril. Et quand le président de la République éternuait, la France allait se coucher avec un grog. Il n'était pas question que Max garde pour lui ce qui ressemblait à une escapade mais pouvait se transformer en quelques minutes en affaire d'État, avec les retombées associées. Il reprit le téléphone. Trente secondes plus tard, il avait en ligne le commissaire Jan Defils, d'astreinte à domicile. Un nouveau venu au SPHP, tout jeune, encore un poil inexpérimenté. Le « patron » posa quelques questions pour gagner du temps. Notamment : pourquoi le garde républicain de faction rue de l'Élysée n'avait-il pas signalé la sortie d'Adel Kinsky ?

– Il n'avait pas de consigne, il n'avait pas de raison de le faire, répondit Max.

– Est-ce que le président est au courant ?

Il y avait de l'anxiété dans la voix de Jan Defils.

– Non, pas encore, Mme Kinsky non plus…

– Ils comptent les prévenir ?

– J'imagine qu'ils espèrent trouver le gamin avant de devoir le faire.

– Bon, on attend une demi-heure, au-delà je préviens le directeur…

Sans trop savoir quelle tournure prendraient les événements, Max eut l'intuition, fondée sur sa longue pratique de la vie des grands de ce monde, que sa soirée était carrément flambée.

# 18

*Appartement de Guerry, rue Lecourbe*
*4 juin, 22 h 15*

Ils avaient terminé la première bouteille de champagne et des rougeurs inquiétantes avaient envahi le visage de Marysa. La tête lui tournait car elle avait faim et n'osait pas demander quelque chose à manger, juste à grignoter, des cacahuètes ou des Apéricubes, des biscuits Lu, des Tuc, n'importe quoi de consistant pour éponger le liquide. Des gargouillis fusaient dans son estomac, elle avait eu plusieurs renvois inopportuns et elle se demandait si la distance que Guerry mettait entre eux avait à voir avec ce désagrément. Normalement, c'est le contraire qui aurait dû arriver. Le champagne tourne les têtes et lève les inhibitions. Normalement, ils auraient déjà dû faire l'amour au moins une ou deux fois avant de passer à table. Elle en avait envie, sevrée de sexe depuis presque une semaine. Au lieu de lui sauter dessus, il ne faisait que tremper ses lèvres dans sa coupe sans cesser de parler boulot. Il se passionnait pour son travail à elle, il voulait tout savoir. Pourquoi elle avait choisi la psycho-criminologie. Était-ce parce qu'elle aimait le commerce des morts, des assassinés, des torturés, des violentés ? Drôles de questions, soit dit en passant, dérangeantes. Elle les noyait dans une coupe et il repartait de plus belle. Quelles affaires l'occupaient en ce moment ? Ah ? Des meurtres de jeunes garçons ? La presse n'en parlait pas, pourtant. Enfin si, bien sûr, mais sans les rapprocher. Était-il établi que les deux affaires étaient liées ? Ils en étaient venus à parler des deux adolescents, bien qu'elle fût consciente, au milieu de sa brume à bulles, que ce n'était pas à elle de le faire. Mais elle voulait lui plaire, tant pis si la danse des sept voiles passait par l'évocation de cadavres dépecés, de mômes énucléés. Et au diable la prudence, au diable la voix de Meunier l'incitant à se méfier de tout le monde et celle, bourrée d'hostilité, du commandant Nerval.

Elle avait tenté deux fois un rapprochement physique. Guerry avait esquivé, prétextant une intervention urgente à la cuisine. Et, chaque fois qu'il revenait, il la ramenait sur le terrain du travail, c'en était assommant. Bien sûr, cela collait avec ce qu'elle savait de lui, sa rigueur triste, son sérieux ennuyeux. Ce soir, avec ses yeux mordorés, sans les lunettes qu'il avait fini par enlever, il lui faisait penser à un reptile. Une comptine lui revint en mémoire :

« *Je suis le grand serpent de la montagne,*
*je suis malheureux,*
*car j'ai perdu ma queue.* »

Elle se mit à rire bêtement, sans retenue. Des larmes embuèrent ses yeux. À cause de ce brouillage, elle ne vit pas qu'il la dévisageait sans aménité.

– C'est quand même incroyable, ces affaires ! reprit-il un peu plus tard, en s'efforçant à l'enjouement. J'ai du mal à comprendre… Qui peut bien faire ce genre de choses ? Un fou ? Vous l'avez profilé, je suppose, avec le talent que je vous connais !

Marysa redevint sérieuse, bien obligée. Elle secoua la tête, désespérée :

– Profilé… oui… Enfin, ce n'est pas si simple… À ce stade, on n'est pas encore sûrs à cent pour cent que ce soit le même auteur. Et on ne parle de série qu'à partir de trois faits, vous le savez…

– Vous avez bien votre petite idée…

Qu'est-ce qu'il pouvait être agaçant ! Elle était sur le point de défaillir. Où était le festin annoncé ? Qu'est-ce qu'il attendait pour l'empêcher de tomber d'inanition ?

– Oh, fit-elle, persuadée qu'en lui donnant satisfaction, elle obtiendrait peut-être ce qu'elle voulait, à la fin. Il s'agit d'un homme…

– Pourquoi un homme ?

– Parce que, quand les femmes tuent, bien que ce soit le plus souvent des enfants qu'elles tuent, ce n'est pas de cette façon.

– Soit !

– Un homme, donc, jeune, dans la trentaine, socialement établi et à l'abri financièrement, qui dispose d'un endroit tranquille pour garder ses victimes sans se faire repérer. Il a connu des problèmes importants à l'adolescence…

Elle s'arrêta brusquement, l'examina à travers les ondes de l'ivresse qui la submergeaient à présent. Elle partit de nouveau d'un rire d'ivrogne :

– C'est drôle, pouffa-t-elle de plus belle alors que son visage à lui s'allongeait de mécontentement.

– Qu'est-ce qui est drôle ?

– Cet homme que je vous décris, là, c'est tout à fait vous !

Encore une fois, son rire éclata, désagréable aux oreilles de Guerry, qui hésitait sur le parti à prendre. Elle le devança :

– Sauf que lui, c'est un psychopathe ou un sociopathe et que vous, vous êtes l'homme le plus gentil de la terre.

Elle se dit qu'avec ça, il ne pourrait différer plus longtemps de la prendre dans ses bras. Il sourit, en effet, gentiment en remontant devant sa poitrine une de ses longues jambes qu'il entoura de ses mains jointes. Ce n'était pas le geste qu'elle espérait. Elle vit qu'il ouvrait la bouche pour une nouvelle série de questions. Quitte à paraître impolie, elle se lança :

– Je voudrais manger quelque chose, si cela ne vous ennuie pas…

– Oh, pardon, mais bien sûr, où ai-je la tête ! Deux minutes, je vais apporter le manger !

Le manger ! Quelle drôle d'expression ! Un vrai petit gars de la campagne ! Elle faillit s'exclamer mais songea in extremis à tourner sa langue sept fois dans sa bouche (à défaut de le faire dans celle de son voisin) avant de lancer une réflexion car le garçon se révélait susceptible. Depuis un moment, elle le sentait tendu, prêt à lui sauter dessus, mais pas de la façon dont elle rêvait. Elle se leva, tangua en se retenant comme elle put au dossier du canapé :

– Je peux aller me laver les mains ?

– Bien sûr ! Dans le couloir, la deuxième porte à droite !

– Je vais aller faire pipi aussi…

– Alors, la porte juste avant !

Malgré son ivresse, Marysa inspecta les lieux avec curiosité. Elle n'avait jamais encore croisé des toilettes aussi propres. Quant à la salle de bains, son dépouillement ainsi que la netteté maniaque du lavabo et de la baignoire lui filèrent un coup au moral. Il n'y avait rien, même pas une brosse à dents. Juste un bout de savon et un rouleau de papier absorbant. De plus en plus surprenant, au même titre que la chambre entrevue alors qu'elle revenait de ses ablutions. Un lit à deux places, tiré au cordeau, comme à l'armée en prévision d'une revue de détails. Une chaise en bois, entre le pieu et la fenêtre. Rien d'autre.

« Brrr, songea-t-elle, pas engageant de baiser ici. »

La vision de sa propre chambre la traversa, un gentil foutoir et des fanfreluches. Des tissus soyeux, des lumières tamisées, rien à voir avec cette ampoule nue au bout de son fil.

Elle entendit le commissaire lui demander si tout allait bien. Elle dit « oui, oui, j'arrive ! ». Il répondit qu'il ouvrait une bouteille de vin et qu'elle devait revenir vite car il s'ennuyait d'elle.

Une ultime curiosité la saisit en passant devant les cartons pyramidés. Le plus haut sur la pile était entrebâillé. Elle acheva de l'ouvrir, en extirpa un petit tableau encadré de bois dont elle ne voyait que le dos.

– Aloxe-Corton 1998, annonça la voix de Guerry depuis la cuisine. Vous allez voir, c'est une tuerie !

Une tuerie ! Il avait de ces mots ! Rien d'étonnant aussi, cela faisait deux heures qu'ils ne parlaient que de morts violentes, de modus operandi criminel, de serial killers. Elle retourna le cadre. Un enfant blond arborait un sourire contracté, entre peur et ressentiment, le regard sombre. Les yeux brun pâle lui rappelaient Guerry, à n'en pas douter. Pourtant, sans explication, elle fut certaine que ce n'était pas lui. Elle fouilla sa mémoire pour y déloger une sensation de déjà-vu, déplaisante.

– Qu'est-ce que vous faites ?

Elle tressaillit. Le son de sa voix, toute proche, était désagréable.

– Rien, je regarde cette photo… C'est…

– C'est moi !

– Ah ? Vous avez quel âge là-dessus ?

Il se crispa un peu plus, presque contre son dos.

– Treize ans, dit-il sourdement.

– Vous étiez mignon… Mais c'est étrange, on dirait que c'est vous et en même temps…

– Posez ça ! Ça ne vous regarde pas !

Il avait les poings serrés, les mâchoires saillantes, des épées dans les yeux. Marysa prit peur. Elle remit à sa place l'objet du litige, se disant que, cette fois, son plan cul-fiançailles-mariage, était vraiment foutu.

Ils mangèrent du bout des dents le festin qui avait coûté une fortune, elle avala sans envie deux verres du breuvage d'exception et accepta, sans protester, sa proposition de la reconduire chez elle. À minuit, elle était dans son lit, au milieu de ses frivolités, seule.

## 19

***Hôpital de la Pitié-Salpêtrière***
***4 juin, 22 heures***

Abadie rejoignit Cara dans l'espace situé en haut de l'escalier du deuxième étage, un sas exigu équipé de deux chaises en plastique vert et d'une plante, également verte ou qui l'avait été un jour. Elle fit une grimace quand il se pencha pour un baiser sur la joue, les yeux vitreux.

– T'as pris un bain de pur malt, on dirait ! siffla-t-elle en reculant.

– Ouais, et alors ?

– Il t'a plaqué, ça y est ?

Le capitaine rejeta la tête en arrière. Le plafond se mit à onduler, les murs se gondolèrent, une nausée lui retourna l'estomac. Valentine se précipita pour l'empêcher de basculer dans les escaliers et le fit asseoir d'autorité sur une des chaises.

– C'est malin de te mettre dans cet état ! Et t'es venu en bagnole en plus !

Abadie marmonna quelques mots incompréhensibles. Il ferma les yeux le temps que refluent les gerbes maltées qui s'excitaient dans son tube digestif. Valentine regarda l'écran de son téléphone. Il était 22 heures, s'ils devaient aller voir Marion, c'était maintenant. L'équipe de ce soir n'était pas disposée à les laisser s'attarder dans le box de réa que Marion avait réintégré, au grand dam du docteur Razafintanaly, placé devant le fait accompli par sa propre équipe. L'infirmière Irma, une trentenaire plutôt sexy, malgré l'ensemble pantalon en toile blanche, apparut entre les deux portes battantes qui conduisaient au service.

– Il faut y aller tout de suite, si vous voulez la voir, parce que dans dix minutes, l'interne sera là et ce n'est pas le docteur Roland ce soir, *elle* est beaucoup moins cool... Qu'est-ce qu'il a, M. Abadie ?

Ils étaient connus de tous ici, à force de hanter les lieux.

– Rien, dit Valentine, c'est l'émotion... Vous vous rendez compte, c'est quand même une sacrée nouvelle !

Non, Irma ne se rendait pas compte, elle reniflait, du côté d'Abadie, une odeur incompatible avec la fréquentation de grands blessés. Elle aimait bien le beau brun ombrageux, cependant, et fit semblant de ne s'apercevoir de rien.

– Venez ! dit-elle, allons la voir, sinon dans cinq minutes on va me demander de vous foutre à la porte.

Marion gisait, les bras écartés, la bouche ouverte. Consternée, Cara la crut rendormie.

– Ah zut ! j'ai peur que tu ne sois venu pour rien ! dit-elle à Abadie, qui se tenait à distance raisonnable, lorgnant avec circonspection sa « patronne » inerte.

– Tu parles, je me doutais que c'était bidon, marmonna-t-il, d'ailleurs, c'est quoi cette connerie ? Elle a dit « Valentine » et puis quoi encore ? J'en crois pas un mot. Valentine ! Pourquoi elle aurait dit « Valentine » ?

Alors que Cara s'apprêtait à lui renvoyer une réplique bien sentie, les lèvres de Marion remuèrent tandis que son visage s'éclairait sous ses yeux mi-clos.

– *Elle avait de tout…*

Abadie fit un pas chancelant en avant.

– Qu'est-ce qu'elle dit ?

– *… de tout petits tétons, Valentine, Valentine…*

Une houle naquit dans la poitrine de Cara.

– Elle dit rien, elle chante !

– *Et le cul armé comme du béton, Valentine, Valentine, Valentine... Ses tétons, son petit mouton, et son joli cul en béton, elle était bouillante comme un chaudron !*

Abadie avait cessé de respirer, Valentine pouffait derrière son poing serré, en même temps au bord des larmes. Marion ouvrit les yeux complètement et les contempla à tour de rôle :

– Salut, vous deux !

Ils faillirent s'évanouir de saisissement. C'était un miracle ! Marion les regardait comme elle ne les avait plus regardés depuis des mois. Surtout, elle semblait les « voir », ce soir, pour la première fois.

– Vous êtes des nouveaux ? Je vous ai jamais vus par ici ?

L'allégresse quitta les visages des officiers.

– Vous êtes toubibs ? Vous baisez ensemble, n'est-ce pas ? Ça se voit, ne me dites pas non, comme le nez au milieu de la figure. Comment il s'appelle le beau brun ?

Abadie vacilla. *Le beau brun*, c'était ainsi que Marion le nommait parfois, dans les grandes occasions ou quand elle était en joie.

– Luc… Luc Abadie, murmura le capitaine, soudain un peu plus pâle.

– Luc… rêvassa la divisionnaire. Quelle drôle d'idée de s'appeler Luc !

– Je m'appelle Luc, je n'y peux rien, maugréa-t-il. Que voulez-vous que je fasse ? Un procès à mes parents… ?

Marion avisa Cara, qui retenait un fou rire.

– Il a pas le sens de l'humour, ton chéri, ma jolie… Je disais ça juste parce que Luc, à l'envers, ça fait cul… Tu vois…

Elle partit d'un rire caverneux, une des séquelles de la trachéotomie. Valentine l'imita sous l'œil furibard d'Abadie.

– Ça va, détends-toi ! lui souffla Valentine dès qu'elle put dire un mot. C'est pas la fin du monde !

– Ah bon ? C'est n'importe quoi, tu veux dire.

Un quart d'heure plus tard, ils s'arrêtèrent devant la voiture d'Abadie. Il avait allumé une cigarette et tirait dessus à grandes bouffées énervées. Ils avaient quitté Marion en plein délire. Elle les avait poursuivis de paroles obscènes jusqu'à ce qu'ils arrivent à la porte et même dans le couloir, ils l'entendaient encore leur crier qu'il fallait absolument qu'ils baisent ensemble, si ce n'était déjà fait, sans attendre, ils pouvaient même aller dans la lingerie où de nombreux échanges sexuels se déroulaient, ou dans la salle de repos ou dans les vestiaires, parce que là, même punition, même motif, le personnel, les malades, tout le monde « niquait à couilles rabattues ». L'enthousiasme de Valentine avait chuté brutalement et c'est en silence, sans même passer voir le médecin de garde, qu'ils s'étaient enfuis du service de neurochirurgie.

– Bon… dit enfin Abadie alors que ni l'un ni l'autre ne semblait décidé à prendre la parole. J'y vais…

Valentine s'appuya contre le toit du véhicule et laissa aller sa tête sur ses mains, accablée. Elle allait proférer une banalité quand elle remarqua le sac sur la banquette arrière. Elle releva brusquement le menton et fixa Abadie environné de son nuage malodorant, pas sûre de bien comprendre.

– Eh oui, soupira le « beau brun » je me suis tiré. J'en pouvais plus, je…

– T'as bien fait ! Quand ça coince, c'est la meilleure chose à faire. Tu vas où ?

– Sais pas. À l'hôtel. Pour commencer. Après je verrai. Demain il fera jour.

Il avait l'air crevé et abattu, sans qu'il soit possible à Cara de déterminer ce qui, de sa rupture avec son ami ou des divagations de Marion, lui ruinait le plus le moral. Elle ne pouvait pas le laisser dans cet état.

– Tu déconnes ! souffla-t-elle Tu viens chez moi. C'est tout petit, je n'ai qu'un lit mais...

Il fut tenté de décliner l'offre. Cependant la perspective d'un hôtel tristounet lui mettait le moral en berne.

– Je ne veux pas t'embêter...

– Arrête tes conneries ! Tu viens, c'est tout ! J'ai besoin de réconfort moi aussi, figure-toi !

Il acquiesça d'un signe de tête et un mince sourire s'étira sous sa moustache. Cara parut lire dans ses pensées :

– La prophétie de Marion va s'accomplir, on va coucher ensemble !

– Dormir ! rectifia le capitaine. J'ai tellement besoin de dormir, si tu savais...

– Dormir, c'est un début...

Elle faisait semblant de prendre la chose avec légèreté. Mais elle avait le cœur sens dessus dessous.

# 20

## *Gare du Nord, Brigade des chemins de fer*
## *5 juin, 13 heures*

À 12 h 50, la gare du Nord était calme. Autant que peut l'être une plate-forme de cette taille où les creux de vague, en dehors de la nuit, étaient rares. À la salle de commandement de la Brigade des chemins de fer, heure de la relève oblige, les opérateurs finissaient le recensement des patrouilles de retour de mission et de celles qui allaient partir. Le pic d'effervescence commençait à fléchir et, dans son box vitré, le chef de salle mit en route la télévision pour se brancher sur le Journal de 13 heures. Une habitude que Marion avait instaurée, comme la revue de presse écrite le matin et le suivi des chaînes d'information continue.

Alors que le jingle du JT allait retentir, le major Morel aperçut le commissaire Guerry qui traversait la salle, sans s'arrêter, sans dire bonjour à personne. Lui qui, avant les événements de février, ne passait jamais par là sans saluer le personnel, avait complètement changé. À croire, comme le supposaient les gars entre eux, que l'inondation de Paris n'avait pas seulement miné la capitale. Elle avait également lessivé le cerveau du commissaire. Avec une pointe de contrariété, le major

Morel s'aperçut que Guerry venait dans sa direction. Il remarqua aussi qu'il était tête nue, une aberration dans son cas car il portait son uniforme. Pire, il avait rasé ses longs cheveux filasse, arborant un pansement voyant. Sans pouvoir identifier ce qui le chagrinait le plus, de l'absence de couvre-chef, de ce crâne rasé et blanc comme un chicon ou simplement de sa présence à une heure inhabituelle, le policier se crispa.

– Mes respects, patron ! dit-il cependant d'un ton neutre. Qu'est-ce qui vous est arrivé à la tête ? Rien de grave, j'espère ?

Le commissaire haussa les épaules en marmonnant qu'il avait « heurté une portière de bagnole et que ces trucs-là étaient scandaleusement dangereux ». Il se tut brusquement pour écouter le présentateur qui avait adopté un ton content de lui, celui de quelqu'un qui va vous en raconter une, bien bonne :

– *À la une de notre édition du jour, les péripéties d'une soirée pas comme les autres pour le fils du président de la République... le jeune Adel Kinsky, quatorze ans, après avoir échappé à la surveillance du personnel de l'Élysée, y a été ramené par la police... C'est un reportage de Gilles Repère, sur des images de Norman Ray...*

– Dites-moi, major…

Morel pesta en silence. Qu'est-ce qu'il venait lui casser les pieds, celui-là ? Alors qu'il assistait au scoop du jour ! Entendu, déjà, ce matin à la radio, sans les images, évidemment. Par chance, une caméra indiscrète avait filmé la veille, vers 23 h 30, une série d'incidents au cœur desquels, on allait bientôt savoir pourquoi, le fils du président de la République s'était trouvé.

– *C'est une patrouille de la Police urbaine de proximité de Paris qui, appelée par des riverains de la rue des Martyrs, dans le 9ᵉ arrondissement, est intervenue pour mettre fin à du tapage occasionné par des jeunes gens. À leur arrivée, les hommes de la préfecture de police découvraient qu'une bagarre avait commencé sur le trottoir, devant le numéro 30 de la rue. Une tentative de vol de scooter semblait à l'origine de l'esclandre. Quelle ne fut pas leur surprise, lorsque, ayant mis un terme à l'échauffourée, les policiers s'entendirent répondre par un des belligérants — le propriétaire du scooter — démuni de papiers d'identité, qu'il était le fils du président de la République. Le prétendant au titre semblait en état d'ébriété et la fouille de ses poches amenait la découverte de quelques grammes de cannabis ainsi que d'un « joint » entamé, à peine éteint. Croyant tout d'abord à un canular, le chef de patrouille n'en fut pas moins ébranlé par les déclarations de plusieurs camarades de jeux du garçon qui confirmaient ses dires. Après un contact radio avec son PC, il eut en effet la certitude qu'il s'agissait bien d'Adel Kinsky, fils aîné de Frédéric…*

Après des images un peu floues, un gros plan du visage du garçon apparut. Une figure d'adolescent au teint brouillé, des cheveux clairs, un peu longs, des yeux à la couleur indistincte. Guerry sursauta en se rapprochant de l'écran. Le présentateur du journal continuait son bla-bla en indiquant que le président de la République se trouvait à Rome et que, probablement, à cette heure, il avait été tenu informé que son fils avait été reconduit à l'Élysée par une patrouille de police tandis que son scooter était récupéré par un de ses gardes du corps. Malgré l'insistance de ces derniers, le chef de patrouille avait tenu à escorter l'adolescent jusqu'à la personne responsable de lui en l'absence de son père, à savoir la mère de Frédéric Kinsky. On était quand même dans une affaire de flagrant délit d'usage et de détention de stupéfiants. Le sourire sardonique du journaliste montra à quel point cette affaire l'amusait. Morel se dit que, employé par une chaîne du service public, il n'allait pas y faire de vieux os s'il continuait sur ce ton. Il entendit Guerry se racler la gorge et demander :

– Il a dit qu'il s'appelle comment, le drôle ?

Le drôle ! Quel étrange vocabulaire ! Et quelle voix, méconnaissable, étranglée !

– Adel Kinsky, dit Morel, agacé, sans quitter l'écran des yeux… Le fils de Frédéric, le p…

– Adel…

Sur ce faible murmure, un grand bruit retentit qui fit décoller le major de son siège.

– Ah, merde ! patron !

Guerry était tombé derrière lui, recroquevillé en chien de fusil, agité de tremblements. Une traînée de bave filait sur son menton. Le major Morel se précipita dans la salle, héla le premier gardien qu'il trouva sur son chemin :

– Appelle les pompiers, je crois que le taulier nous fait une crise d'épilepsie !

# 21

***36, quai des Orfèvres, Brigade criminelle***
***6 juin, 10 heures***

Le capitaine Abadie apposa son paraphe à la fin du procès-verbal sous le regard pénétrant de la divisionnaire Maguy Meunier.

– Ce juge Leminois est un véritable psychorigide, soupira-t-elle comme pour s'excuser de lui imposer cette nouvelle formalité.

– Je sais que vous n'y êtes pour rien, la rassura Abadie en poussant la liasse de papiers vers elle.

– Il s'est imaginé Dieu sait quoi... que Marion était mêlée à une histoire louche...

C'était sans doute là qu'il fallait chercher l'explication à la décision du juge Leminois d'apposer les scellés sur l'appartement de Marion dans les jours qui avaient suivi son agression à la gare du Nord. Nina avait juste eu le temps de récupérer quelques effets personnels, indispensables à sa nouvelle vie. La plupart des papiers et documents de Marion et de sa fille avaient été embarqués par la Crim et les « tuteurs » avaient dû exercer des plongées de temps à autre dans les cartons pour régler quelques problèmes administratifs.

– Il est surtout anti-flic, objecta Abadie, parce que, franchement, laisser les scellés trois mois sur la porte alors qu'on sait depuis longtemps que Mme Marion n'avait rien à voir dans l'histoire, ce n'est plus de la rigueur, c'est de l'acharnement.

Maguy Meunier ne souffla mot. Elle partageait ce point de vue mais elle savait aussi que les cabinets d'instruction étaient débordés, que chaque juge suivait en même temps une quantité d'affaires. Et, pour être franc, nul n'avait revendiqué la levée de la décision. Nina était partie sous d'autres cieux, les « tuteurs » venaient de temps en temps pêcher une quittance de loyer ou une feuille de paie dans les cartons stockés dans les placards du 36. Personne n'avait demandé à rouvrir l'appartement de Marion. Personne n'y avait remis les pieds depuis les perquisitions, toutes stériles, la preuve.

– Vous allez devoir récupérer ce bazar, dit la divisionnaire. Ce sera l'occasion de faire du tri…

– J'espère que Mme Marion sera bientôt en mesure de le faire elle-même…

Maguy Meunier fit une moue à laquelle on pouvait donner plusieurs significations.

– Vous récupérerez également les clefs et pourrez enlever les scellés dès ce soir, dit-elle.

– C'est moi qui vais faire ça ?

– C'est une formalité. Vous êtes flic et OPJ, mes gars ont du boulot, vous ou eux, c'est du pareil au même. Je dirai au procédurier du groupe de feu la commandant Duval, *votre* groupe dans quelques jours, d'établir le procès-verbal. Pendant que nous y sommes, nous allons parler de votre affectation…

Elle ouvrit une chemise cartonnée et commença à lire à haute voix : la vie administrative d'Abadie, ses notations élogieuses, ses faits d'arme et ses pépins, tout ce qu'un flic traîne avec lui sa vie durant. Mal à l'aise dans ce genre d'exercice, le capitaine croisait et décroisait les jambes, triturant à intervalles réguliers et sans ménagement sa moustache qui ne lui avait rien fait, taraudé par une forte envie de fumer.

– Vous êtes nerveux, Abadie ? lui demanda la divisionnaire, qui observait son manège tout en commentant le dossier posé devant elle. Vous n'aimez pas qu'on vous encense, n'est-ce pas ?

– Pas trop… Mais c'est plutôt la situation de Mme Marion, la mienne à titre personnel…

– Ah ! Je vous arrête tout de suite ! Je me bats contre toute ma brigade pour vous intégrer selon un processus qui n'a rien d'habituel ici, c'est le moins qu'on puisse dire. Si ce n'était pour occuper le poste de Régine Duval dont, soit dit en passant, personne ne veut en vertu d'une superstition stupide, jamais je n'aurais pu vous faire venir comme chef de groupe. J'aurais eu les syndicats sur le dos et mon directeur. Car lui, n'en parlons pas, il est conservateur au possible. Ici on commence grouillot de base, ou « trompette » comme on dit aussi, et on grimpe les échelons un à un. On ne déroge à aucune étape et on ferme sa gueule !

Abadie n'était pas loin de se vexer. C'était elle qui venait le chercher et maintenant elle l'engueulait, juste parce qu'il avait des fourmis dans les jambes et besoin d'en griller une. Il ne pouvait pas lui dire qu'il avait passé une nuit épouvantable, à côté d'une Valentine montée sur ressorts, qui lui envoyait bras et jambes dans la figure en hurlant des imprécations à de mystérieux ennemis. Elle avait fini la nuit la tête au pied du canapé-lit, enroulée dans la couette. Lui, grelottant, n'avait pas fermé l'œil, le seul avantage étant l'absence de cauchemars, pour une fois.

– Je vois que vous n'êtes pas marié, lança Meunier sans préavis.

Il marqua un temps de surprise, ouvrit la bouche, la referma. Comment lui dire ? Fallait-il le dire ?

– J'ai dit une bêtise ? s'enquit la divisionnaire, l'air mi-figue, mi-raisin.

Le dire. Vite et sans fioritures.

– J'étais sur le point de me pacser avec *un* commandant de la compagnie du périphérique. Nous nous sommes séparés hier...

Elle le considéra par-dessus les verres de ses lunettes de vue. Elle semblait contrariée tout à coup.

– Ah, je vois, fit-elle après une éternité. Il faudra être discret, ici, capitaine.

Luc Abadie se cabra intérieurement. Jamais Marion n'avait exigé de lui qu'il camoufle son homosexualité. Pas plus qu'elle n'aurait eu l'idée de demander cela à Valentine. Il n'eut pas le loisir de protester, déjà Meunier poursuivait :

– Les mœurs de Régine Duval passaient assez bien car c'était une femme et que la brigade est majoritairement masculine. Mais pour un homme, il faut s'attendre à quelques problèmes. Ils sont assez « lourds » parfois, et déjà qu'ils vous ont dans le nez sans vous connaître...

– Je ne peux pas...

– Stop, le coupa-t-elle, on assumera...

Voilà un « on » rassurant, songea Abadie, mais ils risquaient bien, elle et lui, de se retrouver seuls contre tous.

– En tout cas, fit-elle sur un ton sans appel, pas question d'avoir des états d'âme, sinon vous n'avez aucune chance de vous maintenir dans cette brigade. J'ai besoin de vous, capitaine, et en bon état de marche.

Il fixa la divisionnaire sans surprise. Il savait pourquoi elle voulait qu'il vienne ici.

– À propos, dit-il finement, j'ai croisé mon patron en arrivant...

– Oui, soupira Meunier tellement fort que le premier papier de la pile s'envola, nous devions lui notifier la restitution de sa propriété de Saint-Médard. Je peux vous dire que ça m'arrache les tripes de le voir retourner là-bas. Dieu seul sait ce qu'il va encore y trafiquer…

– Pourquoi dites-vous cela, madame ?

– Je n'en sais rien, il me débecte de plus en plus, que voulez-vous, c'est plus fort que moi !!! Il est malin, vous savez ! Il a réussi à se mettre toute la Crim dans la poche avec son air de cocker malade. Résultat, il est comme un coq en pâte, ici, je dois surveiller constamment qu'il ne vienne pas fouiner en douce. Mais je ne suis sûre de rien. Vous pouvez commencer quand, capitaine ? Je ne peux compter que sur vous. Il faut que vous me le mettiez à poil, ce grand con de Guerry !

– Je suis prêt, quand vous voulez, il me faut juste quelques jours pour me trouver un point de chute…

– Ne me dites pas que vous êtes à la rue ?

– Non, bien sûr que non, mais j'ai une solution provisoire et je voudrais en trouver une autre avant que…

À cet instant, des coups discrets furent frappés à la porte. L'assistante de Meunier, une femme dans la maturité compassée, passa la tête sans attendre qu'on lui dise d'entrer.

– Madame, j'ai un message pour vous du commandant Bernard…

Maguy Meunier leva un sourcil contrarié. Depuis quand les chefs de groupe avaient-ils besoin de prendre la secrétaire de direction pour une messagerie ?

– Il devait filer en vitesse et ne voulait pas vous déranger…

« Ben voyons… » Elle s'impatienta :

– Alors, c'est quoi ce message ?

– Ils ont retrouvé la trace du témoin dans la première affaire, le Chinois, il m'a dit que vous comprendriez !

Une lueur aiguë fusa dans les yeux de Meunier.

– Ils interviennent demain matin tôt, avec la BRI, c'est ce qu'il m'a dit de vous dire !

– Très bien, se réjouit la divisionnaire, on va peut-être enfin avancer…

Comme la réaction d'Abadie trahissait, selon elle, la curiosité du chasseur, elle lui résuma les deux affaires qui les occupaient ces derniers jours. Elle s'attarda plus longuement sur la première qui concernait le corps d'un adolescent retrouvé face au cimetière du Montparnasse parce qu'il n'avait toujours pas été identifié. Le seul témoin, celui qui avait découvert le corps et aperçu une voiture de police à proximité quelques minutes avant, avait été relâché par les « bleus » de la Sécurité publique avant que la Crim ne puisse l'interroger. Un Asiatique qui fouillait les poubelles en prétendant se nommer Jean Holin, selon les papiers très français qu'il avait montrés, une anomalie qui n'avait pas ébranlé les bleus. Elle les avait copieusement engueulés mais le mal était fait, l'adresse était fausse, le vrai Jean Holin n'était pas plus chinois que Meunier, et toutes les recherches en vue de mettre la main sur l'Asiatique ou d'identifier le fameux véhicule de police avaient échoué. La bourde semblait sur le point d'être rattrapée mais les jours perdus, eux, ne le seraient jamais.

Si les points de convergence entre les deux affaires étaient nombreux, un élément échappait à la liste : le lieu de la découverte des corps des adolescents, un cimetière et une gare. Abadie fronça ses épais sourcils pour prendre un temps de réflexion.

– La gare Montparnasse n'est pas très loin du cimetière, dit-il après quelques secondes. Deux cents mètres ? Trois cents maxi… Et si on regarde bien, on peut trouver une cohérence… Depuis le temps que je les sillonne, ces gares parisiennes, je suis bien placé pour savoir qu'elles sont des terrains de chasse inusables pour les prédateurs. Beaucoup de jeunes y transitent ou y stagnent pour plein de raisons : prostitution, trafic de stups, vols en tout genre, mendicité…

– Comme tous les lieux de passage et de fortes transhumances, murmura Meunier. Vous m'intéressez, capitaine ! Continuez !

– Le deuxième garçon a disparu à la descente d'un train gare du Nord, le premier a pu être escamoté dans une autre gare. Cela peut être un de ces jeunes étrangers utilisés par un réseau quelconque, cela expliquerait que vous n'ayez pas d'identité. Chez eux, un clou chasse l'autre, ils sacrifient les branches mortes sans état d'âme. En cas d'arrestation par la police ou de dommage collatéral, ils se gardent bien de les réclamer, cela reviendrait pour eux à se découvrir. Voulez-vous que je m'occupe de Montparnasse en premier, puisque c'est l'emprise la plus proche du cimetière ?

Meunier pressentit d'emblée que le commandant Bernard n'apprécierait pas cette intrusion dans « son » affaire, mais au point où elle en était…

– Que comptez-vous faire ? s'enquit-elle néanmoins, par précaution.

– Chercher dans les enregistrements vidéo, pour commencer, autour de la période estimée de la disparition. Ma brigade les utilise beaucoup, les gares sont très bien équipées en caméras. Ensuite, on peut recourir aux témoignages des commerçants ou des employés sédentaires de la SNCF… Vous avez une photo du garçon ?

– Oui, mais mort. Sans les yeux, en plus. Enfin pour être juste on a fait une recomposition faciale grâce à un logiciel utilisé par les gendarmes, ce n'est pas très bon, c'est même assez hideux, mais on n'a rien d'autre. Je vais la demander pour vous. Si vous trouvez quelque chose, n'en parlez qu'à moi. Tant que vous n'êtes pas installé ici, cela vaut mieux.

Quand Abadie sortit de chez Maguy Meunier, quelques minutes plus tard, il avisa un petit groupe d'enquêteurs en conciliabule à l'entrée d'un bureau. Il s'approcha pour les saluer et les conversations cessèrent. Tous savaient qui il était. Il ne s'en trouva qu'un pour lui dire quelques mots aimables.

« Pas gagné, marmonna-t-il en s'engageant dans l'escalier, poursuivi par les regards braqués dans son dos. Il avait perçu, chez celui qui s'était montré plus chaleureux, comme un signe de reconnaissance ou d'appartenance. Un homo ? À la Crim ? Soit il s'était montré discret jusqu'ici, soit il était un super enquêteur auquel on pardonnait sa *déviance*, comme aurait dit Meunier. Abadie nota mentalement son nom, Jean-Charles Annoux, pour se rappeler qu'il y en aurait au moins un sur lequel il pourrait compter. Pourtant, il n'était pas communautariste, ni un fan des groupes de pression. Il détestait la stigmatisation et rêvait d'un monde où tout le monde accepterait son voisin tel qu'il était. Mais il avait appris aussi à se trouver des alliés quand il le fallait.

Lorsqu'il arriva en bas, sur le trottoir, il aperçut Guerry en train de faire monter dans sa voiture une jolie fille rousse aux vêtements très colorés et à l'allure entraînante. Le commissaire souriait, bombant le torse. Il ne semblait plus se souvenir que, la veille, il avait fait un malaise dans le bureau du chef de salle, à la gare du Nord. Rien de grave, avait diagnostiqué le médecin des pompiers qui lui avait prodigué quelques soins. Guerry, avançant une possible conséquence de sa blessure à la tête, avait refusé d'être conduit à l'hôpital. Il était allé consulter son médecin personnel et avait appelé le soir pour dire qu'il avait obtenu un arrêt de travail d'un mois. Trop de fatigue, 0 de tension.

Quand il passa devant Abadie, au volant de son véhicule de service, le commissaire le dévisagea. D'un regard chargé de mépris et d'une incommensurable méchanceté.

## 22

*Palais de l'Élysée, PC du GSPR*
*7 juin, 9 heures*

Les fonctionnaires du GSPR et leur chef se faisaient tout petits. Exceptionnellement, Gilbert Furgo, le directeur du SPHP était venu en personne au PC de l'Élysée leur commenter la colère homérique du président, une tornade qui avait tout balayé sur son passage. À commencer par son fils, ce jeune imbécile. Puis, sa mère, Bogna Kinsky, qu'il avait osé réprimander. À titre de représailles immédiates, elle était partie se réfugier dans sa famille polonaise, à Montmorency, puisque à Cracovie, où elle était née, il ne lui restait plus qu'une ou deux vieilles tantes séniles. Ensuite, sa femme Valéria qui, informée de l'incident à Rome, avait demandé le silence radio à son entourage jusqu'au retour du président à Paris. Hélas, était-elle naïve, la nouvelle avait fuité et fait le tour du monde en quelques secondes par le jeu des multiples réseaux sociaux. C'est la Chancelière allemande, mi-amusée, mi-consternée, qui avait vendu la mèche lors de son petit déjeuner en tête à tête avec le président français précédant la dernière réunion du G20. Frédéric Kinsky était vert de rage, il lui semblait que tous ses homologues se fichaient de lui sans même chercher à donner le change. Évidemment, ce n'était qu'un ramassis de vieux barbons, la plupart ayant depuis longtemps oublié la fonction des couches culottes, sinon pour leur propre usage.

Le cyclone ravageait maintenant jusqu'au dernier des membres de la garde rapprochée. Les deux officiers préposés à la sécurité d'Adel avaient récolté un avertissement bien qu'ils ne fussent pour rien dans l'escapade du garçon. Le patron du SPHP craignait pour sa tête, cela se voyait au ton lugubre sur lequel il s'adressait à ses troupes.

– Le scooter a été confisqué, dit-il comme si cela pouvait les intéresser au-delà de l'anecdote. Dorénavant, les entrées et sorties des enfants devront être notées et vérifiées dès lors qu'ils ne sont pas sous escorte officielle.

– Je ne comprends pas cette histoire de scooter, osa un des officiers, les yeux écarquillés et la face blême. Je n'étais pas au courant…

– Personne ne l'était, trancha le commissaire Gary Meillan, chef du service de sécurité élyséen, Mme Kinsky mère a offert l'engin à Adel pour son anniversaire. Le président l'ignorait et, en attendant qu'il soit informé de ce *détail*, annonce prévue à son retour de Rome, le deux-roues était en stand-by dans un garage, à trois rues d'ici.

– Mais Adel n'a pas pu attendre, déplora Gilbert Furgo, il s'est éclipsé et est allé récupérer le scooter pour rejoindre des copains qui fêtaient un anniversaire rue des Martyrs.

– On connaît la suite, abrégea le chef du GSPR sur un ton cassant… Le président est persuadé qu'on lui a caché tout ça, sciemment.

– Oui, et il ne faut pas s'attendre à des félicitations, du coup…

Le haut fonctionnaire continua l'énumération des retombées. La préfecture de police de Paris en prenait pour son grade pour n'avoir pas su éloigner la presse lors de la découverte d'Adel. Les chaînes qui avaient diffusé le « sujet » — toutes sans exception — étaient menacées de graves représailles car, non seulement elles avaient repris le reportage de la chaîne publique mais elles avaient largement diffusé la photo du jeune Adel. Sauf autorisation expresse du président, jamais personne auparavant ne se serait risqué à le faire. Il s'agissait là d'un manquement à l'éthique et, surtout, à la sacro-sainte omerta qui entourait, d'un septennat ou d'un quinquennat à l'autre, la vie privée des présidents. Celui qui avait osé lancer l'affaire et en avait profité pour faire de l'ironie autour d'un incident plutôt banal malgré sa saveur inédite, se retrouvait dans le collimateur, officiellement en congé. Pour de vrai, sur la touche. Il avait osé défier le grand chef et, pire, présenter son fils comme un jeune homme capricieux et indiscipliné.

Les conseillers de Frédéric Kinsky lui avaient recommandé de traiter l'incident avec plus de légèreté, de présenter les faits sur un mode à la fois badin — ce n'est pas si grave, il faut que jeunesse se passe, rappelez-vous à son âge, vous avez sans doute fait pire — et néanmoins sérieux, pour montrer qu'il était un père responsable, un vrai père de famille. Également, en passant, le père de tous les Français. Il devait aussi affirmer haut et fort que, pour la détention et l'usage de stupéfiants, son fils serait traité comme les autres justiciables, sans passe-droit. Mais la fureur l'avait empêché de les écouter et l'affaire, à présent montée telle une mayonnaise, débordait de tous côtés. Où Adel s'était-il procuré de la drogue ? Qui, dans son entourage, était au courant, complice au moins, fournisseur peut-être, tiens, pendant qu'on y était ? Les deux officiers de sécurité avaient été interrogés par le président lui-même. Il avait eu des mots très durs et les deux hommes avaient proposé leur démission, à tout le moins une demande de mutation. Que le grand Manitou avait refusée afin qu'ils expient, qu'ils boivent la coupe jusqu'à la lie et lui ramènent, sur un plateau, la tête du fautif. De celui qui osait s'attaquer au plus haut niveau de la République en fournissant de la dope à son fils.

– Vous comprenez à présent, conclut le patron du SPHP, comment une affaire sans importance tourne à l'affaire d'État.

## 23

***Rue Saint-Vincent-de-Paul, appartement de Marion***
***8 juin, 9 heures***

Abadie leva les yeux sur la façade de brique rouge ornée de balcons pimpants. Les locataires de l'immeuble fleurissaient les jardinières incorporées dans les appuis des loggias et, depuis que des grilles, des codes et autres gardiens avec chiens surveillaient la cour, les dealers du quartier ne venaient plus enterrer leur réserve de dope dans les plates-bandes ni les clodos squatter les cages d'escalier. Il n'était pas revenu ici depuis l'agression de Marion et c'est avec appréhension qu'il quêta du secours auprès de Valentine Cara. La jeune femme l'encouragea d'un geste.

– Allez, viens…

Les scellés étaient apposés entre la porte et le chambranle, deux cachets de cire reliés par un morceau de ficelle. Une fiche y était accrochée qui stipulait que nul n'était autorisé à briser ce scellé judiciaire sous peine de poursuites pénales. Les références de la procédure étaient indiquées. Valentine allait arracher le dispositif sans précaution mais, en homme soigneux et parce que c'était lui que Maguy Meunier avait investi de la mission, Abadie s'interposa pour faire les choses comme il fallait. Il plaça les éléments, cachets de cire, ficelle et fiche, dans une enveloppe, afin de les remettre à la Crim. Personne ne les dérangea pendant cette opération et le gardien de l'immeuble, pourtant averti de leur arrivée et de l'ouverture du logement de Marion, ne se montra pas.

Abadie tourna la clef dans la serrure et Cara constata que ses mains tremblaient. Elle, c'est son cœur qui s'emballait. Elle avait en mémoire la dernière nuit qu'elle avait passée avec Régine, ici même, dans la chambre de Marion. Elle entendait encore les sanglots de Nina, son désespoir. Elle revoyait son visage crispé tandis que dehors la pluie faisait rage, noyant Paris sous une couverture d'eau glacée, éloignant chaque jour un peu plus les chances de récupérer Marion en vie. Après les passages successifs de la Crim et du juge Leminois, Valentine n'était pas revenue ici. Pierre Mohica, bien que déjà fatigué, s'était chargé des formalités, du transfert des affaires de Nina et de la mise en sommeil des lieux, avant que la Crim n'appose ses cachets de cire ainsi que l'exigeait le magistrat instructeur.

Une fois dans l'appartement, au septième étage, ils furent agressés par une odeur désagréable. Les deux officiers s'arrêtèrent sur le seuil, frappés par le désordre et la saleté ambiants. Des objets et des vêtements traînaient qui semblaient avoir macéré dans l'atmosphère confinée, saturée d'humidité. Le séjour sentait le moisi, le linge sale, l'urine et même la merde.

Du côté de la salle de bains et des toilettes, c'était pire. Du linge de toilette gisait, maculé de marbrures suspectes, la baignoire était d'une saleté à faire peur avec des zébrures sombres qui ressemblaient à du vomi ou à des excréments. La cuvette des W-C était à l'identique, repoussante. Les lits étaient défaits dans les deux chambres, les draps constellés de taches d'origine indéfinissable. On avait l'impression qu'un troupeau de sangliers était passé par là. La cuisine était presque neutre, en comparaison, si on exceptait de la vaisselle sale dans l'évier et des traces de pas suspectes sur le sol.

– Pierre Mohica m'avait affirmé que tout était en ordre, le frigo vidé et débranché…

Valentine contemplait avec effarement l'appareil qui ronronnait gentiment. À l'ouverture de la porte, elle eut un mouvement de recul. L'intérieur était sale, avec des reliefs de nourriture corrompue, une grande carafe à moitié pleine d'une eau trouble, verdâtre.

– La vache ! s'exclama Abadie, il a cru le vider et le débrancher, il faut croire qu'il était déjà mal en point.

– Il a peut-être imaginé qu'il était venu le faire, va savoir !

– On aurait dû vérifier.

Valentine se souvint du visage hagard de Pierre Mohica quand, quelques semaines après cet épisode, il avait été hospitalisé. Elle revit aussi l'expression fermée de Nina qu'elle avait accompagnée à Londres, dans un Eurostar bondé. Elle se rappela le désarroi d'Eugénie Mohica quand elle était venue à la gare du Nord lui rapporter le trousseau de clefs de la petite, geste catégorique signifiant que Nina voulait tourner la page et ne reviendrait pas.

– On ne peut pas être partout, gronda Valentine au bord des larmes.

Ils commencèrent par ouvrir toutes les fenêtres en retenant leur respiration. Plantés au milieu du salon, ils n'en finissaient pas de contempler le désastre. Valentine prit un ton acerbe :

– Tu pourras leur dire, à tes nouveaux collègues de la Crim, qu'ils auraient pu faire les choses un peu plus délicatement. Ce sont des porcs.

Abadie ne répondit pas. Il avait eu le même réflexe que Valentine. Rendre les flics de la Crim responsables de ce capharnaüm était une façon de se venger de leur accueil glacial. Pourtant, ce qu'il voyait là ne collait pas avec l'image qu'il s'était faite d'eux. Bien que certaines perquisitions s'apparentent à une mise à sac lorsqu'il faut trouver coûte que coûte un élément déterminant et bien planqué, celle-ci avait un côté indécent et provocateur.

– Qu'est-ce qu'on fait ? On nettoie et on range ?

– Je crois qu'on n'a pas trop le choix, fit Valentine en retroussant ses manches.

Ils y passèrent toute la journée du samedi. Leur perplexité grandissait au fur et à mesure de la progression de la corvée. Si les gens de la Crim s'étaient montrés indélicats, cela n'expliquait pas l'état des lits, la saleté des serviettes de toilette et nombre d'autres anomalies. Quand Cara trouva sous le lit de Nina une ceinture de cuir qui ne pouvait, visiblement, appartenir à la jeune fille mais aurait convenu à un garçon, une idée lui vint :

– J'ai l'impression que Nina a amené du monde ici, supposa-t-elle, elle a dû bien s'éclater, la môme…

Abadie ne releva pas. Il contempla l'objet, de marque Hermès, luxueux. Il plaça la ceinture autour de sa taille, elle était beaucoup trop juste pour lui. Cependant, il aurait pu parier que cet accessoire n'était pas le genre des copains de la fille de Marion, qui fréquentait un collège à Pigalle. De plus, il n'imaginait guère l'adolescente, en plein traumatisme, revenir faire la fête ici jusqu'à ce que la Crim mette un terme à la fiesta. Et quand bien même, ils en auraient entendu parler. Mais rien n'était impossible, après tout.

– Qu'est-ce qu'on fait de tout ça ? demanda Valentine en désignant le tas de linge sale.

– On balance !

Le capitaine se mit en devoir de remplir deux grands sacs-poubelle, qu'il stocka dans l'entrée. Vers 18 heures, épuisée, Valentine se laissa choir dans le canapé de cuir noir.

– On a bien mérité un coup à boire, non ?

– Oui, soupira Abadie en s'abattant à son tour entre les bras d'un fauteuil, j'y ai pensé mais il n'y a rien ici, que des bouteilles vides !

– Il y a une cave, je crois me rappeler…

Abadie trouva la clef accrochée à un tableau derrière la porte palière et s'y rendit. Il en avait profité pour descendre les sacs-poubelle qu'il déposa en passant dans le local dédié. La cave était bourrée de tout un tas d'objets, vieux jouets d'enfant, peluches, sacs de vêtements, deux chaises pliantes, un fauteuil défoncé. Ici aussi, l'ambiance était humide. L'eau de la crue avait épargné le quartier mais elle avait quand même suinté des murs, laissant derrière elle des moisissures qui bleuissaient les outils et rendraient le vin définitivement impropre à la consommation. Cela ne risquerait pas d'arriver dans cette cave où il n'y avait aucune bouteille. En remontant, Abadie repassa devant le local à poubelles, s'arrêta devant les deux gros sacs noirs déposés cinq minutes plus tôt et les contempla avec perplexité. Valentine avait sûrement raison : l'état du logement s'expliquait par les perquisitions et peut-être aussi par de possibles conneries de Nina. Des années de métier lui avaient pourtant appris à écouter son instinct et la petite musique qu'il lui jouait, comme en ce moment, sur le seuil d'un local à poubelles. Résolument, il saisit les anses des deux sacs et revint sur ses pas, jusqu'à la cave où il les enferma en lieu sûr. Il détestait l'expression « on ne sait jamais », ce fut cependant celle qui lui vint en remontant dans les étages.

## 24

***Hôpital de la Pitié-Salpêtrière***
***10 juin, 8 h 30***

Le lundi matin, l'hôpital de la Pitié reprenait vie après le dimanche où tout fonctionnait au ralenti. Le docteur Razafintanaly avait passé une mauvaise nuit en compagnie d'une jeune élève-infirmière débarquée en stage la semaine précédente et à laquelle il n'avait pas pu résister. Il l'avait invitée au restaurant, passage obligé en raison de son physique ingrat qui ne lui valait que de piètres conquêtes quand il ne le vouait pas aux putes. La jeune fille était plutôt jolie, flattée de sortir avec le chef d'un des plus importants services de réa de France. La brasserie de quartier qui sentait la bière et la frite, l'esquive de Raza quand elle avait demandé une coupe de champagne l'avaient douchée : le prestigieux patron était radin en plus d'être moche. Il avait dû déployer des trésors de rouerie pour l'amener chez lui avec la promesse d'une bouteille de bulles et l'engagement formel qu'il serait « sage ». Au début, il s'était tenu à carreau, se contentant de lorgner sur son entrejambe qu'elle lui collait sous le nez grâce à une minijupe pas plus large qu'un mouchoir. Puis il avait eu du mal à refréner les soubresauts de son sexe emprisonné dans son jean et s'était lancé à l'assaut. Elle l'avait énervé en repoussant ses tentatives d'approche. Ensuite, il avait été contraint de sévir. Résultat, elle avait chouiné toute la soirée et au moment où, vers 4 heures, il l'avait enfin laissée partir, elle arborait quelques hématomes, dont un sur la joue, et des marques de liens aux poignets. Dégrisé sexuellement, Raza se sentait minable ce matin, pas sûr que la petite chochotte fermerait sa gueule malgré ses menaces de la virer de son stage en cas de non-respect du pacte établi à sens unique. Il sursauta quand on frappa à la porte de son bureau. Pas déjà, quand même !

La porte s'ouvrit après qu'il eut aboyé un « oui » agressif. Ses craintes furent confortées quand il aperçut l'homme en train de pénétrer dans la pièce. C'était un flic, celui qui ne cessait de tenter d'entrer en contact avec la commissaire Marion. Est-ce que la petite stagiaire était déjà allée se plaindre ? Ou bien avait-elle croisé l'escogriffe par hasard et profité de sa présence pour raconter les atrocités qu'il lui avait infligées ? Elle avait fait vite, songea-t-il avec colère, sans imaginer que l'autre pût être intéressé par autre chose que ses exploits amoureux. La vision de cauchemar vint jusqu'à lui et, tirant une chaise, s'assit sans y être invité.

– Voilà un moment que je vous observe et que je cherche ce qui me dérange chez vous, dit le commissaire Guerry sans formule de politesse inutile. J'ai consulté vos antécédents et j'ai beaucoup interrogé le personnel de ce service, les femmes notamment. Est-ce que vous me suivez ?

Razafintanaly se garda bien d'ouvrir la bouche. Il se contenta d'examiner l'échalas à travers les verres de ses lunettes cerclées de bleu, l'estomac au bord des lèvres.

– Vous êtes un sacré queutard !

Queutard ! Quel mot étrange ! On l'avait qualifié de violent, de pervers, de sexuellement dérangé. Mais de queutard, jamais, surtout de cette façon qui laissait percer une pointe d'admiration ! Il se prit à espérer, à l'air égrillard du flic, qu'il s'agissait d'un compliment.

– Hélas pour vous, les dames que vous obligez à baiser n'entendent pas les choses ainsi. J'en ai une ou deux sous le coude qui seraient disposées à témoigner, si vous voyez ce que je veux dire. Il y a même une jeune stagiaire qui vient d'appeler votre service pour dire qu'elle démissionnait… C'est à cause de vous, docteur ?

Comment savait-il ? Il n'y avait pas une heure qu'il était arrivé, les nouvelles allaient-elles donc si vite ?

– Je peux l'empêcher de vous chercher des poux dans la tête, affirma Guerry en ébauchant un sourire entendu. Je connais ces petites garces, elles ne couchent que par intérêt et, en prime, elles exigent de bonnes manières. En échange…

« Lunettes bleues » attendit la suite. Il ne fut pas surpris, à l'insistance que l'autre y mettait depuis quelque temps, d'entendre qu'il voulait voir Marion, en tête à tête, et assez longtemps pour pouvoir « parler avec elle ». Pas pour un remake du film d'Almodovar, toutefois, ses yeux cruels le lui disaient clairement. La gorge serrée, il se demanda qui, de la divisionnaire Meunier, des « tuteurs », ou de ce type, pouvait lui porter le plus préjudice. Qui, de tous ces gens, lui faisait le plus peur ? Comme s'il avait deviné le dilemme qui agitait son vis-à-vis, Guerry reprit, plus offensif :

– Mes collègues Meunier, Abadie et Cara peuvent gravement nuire à votre réputation, moi je peux nuire gravement à votre santé. Vous saisissez la nuance, docteur ?

Oui, il avait bien saisi. Les trois premiers cités étaient des flics déterminés qui n'hésiteraient pas à l'envoyer en taule, celui-là était un vrai barjot, peur de rien, qui n'hésiterait pas à le torturer ou pire. Il frissonna malgré la température excessive de la pièce. Il consulta sa montre. La réunion d'étage des soignants allait commencer dans trois minutes. Il devait y assister mais c'était aussi un moment tranquille, la moitié du personnel étant pris par cette tâche hebdomadaire.

– Maintenant, se décida-t-il brusquement. Il faut vous équiper pour entrer dans la zone stérile… Je vous ouvrirai quand vous serez prêt.

Guerry fit un geste qui signifiait : tu vois, ce n'est pas plus compliqué… Il se leva, imité par Raza.

– Qu'est-ce qui me garantit que tout se passera bien ? osa ce dernier, mal à l'aise.

Le commissaire examina de pied en cap sa silhouette courte et trapue, les poils qui débordaient de son col de blouse et des manches courtes, la calvitie total look et les lunettes de clown, le nez trop gros et le nævus sur son aile droite. Il écarta ses bras immenses :

– Rien, dit-il, absolument rien.

Il y avait un Dieu pour les médecins harceleurs de jeunes stagiaires car, quand ils arrivèrent dans la zone protégée, Marion ne s'y trouvait pas. Raza se souvint in extremis qu'elle avait une batterie d'examens ce matin, radio, scanner, évaluation neurosensorielle, tests des fonctions mnésiques…

– Je ne sais pas combien de temps cela va prendre, s'excusa-t-il, probablement une partie de la journée. Revenez dans la soirée, c'est préférable.

Le commissaire se défit de son harnachement avec irritation. Il s'en fut à grandes enjambées non sans avoir adressé à Raza un ultime geste d'avertissement.

« Lunettes bleues » ne se sentit pas soulagé, seulement minable. Il lui restait la journée pour trouver une solution.

## 25

***36, quai des Orfèvres, Brigade criminelle***
***10 juin, 9 heures***

La réunion d'état-major du lundi matin au 36, quai des Orfèvres se termina plus vite que d'habitude. Le directeur partait pour une remise de décoration et son adjoint était en congé. Maguy Meunier avait eu le triste privilège de clore les échanges sur une mauvaise nouvelle qui venait de tomber : le Chinois, seul témoin sur lequel on pouvait fonder quelques espoirs s'agissant du meurtre du jeune inconnu du cimetière du Montparnasse, n'avait pas été interpellé parce que introuvable. Sa communauté, installée à Aubervilliers, avait été pressée au-delà du raisonnable et il n'en était rien sorti. La dernière fois qu'il avait été vu remontait à la veille du week-end, le vendredi soir. Il était parti avec son caddie pour sa chasse aux vieux papiers et n'était pas revenu. Il ne semblait pas inquiet. Personne n'était venu demander après lui, aucune présence suspecte n'avait été détectée dans le microcosme exclusivement asiatique de cet îlot d'Aubervilliers.

– Ils sont capables de l'avoir escamoté eux-mêmes, avait suggéré le directeur.

– Je ne crois pas, mais il se peut que lui se soit évaporé par crainte d'être ennuyé.

– Comment l'aurait-il appris ? Jusqu'ici il n'a eu affaire qu'à la Sécurité publique, et encore, très brièvement.

Les derniers mots avaient été proférés sur un ton grinçant. Il y avait déjà eu quelques attaques en direction du boulevard du Palais, siège de la DSPAP dont les bleus, après avoir noté l'identité du Chinois, avaient « oublié » de le surveiller en attendant l'arrivée de la Crim. Et là, on venait d'apprendre quoi ? Que le témoin était resté tranquillement dans son quartier pendant des semaines et que, comme par hasard, c'était au moment où on l'avait enfin logé, alors qu'on allait enfin lui remettre la main dessus, qu'il disparaissait. Le directeur de la PJ était furax.

– Il avait de faux papiers, plaida Meunier, n'oublions pas ce détail. S'il redoutait qu'on le retrouve, il a pris peur…

– Encore une fois, je répète ma question, pourquoi maintenant et comment l'aurait-il appris ?

Maguy Meunier n'en savait rien mais s'interrogeait tout autant. Et, à ce moment-là, ce qu'elle ressentait au fond d'elle-même portait un nom : suspicion. S'il y avait eu fuite, elle ne pouvait venir que de ses propres troupes.

## 26

***Surveillance générale de la SNCF, gare Montparnasse***
***10 juin, 10 heures***

– Salut, capitaine !

– Salut, Mac ! Comment va ?

Alan Mac Aberdeen adressa à Abadie un sourire qui disait « bien » ou « pas trop mal ». Il était l'un des deux responsables de la salle de trafic de la police ferroviaire, une entité purement « boutique » de la SNCF qui tirait quelques prérogatives d'une ancienne loi spéciale sur les chemins de fer. Ils étaient environ mille cheminots préposés à la sécurité interne de l'entreprise, qui disposaient d'un centre névralgique que de nombreuses unités de la police nationale leur auraient envié. Si, parfois, les services en présence (police nationale et police ferroviaire) se trouvaient en concurrence, la plupart du temps ils collaboraient. Abadie expliqua ce qu'il voulait et l'agent Aberdeen se mit aussitôt en mouvement. Après avoir ciblé la période qui intéressait le capitaine à la gare Montparnasse, il s'activa sur un ordinateur un peu à l'écart des consoles. Abadie observa autour de lui l'activité de la salle, quelque peu ralentie à cette heure.

– Assieds-toi, lui conseilla un autre agent qui lisait le journal en attendant que l'animation reprenne, tu sais, Mac, c'est pas un rapide…

Abadie obtempéra sans se faire prier. Il était épuisé. Après une autre nuit agitée dans le canapé-lit de Valentine, il était au bout du rouleau. Il avait décidé ce matin que cela ne pouvait plus durer. Il allait tout perdre en route : la santé et l'énergie dont il avait besoin pour remettre sa vie sur les rails, formule on ne peut plus adéquate en l'occurrence. En prime, Yves n'arrêtait pas de le harceler au téléphone, multipliant les messages agressifs, les insultes. Il avait l'impression de découvrir un homme qu'il ne connaissait pas. Il avait espéré un moment que son départ servirait d'électrochoc. Comme une bonne paire de claques qui secoue la torpeur et fait ouvrir les yeux. Sa déception virait au désenchantement.

Pour sa part, Valentine avait vite compris les limites de leur cohabitation. Il l'avait entendue tourner et virer à côté de lui, soupirer, gémir par instants comme une enfant chagrinée. Ce matin, alors qu'ils avalaient un café en poudre chacun d'un côté du minuscule bar de son studio, elle lui avait fait part d'une idée jaillie de son insomnie. L'appartement de Marion, une fois rendu à la vie normale, était libre. Le gardien de l'immeuble avait laissé entendre que l'organisme de gestion de cet ensemble appartenant au patrimoine immobilier de la SNCF avait posé des questions à ce sujet. Marion reviendrait-elle ? Pouvait-on envisager de récupérer le logement ?

– Tu vas voir, avait marmonné Valentine, ils sont foutus de l'expulser… Il faudrait occuper l'appart, ça couperait court à tout…

Abadie avait attendu qu'elle développe, pas sûr de bien la suivre.

Dans la salle de la SNCF, Mac Aberdeen poussa une exclamation :

– Tiens, c'est marrant ça, les enregistrements de cette période ont déjà été demandés !

– Ah oui ? Par qui ?

– Le 13 avril… par des gens de chez toi. Ils ont réclamé toute la période précédente, deux semaines de bandes… Uniquement la gare d'ailleurs, c'est étonnant…

– Pourquoi, étonnant ?

– Parce que c'était le groupe Tag ! D'habitude, ils veulent plutôt les quais, les dépôts, les zones de lavage… enfin, tu sais ça aussi bien que moi.

Abadie eut la sensation que quelque chose clochait.

– Qui, du groupe Tag ?

Mac Aberdeen lui indiqua qu'il s'agissait du major José Lebas, le chef du groupe lui-même. Étrange. Ou alors, l'affaire était importante, avec un préjudice de plusieurs centaines de milliers d'euros. Mais, si elle l'avait été, il en aurait entendu parler. Mac Aberdeen grava un DVD des images et le lui tendit. Abadie tira de sa poche la photo du jeune inconnu du cimetière Montparnasse :

– C'est quoi, ça ? demanda le cheminot avec un hoquet. E.T. ?

Effectivement, le portrait avait des airs du petit extraterrestre égaré sur Terre. La reconstruction numérique lui avait fait des yeux proéminents soulignés par les joues creuses et la bouche aux lèvres minces. Abadie lui résuma l'affaire sans entrer dans les détails.

– Tu veux que j'envoie quelqu'un dans la gare ? suggéra-t-il.

– Oui, mais un gars discret, l'affaire est sensible…

– Pigé… On dira qu'on est dans une histoire de réseau de fraudeurs, ça te va ?

# 27

*Palais de l'Élysée*
*15 juin, 13 heures*

Depuis l'incident impliquant son fils, repris, amplifié et déformé par tous les médias, le président Kinsky avait exigé qu'Adel ne sorte plus seul de l'Élysée ou de quelque endroit où il séjournerait. Il devrait être systématiquement placé, lors de ses allées et venues, sous la protection des deux officiers du GSPR en charge de sa sécurité rapprochée. Il ne tolérerait aucune dérogation en dépit des protestations de son rejeton, de l'interposition bienveillante de Mamou et de celle, plus insistante, de Valéria. La première dame avait, depuis l'élection de son mari, toujours détesté vivre au palais. Ses pesanteurs, l'impression d'être constamment épiée, surveillée, encadrée, l'amenaient au moins une fois par semaine à revenir à la charge pour s'en aller d'ici. Vivre dans un appartement en ville, comme tout le monde. « Nous ne sommes pas tout le monde ! » rétorquait le président. Il devait se montrer soucieux des dépenses publiques aussi, ne pas alourdir la facture sécuritaire de sa famille en multipliant les lieux de résidence. Mais surtout, Valéria avait détecté en lui une paranoïa excessive qui l'amenait à redouter le qu'en dira-t-on plus encore que les menaces, réelles ou imaginaires, qui pesaient sur lui et son entourage.

La Brigade des stupéfiants du quai des Orfèvres, à laquelle avait été adjoint un groupe de la BPM en raison du nombre élevé de mineurs parmi les consommateurs de cannabis de la fameuse soirée, avait réussi à identifier quelques pourvoyeurs occasionnels. Frédéric Kinsky ne voulait pas de clémence pour son fils mais il avait juste quatorze ans, il ne fallait pas non plus exagérer la sanction. Ne pas créer une injustice sous prétexte de justice. Le procureur de la République de Paris le lui avait expliqué, décidant d'absoudre l'ensemble des jeunes concernés. La presse, après un déchaînement hors de proportion avec la gravité des faits, avait fini par se calmer, mais le président savait que ce n'était qu'un répit. À la première occasion, dès qu'il ferait campagne pour son second mandat ou s'il se trouvait en difficulté pour une raison ou une autre, une baisse dans les sondages, un repli dans le cœur des électeurs, l'affaire ressortirait. Elle n'en finirait jamais de resurgir et son fils, ce crétin, n'en finirait pas de la traîner comme un boulet. C'est pourquoi il avait décidé, faute de mieux, la plus grande fermeté à l'égard d'Adel.

Jusqu'à la fin de l'année scolaire, dans moins de trois semaines, les dispositifs d'escorte se répéteraient selon un horaire immuable, tous les jours de la semaine : départ à 7 h 45 du palais présidentiel par la rue de l'Élysée, retour à 12 h 15 pour le déjeuner, re-départ à 13 h 30 pour l'école privée et retour à 18 h 30. Point-barre. Il n'y aurait plus de sortie en dehors de ces horaires qui ne soit examinée, dûment autorisée et bien évidemment escortée. Afin de ne créer aucune confusion, un accord avait été pris avec la direction de l'école Notre-Dame-des-Oiseaux : Adel devait respecter ces horaires à la lettre même si son emploi du temps comportait des temps libres. Il avait râlé, détesté son père et sa manie de tout contrôler, appelé à la rescousse Valéria, et Mamou Bogna, mais le président était resté inflexible.

Adel passait donc des week-ends moroses à l'Élysée, obligé de se consacrer à ses études et au brevet des collèges — un truc d'un autre âge selon lui — qu'il présenterait dans quelques jours. À titre d'exception, il avait droit à des séjours en famille à la résidence de La Lanterne à La Celle Saint-Cloud, une *modeste* maison de campagne jouxtant le parc du château de Versailles. Immense, car flanquée de vastes dépendances, elle avait été longtemps la résidence secondaire du Premier ministre avant d'être réquisitionnée par la présidence de la République pour le confort du président et de sa famille. Pour ces escapades, dont le jeune Adel détestait tout, le formalisme, la proximité familiale, la privation de liberté, Frédéric Kinsky avait imposé des barrières infranchissables d'horaires et d'itinéraires. Malgré les avis que tentait de lui donner Gary Meillan, le commissaire à la sécurité élyséenne, il était resté intraitable. Car, s'il était verrouillé et destiné à remettre de la discipline dans la tête du garçon, ce dispositif présentait un inconvénient : avec ses habitudes et ses horaires bien établis, il était éminemment prévisible. Faute de pouvoir convaincre le grand homme, chacun se rassurait d'une manière unanime : qui pourrait bien vouloir s'en prendre au fils du président de la République ?

## 28

***Hôpital de la Pitié-Salpêtrière***
***15 juin, 14 h 45***

Au milieu du flou dans lequel elle errait le plus souvent encore, Marion sentit qu'il se passait quelque chose d'inhabituel. Épuisée par les exercices d'assouplissement, les questions incompréhensibles d'une femme à la denture chevaline et à la coiffure sévère qui prétendait qu'il s'agissait de tests « psychomoteurs » et d'autres psycho-choses hermétiques, elle avait vite sombré dans le sommeil une fois revenue à son point de départ dans la zone stérile. Elle s'était efforcée de répondre aux exigences de la psy « mal baisée » qu'elle avait fini par dégoûter en lui posant à son tour des questions indiscrètes sur sa sexualité dans une tonalité à la limite de la pornographie. La femme, le rouge au front tout en restant stoïque, avait mis un terme à une évaluation plus stérile qu'une « trompe d'Eustache ligaturée », comme le disait plaisamment sa patiente. Elle avait inscrit sur sa fiche : « des progrès enregistrés dans la réappropriation de la cognitivité, notamment les fonctions sensorielles et, même, bien que très en retrait encore, la mémorisation de faits récents ». Ainsi Marion avait-elle mentionné une femme, Valentine, et un homme, Luc, comme des membres de sa famille. Pour le désordre lié à la perte d'inhibition, elle se montrait réservée, sinon pessimiste. Car, avant qu'elle ne renvoie la commissaire à sa couche, celle-ci avait écarté les pans de la blouse d'hôpital, exhibé son corps — d'où les muscles, en trois mois d'inaction, avaient dramatiquement fondu — en lui demandant si elle la trouvait baisable.

Marion entrouvrit une paupière avec difficulté et, sans faire le moindre mouvement, dirigea son regard vers l'ombre qui, derrière la vitre, l'observait. Un grand froid s'empara d'elle et elle lutta avec l'énergie du désespoir pour ne pas jaillir du lit ou se mettre à hurler. L'homme l'épiait, à contre-jour, son visage à moitié enfoui dans le clair-obscur de la zone a priori inaccessible sans escorte. Une question lui vint, distincte et précise : comment était-il arrivé jusque-là ? Elle ne reconnaissait pas ce crâne rasé ni ces vêtements bleu marine. Mais elle ne pouvait pas se tromper sur le regard et surtout sur les ondes que le guetteur propulsait jusqu'à elle. C'était bien lui, l'homme qui lui tirait dessus à chacun de ses réveils, celui qui, sans raison, après l'avoir admirée et encensée, avait décidé qu'elle devait mourir. C'était lui et ce n'était pas lui. Elle s'efforça de mettre en équation cette contradiction pour en tirer une conclusion. La zone de son cerveau sollicitée pour la peine refusa de s'ouvrir, comme le fichier verrouillé d'un ordinateur. L'homme finit par bouger légèrement, portant les doigts à hauteur de sa bouche. La présence de gants de cuir à ses mains envoya une coulée glacée dans le dos de Marion. Sans qu'elle fût capable de l'expliquer, ce détail amplifiait sa conscience d'un danger. Fort, puissant. Elle creusa les méandres abîmés de son cortex pour en faire jaillir une lueur mais n'y parvint pas. Pourtant, elle en était certaine : cet individu était là pour lui nuire. Depuis que sa conscience revenait par vagues de plus en plus efficaces et qu'elle pouvait en retenir quelques informations immédiates, l'infirmière Irma lui avait appris à enfouir le bouton d'alerte sous ses draps, à portée de sa main. Elle n'avait pas oublié que cette petite poire de plastique la reliait au reste du monde. Après quelques secondes de tâtonnements, elle trouva la commande et appuya dessus de toutes ses forces.

## 29

***Gare du Nord, zone Eurostar***
***15 juin, 14 h 50***

Cara venait de terminer la supervision des formalités d'embarquement de l'Eurostar de 15 heures quand son portable vibra dans la poche de sa vareuse d'uniforme. Le numéro affiché était celui de la Pitié-Salpêtrière. Son sang se mit à bouillonner tandis qu'autour d'elle les sons se faisaient flous.

– Cara, j'écoute ! énonça-t-elle d'une voix tremblante.

– C'est Irma, mademoiselle Cara, l'infirmière de…

– Oui, oui, s'empressa Valentine, soulagée à l'idée que ce ne fût *que* Irma, que se passe-t-il ? Elle a encore dit mon prénom ?

La raillerie pour évacuer le stress brutal. Quand ce cirque prendrait-il fin ? Y avait-il un avenir moins violent à espérer ? À quelle échéance ? Irma parlait et Valentine se rendit compte qu'elle n'écoutait pas. Un agent du contrôle lui adressa un signe impatient en montrant l'énorme horloge au-dessus de leurs têtes. Plus que quatre minutes avant le départ, il était grand temps d'y aller.

– Vous pouvez répéter ? fit-elle, hagarde, je suis au travail et…

Irma s'exécuta avec patience mais aussi une pointe d'irritation. Ce que Valentine entendit lui fit tourner la tête. Nom de Dieu ! L'enfoiré était retourné là-bas ! Et que disait Irma ?

– Il s'est rasé le crâne et il porte des gants, en plein mois de juin et à l'intérieur de l'hôpital où il fait 30 degrés !

« C'est drôle, l'interprétation que font les gens de détails de ce genre », songea Valentine dans le brouillard qui s'épaississait autour d'elle. Elle, étrangement, n'associait pas le port de gants à la frilosité, plutôt à la démarche pas nette d'un tordu sur le point de faire une connerie.

– Il est encore là ?

– Non, vous pensez bien que je l'ai obligé à partir ! Il m'a dit que le docteur Razafintanaly l'avait autorisé à venir voir Mme Marion…

– Putain de salope !

Irma en eut le souffle coupé.

– Pardon ? murmura-t-elle enfin d'une voix blanche.

– Ça ne s'adressait pas à vous, Irma… Je vous expliquerai…

– J'espère bien ! Je voulais juste rendre service ! Vous allez venir ?

Elle semblait prête à pleurer, la belle jeune femme blonde aux formes épanouies mais fermes, des larmes devaient perler à ses yeux de porcelaine et sa bouche trembler d'émotion. Pourquoi moi ? se dit Cara en pleine confusion. Pourquoi m'appeler, moi, et pas Abadie qu'elle couvait des yeux habituellement, la petite Irma ?

– Tu t'amènes ou quoi ? cria dans le lointain l'agent qui faisait équipe avec elle ce jour-là.

Elle se pencha par-dessus la balustrade et le vit, debout sur le marchepied de la première voiture tandis que les derniers voyageurs couraient vers les portes béantes.

– Je peux pas ! hurla-t-elle à son tour, vas-y sans moi !

Elle n'attendit pas de voir son collègue lever les bras au ciel ni de l'entendre la maudire et la menacer de la balancer au commissaire Leprix. Elle courut vers le parking récupérer sa moto, une petite Honda 125 qui se faufilait partout. Une fois à califourchon sur la bécane, à bout de souffle, elle appela Abadie. Elle n'obtint que sa messagerie.

## 30

***Gare du Nord, Brigade des chemins de fer***
***15 juin, 17 heures***

Le capitaine Luc Abadie terminait de visionner le DVD remis par la Surveillance générale de la SNCF. Il coupa l'alimentation du lecteur et éteignit l'écran, déçu. Il avait vu une foule de gens, était revenu en arrière plusieurs fois, s'était arrêté sur des garçons qui ressemblaient au signalement de l'inconnu du cimetière. Mais rien ne l'avait fait sursauter. Ils étaient, comme dans toutes les gares et de nombreuses stations de RER ou de métro à fort trafic, des dizaines de gamins, des deux sexes, à squatter. On les repérait autour des distributeurs de billets de banque et à proximité des automates qui délivraient les titres de transport. Des grappes comme des pots de glu qui venaient expliquer aux touristes ou aux provinciaux inexpérimentés comment se servir des machines. Les plus jeunes se contentaient de réclamer une pièce en échange de leur prestation. Les autres, les marioles, en profitaient pour repérer les codes des cartes bancaires ou pour subtiliser, dans les sacs mal fermés, les chères devises, des cartes Visa et des objets de valeur. Qui passaient tout aussi vite entre d'autres mains pour échouer dans la poche d'un adulte, vague rouage d'un réseau qui n'en finissait pas d'étendre ses tentacules sur l'Europe. La France et Paris, première destination touristique au monde, arrivaient en tête du peloton des victimes. Abadie le savait qui, inlassablement, coupait des bras et des pieds de cette hydre aux pouvoirs magiques de repousse immédiate. Il avait repéré d'autres activités, quasiment affichées, de trafic en tout genre : drogue, faux papiers, faux produits de luxe, montres, tickets de métro. Enfin, plus discrète, la drague et son corollaire fréquent, la prostitution. Nombre de gamins prépubères se livrant à cette activité ressemblaient à X… Il scruta le physique des adultes masculins qui se prenaient dans leurs filets et les embarquaient pour une fellation vite faite dans un coin tranquille de la gare, un parking ou un photomaton. Certains lui étaient familiers, qu'il avait « serrés » une fois ou deux, plus parfois, mais qui revenaient, agacés par les exigences de leurs hormones. Un de ces fantômes avait même éveillé en lui une réminiscence troublante. Mais il n'avait identifié personne ni ne pouvait affirmer que le jeune X… avait été « levé » dans la gare Montparnasse par son assassin. Cependant, il était sûr d'une chose : il n'y avait pas de tags dans cette zone et il se demandait bien pourquoi l'équipe spécialisée s'y était intéressée.

Le chef du groupe, le major José Lebas, était en train de préparer, avec ses hommes, une vaste opération pour le lendemain. Ce serait Villeneuve-Saint-Georges où la bande d'un certain Aknor mettait de la couleur sur les trains et, pire, apposait son sceau sur les vitres des convois à l'aide d'un diamant de miroitier ou d'une bougie de voiture ébréchée. Un fléau même pas esthétique — au contraire de certains graffitis — et qui coûtait une fortune aux sociétés de transport.

– Vous avez bossé sur Montparnasse, dernièrement ? lui demanda Abadie après l'avoir extrait de son bureau.

– Entre autres, oui…

L'homme semblait surpris. Aucune gare n'échappant à la mise en coupe réglée des tagueurs, cette question avait un côté déplacé venant d'un capitaine aussi familiarisé avec le sujet que celui-ci.

– Je voulais dire, une enquête spécifique, en avril…

– Pourquoi en avril ?

– Parce que tu as demandé à la SUGE des vidéos de cette période à Montparnasse.

– Moi ?

– Tu t'appelles bien José Lebas ? Et tu es bien major ? Chef du groupe Tag de la Brigade des chemins de fer ?

Lebas contempla son capitaine avec un air apitoyé tout à fait déplaisant.

– Tu comprends ma question, quand même ? s'énerva le moustachu qui, en s'excitant, reprenait son accent du Sud-Ouest.

– Oui… mais non. Ma réponse est non. Je n'ai réclamé aucune vidéo de Montparnasse depuis une éternité. Mais si tu veux, je vais demander à mon groupe, ça tombe bien, ils sont tous là cet après-midi. Peut-être que l'un d'eux s'est fait passer pour moi…

Il était piqué, d'autant plus que le capitaine Abadie n'avait pas coutume de parler aux gens sur ce ton. Lebas avait ouï dire qu'il passait un sale moment à titre privé et ne voulut pas entrer en guerre avec cet homme habituellement charmant. Il tourna les talons et s'en alla poser la question à ses coéquipiers. Abadie attendit dans le couloir en se rongeant les ongles — faute de pouvoir fumer — une manie resurgie de l'enfance qui signait un désarroi croissant. Il ne fut pas surpris de la réponse négative de Lebas : aucun de ses quatre collègues n'avait demandé de vidéo à Montparnasse en avril. Quelqu'un l'avait fait pourtant, et cette conclusion alluma une alarme dans sa tête.

Alors qu'il rebroussait chemin en direction de son bureau, il vit que, pendant son séjour dans la pièce de visionnage, borgne et inaccessible aux réseaux de téléphonie mobile, son portable avait enregistré plusieurs messages. Dans le premier, Valentine lui demandait de la rappeler d'urgence. Dans le dernier, elle lui intimait l'ordre de la rejoindre, sans délai, à une adresse à Neuilly. Ils avaient deux mots à dire à Razafintanaly, « lunettes bleues » qui, sans qu'on sache pourquoi, se trouvait chez lui en plein milieu de la journée.

# 31

***Neuilly, domicile du docteur Razafintanaly***
***15 juin, 18 heures***

Il avait le teint plombé des malades du foie, le blanc des yeux injecté de sang. Il triturait un mouchoir en papier et, cela crevait les yeux, il pétait de trouille. Valentine Cara l'avait attaqué bille en tête aussitôt qu'ils s'étaient annoncés et qu'il avait eu la mauvaise idée de répondre à l'interphone d'un immeuble chic du boulevard du Château, à Neuilly-sur-Seine, entrée en marbre blanc et tapis dans l'escalier.

– Vous ouvrez ! avait-elle ordonné tandis qu'il prétendait être souffrant et ne pouvoir recevoir personne, sinon ce soir vous couchez en taule !

– Vous plaisantez, j'espère ? avait-il tenté d'une voix peu assurée, j'appelle mon avocat…

– Et moi, j'appelle la divisionnaire Meunier !

La menace avait été décisive. Raza suait à grosses gouttes, à présent, sous les regards croisés des deux « tuteurs ».

– Pourquoi n'êtes-vous pas à l'hôpital ? demanda Cara avec brusquerie.

– J'ai le droit de prendre une après-midi de repos, non ? Je me sentais fiévreux…

– Ben tiens !

Abadie l'obligea à s'asseoir cependant que Valentine partait faire le tour de l'appartement pour éviter de lui sauter à la gorge. Elle découvrit un espace en grand désordre, une chambre comme ravagée par un ouragan. Draps et couvertures entassés en vrac dans un coin avec les oreillers, drap-housse constellé de taches suspectes. Du sperme, conclut-elle après s'en être approchée, et des traînées de sang bruni à moins que ce ne fussent des traces d'excréments. Accrochées aux barreaux de cuivre de la tête de lit, deux écharpes blanches comme elle en avait vu plusieurs fois autour du cou de Raza et, dépassant de dessous le lit, un soutien-gorge en dentelle rose et violet, déplacé dans cet espace dépourvu de féminité. Il n'y avait pas d'autre pièce, en dehors de la salle de bains et de la cuisine où elle repéra une bouteille vide d'un champagne bas de gamme et deux verres à moutarde dont l'un n'avait pas été vidé entièrement.

– Vous vivez seul ici ? demanda-t-elle tout en connaissant la réponse.

– Je n'ai pas trouvé l'âme sœur…

– Ça ne m'étonne pas ! Qui aurait envie de baiser avec un ours, attachée au lit et sûrement brutalisée ! Vous êtes adepte du bondage en plus d'être un harceleur pervers ?

– Je ne vous permets pas…

– Docteur, fit calmement Valentine, c'est votre dernière séance sexuelle, ou les conséquences que vous en redoutez, qui vous mettent dans cet état ?

« Lunettes bleues » laissa filer son regard vers le plafond. Valentine détailla sa laideur avec dégoût. Abadie, lui, songea que cet homme avait besoin d'aide. Tant qu'il ne se déciderait pas à consulter un confrère spécialiste des troubles du comportement sexuel, il continuerait à couler dans un puits sans fond. Pour l'heure, ce n'était pas de la compassion qu'il éprouvait pour le médecin mais, comme Valentine, de l'aversion et de la colère :

– Bon, on a assez tourné autour du pot, dit-il avec fermeté, racontez-nous ce qui s'est passé avant que je ne vous démolisse le portrait.

## 32

***Hôpital de la Pitié-Salpêtrière***
***15 juin 20 h 30***

La décision de transférer Marion fut prise en quelques minutes, en même temps que celle de faire passer le docteur Razafintanaly au trapèze. Maguy Meunier, informée par les tuteurs, était hors d'elle. Les mises en garde n'avaient pas été efficaces. Pire, « lunettes bleues », s'imaginant protégé par le marché passé avec les policiers, en profitait pour recommencer ses conneries sexuelles. Après avoir entendu le compte rendu d'Abadie, elle avait décidé de sévir, ordonné qu'on retrouve la jeune infirmière stagiaire, qu'on enregistre sa plainte et qu'on entende tous les témoins disponibles. On verrait bien si les appuis du chef de la réa de neurochirurgie de la Pitié feraient le poids contre sa propre détermination. Pendant ce temps, Cara et Abadie s'employaient à trouver un lit dans un autre établissement. La réponse était tombée le soir, vers 19 heures : ce serait Lariboisière, pour quelque temps. Ce n'était pas le choix le plus judicieux. L'établissement, à quelques dizaines de mètres de la gare du Nord, était celui auquel un esprit mal tourné penserait en premier lieu car il figurait, avec la Pitié, en tête des grands services de neurochirurgie de Paris. Mais c'était ça ou rien. Quelques jours, ensuite, on aviserait. Ils se mirent en devoir de procéder aussitôt à l'ensemble des formalités.

Maguy Meunier décida, dans la foulée, de *convoquer* Guerry pour lui dire deux mots. Son obstination à voir Marion, en dehors d'une démarche amicale douteuse, commençait à se faire pesante. Et aujourd'hui, pourquoi cet accoutrement, ces gants ? Il était temps de lui expliquer les choses clairement. Également de comprendre pourquoi il avait utilisé avec Raza les mêmes menaces qu'elle. Et d'éclaircir ce qu'avait fini par lâcher « lunettes bleues » : le commissaire Guerry redoutait le moment où Marion retrouverait la mémoire. Selon lui, s'il voulait absolument l'approcher, c'était pour savoir de quoi elle se souvenait *exactement.*

Les tuteurs revinrent voir Marion vers 20 heures, dans une chambre de l'étage où elle avait été installée dans l'attente de son transfert. La télévision était allumée et elle fixait l'écran où s'agitaient des gens dans une ville sous la pluie. Ils s'assirent en silence chacun d'un côté du lit et observèrent son visage inexpressif. Le commentateur parlait avec un accent anglais et, subitement, les doigts de Marion se crispèrent sur le drap. Elle exhala un soupir et Cara, incrédule, aperçut une larme qui glissait le long de son nez.

– Nina… souffla Marion en portant la main à son crâne rasé encore encombré d'un pansement.

Les deux officiers se penchèrent, retenant leur respiration.

– Nina, redit la blessée alors que des images de Piccadilly Circus envahissaient l'écran, le reporter expliquant que ce rendez-vous des jeunes Anglais était devenu un haut lieu de débauche sexuelle et de beuveries sans fin. Une sacrée nouvelle pour qui connaissait un peu Londres !

– Qui est Nina ? hasarda Valentine.

Marion resta indécise, le regard collé aux vues de la ville et aux grappes d'adolescents et de jeunes adultes sur lesquels la caméra s'attardait complaisamment, montrant des filles titubantes, abruties d'alcool, des garçons qui tombaient comme des masses à la sortie des pubs, des ambulanciers vêtus de rouge et de jaune qui les ramassaient à la chaîne, éclaboussés de vomissures et agonis d'injures.

– C'est Nina, répéta Marion sans répondre à la question, je l'ai vue, elle est là…

Elle montrait la télévision d'un doigt qui semblait peser une tonne.

– Oui, elle est là, dit Abadie pour aller dans son sens, je l'ai vue aussi. Vous voulez la voir en vrai ?

Ils eurent beau faire, Marion ne fit que répéter le prénom de sa fille, incapable de le raccorder au statut de l'adolescente.

– C'est quand même incroyable, commenta Valentine, tout excitée, une fois qu'ils eurent quitté la blessée pour la laisser dormir, épuisée par l'intensité déployée à mettre une idée sur un prénom. L'association de Nina avec un reportage sur Londres !

– Ce n'est sûrement qu'un hasard, tempéra Abadie.

– Oh toi ! Ton optimisme te poussera au suicide un de ces jours ! Moi, je dis que c'est positif, qu'elle ait prononcé le prénom de sa fille !

– Oui, tu as sans doute raison… Qu'est-ce qu'on fait en attendant ?

Le départ de Marion pour Lariboisière ne pourrait intervenir que le lendemain. Si la divisionnaire Maguy Meunier cherchait Guerry, elle n'allait pas pour autant mobiliser toute la police parisienne pour le trouver. Rien ne garantissait qu'il ne revienne pas pendant la nuit, quand l'effectif hospitalier serait au plus bas.

– Je vais rester là, décida Valentine. Je dormirai dans le fauteuil. Toi, tu vas chez elle, tu t'y installes et tu me rejoins demain matin. Tu apporteras quelques affaires, on ne va pas la laisser indéfiniment dans ces fringues d'hosto…

# 33

***Appartement de Marion, rue Saint-Vincent-de-Paul***
***15 juin, 22 heures***

Abadie regagna la rue Saint-Vincent-de-Paul sans se faire prier. Il était, après toutes ces nuits sans sommeil, au bord de l'évanouissement. Alors qu'il ouvrait la porte de l'appartement, son téléphone lui indiqua l'arrivée d'un message. À son corps défendant, il espéra Yves. Au moins, même si leur histoire était bien finie, pourraient-ils quand même se parler sans s'insulter. Ce n'était que Mac Aberdeen, lut-il sur l'écran. Si le gars de la Surveillance générale de la SNCF l'appelait aussi tard, ce n'était pas pour lui souhaiter le bonsoir. Il composa son numéro en pénétrant dans le salon où les fenêtres restées ouvertes avaient permis la dissipation partielle des odeurs nauséabondes.

– Mac ?

– Oui, capitaine… Désolé de t'appeler si tard mais je viens juste de quitter le collègue à qui j'avais demandé…

– Oui, oui, d'accord, abrégea Abadie. Ça donne quoi ?

– On a une piste… Le gérant de la boutique Virgin l'a reconnu. Enfin, il est quasiment sûr. C'est un gamin qui mendiait dans la gare. Quand je dis mendier, tu me comprends…

Mendicité agressive, forcée. Autrement dit, vol ou racket.

– De la prostitution aussi, sans doute… Le type de Virgin le voyait souvent se planquer dans un coin à côté de son magasin, c'est un angle mort où on n'a pas de caméra. D'ailleurs, je vais faire un rapport pour qu'on en installe une… Bref, le jeune y rencontrait des mecs, des adultes, soit des « clients » en puissance, soit des « coaches »…

– Je vois… Il a un nom ?

– Il a entendu un type l'appeler Mehdi… Il pense qu'il est marocain…

– Berbère alors, parce que blond comme ça…

– Possible, tu sais ce que c'est, ça vaut ce que ça vaut.

– Écoute, c'est déjà super… Merci, Mac, je te revaudrai ça…

À l'autre bout du fil, Mac Aberdeen se fendit d'un discret claquement de langue.

– Attends, c'est pas tout…

Il avait visionné les enregistrements qu'il avait transmis à Abadie et, précédemment, au groupe Tag de la brigade, du moins à quelqu'un qui s'en était réclamé. L'agent qui prospectait dans la gare en avait fait autant et montré quelques images à son correspondant de Virgin. Ils avaient repéré le garçon à plusieurs reprises, à proximité d'un « point argent » et dans le sillage des files d'attente aux guichets. Abadie se souvenait du « point argent », en effet. Il s'y était longuement attardé. C'était là qu'il avait remarqué un individu qui l'avait mis mal à l'aise, comme un sentiment de déjà-vu.

– Tu pourrais regarder dans tes fiches ? demanda-t-il à Mac quand ils eurent fait le tour de la question. Des fois que vous l'auriez en magasin, ce Mehdi ?

Les agents de la SUGE détenaient un fichier des fraudeurs, également des gens qu'ils contrôlaient dans les gares pour des infractions à la police ferroviaire, une gamme assez étendue et, au final, un gisement intéressant d'informations pour la Brigade des chemins de fer.

– C'est en cours, dit le responsable de salle. Je te tiens au courant.

Le capitaine balança : devait-il appeler la divisionnaire Meunier immédiatement ou attendre le lendemain ? Avec Marion la question ne se serait pas posée, elle voulait tout savoir, tout de suite, à n'importe quelle heure son téléphone était ouvert. Il ne connaissait pas encore les usages de la Crim et décida de surseoir. Il avait besoin d'une douche et d'une nuit de sommeil. En entrant dans la salle de bains, dépourvue de fenêtre, l'odeur l'agressa de nouveau. Ils avaient nettoyé à fond, mais elle persistait. Il vida dans la pièce exiguë la moitié d'une bombe d'un désodorisant aux senteurs de lavande. Alors qu'il enjambait le rebord de la baignoire, il se remémora sa discussion avec Valentine quand ils étaient revenus là, samedi dernier. Si Nina n'était pas à l'origine des horreurs qu'ils avaient découvertes, non plus que la Crim et d'improbables indélicatesses de perquisition, qui avait bien pu les commettre ? Quelqu'un était-il venu ici, profitant de la vacuité des lieux ? Qui ? Un clodo ? Le quartier en était plein, des vieux, des jeunes, des junkies, cette hypothèse n'avait rien d'aberrant. Ils étaient de plus en plus gonflés, aussi. Récemment, Abadie, installé à la terrasse d'une brasserie du quartier, avait vu un jeune type crasseux s'arrêter devant sa table et lui piquer une rondelle de saucisson dans son assiette, un morceau de jambon et un bout de pain puis s'en aller tranquillement. L'un d'entre eux avait-il pu se glisser ici et squatter sans que personne ne s'en aperçoive ? Pour cela, il avait fallu enlever les scellés et les remettre en partant. Ce n'était pas vraiment le genre d'un clodo. Sauf s'il avait l'intention de revenir. Et comment était-il entré ? Ils n'avaient détecté aucune trace d'effraction sur la porte. Le gardien détenait-il un double des clefs ? Qu'il aurait prêté à quelqu'un ou qu'on lui aurait subtilisé ? En s'allongeant entre les draps propres, Abadie se promit d'avoir une conversation avec le concierge dès demain. Il n'eut pas le loisir d'y réfléchir davantage. En moins d'une seconde, il plongea dans le néant.

# 34

***36, quai des Orfèvres, Brigade criminelle***
***16 juin, 9 heures***

Marysa de Mareil écoutait distraitement l'exposé des chefs de groupe. Elle avait, depuis le début de la réunion, beaucoup de mal à se concentrer. Sa rencontre avec le commissaire Guerry des Croix du Marteroy y était pour beaucoup, bien qu'à ce stade de leur relation, elle éprouvât encore quelques difficultés à déterminer ce qu'elle ressentait pour lui. Pas de l'amour en tout cas. S'il inspirait quelque sentiment, celui-là ne figurait pas sur la liste. Curiosité, fascination, passion sexuelle un rien sado-maso et très morbido-déjantée ? Elle revint en pensée sur leurs trois soirées qui s'étaient terminées par des « séances » sexuelles comme elle n'en avait encore jamais vécu. Le simple fait de les évoquer l'excitait et son proche voisin, le procédurier du groupe Nerval, devait le sentir car il ne cessait de la dévorer des yeux, laissant parfois sa main s'égarer sur son bras nu.

– Où en sommes-nous, messieurs ? demanda la divisionnaire Meunier avec un agacement qui virait à l'aigreur, maintenant que notre seul témoin s'est volatilisé ?

– Nous avons écumé la communauté chinoise d'Aubervilliers et épluché les fichiers de l'OCRIEST[1], il ne se trouve nulle part.

– Même pas dans un avion pour la Chine ?

L'intervenant ne releva pas l'ironie. Marysa, elle, éprouva une étrange contraction dans la poitrine. Elle ignorait que le Chinois n'avait pas été interpellé, elle ne suivait pas tous les méandres de la procédure et la dernière fois qu'elle avait parlé de ce témoin dont la Crim attendait beaucoup, c'était un soir avec Guerry. Ce qu'il lui avait fait après avait lavé son cerveau comme une grande lessive de printemps.

– J'espère qu'il n'y a pas eu de fuite, hasarda Meunier en sachant qu'elle s'exposait à une levée de boucliers.

Personne ne broncha cependant, l'affirmation était suffisamment vague pour que personne ne se sente visé. Elle remit à plus tard d'approfondir cette hypothèse qui hantait son directeur.

– Les divers prélèvements n'ont pas donné de résultats concluants, dit le commandant Nerval, comme dans la première affaire, je crois savoir. Pas d'ADN et pas d'empreintes étrangères aux adolescents. Le meurtrier a bien fait le ménage. Les bâches en plastique sont d'un modèle courant, fabriquées en Chine très certainement. Il est impossible d'en savoir plus, les seules indications permettant de localiser le point de vente se trouvant sur les emballages de ces bâches. Sur les deux, ainsi que l'a confirmé mon collègue Bernard, aucun indice non plus, en dehors de quelques cheveux des victimes elles-mêmes. Nous en arrivons à la conclusion que l'auteur était équipé, qu'il avait mis une combinaison, un passe-montagne ou un accessoire, genre masque médical, qui

1. Office Central pour la Répression de l'Immigration irrégulière et de l'emploi d'Étrangers Sans Titres.

protège la bouche, et qu'il portait des gants, certainement deux paires l'une sur l'autre, une première en latex et une par-dessus d'une matière plus épaisse, comme du cuir, car il n'a laissé aucune trace.

– Toxicologie ? demanda Meunier sur un ton inutilement revêche.

– On a rapproché les résultats des deux séries d'analyses. Dans les deux cas, il n'y a rien dans le bol alimentaire, d'ailleurs, il n'y a pas de bol alimentaire, sinon quelques substances liquides issues de la déglutition, du suc gastrique globalement, ce qui confirme l'absence d'ingestion de nourriture solide et liquide pendant plusieurs jours précédant la mort. L'exsanguination n'a laissé que quelques résidus ici et là. Une présomption d'absorption par voie intraveineuse de sédatifs à haute dose est confirmée dans le cas de X… par l'examen de ses cheveux. Le produit utilisé est en cours d'identification, dans la gamme des benzodiazépines, certainement. La même requête a été formulée en ce qui concerne Mark Van de Root, résultats dans quelques jours. C'est tout ce qu'on peut dire pour le moment.

– Téléphonie ? le relança Maguy Meunier un peu plus sèchement encore.

– Mark Van de Root, répliqua Nerval sans frémir malgré l'envie qu'il avait de l'envoyer sur les roses, avait un portable qu'on n'a pas retrouvé, non plus que le reste de ses affaires.

– Oui, je sais cela, vous avez les résultats de vos requêtes ?

– Il avait un abonnement chez Proximus, l'opérateur belge de téléphonie mobile, filiale de Belgacom. Les résultats complémentaires sont arrivés hier seulement, la voie internationale est toujours lente…

– Et ? s'impatienta Meunier.

– Rien de significatif. Quelques appels précédant le moment de la disparition, à ses parents, à sa tante, des

SMS à des copains, du banal de chez banal. Rien qui nous mette sur la piste d'un contact avec le meurtrier avant le voyage en train…

– Ce qui nous conforte dans la première idée que c'est dans le train qu'il a fait la rencontre ?

– Oui, ou à l'arrivée en gare du Nord. Peu après ce moment, il y a un SMS de Mme Van de Root qui veut savoir si tout s'est bien passé. Après cela, le téléphone du garçon n'émet plus du tout. Il n'y a plus aucun signal, ainsi que l'a confirmé le commissaire Belout quand, il y a un mois, il a demandé aux collègues belges de vérifier ce point.

Tous les flics, autour de la table, savaient ce que cela signifiait. Aujourd'hui, grâce aux progrès techniques, un téléphone portable, même éteint, était repérable. Il n'y avait qu'un moyen d'échapper au traçage.

– Lequel ? demanda Marysa de Mareil de son air angélique.

Personne ne daigna répondre. Maguy Meunier attendit que quelqu'un se décide avant de lâcher, dents serrées :

– Il faut enlever la batterie…

Le silence se fit autour de la table. Le scripteur resta planté devant son tableau, au chômage technique. Les parents du jeune Belge avaient beau ameuter l'opinion publique par médias interposés, le seul effet de leur agitation était de faire monter la pression sur les enquêteurs de quelques crans par jour.

– Eh bien, moi, j'ai quelque chose de nouveau, balança Maguy Meunier tout de go.

Tous les yeux se tournèrent vers elle. Elle ouvrit une chemise de couleur verte et en extirpa plusieurs exemplaires d'un tirage photographique qu'elle lança au milieu de la table de réunion :

– Il s'appelait Matej Jelko. Il était serbe et se faisait appeler Mehdi parce que, bien entendu, c'était un clandestin.

La photo le représentait de trois quarts, au milieu d'une foule clairsemée, dans un lieu public. La qualité du cliché n'était pas parfaite, il s'en fallait de beaucoup mais on distinguait sa silhouette filiforme, ses cheveux blonds, longs dans le cou.

– C'est l'inconnu du cimetière Montparnasse, lança Meunier pour enfoncer le clou dans les cerveaux un peu lents. Cette photo est issue des vidéos de la gare éponyme. Je regrette qu'aucun d'entre vous n'y ait pensé...

Elle n'ajouta pas : heureusement que je suis là mais tous l'entendirent comme un reproche ouvert. Les photos firent le tour de la table dans un silence absolu. Marysa de Mareil prit celle qui se trouvait devant elle et l'observa avec curiosité. D'emblée, une impression de déjà-vu, un peu trop fréquente depuis quelques jours, la saisit. Elle redoutait ce fichu syndrome qui la travaillait dans les moments de fatigue intense ou quand elle était, comme en ce moment, perturbée par sa libido. Elle avait alors le sentiment de connaître tous les gens qu'elle croisait, de vivre des situations répétitives, à l'identique. La lassitude cérébrale était en cause qui décalait le moment de la perception et celui de l'analyse de l'image. Le cerveau avait un raté en quelque sorte, un arrêt extrêmement bref. Du coup, quand il reprenait son activité, ce qu'il analysait paraissait très ancien, déjà vu ou vécu plusieurs fois. Marysa fronça les sourcils en détaillant le cliché médiocre. Cette tête, cette allure, ce regard un peu flou, aux aguets, mobile et en même temps chargé de résignation, épiant le monde autour de lui. Bien sûr, il ressemblait à Mark Van de Root, sans aucun doute. Mais il y avait autre chose et, pour l'instant, elle ne parvenait pas à déterminer de quoi il s'agissait. Maguy Meunier devina son trouble :

– Cela vous inspire, Marysa ? demanda-t-elle afin de casser la torpeur ambiante.

– Euh... oui... enfin... non...

– Faudrait savoir, maugréa le commandant Nerval.

– C'est-à-dire que, oui, si on considère une grande similitude entre les deux garçons, le Belge et celui-ci, non, si vous espérez en obtenir une déduction quelconque de ma part. Je pense qu'il faut s'attacher au physique de ces garçons et à la manière dont ils ont été tués. Cela nous donnera peut-être le pourquoi.

Elle avait repris de l'assurance. Sa voix s'était raffermie et si ses doigts tremblaient légèrement, c'était en raison de l'inimitié qui transpirait des gens assis autour d'elle. Elle rapprocha les instantanés du jeune Serbe et la photo du Belge que son voisin venait d'extraire d'un gros album. La ressemblance était incontestable et Marysa se rassura : la sale impression qu'elle avait ressentie tout à l'heure s'expliquait maintenant. Maguy Meunier y jeta un coup d'œil, confirma l'analyse de la psy :

– J'aimerais qu'on trouve le « qui », asséna-t-elle en se levant.

– Puis-je garder un de ces tirages ? s'enquit Marysa.

– Bien entendu. Messieurs, au travail, le préfet s'impatiente. Quant à notre directeur, il prend un cheveu blanc de plus toutes les trente secondes… Il attend des résultats rapidement.

Maguy Meunier quitta la pièce sur ces mots. Il y eut un long moment de stupeur.

– Ben voilà, y a plus qu'à… ironisa le commandant Bernard en charge de l'affaire devenue, par la baguette d'il ne savait quel magicien, le cas Matej Jelko.

– Le grand « yaka » a encore sévi, renchérit Nerval en triturant un de ses crayons de papier qu'il collectionnait et taillait avec un soin maniaque pour les aligner devant lui à chaque réunion.

Marysa attendit la suite mais tout le monde finit par se lever et sortir. Elle demeura là à contempler une mauvaise photo, reprit en main celle du jeune Belge, se demandant par quelle inconscience les parents de ce garçon l'affublaient d'une ceinture Hermès. Sinon pour le pourrir avant l'âge. Tout aussi vite, elle estima qu'il s'agissait sûrement d'une contrefaçon. Elle reposa Van de Root, s'empara de la photo du Serbe. Quelque chose lui restait en travers de la gorge. Elle plia la feuille de papier, la fourra dans son sac. Rien ne parvint à dissiper l'impression détestable que suscitait en elle le portrait de ce jeune garçon.

Maguy Meunier n'était pas mécontente de son effet. Elle avait rivé leur clou à ceux de sa brigade qui persistaient encore à se montrer désagréables avec elle au lieu de mobiliser leur énergie à élucider « l'affaire » Régine Duval, un pieu dans leur cœur à tous. Elle attendait beaucoup de ce capitaine Abadie et elle avait raison : en quelques jours, il avait ouvert une porte déterminante et son instinct lui soufflait qu'il en avait encore sous le pied.

Afin de ne pas tout mélanger, elle avait demandé au patron du 1er DPJ[1] de se charger de l'affaire de violences sexuelles mettant en cause le docteur Razafintanaly. À l'instant où elle rejoignait son bureau, elle tomba sur un mail dans lequel le commissaire François Vaux lui écrivait ne pas avoir réussi à convaincre l'infirmière stagiaire de porter plainte. La jeune fille ne voulait pas retourner dans le service de neurologie de la Pitié-Salpêtrière mais refusait de devoir traîner un boulet tout au long de sa carrière. Elle avait pris la mesure du monde médical, visiblement. Les jeux sexuels y étaient une sorte de tradition et s'attaquer à un chef de service quand on n'était qu'une subalterne, pas encore titulaire de surcroît, revenait à se couper les bras et les jambes. « Lunettes bleues » s'en tirait une fois de plus, grom-

1. District de Police Judiciaire.

mela la divisionnaire en accusant réception du message. Restait à espérer qu'un jour pas comme les autres, il se prenne une bonne droite dans la figure ou qu'un barjot comme Guerry mette sa menace à exécution. Car, selon Raza, Guerry avait clairement formulé que s'il ne l'aidait pas à approcher Marion, il « nuirait gravement à sa santé ». Ce qui signifiait quoi, au juste ? Qu'il lui filerait une raclée ? Ou pire ? Ou bien n'était-ce qu'une façon de parler prise au premier degré par un Raza mal dans ses bottes ? Elle n'imaginait pas le grand sifflet en train de tabasser un homme, encore moins de le buter. Il était certes déplaisant au possible, plus bizarre que jamais depuis les événements de la fin de l'hiver, mais de là à… Pourtant Raza était réellement mort de peur. Elle ressentit subitement l'urgence de savoir pourquoi.

## 35

***Hôpital de la Pitié-Salpêtrière***
***17 juin, 10 heures***

Marion réussit à marcher, soutenue par un tuteur de chaque côté. Les deux ambulanciers chargés de son transfert suivaient à deux mètres, prêts à intervenir. À leur vue, Marion avait lancé quelques insanités aux deux hommes, leur proposant un « petit plan à trois », ce qui n'avait pas laissé d'inquiéter les deux officiers. Des mots aux actes, il y avait une nuance, mais quand même.

En longeant la salle de garde des infirmières, pourvue d'une vaste cloison vitrée, Marion s'arrêta, forçant ses aides à en faire autant. Elle fixa la vitre, le local vide.

– Il était là… murmura-t-elle.

Cara et Abadie se bloquèrent, ignorant ce qu'elle voulait dire.

– L'homme… chauve… il avait des gants… Il est venu, là…

Cara tressaillit. Irma, la blonde infirmière, avait trouvé Guerry planté collé à la vitre de la zone de réa. Marion était allongée de l'autre côté, juste derrière. Même si elle confondait les deux secteurs, situés à deux étages différents, l'assimilation entre les cloisons vitrées ne faisait pas de doute.

– Je l'ai vu… reprit-elle, il allait me faire du mal…

– Qui ? demanda Abadie. Vous le connaissez ?

Marion leva la tête vers lui et le dévisagea avec une expression qui signifiait aussi bien « comment je pourrais le connaître ? » que « tu me prends pour une truffe ? »

– Évidemment, je le connais… c'est lui…

– Lui qui ?

– Guerry…

Le nom était sorti tout seul. Les « tuteurs » faillirent la lâcher pour se mettre à danser au milieu du couloir. Ils se cramponnèrent à elle, submergés par l'émotion. Enfin, la mémoire lui revenait ! Et pas qu'un peu ! Marion les observa à tour de rôle, semblant fournir des efforts sans nom pour les identifier ou leur dire quelque chose d'intelligent.

– C'était lui… dit-elle enfin en hochant la tête. Mais c'était pas lui…

# 36

*Environs du palais de l'Élysée*
*17 juin, 11 heures*

Les deux semaines qui suivirent l'incident du scooter s'étaient déroulées de façon identique, suivant les instructions fermes et non négociables du président Kinsky.

Pendant quelques jours, Guerry était venu se poster chaque matin et chaque soir à l'intersection de l'avenue Gabriel et de la rue de l'Élysée pour observer les allers et retours de la voiture qui transportait le fils du président. Exercice sans surprise étant donné la fixité des horaires. Pour couronner le tout, le tandem de gardes du corps utilisait toujours la même voiture. Guerry ne connaissait pas bien le domaine de la protection des hautes personnalités mais il avait vite compris que son fonctionnement ressemblait à celui de tous les autres services. Pourquoi le GSPR aurait-il finassé en changeant régulièrement de voiture ou en utilisant des jeux de plaques d'immatriculation différents ? Y étaient-ils seulement autorisés ? Et, à vrai dire, est-ce qu'ils y pensaient ? Puisqu'il ne se passait jamais rien, pourquoi auraient-ils envisagé le pire ?

Le programme immuable était d'un ennui absolu mais, pour un observateur comme Guerry, il s'avérait, paradoxalement, impénétrable.

Un soir, à l'angle de la rue de l'Élysée, la voiture officielle avait ralenti à sa hauteur, le gorille assis à côté du conducteur l'avait dévisagé en fronçant ses gros sourcils. Guerry s'était éloigné en faisant semblant de téléphoner. Il fallait qu'il trouve autre chose.

## 37

***16*[e]** ***arrondissement de Paris***
***21 juin, midi***

Guerry en était à la fin de la deuxième semaine de repérages. Faute de pouvoir s'approcher trop près de l'Élysée, il avait déplacé la surveillance du fils Kinsky aux abords du lycée Notre-Dame des Oiseaux. La noria de voitures de luxe, de taxis G7 et, même, d'une Limousine qui amenait et emportait chaque jour les élèves de cet établissement huppé, interdisait une présence « pot de fleurs » à proximité immédiate. D'autant plus qu'il avait repéré une caméra de vidéosurveillance au-dessus du portillon de la cour, côté trottoir. En prime, l'immeuble voisin abritant un institut de recherche juif bénéficiait d'un gardien « pot de fleurs » de la préfecture de police. À dix mètres de l'entrée de l'école, vingt-quatre heures sur vingt-quatre. Il était enfin à peu près constant que quelques élèves stationnent à l'extérieur de l'établissement, sur les bancs positionnés de part et d'autre de l'entrée. Il s'était donc écarté et avait trouvé un autre banc, inoccupé celui-là, à cinquante mètres de l'entrée de l'école. Il y passait pas mal de temps, seul, à lire le journal et à noter sur un calepin tout ce que son regard d'aigle, à l'abri des lunettes noires, enregistrait.

Il ne changeait pas beaucoup de tenue ni d'apparence. Il ne faisait là rien que d'ordinaire, il était un homme tranquille qui habitait le quartier et profitait des premiers beaux jours. Il faisait partie des meubles, ce que lui confirmaient au quotidien les regards qui glissaient sur lui sans s'arrêter.

La première semaine il avait remarqué que, chaque jour, sauf le jeudi, la voiture d'escorte d'Adel Kinsky arrivait très en avance l'après-midi. Vers 16 h 30, pour être précis. Elle se garait presque à l'angle de la rue d'Auteuil, à moins de cent mètres de l'entrée du lycée. Alors, Vega 31, le policier du GSPR en charge de la sécurité du fils du président, quittait la Peugeot 508 et partait à pied par la rue d'Auteuil, tandis que le chauffeur restait au volant. Il ne réapparaissait que quelques minutes avant 18 heures, remontait dans le véhicule qui s'ébranlait alors pour aller prendre *Abel* devant l'école. Guerry avait suivi le gorille de loin, le troisième jour. Après quelques centaines de mètres d'une marche rapide dans la rue d'Auteuil puis dans la rue Boileau, il l'avait vu pénétrer dans un immeuble de cette artère à sens unique, au numéro 10 *bis*. L'homme était ressorti une bonne heure après, l'air content, la démarche plus nonchalante.

Le lendemain, il avait reproduit le même scénario, sans la moindre modification. Guerry avait supposé, en toute logique, que l'homme du GSPR habitait là et qu'il venait s'offrir une petite sieste chez lui avant de reprendre son service, cependant que le chauffeur l'attendait en somnolant dans la voiture. Une vérification rapide avait détruit cette hypothèse. Il n'y avait pas de Jérôme Berret dans l'immeuble bon chic bon genre du 10 *bis*. Aussi, le troisième jour, Guerry l'avait-il devancé et attendu dans le hall. Il l'avait entendu pousser la porte d'entrée, monter dans l'ascenseur et, grimpant les étages quatre à quatre, l'avait vu sortir au troisième.

Frapper trois coups à la porte d'une dame qui s'appelait Mathilda Moins. Il ne lui avait pas fallu longtemps pour comprendre ce qui se passait derrière le double battant peint en bleu canard. Puis, en s'attardant quelque peu dans les parages, à vérifier son hypothèse, vu que Berret n'était pas le seul visiteur de la dame dont l'activité se terminait tard dans la soirée. Une pute à domicile, voilà ce qui amenait l'officier de sécurité dans l'immeuble cossu de la rue Boileau. Guerry avait réfléchi à ce qu'impliquait ce travers exigeant et très certainement coûteux pour un fonctionnaire de police, au demeurant bien payé pour ce qu'il faisait. Il en avait conclu qu'il y avait là une opportunité exceptionnelle. L'équipe de sécurité était divisée, donc doublement vulnérable pendant une heure et demie. Ce moment où l'officier de sécurité n'avait en tête que de tirer sa crampe était le plus propice à l'action.

Dès cet instant, Guerry décida de disparaître de la circulation.

# 38

***Domicile de Marysa de Mareil***
***21 juin, 20 h 30***

Marysa de Mareil attendait son amant, assise derrière la fenêtre de sa chambre. Elle avait préparé les accessoires qu'il avait demandés. Les foulards, les sex-toys, le lubrifiant… Son cœur s'emballait à la pensée du raffinement qu'il allait mettre à la faire souffrir. Quand elle se penchait sur la question avec lucidité, elle se disait que, sans doute, la vraie dingue, c'était elle. Qu'elle avait choisi ce métier, la psycho-criminologie et, plus précisément encore, le domaine des pervers sexuels, uniquement pour cela. Cette fascination qu'elle ressentait pour eux ne lui était pas propre, hélas. Certains de ses confrères en avaient construit un syndrome : celui du sauveur. C'est dans le tréfonds de l'enfance souvent saccagée de ces « aidants » des deux sexes et à la personnalité ambiguë qu'il fallait chercher ce besoin faussement altruiste. Tous les détraqués emprisonnés, tueurs de femmes ou violeurs traînaient dans leur sillage un nombre de femmes ahurissant. Leur mémoire archaïque jetait les gonzesses, de tous âges et de toutes conditions, sur leur stylo et leur papier à lettres à envoyer des missives enflammées et des demandes en mariage au plus épouvantable des tortionnaires, au plus sanguinaire des tueurs en série. À en lire certaines, Marysa avait ressenti de la colère et de la répulsion mais d'autres l'avaient excitée. Sexuellement, comme certains de ces affreux jojos avec lesquels elle avait pu entrer en contact. Un, en particulier, ni beau ni attirant. Mais il trimballait quelque chose à fleur de peau, à fleur de regard, des milliers d'aiguillons qui la mettaient dans tous ses états. Elle s'était bien gardée de parler de ses émois contre nature à qui que ce soit. Elle guettait Guerry des Croix du Marteroy en se demandant pourquoi lui, un homme si doux, si loin de l'abjection de ces prédateurs, produisait sur elle cet effet-là. Il y avait les jeux sexuels, certes. Et, pour être claire avec elle-même, elle aurait dû s'en inquiéter. Car, non seulement, son amant espaçait délibérément les séances pour, disait-il, les rendre plus torrides, mais il ne participait pas, du moins pas directement. En d'autres termes, il ne la baisait pas et, elle savait pour l'avoir étudié en cours, qu'un homme qui refuse l'acte sexuel tout en prenant un plaisir pervers à jouer avec sa partenaire — et de quelle façon — ne devait pas être considéré comme tout à fait normal. Elle ne pouvait s'empêcher de penser, à constater son savoir-faire, qu'il avait pourtant une longue pratique de ces déraillements érotiques, détail qui ne collait pas avec ce qu'elle savait de lui et de sa vie passée. Elle était allée en douce, dès le début de sa relation avec lui, exactement, juste après leur « première fois », lire quelques passages du dossier criminel concernant les agissements d'Ambroise, le frère assassin multiple, aujourd'hui décédé[1]. Autant celui-ci se rapprochait, pour ce qu'elle

1. Voir *Crimes de Seine*, Rivages/noir n° 916. À la fin de *Crimes de Seine*, l'assassin (Ambroise) parvient à usurper l'identité de son frère jumeau Amaury. Dès lors, Ambroise passe pour mort alors que c'est en fait le commissaire Amaury qui a été tué.

avait pu constater, du profil d'un grand pervers au sens large, autant dans la partie concernant Amaury, elle n'avait lu que des banalités. Il avait été « fiancé » deux fois avec deux jeunes filles que son frère Ambroise avait tuées pour le punir. Dans les témoignages sur ses « mœurs » et sa façon de vivre, l'unanimité prévalait quant à la simplicité, la gentillesse, l'empathie avec les autres, la serviabilité. Une terrifiante normalité, au bout du compte. Rien qui se rapprochait du partenaire sexuel qu'elle avait découvert. À leur deuxième rencontre, elle avait rechigné parce qu'il voulait lui faire un truc trop crade. Il était venu à bout de ses réticences. Il ne l'avait pas convaincue ni persuadée, il l'avait contrainte. Elle n'était pas idiote au point de ne pas se dire, dans ces moments-là, qu'il y avait deux Guerry, le commissaire suave et bien élevé, doux et presque niaiseux et l'autre, celui des rapports intimes, trouble, agressif, violent, malsain. Elle savait qu'elle devait se pencher là-dessus. En parler à quelqu'un. Mais à qui pouvait-elle se confier ? Elle n'avait de contacts policiers qu'à la Crim et ce n'était pas là qu'il fallait s'adresser. Les hommes qui ne l'aimaient pas l'auraient aussitôt saquée, les autres, ceux qui la reniflaient comme des loups en rut, en auraient profité. Il n'y avait que la divisionnaire Meunier, au fond, assez bienveillante avec elle et neutre, sexuellement parlant. Mais que lui dirait-elle ? Il est trop bizarre quand il me défonce avec des sex-toys énormes ou des objets improbables, n'importe lesquels, tout ce qui peut faire mal ? Il me fait peur quand il me lie les poignets tellement serrés que j'ai des cercles violacés sur les bras pendant trois jours ? Qu'il me bâillonne en me débitant des horreurs, rien que pour voir la frayeur dans mes yeux ? Mais savez-vous que je jouis de ses excès comme je n'ai jamais joui avec personne ? La divisionnaire lui rirait au nez, elle qui, selon les rumeurs rampant dans les couloirs du 36, ne baisait plus depuis des lustres.

Elle tenta de se rassurer en se disant que personne n'est linéaire, unique et monolithique. Chacun de nous porte en lui son double, son ombre, son mister Hyde. Comme était sans objet la pointe d'inquiétude provoquée par la décision de Guerry de venir chez elle, aujourd'hui, contrairement aux fois précédentes où il lui donnait rendez-vous chez lui. Il avait prétendu lui réserver une surprise. Ce ne pouvait être que libertin, encore une de ses inventions qui lui tournaient la tête rien qu'à tenter de les deviner. Elle essaya néanmoins, se repassant quelques images de leurs précédents ébats. À cette évocation, l'impatience lui mouilla l'entrejambe.

« Mais qu'est-ce qu'il fout ? » gémit-elle.

Elle n'allait quand même pas s'assouvir, là, telle une chienne en rut ? La sueur perla au-dessus de sa lèvre tandis qu'une vague de chaleur l'embrasait. Elle se pencha une dernière fois vers les carreaux noircis de pollution, sûre que s'il ne s'amenait pas rapidement, elle devrait apaiser la tension qui pesait sur son bas-ventre comme une enclume chauffée à blanc.

Quand elle aperçut la silhouette de son amant, le dégingandé nonchalant, qui s'approchait de la porte de son immeuble, elle retira sa main comme une adolescente prise en faute.

Malgré son impatience, Marysa ouvrit une bouteille de champagne, dont elle but la moitié toute seule. Comme d'habitude, son amant faisait traîner les choses. Il l'obligeait à parler des enquêtes en cours à la Crim, du Chinois qu'on ne retrouvait pas, du jeune Serbe identifié grâce à Abadie. Guerry l'écoutait en se disant que, s'il en avait eu le temps, il aurait bien déglingué Abadie, et Cara, et Marion. Mais, bientôt les cours allaient s'arrêter à Notre-Dame des Oiseaux, les vacances emporteraient *Abel* Dieu savait où et il faudrait tout recommencer, attendre la rentrée. Il ne pouvait pas prendre le risque de se trouver aux prises avec Meunier et son « rouleau compresseur » avant d'avoir repris son frère aux voleurs d'enfants.

– Pourquoi t'intéresses-tu autant à ces affaires, tu peux me le dire ? demanda Marysa.

Il lui trouvait un drôle d'air tout à coup. Elle se leva du sofa coloré, se dirigea, mal assurée sur ses talons aiguilles, vers la console où gisait son sac. Elle fourragea un moment à l'intérieur, en sortit un papier que Guerry reconnut pour l'avoir découvert en fouillant la besace de Marysa, quelques jours en arrière, chez lui.

– Regarde ce garçon ! dit-elle d'une voix un peu pâteuse. Il ne te rappelle rien ?

Il fit semblant d'examiner la photo médiocre de celui que toute la gare Montparnasse appelait Mehdi.

– Non, pourquoi ? Je le connais ?

Elle devint un peu plus écarlate encore.

– Je trouve qu'il te ressemble, dit-elle en le fixant intensément. Du moins, quand tu étais jeune… Ça m'a frappée, après que j'ai vu la photo chez toi, celle où tu as treize ans…

– Ah bon ? lança-t-il en faisant semblant d'examiner le cliché. Quelle idée !

– Remarque, murmura-t-elle, le type qu'on aperçoit à côté du gamin te ressemble aussi, tu ne trouves pas ?

Elle ne souriait plus. Était-elle perspicace à ce point, ou bluffait-elle ?

– C'est marrant, les nanas, comme vous avez toujours besoin de trouver des ressemblances à tout le monde ! Mais tu as raison, je crois bien que le gars, là, c'est moi…

Guerry la fixa à son tour.

– En même temps, cela n'a rien de surprenant, fit-elle en minaudant, vu que ton boulot, c'est dans les gares que tu le fais !

– Ben ouais, en même temps…

Le ton de leur conversation avait changé. Il songea qu'il était temps de reprendre la main, de la basculer sur le lit et de…

Elle était debout, le dominant de sa silhouette replète. Lui, assis sur le sofa de cocotte, engoncé dans le velours pourpre, les coussins orange, les pompons, les rubans. Elle le dévisageait et ses yeux verts lançaient des flèches.

– Tu ne t'appelles pas Amaury, n'est-ce pas ? Tu es… l'autre ?

– Qu'est-ce que tu racontes ? dit-il sur un ton léger. C'est le champagne qui te donne ces idées ?

Elle recula d'un pas, le regarda se lever lentement, sortir ses gants de la poche de son pantalon, les enfiler. Son regard vira d'un seul coup. D'un seul coup, elle venait de comprendre pourquoi ce soir, son amant avait voulu faire joujou chez elle.

# 39

***16e arrondissement de Paris***
***22 juin, 15 heures.***

Une fois identifié le point faible du dispositif de sécurité, Guerry s'était concentré dessus. Au moment propice, il s'engouffrerait dans cette brèche à la manière d'une maladie opportuniste dans un organisme affaibli. Pour approcher *Abel*, il n'y avait qu'une solution : neutraliser les deux officiers de sécurité, l'un après l'autre. Une entreprise quasi impossible quand ils se trouvaient ensemble. D'autant qu'il devait compter avec une réaction de leur protégé, sans être sûr qu'elle tournerait à son avantage. Il y aurait la surprise, la peur, et, pourquoi se le cacher, l'éventualité qu'*Abel* ne le reconnaisse pas immédiatement. Ou qu'il ne le reconnaisse pas du tout. Tant de temps était passé, et comment savoir ce qu'on lui avait fait subir après son enlèvement ? Avec l'aide de leurs services secrets, les gens de l'Élysée étaient à même d'utiliser des méthodes drastiques telles que le lavage de cerveau, la réinitialisation de la mémoire par des techniques d'hypnose. Il espérait se tromper mais dans le doute, il valait mieux cloisonner les actions.

Guerry s'était intéressé au conducteur du véhicule. Maxime Lavot, un gardien de la paix récemment affecté au SPHP, un service ô combien particulier dont il ne possédait pas encore tous les codes mais dont il avait rapidement acquis les travers. Fragiliser le dispositif en laissant l'officier en charge de la « personnalité » enfreindre le règlement en était un de taille que la seule inexpérience du jeune homme n'excusait pas. Le gardien Lavot, en plus d'être débutant et facile à manipuler, débarquait de sa Bourgogne natale. Il était encore naïf et laissait l'officier Berret décider de tout. Le moment venu, il ne devrait pas être malaisé de le mettre hors circuit.

Le dernier jour précédant le passage à l'acte, Guerry observa l'arrivée de la voiture officielle devant l'entrée principale du lycée Notre-Dame-des-Oiseaux, à 17 h 50. Il compta la poignée d'élèves qui sortaient de l'établissement, dix-huit en tout. Le flot le plus important avait quitté les lieux à 16 heures et une cinquantaine, à 17 heures. Il repéra la silhouette longiligne d'Adel Kinsky, son *Abel*, lorsqu'il s'avança sur le trottoir, se dirigeant vers la voiture. Il semblait vaguement amorphe, comme si la perspective de devoir monter dans la berline le contrariait au plus haut point. Il avait manifesté une identique répulsion les jours précédents, attitude qui réjouissait Guerry car il y voyait un signe encourageant. Comme le regard furtif que son frère laissait fuser autour de lui durant le court trajet entre le portail du lycée et le véhicule. Ne signifiait-il pas que ce qu'on avait décidé pour lui, à sa place et sans lui demander son avis, pesait lourd sur le cœur du garçon, comme toutes ces contraintes qui le distinguaient des autres ? N'importe quel adolescent en pleine crise de croissance l'aurait mal vécu, mais plus encore *Abel*, qui n'aimait que jouer avec les mouches et les araignées, leur arracher les pattes et les ailes une à une et contempler leur agonie. Dans ces coups d'œil de bête aux abois, Guerry lisait l'ennui et l'envie de changer de vie.

L'adolescent atteignit la portière arrière, qu'il ouvrit lui-même avant de s'engouffrer à l'intérieur. Aucun des deux gorilles n'avait bougé de son siège. Jamais, depuis qu'il surveillait le coin, Guerry n'avait vu l'un des deux escorteurs sortir de la voiture à ce moment-là. Il était évident qu'*Abel* avait bataillé pour obtenir de monter dans le véhicule sans que les gorilles s'en mêlent. Que l'un ne vienne l'attendre à la porte du lycée, ne le couve du regard jusqu'au véhicule et ne lui en tienne la portière. Avec qui avait-il négocié ? Son père ? Le gorille lui-même qui, tellement sûr qu'il ne pouvait rien arriver, avait accepté de déroger à la règle ? Car, en ne venant pas l'attendre à la porte du lycée pour l'accompagner jusqu'à la voiture, l'officier de sécurité n'appliquait pas la procédure enseignée lors du stage de protection rapprochée de niveau 1, obligatoire pour tous les fonctionnaires du SPHP. Le manuel disait qu'en aucun cas, l'officier ne devait se séparer de « sa » personnalité. Dans la rue, en particulier, il devait toujours rester à proximité immédiate pour intervenir en cas de danger ou d'incident. Cette dérogation était-elle le résultat d'un accord tacite — ou formel — entre l'officier et le président ? Oubliée en tout cas lors de la révision de la liste après l'incident du scooter. Ce n'était pas le garde du corps qui allait s'en plaindre. Cette habitude, bien que néfaste, lui donnait l'occasion d'en cultiver une autre, largement répandue : en faire le minimum.

Guerry sourit, planqué derrière son journal, à cinquante mètres de son objectif. Il avait tout le week-end pour préparer l'accueil d'*Abel*, l'endroit où il allait l'emmener et le mettre à l'abri jusqu'à ce que les salauds qui l'avaient enlevé se rendent à l'évidence : *Abel* était à lui, sa place était avec lui.

Lundi, il passerait à l'action.

# 40

***Appartement de Marion, rue Saint-Vincent-de-Paul***
***22 juin, 10 heures***

Luc Abadie ouvrit les yeux, cherchant à identifier l'endroit où il se trouvait. Il contempla les murs couleur saumon et la fenêtre en face de lui, protégée par des persiennes d'où filtrait une vive lumière. Hébété par dix heures d'un sommeil de plomb et sans rêves, il finit par se souvenir. Il était dans la chambre de Marion, dans le lit de Marion. Il lut, à son radioréveil, qu'il était presque 10 heures. Il bondit hors du lit. Il mit un moment à rassembler ses esprits, tournant dans la chambre à la recherche de ses vêtements, se demandant comment il avait pu rater l'heure d'aller bosser et ce qu'il avait pu louper en conséquence. Ce n'est qu'une fois sous la douche que ses neurones daignèrent enfin se reconnecter. Il prit conscience qu'on était samedi et qu'il ne travaillait pas. Il se laissa alors aller sous le jet tiède et s'assit dans la baignoire pour mieux savourer son soulagement. L'odeur nauséabonde qu'il avait déjà repérée la veille l'agressa de nouveau. Il se pencha en reniflant la grille d'évacuation de la bonde. Pas de doute, la pestilence venait de là. Le siphon était probablement plein de cochonneries — cheveux, rognures d'ongles — qui putréfiaient lentement, libérant ces miasmes dégoûtants. D'ailleurs, il remarqua que l'eau stagnait un moment avant de s'écouler. Il réfléchit au moyen de se débarrasser des odeurs, pensa à l'eau de Javel. Inutile, se dit-il, si le tuyau était bouché comme cela semblait être le cas. Dans ces constructions anciennes, le siphon des baignoires était la plupart du temps difficile d'accès et nécessitait l'intervention d'un spécialiste. En réfléchissant au fait que ce problème pouvait être commun à tout l'immeuble, il lui revint en mémoire qu'il devait voir le concierge : il lui parlerait *aussi* de ces canalisations obstruées.

Dans le reste de l'appartement, l'atmosphère était plus respirable. Assis à la table de la cuisine, il établit une liste de courses qu'il aurait à faire pour s'assurer un quotidien vivable : café, thé, eau minérale, produits d'entretien. Il retrouva dans le réfrigérateur la carafe à moitié pleine d'eau trouble et fut tenté de la vider dans l'évier. Une force obscure le retint, le décidant à laisser là le récipient sans y toucher. La pensée déraisonnable d'un squatter revint le titiller avec, à la clef, un mauvais pressentiment.

La veille, il avait quitté Marion vers 22 h 30, la laissant aux bons soins de Cara qui avait voulu passer une nouvelle nuit à ses côtés. Abadie s'était défendu mollement. Il était éreinté et, puisqu'ils avaient décidé de monter la garde à son chevet à tour de rôle, il prendrait la relève tout à l'heure, quand il aurait fait ses courses et préparé quelques vêtements pour la patronne. Il sursauta. Zut ! Pour un peu il allait oublier les consignes de Valentine !

Dans la chambre de Marion, il ouvrit les placards encastrés dans les murs et choisit un survêtement Adidas bleu marine à bandes blanches, des sous-vêtements, des chaussettes, une paire de chaussons, des baskets Nike et un pyjama en satin blanc liseré de noir. À fouiller ainsi dans son intimité, il ressentait une sorte de gêne, l'impression de regarder par le trou de la serrure. Il se rassura : Marion n'était plus sa patronne, elle était son enfant, en quelque sorte. Puis il chercha quelque chose pour transporter les affaires. Ne trouva ni valise ni sac de voyage avant de se rappeler qu'il en avait vu plusieurs dans la cave.

« Merde, marmonna-t-il, j'ai la flemme de descendre… »

Il fouina dans l'appartement en quête d'un de ces sacs en plastique qu'on utilise pour les courses. C'est dans le placard à balais de la cuisine qu'il trouva ce qu'il cherchait. Il en sélectionna un qui prônait, sous le nom d'une enseigne de grande distribution, la protection de « notre » planète. Comme si elle appartenait, la Terre, à cette humanité qui ne songeait qu'à la piller, la salir, la blesser sans rien lui donner en échange. Où que l'on se tourne, il n'y avait que du noir, des sales types, des prédateurs, des individus qui se prenaient pour le nombril du monde, imposaient leur loi aux autres. Abadie se dit que, âge et débâcle sentimentale aidant, il devenait de plus en plus amer. La voix de Valentine lui souffla qu'il était en train de « virer vieux con ». Au moment où il allait refermer le placard, un sac en plastique de couleur rose attira son attention. L'objet était posé sur une étagère, à côté de produits d'entretien. Abadie l'entrouvrit et examina son contenu. Il y avait là quatre paquets rectangulaires, plats, de couleur bleu et blanc, la marque Tesa inscrite en rouge. En dessous, il lut, inscrit en plusieurs langues, qu'il s'agissait de bâches de protection (peinture, ménage, travaux, éclaboussures…) de 4 mètres/5 mètres, représentant une surface de 20 mètres carrés. Marion aurait-elle envisagé des travaux de peinture ? Elle n'avait pas de goût ni de disposition pour le bricolage et si elle avait eu, ne serait-ce que l'intention d'ouvrir un chantier chez elle, il n'aurait pas manqué de l'apprendre, voire de se trouver embauché pour lui donner un coup de main. Pourtant, deux des conditionnements étaient vides, pliés en quatre au milieu des pleins. Elle avait donc utilisé deux de ces bâches. Pourquoi ? Il ne trouva pas d'explication bien qu'il y en eût, à l'évidence, un certain nombre. Et pourquoi garder les emballages vides ? Il considéra l'ensemble sans y toucher, reposa le sac plastique rose à l'endroit où il l'avait trouvé, remettant à plus tard de chercher la réponse à une question somme toute secondaire. Il quitta l'appartement avec son sac de vêtements et se mit en quête du gardien. Sur la vitre de la loge, une pancarte indiquait que celle-ci était fermée pour le week-end. Plusieurs numéros de téléphone d'urgence étaient notés sur un panneau vitré.

Foutus week-ends qui, comme le mois d'août et les ponts du mois de mai, mettaient la France à genoux et sortaient les concierges de leurs loges.

# 41

***Brigade criminelle***
***Dernier lundi de juin, 11 h 15***

Maguy Meunier quitta la réunion des chefs de service vers 11 heures. Elle avait eu droit à une nouvelle remontée de bretelles qu'elle s'apprêtait à retransmettre, mot pour mot, à ses chefs de groupe. Ils étaient rassemblés dans la salle de réunion et, d'emblée, la divisionnaire fit un constat qui la contraria : la psycho-criminologue n'était pas présente.

– Mlle de Mareil n'est pas là ?

Le commandant Nerval, pour une fois facétieux, se pencha pour regarder sous la table en U.

– Apparemment non ! dit-il avec un sourire de pure provocation qui fit rire toute l'assistance, sauf la patronne.

Celle-ci tira sa chaise au bout de la table avec brusquerie.

– C'est contrariant, dit-elle, ces retards chroniques !

Une des spécialités de la psy rousse que Meunier combattait avec la dernière énergie, elle qui ne souffrait pas d'excuse au plus infime retard.

– On commence, dit Nerval, décidément d'humeur séditieuse pour le premier jour de la semaine, elle finira bien par arriver…

Une demi-heure s'écoula sans que la profileuse ne pointe ses taches de rousseur dans l'atmosphère tendue. Tout en écoutant les exposés des uns et des autres, la divisionnaire s'agitait, regardant l'heure à chaque instant sur son téléphone. Après un nouveau laps de temps, elle n'y tint plus :

– Personne n'a eu de ses nouvelles ? Elle n'aurait pas prévenu qu'elle ne viendrait pas, par hasard ?

Une flèche de soupçon perçait sous la question. Les hommes échangèrent des regards agacés. Qu'est-ce qu'on avait besoin de cette pétroleuse ?

– Le directeur veut une fiche de profilage pour les magistrats instructeurs, dit-elle, devinant leur irritation. Avec une synthèse censée corroborer notre première approche selon laquelle les deux crimes ont le même auteur, un tueur d'adolescent qui a peut-être déjà sévi par le passé. Du coup, le parquet envisagerait de réunir les deux dossiers d'instruction. Alors, personne ne sait rien ?

À cet instant, son téléphone se mit à vibrer. Le nom de sa secrétaire s'afficha. Elle décrocha avec empressement. Elle referma l'appareil après seulement quelques secondes. Renfrognée et prête à bondir sur le premier qui oserait ouvrir la bouche :

– Elle n'a prévenu personne de son absence ce matin, aboya-t-elle, on a essayé de la joindre, elle est sur messagerie. Je pense que ça suffit comme ça. Elle me gonfle, cette petite péronnelle. Je crois qu'il est grand temps que nous changions de prestataire.

Nul n'osa moufter autour de la table mais il y eut quelques hochements de tête.

# 42

***Hôpital Lariboisière***
***Lundi, 13 heures***

Marion regardait alternativement Abadie et Cara avec ce sourire égrillard qu'ils n'aimaient pas. Surtout Abadie, pudique et gêné dès qu'on abordait le sujet du sexe. Ce qui ne manquait pas d'arriver une centaine de fois par jour dans un service de police où, à cet égard, il passait pour un extraterrestre.

– Lui, c'est Luc, dit-elle, et l'autre, c'est Valentine aux petits tétons…

– Si ça commence comme ça, je m'en vais ! menaça Abadie dont la moustache s'était mise à frémir d'indignation.

– Chut ! ordonna Valentine à voix basse, laisse faire !

Marion était assise sur le bord de son lit de l'hôpital Lariboisière, les jambes dans le vide. Elle avait satisfait pleinement aux exigences du kiné qui l'avait fait travailler une partie de la matinée après un week-end sans relief. Les deux « tuteurs » s'étaient relayés à son chevet, s'échinant, ainsi que leur conseillait le docteur Magali Legendre, neurologue attachée à Marion, à lui faire « réviser » sa propre histoire. Les résultats paraissaient globalement minces mais quelques lueurs, mises bout à bout, laissaient entrevoir un avenir plus serein.

– Sur un plan général, physique et neurologique, les progrès enregistrés sont étonnants, avait conclu la praticienne, pour le reste, il va falloir vous armer de patience.

Ils le savaient déjà. Les complications s'annoncèrent quand le médecin leur démontra qu'une hospitalisation à temps plein n'était plus de rigueur, qu'il convenait de rechercher un établissement de post-soins, un centre de rééducation pour grands blessés plus ou moins lourdement handicapés dont le plus connu se trouvait à Trappes, dans les Yvelines. Un nouveau casse-tête en perspective. Il n'était pas question de l'accompagner là-bas ni d'y assurer sa garde ainsi qu'ils le faisaient depuis trois jours à deux pas de leur service. Bien que Guerry ne se fût plus manifesté, tout danger n'était pas écarté. Il pouvait attendre un moment propice, leur laisser baisser pavillon pour mieux revenir à la charge. Après les déclarations de Raza à la divisionnaire Meunier, ils ne savaient plus trop à quoi s'attendre. Mais ils se savaient vulnérables, faciles à pister. N'importe qui pouvait découvrir que Marion avait été transférée ici. C'est ce qu'avait dit Maguy Meunier, ce matin encore, quand Abadie l'avait appelée pour lui faire le point de la situation. Elle ne proposait pas de solution pour autant, avait constaté l'officier qui l'avait trouvée sèche, pas aimable. À cran, s'était-il dit en raccrochant. Elle avait exigé qu'il repasse la voir, annonçant que son arrêté d'affectation serait signé dans la semaine, en même temps que sa promotion au grade de commandant. Il avait promis de venir le lendemain.

– Ah, vous formez un joli couple ! reprit Marion, et ils surent à ce moment-là qu'elle n'était plus dans un délire érotique mais avait retrouvé son ironie grinçante.

« Vous formez un joli couple » signifiait : « Regardez-vous ! De quoi vous avez l'air ! »

– Ah oui ! grinça Abadie, certainement ! Vous ne vous êtes pas vue avec vos cuisses de mouche et vos bras taillés dans des cure-dents !

Valentine retint son souffle sous l'œil noir que leur lança Marion, le front plissé, à la recherche d'une réplique intelligente. Finalement, elle se détendit et partit d'un rire rauque.

– Ouais, vous avez raison ! Mais je vais remplumer tout ça, n'ayez crainte. Vous verrez, je vais reprendre le sport et dans un mois, la Terre entière voudra baiser avec moi !

« C'est reparti ! » déplora le regard furtif d'Abadie sur Cara. Il se leva pour sortir, comme il en avait formulé la menace un instant auparavant.

– Je plaisante ! souffla Marion, redevenue sérieuse. Restez, Abadie, on a du boulot !

Ils étaient soufflés. Après des jours de travail acharné pour lui faire recoller les morceaux de son passé, voilà que, au détour d'un propos douteux, elle apportait un démenti à leur découragement.

– Vous vous rappelez Guerry ? fit Marion tout à trac.

– Euh…

– C'est-à-dire…

– Vous vous rappelez, ou pas ?

– Oui…

– Oui…

– Celui qui m'a tiré dessus à la gare ?

– …

– …

Elle les fixait avec intensité. Elle semblait produire un effort démesuré, non pas pour raviver ses propres souvenirs mais pour ouvrir les leurs.

– Ce n'était pas lui, pas lui… C'était un autre… Un autre Guerry…

– C'est vrai, intervint prudemment Valentine, c'était son frère…

– Son frère ? Jumeau ?

Elle rit bêtement à cette supposition. L'idée devait lui paraître stupide puisqu'elle ignorait qu'Amaury Guerry des Croix du Marteroy avait un jumeau, et même deux. Les « tuteurs » ne l'avaient su qu'au moment du dénouement, quand ils avaient retrouvé un frère vivant et l'autre, sa copie conforme, mort. Il n'était pas imaginable de lui raconter tout ça maintenant. Ils acquiescèrent en silence. Marion plongea dans ses réflexions, le regard fixe.

– Il faut regarder sa tête, murmura-t-elle enfin. Il faut regarder sa tête…

Ils tentèrent de lui faire préciser sa pensée, en pure perte. Elle ne fit que répéter ce groupe de mots pour au final annoncer qu'elle était fatiguée et devait dormir.

## 43

***Palais de l'Élysée***
***Dernier lundi de juin***

Il était 18 h 45 quand Bogna Kinsky, la mère du président de la République, vint toquer à la porte de son petit-fils. Elle l'avait trouvé chagrin pendant le weekend, contraint qu'il avait été par son père de rester cloîtré pour étudier. Il était distrait aussi et elle s'était demandé, sans pouvoir le dérider, ce qui n'allait pas. Elle n'avait pas encore quitté sa chambre quand il était parti pour le lycée ce matin mais elle devinait qu'il avait besoin, ce soir, d'une présence affectueuse. Peut-être accepterait-il de lui entrouvrir son cœur. N'obtenant pas de réponse, elle pesa sur la poignée en sachant que ce n'était pas bien de faire cela. Adel arrivait à un âge où l'irruption d'un tiers dans sa chambre pouvait se révéler embarrassante.

La pièce était vide. Elle se rendit, en faisant le plus de bruit possible, jusqu'à la salle de bains attenante qui n'abritait aucun secret honteux. Perplexe, elle revint sur ses pas et sortit. Elle musarda un moment dans les 260 mètres carrés de la suite présidentielle sans croiser âme qui vive. Sa belle-fille était sortie avec la petite Gina, en début d'après-midi, et ne rentrerait que pour le dîner officiel qui, à 20 heures précises, illuminerait les pièces d'apparat en l'honneur d'un chef d'État d'elle ne savait quelle partie du monde. Frédéric devait se trouver à son bureau ou quelque part ailleurs, avec un ou plusieurs de ses conseillers. Adel restant invisible, elle se dit que peut-être les encombrements avaient retardé le véhicule d'escorte. Il y avait pas mal de manifestations depuis quelques jours, pour un oui et surtout pour un non à l'intention de son président de fils qui ne cessait de plonger dans les sondages. Il en allait ainsi presque chaque année, en juin, jusqu'à ce que l'été chasse les mécontents de la capitale pour les envoyer, en masse et en troupeau, se consoler au soleil. Cette année étant la dernière du quinquennat de Frédéric Kinsky, la grogne avait empiré. Dans un an, la France aurait probablement un autre chef d'État avec lequel le cirque des promesses non tenues, des déceptions et des rancœurs reprendrait, telle une machine immuable et distrayante. Désœuvrée, tracassée mais pas encore inquiète, Bogna Kinsky alla s'installer dans le petit salon où la télévision en marche diffusait un documentaire animalier.

À 18 h 50 tapantes, le garde républicain de faction rue de l'Élysée actionna son émetteur-récepteur pour prévenir son PC. Il n'était pas question d'attendre une minute de plus et tant pis si la Peugeot 508 déboulait à ce moment-là ou dans deux minutes. Il préférait le ridicule à une engueulade. Depuis la « fugue » de l'héritier présidentiel et la cuisante colère du chef de l'État, les consignes étaient formelles et intangibles, jusqu'à nouvel ordre : à partir de 18 h 50, chaque soir où Adel allait en classe, le planton devait signaler au PC des gardes tout retard non annoncé et non justifié. Le poste de commandement accusa réception de l'information. N'ayant pas, pour sa part, la moindre idée de ce qui causait ce retard, le responsable ne pouvait prendre aucune initiative autre que celle-ci : aviser par téléphone Eden 10, le PC du GSPR. L'anomalie y fut enregistrée avec perplexité, personne n'y étant davantage informé d'un changement de programme. D'ailleurs, si tel avait été le cas, le permanent aurait aussitôt rassuré le PC des gardes républicains.

L'opérateur d'Eden 10, avant de rendre compte à son chef et afin de ne pas ameuter tout le monde prématurément, composa le numéro de téléphone portable sécurisé de Vega 31, l'officier de sécurité d'Adel Kinsky. Une messagerie anonyme se déclencha aussitôt, ce qui indiquait que l'appareil était éteint. Contrarié, pas encore inquiet, Eden 10 renouvela son appel. Après plusieurs tentatives infructueuses, il testa le téléphone portable de Vega 32, le conducteur, sans plus de succès et, surtout, avec un identique basculement immédiat sur la messagerie. Puis ce fut au tour du mobile de Vega 3, lui-même, d'être sollicité. L'appel ne reçut pas davantage d'écho et, là encore, le « vous êtes bien sur le portable d'Adel Kinsky » retentit dès le réseau sollicité. Quelque chose clochait.

Tout en sachant que cette initiative n'allait pas passer inaperçue, l'homme décida de lancer un appel radio à l'intention de Vega 31, lui demandant de préciser sa position. Il n'obtint de réponse ni de Jérôme Berret, l'officier de sécurité, ni du gardien Maxime Lavot, le conducteur du véhicule. 19 h 10, indiquait la pendule accrochée au-dessus du pupitre radio. Habituellement, Vega 31 annonçait le retour à la base entre 18 h 20 et 18 h 30. Presque trois quarts d'heure de retard, ce n'était rien encore. Ne parvenir à joindre personne dans le véhicule était déjà beaucoup plus embêtant. L'opérateur se leva avec un soupir et alla frapper à la porte de son chef d'unité.

## 44

***Service de Protection des Hautes Personnalités (SPHP), 14-16, rue de Miromesnil***
***Lundi, 19 h 15***

Gilbert Furgo, le directeur du Service de Protection des Hautes Personnalités, était en train de se changer dans son bureau quand il entendit, depuis le poste radio qui le reliait au RAMI[1], les appels d'Eden 10 à Vega 31.

– Vega 31, Vega 31, de Eden 10 ! Veuillez communiquer votre position ! Je répète, Vega 31, précisez votre position !

Gilbert Furgo enfilait son pantalon de smoking et resta une jambe en l'air en attendant la réponse de Vega 31. Réponse qui n'arriva pas, comme on le sait. Il finit d'attacher sa ceinture, ajusta sa chemise blanche à col cassé sur laquelle il allait passer un nœud papillon noir, jeta un coup d'œil à son image dans le miroir du lavabo encastré dans un placard de son bureau. Ses cheveux poivre et sel, jadis d'un noir de jais, ondulés et peignés en arrière, lui donnaient l'air d'un crooner italo-américain des années 1950. Impression que renforçait sa

1. Réseau Autonome du Ministère de l'Intérieur, uniquement dédié au SPHP.

taille moyenne et sa silhouette svelte, cambrée comme celle d'un matador, sans un poil de graisse. Il remit à plus tard de passer la veste du smoking de cérémonie et se dirigea vers le poste de radio qui occupait la partie latérale de sa table de travail. Un nouvel appel d'Eden 10 le maintint en arrêt. Plusieurs secondes s'écoulèrent, dans un silence total. Suspendu à l'appareil, Gilbert Furgo en aurait presque oublié de respirer. Ce silence de Vega 31 n'était pas conforme. Nerveux, le chef du SPHP saisit son téléphone :

– Demandez à Eden 10 ce qui se passe avec Vega 31, dit-il à son propre PC situé au rez-de-chaussée de l'immeuble de la rue de Miromesnil. Eden 10 envoie des appels radio, je ne sais pas pourquoi et, surtout, Vega 31 ne répond pas…

Les quelques minutes qui suivirent lui parurent très longues. En poste depuis quatre ans à la tête du SPHP, Gilbert Furgo eut, à cet instant, un mauvais pressentiment. Sa raison lui disait qu'il y a toujours une explication à tout, que le pire n'est jamais sûr, qu'il n'y avait aucun motif d'inquiétude à ce stade. Mais, dans un coin de son cerveau, une alarme commençait à vibrer. Elle claironnait qu'un drame était en marche, dont il ne connaissait pas les tenants ni les aboutissants mais qui allait tous les laminer.

La sonnerie du téléphone le fit sursauter. RAMI 75 était entré en contact avec Eden 10. À 19 h 15, ni Adel Kinsky ni son escorte n'étaient de retour à l'Élysée.

Plus anormal encore, personne ne répondait dans la voiture. Eden 10 demandait des instructions sur la suite à donner à une série d'anomalies qui devenait alarmante. Gilbert Furgo prit une ou deux secondes pour réfléchir. Dans ces cas-là, il ne fallait pas tergiverser. Il appela son adjoint à qui il fit un bref résumé de la situation, lui demandant de se mettre sur l'affaire sans attendre. Furgo était de service, ce soir, à l'Élysée, puisque, chaque fois que s'y déroulait un dîner officiel, le patron du SPHP était, selon le protocole, tenu d'y assister. Il ne pouvait pas prendre le risque d'arriver à 20 heures, la bouche en cœur, incapable de dire au président, qui ne manquerait pas de le lui demander, où était passé son diable de fils et son escorte.

Le commissaire divisionnaire Pascal Gargé entra dans le bureau de son chef, soucieux. L'homme avait dépassé la cinquantaine, il avait du roc la solidité à toute épreuve assortie d'un calme olympien en toute circonstance. Gilbert Furgo l'interrogea du regard. Pascal Gargé écarta les bras en signe d'impuissance :

– C'est incompréhensible, dit-il d'une voix qui se voulait ferme. Personne ne sait rien... La reine-mère est chez elle, Gary Meillan, le chef du GSPR, vient de l'appeler, elle ignore tout...

– On en est sûr, au moins ? demanda Furgo qui gardait en mémoire l'épisode du scooter.

– Oui, sûr et certain. Elle voulait avertir le président sans attendre... Gary Meillan lui a gentiment demandé de surseoir mais elle n'a pas cédé facilement...

– Tu m'étonnes ! Après l'engueulade de Rome, il y a de quoi être circonspect ! Et Mme Kinsky ?

– La première dame est rentrée il y a quelques minutes, elle a laissé la petite Gina à la nurse et est allée directement dans sa chambre se changer. Elle n'est pas au courant du problème et tout le monde s'est mis d'accord pour que madame mère garde ça pour elle, jusqu'à l'heure du dîner...

– Putain, foutu dîner, grommela Furgo en tâtant machinalement son nœud papillon. À part ça ? L'école ?

Pascal Gargé fit non de la tête. Eden 10 avait dérangé le directeur lui-même. Adel Kinsky était bien parti de Notre-Dame-des-Oiseaux à 18 heures ainsi que tous les autres soirs. Le concierge qui avait pour instruction de noter les allées et venues de l'illustre élève en avait témoigné. De même, aucun incident ne leur avait été signalé au moment du départ de la voiture d'escorte.

– À tout hasard, la salle de commandement de la PP a été sollicitée, ajouta Gargé. Ils recherchent un éventuel incident qui ne serait pas parvenu jusqu'à nous. Un accident de circulation par exemple, avec le véhicule RX 333 RX…

– Ouais, souffla Furgo, je n'aime pas trop ça… La nouvelle va encore se répandre comme une traînée de poudre.

– Je n'ai fait communiquer que la marque, la couleur et l'immat du véhicule, objecta Gargé.

– Tu parles ! Enfin, il faut bien faire quelque chose, mais attention, je ne veux pas de fuite dans la presse. Officiellement, il ne se passe rien encore.

– On prévient qui, alors ? Le préfet de police, le ministre de l'Intérieur ?

– Personne ! Personne avant que je n'aie fait le point avec le président. Et si ça se trouve, d'ici là, le sale petit con et ses deux zozos seront peut-être revenus…

– Va savoir ce qui a pu leur passer par la tête !

– Espérons que ce ne soit qu'anecdotique, en effet…

Il eut envie d'ajouter : « croisons les doigts ! » mais s'abstint. Les incantations et les gestes furtifs en appelant à une bonne étoile ou à un génie bienveillant ne figuraient pas au programme des consignes de la protection des hautes personnalités.

– Je fais quoi, moi ? s'enquit Pascal Gargé, alors que le chef du SPHP se dirigeait vers la porte.

– Tu restes à l'écoute radio, tu suis le moindre mouvement, tu m'appelles… Personne ne décolle d'ici jusqu'à nouvel ordre !

## 45

***Palais de l'Élysée***
***Lundi, 20 heures***

Il était près de 20 heures et les premiers invités n'allaient pas tarder à arriver. Ce soir, le dîner de gala était organisé à l'occasion de la visite d'État du président de la République du Kosovo, pays qui venait d'acquérir sa pleine indépendance.

Une ultime réunion entre les responsables de la sécurité des hautes personnalités, Gilbert Furgo, Gary Meillan et Pascal Gargé conclut, en l'absence de nouvelles d'Adel Kinsky et de son escorte, qu'il fallait maintenant avertir le président de la situation. La corvée revenait à Furgo et, à l'évocation de la réaction vraisemblable de Frédéric Kinsky, son estomac se contracta. Il demanda à Gary Meillan de l'accompagner jusqu'au bureau du grand homme, qui terminait une conversation téléphonique avant de se rendre sur le perron pour accueillir son hôte kosovar. Ils se firent annoncer et furent aussitôt introduits.

Frédéric Kinsky écouta l'exposé des faits sans dire un mot. Quand les deux policiers se turent, il posa deux ou trois questions rituelles avant d'acquiescer sans réserve à l'hypothèse qu'il était arrivé quelque chose de grave.

À tout hasard, le président revint sur les suites de l'affaire du scooter et l'éventuelle intervention du jeune adulte qui rôdait autour des lycéens pour leur fourguer quelques grammes de cannabis de temps à autre. Il avait été inquiété judiciairement mais pas au point de chercher à se venger, tout de même. Surtout en s'attaquant au niveau, en principe, le mieux protégé de la Nation. Du reste, il avait été interpellé chez lui quelques minutes auparavant et il était évident qu'il n'était pour rien dans ce mystère.

– Je dois y aller, dit Kinsky alors que le directeur du protocole passait la tête par l'entrebâillement de la double porte pour lui signifier qu'il était l'heure. Bertrand Lainé, mon directeur de cabinet, va prendre l'affaire en main à partir de maintenant.

L'homme, un énarque quadragénaire, s'annonça dans le sillage du directeur du protocole. Grand, sec et dégarni, il cachait un regard intelligent derrière des lunettes à monture d'écaille qui le vieillissaient. Frédéric Kinsky lui fit un bref résumé de la situation, ajoutant que les deux chefs de la sécurité lui donneraient tous les détails :

– Messieurs, conclut le président avec un sérieux dramatique en se dirigeant vers la porte, je compte sur votre professionnalisme et votre discrétion... Je vous demande de ne pas mettre mon épouse au courant, du moins avant la fin du dîner. Le ministre de l'Intérieur ne doit rien savoir non plus. Je veux que cette affaire reste entre nous quatre jusqu'à nouvel ordre.

– Bien, monsieur le président, murmurèrent les trois hommes en chœur, chacun mesurant de son côté, à toute vitesse, le nombre de fonctionnaires ou d'intervenants déjà dans la boucle.

À l'évidence, un peu plus de quatre.

Tandis que les véhicules défilaient au pied des marches et que les invités se pressaient, en haut, à la double porte grande ouverte flanquée de gardes républicains de chaque côté, Gilbert Furgo relaya par téléphone les instructions du président à son adjoint. Il insista sur le fait que, personne, au ministère de l'Intérieur, ne devait être mis dans la boucle. Pascal Gargé soupira en raccrochant. C'était une des constantes les plus épineuses de son métier. Jongler avec les uns et les autres. Le président qui, parfois, détestait son Premier ministre. En l'espèce, Frédéric Kinsky se méfiait du ministre de l'Intérieur. Si le SPHP devait, sans discussion, obéir au président de la République, il n'en restait pas moins soumis à la hiérarchie du ministre de l'Intérieur. Ne pas lui rendre compte de ce qui se passait relevait de la désobéissance passive. Si le ministre de l'Intérieur apprenait la nouvelle par d'autres, Furgo sauterait et Gargé avec lui. Une telle omission ne leur serait pas pardonnée, ordre du président ou pas. Contemplant le téléphone avec rancune, Pascal Gargé se remémora une de ces situations inextricables qui avait failli décapiter le SPHP quelques années en arrière. Le président de la République d'alors se trouvait en voyage officiel à Lisbonne quand, au moment de regagner Paris, il avait décidé de se rendre à Sarajevo, à bord de son Falcon 900. Jusque-là, il n'y avait rien à dire, c'était sa décision, nul n'avait le pouvoir de le faire changer d'avis. Si ce n'est qu'en prime, il avait exigé le secret absolu de la part de sa sécurité rapprochée. Pascal Gargé, jeune commissaire de permanence au SPHP (alors nommé Service des Voyages Officiels et de la Sécurité des Hautes Personnalités) transpirait encore au souvenir du coup de téléphone qu'il avait reçu du ministre de l'Intérieur en personne, vers 16 heures, lui demandant où se trouvait le président que l'on cherchait partout. N'étant au courant de rien, il avait répondu avec aplomb que le président était en route pour Paris. Le ministre l'avait coupé sèchement : CNN annonçait l'arrivée du président français à Sarajevo ! Le prenait-on pour un con ? Le ministre de l'Intérieur avait très mal pris l'épisode, persuadé que la hiérarchie du SPHP lui avait caché délibérément le changement d'itinéraire. Cette histoire était encore à vif dans la mémoire de Pascal Gargé, aussi les consignes de son directeur le gênaient-elles aux entournures. Après une ultime hésitation, il se décida à le rappeler pour lui conseiller d'informer le ministre de l'Intérieur, en dépit des instructions reçues.

– Et donc, de passer outre les ordres du président ! grinça Furgo qui avait en tête ces souvenirs que son adjoint lui avait maintes fois racontés.

– Je m'en charge, si tu veux, dit Gargé cependant que Furgo hésitait encore. Si ça coince, je dirai que j'avais mal compris…

Gilbert Furgo ricana. Pascal Gargé avait fait sa carrière au SPHP avec une courte et inintéressante incursion dans un commissariat de banlieue quand il était passé principal. Il était vite revenu dans l'ombre des grands hommes qui, pourtant, lui en faisaient voir de toutes les couleurs. Mais c'était toute sa vie, ce service, et s'il en était un qui ne pouvait pas ne pas comprendre les instructions de son directeur, c'était bien lui.

– Tu connais les risques de fuite, insista-t-il. L'affaire est passée sur le RAMI, tout le monde a pu entendre les messages et aller bavasser chez le ministre.

Tout le monde, peut-être pas mais, à coup sûr, un membre de l'équipe de sécurité rapprochée de Jean-Claude Krops, le ministre de l'Intérieur. Si l'état-major du SPHP ne se manifestait pas à son tour, l'affaire tournerait au drame et des têtes, par ailleurs toujours en équilibre instable, tomberaient. En tout premier lieu parce que le ministre se régalerait de procéder à une épuration qui affaiblirait le président. Il n'était pas son candidat pour les élections futures, tout le monde le savait. Le directeur du SPHP finit par se laisser convaincre, il n'avait plus le temps d'ergoter, le protocole l'obligeant à rejoindre le chef de l'État sans délai.

Bien lui en prit d'avoir cédé au bon sens de son adjoint. Le ministre Krops, après avoir remercié Gargé de l'avoir informé lui fit savoir, un rien sarcastique, qu'il était en effet déjà au courant de l'affaire. Il ne précisa pas de qui il tenait l'information mais le ton utilisé désignait ses officiers de sécurité. L'adjoint de Furgo souffla de soulagement en raccrochant. L'impression qu'il avait de marcher sans filet sur une corde raide entre deux buildings de trente étages ne disparut pas entièrement : la mèche d'un baril de poudre avait été allumée aux environs de 18 heures par un ou plusieurs inconnus et ils étaient tous assis dessus.

## 46

***Palais de l'Élysée***
***Lundi, 22 heures***

Gilbert Furgo était venu se pencher deux fois à l'oreille du président au cours du dîner. Cette façon de faire, plutôt inhabituelle en l'absence d'événements connus (état de guerre, émeutes, manifs, prises d'otages…) n'avait pas laissé d'interpeller Valéria Kinsky, qui tentait désespérément d'attirer l'attention de son mari tandis que celui-ci s'évertuait à regarder ailleurs. Elle montrait des signes de plus en plus flagrants de nervosité et il allait falloir la mettre dans la confidence rapidement, faute de quoi elle était capable du pire. Comme se lever de sa chaise et venir interpeller son mari pour savoir ce qui se tramait dont, manifestement, on ne voulait pas l'informer. Jalouse au-delà du raisonnable, elle n'était pas loin de penser qu'une nana se cachait derrière ces mines de conspirateurs. Un esclandre en pleine cérémonie officielle ne manquerait pas d'alerter les journalistes jamais très loin. On devrait dès lors s'attendre à ce que l'affaire déborde les murs de l'Élysée comme lorsqu'une digue se rompt.

Le dîner, commencé à 21 heures pour cause de retard du président kosovar et d'un discours un peu long de

Frédéric Kinsky, s'acheva à 22 heures tapantes, ainsi que le fixait le protocole. La première dame se précipita vers son mari dès qu'il fut libéré de ses obligations.

– Que se passe-t-il, Frédéric ? Que me caches-tu ? Voilà deux heures que tu fais tout pour ne pas croiser mon regard !

Elle avait dans ses beaux yeux des lueurs assassines. Il analysa ce qu'elle avait en tête et, si la situation n'avait pas été aussi grave, il aurait souri de cette jalousie qu'il sentait chez elle, à fleur de peau. Ce soir, il n'avait pas le cœur à s'en amuser. Un gros poids empêchait le dîner, pourtant raffiné comme d'habitude, de passer.

Frédéric Kinsky lui résuma les faits à voix basse. Elle resta d'abord muette avant d'entrer dans une colère mesurée (il y avait encore des témoins) mais sincère. Pourquoi Frédéric ne lui avait-il rien dit plus tôt ? Est-ce qu'elle comptait si peu, à ses yeux, dans la vie de son fils ?

Bien qu'Adel ne fût pas son enfant, elle avait beaucoup d'affection pour ce garçon dont la mère était partie courir le monde au bras d'un acteur. Il ressemblait un peu plus chaque jour à son père et, comme beaucoup de jeunes mariées encore très éprises, elle s'attendrissait en découvrant, à travers lui, ce qu'avait pu être sa bête politique de mari à l'adolescence.

– Il faut le retrouver ! dit-elle.

– Je te le promets, mon cœur ! assura le président.

Il entoura ses épaules de son bras et déposa un léger baiser sur son front avant de la repousser doucement en direction des appartements privés. Quand il se retourna, son sourire, posé sur son visage comme un masque de carnaval, disparut.

– Allons-y, messieurs ! ordonna-t-il au groupe d'hommes qui l'attendaient à distance respectueuse.

Plus de trois heures s'étaient écoulées depuis qu'on avait commencé à se mettre en quête d'Adel Kinsky et de ses gardes du corps. Il n'était plus question d'atermoyer ou d'attendre on ne savait quel miracle. Trois personnes et un véhicule officiel ne se volatilisent pas dans la nuit parisienne sans qu'il faille s'attendre à un dénouement qui, sauf miracle, n'aurait rien de réjouissant. Les services de police devaient être officiellement alertés. Cependant, pour respecter l'ordre du président de protéger le plus longtemps possible l'identité de son fils, il fut décidé de recourir à un stratagème auquel Frédéric Kinsky adhéra sans enthousiasme.

Le ministère de l'Intérieur fut chargé de lancer les recherches depuis la place Beauvau, en diffusant, cette fois officiellement, à la préfecture de police en premier lieu, le signalement et l'immatriculation de la Peugeot. Il ajouta, pour faire bouger les lignes, qu'il s'agissait d'une affaire de la plus haute importance touchant à la Sûreté de l'État. L'anonymat du disparu était préservé tout en plaçant le niveau des investigations au plus haut. Connaissant la porosité entre les circuits policiers et ceux de la presse, on n'éviterait pas les fuites mais, au moins, dans un premier temps, les journalistes et photographes ne se jetteraient pas sur l'os comme des morts de faim. Ils garderaient de la réserve, guettant la suite en salivant mais, le temps qu'ils comprennent, cela laisserait un peu de mou à l'organisation des recherches. Le numéro à appeler en cas de découverte étant la ligne directe du cabinet du ministère de l'Intérieur — et pas celui d'un service de police — il ne fit de doute pour personne qu'il s'agissait d'un scénario très inaccoutumé. Les plus proches observateurs — journalistes et photographes accrédités par l'Élysée — ayant détecté quelques mouvements dans l'entourage du président et des réactions inhabituelles de ses proches conseillers, personne ne douta qu'il y avait, sous l'apparente neutralité des messages diffusés, un joli bazar en gestation.

## 47

***Quelque part dans Paris***
***Lundi, 23 heures***

– De TNZ1, à toutes les patrouilles, à toutes les unités en mouvement : affaire urgente, prière de localiser dès que possible le véhicule Peugeot 508 immatriculé RX 333 RX. Rendre compte immédiatement de la découverte ! Précautions et règles d'usage à respecter strictement !

Le reporter-photographe free-lance connu sous le nom de Steve, toujours bien informé et à l'affût du moindre ragot, capta le message dans l'oreillette du récepteur radio dont il ne se séparait jamais. En habitué, il percuta aussitôt sur l'importance de l'affaire et attendit la suite. La répétition du message, à quatre reprises dans le quart d'heure qui suivit, conforta son instinct de chasseur de scoop. Il se souvint de son échange récent, sur le parvis d'une gare, avec une grande dame de la PJ parisienne. Il allait faire d'une pierre deux coups. Soit elle savait ce qui se passait et elle le lui dirait sûrement. Soit elle en ignorait tout et, en lui livrant une information qu'il subodorait de première bourre, il se la mettrait pour de bon dans la poche. Il n'aurait plus qu'à s'installer dans son sillage. Avec un sourire narquois, il prit son téléphone pour appeler la divisionnaire Maguy Meunier, la chef de la Crim.

Maguy Meunier venait d'avoir avec son « connard de mari » une discussion plus que houleuse. Ses cris et ses imprécations avaient probablement été entendus dans tout Paris, à tout le moins des quelques policiers encore présents à cette heure indue dans les étages du 36. Leur échange avait duré une bonne demi-heure, tournant autour d'un seul et même sujet : le fric. Depuis qu'il était parti, il ne se passait pas un jour sans qu'il ne la relance pour qu'elle lui rembourse la moitié des impôts, la totalité du loyer de leur appartement commun qui continuait d'être prélevé sur son compte à lui, des factures qu'il avait assumées depuis toujours. Il était devenu un vrai tiroir-caisse alors que, jamais, il n'avait, dans le temps, manifesté autant d'assiduité à tenir les comptes du ménage. La belette était derrière ce revirement, cela ne faisait aucun doute. Aussi sûrement qu'elle l'avait tanné pour qu'il l'appelle ce soir. Sa voix suait l'embarras même s'il s'évertuait à parler avec fermeté et calme. Il souhaitait divorcer sans attendre et, derrière ce soudain entrain à démolir les vingt-cinq ans de leur vie commune, se cachait, une fois de plus, le pognon. Il voulait récupérer la part de la maison qu'ils avaient achetée, pour un prix alors intéressant, sur la pointe de Giens, au début de leur mariage, et qui valait aujourd'hui une petite fortune. « Plutôt crever, avait songé la divisionnaire qui — elle se serait éventrée vive plutôt que de l'avouer — espérait encore que son « connard de mari » se réveillerait et reviendrait la supplier de le reprendre. Ce qu'elle ferait alors ? Elle le laisserait crever la gueule ouverte mais elle négocierait pour garder, en indivision, la maison de la côte. Avec une belette dans le décor, ce n'était même pas envisageable.

« Je ne divorce pas, avait-elle affirmé en jubilant de son embarras, tu n'as qu'à engager la procédure si ça te chante mais je te préviens que je ne te faciliterai pas les choses. » Il avait tenté une autre tactique : « Ce serait mieux pour toi, tu pourrais refaire ta vie ! » Elle lui avait ricané dans l'oreille en le traitant de « foutu hypocrite ».

Elle venait de raccrocher, le sang bouillonnant dans son corps comme dans un chaudron. Elle était néanmoins satisfaite de n'avoir pas cédé. Qu'était-ce au juste ? De la basse vengeance ? La satisfaction de le placer dans une position intenable avec une créature aux dents longues qui s'était attendue à autre chose ? Elle refusa d'écouter la petite voix qui lui rappelait une promesse ancienne qu'ils s'étaient faite au temps de leurs amours torrides, à l'école des commissaires de Saint-Cyr au Mont d'Or : quoi qu'il arrive, si l'un des deux voulait sa liberté, l'autre la lui rendrait. C'était une question de respect et de dignité. Finalement, il fallait se trouver dans la situation pour savoir de quoi on était capable. Avec rage, elle reprit les dossiers qui la retenaient si tard au bureau et concernaient deux adolescents morts et leur meurtrier qui courrait encore longtemps si rien ne se décidait à bouger. Elle relut le papier qu'elle avait signé, en début de soirée, à propos de Marysa de Mareil. Virée. Il n'y avait pas d'autre mot. Là aussi, sa conscience fit objection : trois jours qu'on était sans nouvelles de la psy, qu'elle ne répondait à rien ni à personne.

« Pas normal, dit-elle à haute voix en contemplant le document. Forcément, si on considérait que la mère de la jeune femme s'inquiétait, que deux de ses amies avaient cherché à la joindre, cet après-midi, à la Crim, parce qu'elles avaient une soirée prévue, hier dimanche, et que Marysa n'y était pas venue sans donner d'explication. Avec rage, elle froissa la feuille qui demandait officiellement le changement de prestataire et visa la corbeille à papier. Rata son coup à cause de ce fichu téléphone qui se remettait à sonner. Une bouffée de chaleur la mit en sueur à la pensée que son mari revenait à la charge.

– Quoi encore ? aboya-t-elle en décrochant.

– Madame la divisionnaire ?

La voix du permanent de l'étage des morts.

– Oui, Romain ? se radoucit-elle, quoi ?

– Un certain Steve cherche à vous joindre, il dit que c'est urgent…

Elle fronça les sourcils, à des années-lumière de ce journaliste à qui elle avait fait une — modeste — fleur, quelques semaines auparavant.

– Qu'est-ce qu'il veut ?

– Vous parler, patron, je lui ai dit que vous étiez sur le point de partir, il…

– Passez-le-moi !

Dans la seconde qui suivit, elle perçut le ronflement d'un moteur et la voix un peu lointaine du reporter.

– Je vous entends mal ! abrégea-t-elle cependant qu'il se lançait dans des formules de politesse inaudibles.

En quelques mots, l'homme lui expliqua l'objet de son coup de fil. En moins de temps qu'il n'en fallait pour le dire, Meunier oublia tout, son « connard de mari », la belette et la psy rousse dont, au fond d'elle-même, elle savait qu'il fallait s'inquiéter sérieusement.

# 48

***SPHP, rue de Miromesnil***
***Lundi, 23 h 30***

Gilbert Furgo hésitait encore à rentrer chez lui, dans les Yvelines, trop loin de Paris pour prendre le risque de devoir revenir à Beauvau d'ici une, deux ou trois heures. Il aurait souhaité habiter Paris intra-muros mais sa femme travaillait à Versailles et il n'avait pas, en ce domaine comme dans d'autres, voix au chapitre. Il était 23 heures passées et, pour tromper une attente qui promettait de se prolonger, il avait bu deux whiskies avec son adjoint tout en visionnant les infos en sourdine et en boucle. Aucune des chaînes spécialisées n'avait encore balancé quoi que ce soit, mais il s'attendait à ce que cela survienne d'un moment à l'autre. De temps en temps, il prêtait l'oreille aux échanges radio particulièrement languissants ce soir, tandis que Pascal Gargé passait des coups de fil à tout bout de champ à tous les états-majors en piste sur l'affaire. Comme si le simple fait d'appeler pouvait relancer une machine qui patinait dans le vide.

La sonnerie de son portable le fit bondir. Il lut sur l'écran que son correspondant appelait d'un numéro de la préfecture de police. Sa voix était précipitée quand il répondit.

– Gilbert ? C'est Maguy…

Les deux flics se connaissaient bien. Avec Jacques Meunier, le « connard de mari », ils étaient de la même promotion de Saint-Cyr au Mont d'Or. À une époque où les femmes commissaires n'étaient encore qu'en nombre anecdotique dans les promos, les mâles tournaient autour d'elles comme des mouches autour d'une bouse de vache. Furgo avait été en compétition avec quelques autres pour séduire la pétulante Maguy. C'était Jacques Meunier qui l'avait eue, en fin d'année, juste avant la sortie d'école, le défilé et la remise des écharpes tricolores. Furgo avait choisi la PJ, à Paris, dans un commissariat voisin de celui où Maguy avait atterri. Ils étaient restés « bons collègues » et bons amis. Il avait même été son témoin de mariage.

– Salut, Maguy…

– Qu'est-ce qui se passe avec le fils de Kinsky ?

– Comment ça ?

– Arrête de chambrer, Gil… Je viens d'avoir l'état-major de la PP… Tout le monde a compris que la bagnole que vous cherchez est de l'Élysée et que c'est un proche du PR qui l'utilise. Quelques recoupements et…

Elle ne jugea pas nécessaire de préciser qui avait fait les recoupements en question. Après avoir eu confirmation par la salle de commandement de la PP que le véhicule recherché faisait partie du pool de l'Élysée, elle avait rappelé Steve, le free-lance. Toujours en piste dès qu'un « poil de cul » frémissait sur les réseaux radio, il avait, quelques semaines auparavant, suivi les péripéties de la soirée « scooter ». Il avait notamment collé sa moto aux basques de la 508 qui sillonnait Paris à la recherche d'Adel. Recouper les deux immatriculations ne lui avait pris que le temps d'un clic sur son ordinateur. Il savait, bien avant la plupart des grands pontes de la police, qui, ce soir, on cherchait exactement.

– Comment tu as su ? demanda Furgo, de plus en plus tendu.
– Par un de mes indics…
– Presse ?
– Non, mais pas loin…
– Écoute, ça doit rester entre nous, il est exclu que l'info soit diffusée, c'est ultra-sensible…
– Soit. Dans ces conditions, tu m'affranchis.

Après avoir livré à Maguy Meunier l'essentiel de ce qu'il savait, Gilbert Furgo eut un nouvel échange avec son adjoint. Il devenait évident que toute notion de confidentialité n'était plus qu'un rêve. Il connaissait sa collègue Maguy et son efficacité. Y compris ses rapports serrés avec la presse, et il ne faisait aucun doute que son fameux « indic » en faisait partie. Bien qu'il ait en elle une totale confiance, il était bien placé pour savoir ce qu'il en était. Si son « indic » l'avait appelée, c'était dans l'espoir d'en obtenir quelque chose en échange. Il voulait un scoop et elle allait le lui donner parce qu'elle n'allait pas pouvoir faire autrement. Comme lui s'était vu dans l'obligation de lui fournir la « vraie » version, pour couper les têtes des canards qui ne manqueraient pas de voler dans les couloirs des rédactions. En mettant les choses au mieux, la nouvelle allait se répandre sur les ondes dans moins de dix minutes.

La mort dans l'âme, soutenu par Pascal Gargé qui faisait de la situation la même analyse que lui, Gilbert Furgo décida d'appeler le directeur de cabinet du président de la République. S'il n'entendit pas, dans la foulée, l'explosion de colère de Frédéric Kinsky, c'est parce que son bureau était trop éloigné de l'Élysée. En revanche, il distingua nettement celle du ministre de l'Intérieur qui lui retomba dessus dans l'immuable processus de cascade. Jean-Claude Krops venait de se faire passer un savon par le président qui se payait de tout ce qui le hérissait chez cet homme. Le ministre n'avait pas du tout apprécié la plaisanterie. Furgo se dit avec amertume qu'occuper un poste tel que le sien relevait d'un sacerdoce dont le prix à payer était démesuré par rapport à ce qu'il pouvait en attendre en retour. Il passa ses nerfs sur Pascal Gargé, qui en avait pris l'habitude et savait faire avec. Puis il décida qu'il irait dormir à l'hôtel de l'Élysée tout proche, où il avait ses habitudes. Le caractère normalement irascible du président, exacerbé par l'inquiétude du père qu'il était aussi, n'en déplaise à ceux qui le jugeaient trop rude et peu chaleureux avec ses enfants, c'était une bombe à retardement qui pouvait le faire exploser en vol.

## 49

***Paris***
***Mardi, 2 heures***

Les services techniques du ministère de l'Intérieur et de la préfecture de police furent mobilisés, chacun de leur côté et à l'insu les uns des autres — une pratique hélas répandue — afin de localiser les radios et les téléphones de l'équipe de sécurité du SPHP. On avait ajouté le téléphone portable d'Adel Kinsky sur la liste mais pas plus le sien que les autres ne purent être détectés. Si l'on excluait l'hypothèse d'un grave accident dans lequel tous les appareils auraient été carbonisés — rien de tel n'avait été signalé — il fallait se rendre à l'évidence : les moyens de transmission avaient été neutralisés par un ou plusieurs professionnels qui maîtrisaient les systèmes de communication et de géolocalisation. L'hypothèse criminelle s'imposait. Compte tenu du contexte, c'est vers un enlèvement que se dirigèrent les proches du président et le président lui-même. La piste terroriste monta rapidement en première ligne, l'État français et son chef étant, dans plusieurs zones grises ou noires du monde, une cible permanente et de choix pour des groupes armés. La sous-direction antiterroriste de la Police judiciaire, en tandem avec la

DCRI[1], la DGSE[2] et tout ce que le pays compte de services et d'officines de renseignement, fut priée de se pencher de toute urgence sur la question et de préparer une liste de « clients » potentiels chez qui on pourrait aller frapper sans tarder. Les points de sortie du territoire furent placés sous haute surveillance bien que chacun fût conscient qu'en sept heures, les kidnappeurs avaient eu largement le temps de fuir loin de Paris avec leur otage. Aucune revendication n'étant encore parvenue nulle part, les spécialistes décidèrent d'avancer prudemment sur cette voie car nul ne voyait encore très bien la finalité d'une telle action. De plus, rien, dans les derniers mois, n'avait été détecté qui fût susceptible d'être associé à cette affaire. Ni préparatifs, ni fuites, ni signes avant-coureurs. Un acte de pression ou de chantage à ce niveau signifiait qu'il y aurait une énorme monnaie d'échange. Le président Kinsky, quelle qu'en soit l'issue, pourrait bien ne pas s'en relever. Aussi, en bonne bête politique pourvue d'une solide dose de paranoïa, émit-il l'idée que cet acte était orchestré par son opposition. Des murmures lui firent écho du côté des médias et quelques voix commencèrent à entonner l'air du complot.

« Peu crédible, lui affirmèrent ses conseillers et surtout, prématuré. On ne lance pas un complot un an avant les élections. Et s'en prendre à la chair de la chair de l'homme à abattre ne tient pas debout. Aucun adversaire sensé ne s'y risquerait. Il aurait aussitôt toute l'opinion, nationale et internationale, contre lui. »

---

1. Direction Centrale du Renseignement Intérieur, regroupe aujourd'hui les anciens RG (Renseignements Généraux) et la DST (Direction de la Surveillance du Territoire, service de contre-espionnage).

2. Direction Générale de la Sécurité Extérieure, équivalent français de la CIA américaine.

Les journalistes accrédités auprès de l'Élysée reçurent donc, à 0 h 30, un communiqué prudent indiquant qu'un incident s'était produit dans l'entourage du président, dont on ne connaissait pas encore les contours précis. Il était grand temps de se résoudre, malgré les réticences du président, à cette initiative, étant donné que toutes les chaînes infos du monde avaient déjà dévoilé le pot aux roses une demi-heure plus tôt. Frédéric Kinsky, de plus en plus furieux et ingérable au fur et à mesure que le temps passait, avait promis de faire tomber des têtes. Tous entendaient que lui, c'était le ciel qui venait de lui tomber sur la sienne, et que les dégâts allaient être considérables.

# 50

***Rue Boileau, Paris 16^e^***
***Mardi, 2 heures***

Michel Desarnaux, propriétaire d'un appartement situé au numéro 10 *bis* de la rue Boileau, au quatrième étage, regagna son domicile aux environs de 2 heures du matin, dans la nuit du lundi au mardi. Il venait de quitter sa maîtresse après un dîner raffiné au Ritz et des galipettes chez la demoiselle. Le véhicule BMW s'engagea dans la rampe qui conduisait au sous-sol de l'immeuble quand, parvenu en vue de sa place de parking, Desarnaux poussa un juron : il y avait encore une voiture garée dessus ! Il jura pendant une bonne minute, cherchant autour de lui un espace vacant pour répercuter le mauvais geste de celui qui l'avait spolié. Il n'y en avait pas. Quand bien même, il aurait hésité. Tout le monde n'avait pas son éducation, dans l'immeuble et, un jour qu'il avait squatté un emplacement à l'arraché, il avait retrouvé ses quatre pneus crevés le lendemain matin. Il s'insurgea : il était bon pour ressortir et tenter de trouver une place dans la rue qui serait, comme tous les soirs, surchargée, sans même un bout de trottoir de libre. Il devrait encore râler demain auprès du syndic et de la société qui s'occupait du gardiennage et de l'entretien du bâtiment. En attendant, il risquait d'attirer l'attention de sa femme qui, gavée de somnifères tous les soirs vers 22 heures, ne l'entendait jamais rentrer, persuadée qu'il travaillait tard à la banque HSBC où il était fondé de pouvoir. À tout hasard et comme si cela pouvait servir à autre chose que lui calmer les nerfs, il descendit de sa voiture et alla rôder autour de la berline qui le narguait tel un gros insecte gris. Il remarqua quelques détails qui l'intriguèrent et, plus pour se soulager de son irritation que dans l'espoir de résoudre son problème, il décida d'appeler le commissariat d'arrondissement.

TNZ1 reçut, à 2 h 20, l'appel du Commissariat central 16. Un riverain du 10 *bis* de la rue Boileau venait de signaler la présence anormale d'un véhicule dans son parking. Il lui semblait qu'il pouvait s'agir d'une voiture officielle par la cylindrée, la couleur grise, les vitres teintées et, surtout, la présence de deux rétroviseurs sur l'aile avant droite, positionnés l'un au-dessus de l'autre. Le témoin avait observé cette particularité sur la voiture d'un de ses illustres clients, un ministre qui venait à la banque avec sa berline de fonction et ses gardes du corps. L'homme avait répondu à sa curiosité : les deux rétroviseurs étaient réglés, l'un, classiquement, pour le conducteur, l'autre pour l'officier de sécurité, lui permettant de surveiller lui aussi les arrières. Quand il avait annoncé l'immatriculation, le dernier doute avait été levé : il s'agissait bien de la voiture qui mobilisait tous les services de police parisiens depuis quelques heures. Ainsi qu'il en avait reçu l'ordre formel, le responsable de TNZ1 avisa aussitôt le préfet de police. Personne ne dormait ce soir-là dans Paris car le directeur de cabinet du président de la République décrocha à son tour à la première sonnerie. Dans la minute, une patrouille de la préfecture de police rejoignit le parking de la rue Boileau, histoire d'en fermer les accès et de figer ce qui n'était pas encore une scène de crime mais pourrait bien vite le devenir. À peine l'Élysée dans la boucle, une équipe du GSPR, menée par son chef Gary Meillan en personne, suivie de près par Pascal Gargé, du SPHP, et un de ses sbires, se rendit sur place. Ils venaient à peine de s'engouffrer dans la rampe d'accès que déjà deux véhicules de presse et un trio de motos arrivaient à leur tour, telles des mouches qui sentent de loin l'odeur du sang et des cadavres.

## 51

***Brigade criminelle***
***Mardi, 2 h 30***

Maguy Meunier n'apprit pas la nouvelle de la découverte du véhicule par Steve le reporter, mais par le permanent de l'état-major du 36, à qui le préfet venait de demander d'envoyer une équipe technique et scientifique rue Boileau. Elle n'osa pas filer là-bas encore. Outre que, à ce stade, sa présence n'était ni demandée ni même souhaitée, elle aurait pu être interprétée par des observateurs comme un signe qu'on était bien dans une affaire criminelle, ce qui n'était pas encore certain en dépit des apparences. L'équipe de la PTS n'était pas en place depuis cinq minutes qu'une première information remontait à Meunier via l'étage des morts : dès l'ouverture des portes de la Peugeot élyséenne — non verrouillées et sans aucune trace d'effraction — les agents techniques avaient découvert un sac à dos abandonné entre les sièges avant et arrière. L'objet fut identifié formellement, le temps que l'on contacte le président de la République : il s'agissait bien du sac d'écolier d'Adel Kinsky. Le véhicule devint dès ce moment une chasse gardée, le moindre centimètre carré de vitres, portières, rétroviseurs examiné à la loupe. Maguy Meunier demanda qu'on mette sous pression l'équipe de « dérouille » qui attendait depuis le début de la soirée. Au moment où elle commençait à enfiler sa veste pour se rendre rue Boileau, un appel du directeur de la PJ lui parvint qui lui demandait précisément de se préparer à prendre en charge une enquête encore officieuse, sans attendre la saisine par le substitut de permanence. L'ordre venait du préfet de police qui, pour une fois, avait eu la même idée qu'elle.

## 52

***16e arrondissement de Paris***
***Mardi, 5 heures***

En dehors du cartable d'Adel Kinsky, aucun objet susceptible d'orienter les recherches ne fut découvert dans la voiture. Les clefs n'en avaient pas été retrouvées et, pas plus que les portières, le contact ne présentait de trace de forçage. La radio de bord avait été débranchée, les fils arrachés. Les appareils de transmission mobiles et les téléphones portables avaient disparu. Rien d'insolite ne fut remarqué, ni trace de lutte ni d'une quelconque résistance du fils du président et de ses gorilles. À son arrivée sur les lieux, Maguy Meunier fut alpaguée par Steve.

– Vous ne dormez donc jamais, marmonna-t-elle en l'apercevant, la barbe frémissante, appuyé à sa moto.

– Pas plus que vous, je pense, fit l'homme du tac au tac.

– Je ne sais rien. Appelez-moi dans un moment, je verrai ce que je peux vous dire.

Elle agita son portable dont elle lui avait donné le numéro un peu plus tôt dans la soirée. Son regard aigu sur lui était explicite : c'était un échange de bons procédés. Ils en étaient convenus comme on signe un pacte.

Il devait tout lui dire de ce qu'il entendait. En vertu de quoi, il aurait la primeur sur tout ce qu'elle voudrait — ou pourrait, était-il besoin de le préciser — lui donner. Il acquiesça.

Michel Desarnaux avait été consigné dans un véhicule sérigraphié de la Police urbaine de proximité, serré de près par deux gardiens de la paix. Pas question de reproduire l'étourderie commise six semaines plus tôt avec un témoin chinois, depuis disparu corps et biens. L'homme ronchonnait, il mettait en avant ses relations avec quelques pâles huiles elles aussi effacées du panorama politique, ses fonctions importantes à la banque HSBC. Il ne disait pas que, par-dessus tout, il craignait que bobonne, qui se réveillait toujours aux alentours de 3 heures, ne s'aperçoive de son absence. Maguy Meunier lui fit raconter son histoire pour la énième fois. Pour la énième fois, il cita son ancien client ministre pour expliquer qu'il ait associé la présence de deux rétroviseurs à une voiture officielle. Il comprit que ce point n'était pas en sa faveur, pire, qu'il pouvait attirer sur lui une suspicion légitime. Pour la énième fois, il se mordit les doigts d'avoir appelé le Central 16, dans le seul but de passer ses nerfs et faire le mariole.

Tandis que les « bleus » relevaient toutes les immatriculations des voitures en stationnement dans le sous-sol de l'immeuble, un autre bataillon se déployait dans la rue Boileau et les voies adjacentes, à l'affût de la plus anodine des anomalies. Piloté par le commandant Jean-Pierre Alfion, le groupe de la Crim, serré de près par des effectifs du GSPR et du SPHP, s'était égaillé dans l'immeuble, qui n'avait pas de concierge. Néanmoins, sur la vitre de l'ancienne loge, les coordonnées de l'entreprise GSI[1], avenue Mozart, étaient affichées à côté de la liste des occupants. Cinq étages et trois propriétaires ou

1. Gestion et Syndic Immobilier

locataires par étage, avec en haut le traditionnel niveau de chambres de bonne aménagées en « studettes », pour ce qu'en savait Michel Desarnaux, qui vivait là depuis quinze ans. Le milieu de la nuit ne favorisant pas les opérations, certaines restèrent fermées. Faute d'apporter la preuve qu'un enfant avait bien été kidnappé et pouvait se trouver en danger derrière l'une d'entre elles, il faudrait attendre le matin pour « purger » la liste. La plupart des personnes ayant consenti à se montrer ne purent communiquer aucune information exploitable. Comme il était de tradition, nul n'avait rien vu, rien entendu, ne connaissait aucun de ses voisins ou ne se mêlait de leurs affaires, n'était allé dans le parking, n'avait remarqué la Peugeot officielle ou un quelconque mouvement suspect.

Les immatriculations relevées dans le sous-sol et au-dehors furent passées au fichier, qui ne communiqua que quelques infractions routières. Rien ne sortit de cette action, même pas un malheureux véhicule volé.

La société GSI étant sur répondeur, on se mit en quête d'un responsable joignable, faute de quoi il faudrait, là aussi, attendre le matin pour se renseigner sur les occupants de l'immeuble. La liste en fut toutefois préalablement dispersée aux quatre vents de tout ce que la police détenait comme fichiers dans ses divers services, c'est-à-dire une bonne centaine. Le directeur de la GSI se manifesta vers 4 heures. Il était insomniaque et regardait BFMTV au lieu de compter les moutons, une habitude qui, pour une fois, lui donna le sentiment de servir à quelque chose.

À 5 heures du matin, Maguy Meunier annonça à la cantonade qu'elle allait prendre un peu de repos à son bureau. On ne fait rien de bon quand le coup de barre vous tombe dessus et, de surcroît, le commissaire en charge de la Section Anti-Terroriste, la SAT, qui dépendait d'elle, était arrivé pour prendre le relais. Avant de regagner le 36, elle fit un crochet par la rue Michel-Ange où le reporter Steve la rejoignit, devant l'école Notre-Dame des Oiseaux. Elle lui montra la façade sans un mot. Pendant qu'il prenait des photos, elle lui donna quelques informations auxquelles il répondit par des hochements de tête. Puis, comme elle était sur le point de partir, il la retint :

– J'ai entendu un gars de *Paris-Match* tout à l'heure. Il parlait à quelqu'un au téléphone, il disait qu'il était venu dans cet immeuble il y a quelques mois. Apparemment, il y a rencontré une femme accueillante. Elle reçoit sur rendez-vous, à domicile. Je ne sais pas ce que ça vaut…

Meunier fit la moue dans le petit jour qui pointait. C'était l'heure du laitier mais aussi celle des gueules de bois et des grosses déprimes. Une pute dans l'immeuble. La belle affaire. Mais à en croire son expérience, c'était un bon début. Quand on voulait découper un saucisson, il fallait bien commencer par un bout. Parfois, il était nécessaire de couper beaucoup de tranches pour exprimer toute la saveur du morceau, parfois aussi, la première était la bonne. Elle remercia Steve sans montrer son excitation.

## 53

***Rue Saint-Vincent-de-Paul***
***Mardi, 6 heures***

Comme tout le monde, Abadie avait pris connaissance de l'événement, mardi matin, vers 6 heures, en se rasant. Il avait presque pris ses marques chez Marion. Il avait acheté un diffuseur d'essences aromatiques en attendant que le concierge veuille bien lui donner une réponse quant à une intervention sur le siphon de la salle de bains. L'homme était fonctionnaire ou assimilé, cela se voyait à la rapidité de ses réactions. Il avait levé les bras au ciel devant la pression de ce moustachu qui, s'il avait bien compris, était le nouveau petit ami de Mme Marion. Ce n'était pas le premier, avaient clairement énoncé ses yeux troubles. Il allait transmettre la requête au gestionnaire des appartements de la SNCF, après quoi, il faudrait attendre la réponse. Si elle était positive, il faudrait patienter pour obtenir le bon de commande. Peut-être un appel d'offres serait-il nécessaire si une intervention massive était décidée dans la résidence, qui comptait deux immeubles positionnés en L, à quelques encablures de la gare du Nord. Excédé, Abadie l'avait planté là pour aller acheter un brûle-parfum. À la grille, il était revenu sur ses pas. Le gardien l'avait regardé avec ennui. Sans dissimuler sa contrariété, il avait répondu à l'ultime question du flic : non, il n'avait pas le double des clefs de Mme Marion. Par conséquent, il n'avait pu les « prêter » à quelqu'un ni se les faire piquer. Non, il n'avait rien remarqué d'anormal pendant les mois d'inoccupation de l'appartement. Les voisins n'avaient rien signalé non plus. Il faut dire que le plus proche était parti depuis le mois de janvier pour une année au Brésil. Celui du dessous était un veuf sourd comme un pot, enfermé dans son handicap comme une huître dans sa coquille. Et oui, bien sûr, malgré les grilles et les vigiles qui patrouillaient le soir, il y avait toujours des petits malins qui parvenaient à s'introduire dans les immeubles. Ne serait-ce que par les cours de la SNCF avec lesquelles l'immeuble communiquait. Savait-il, le moustachu, qu'on pouvait aller de chez la divisionnaire à la gare du Nord sans passer par la rue ? C'était une plaie, ces coursives, de véritables passoires, certaines étaient accessibles depuis la rue de Maubeuge et correspondaient entre elles. Un jour ou l'autre, il faudrait quand même songer à les fermer pour de bon. Abadie se souvenait que Marion passait parfois par là. Pour s'amuser, parce que, malgré tout, il s'agissait d'un vrai parcours du combattant. Il entendit dans le tréfonds de son cerveau sourdre une alarme. Si quelqu'un était entré chez Marion pendant la période de séquestre de l'appartement, il avait vraisemblablement cheminé par là. Il s'était promis de faire le trajet dès que possible.

Il entendit la nouvelle de la disparition d'Adel Kinsky et le barouf qui s'ensuivait. Immuablement, l'opinion était frappée de sidération, d'incrédulité. Ensuite, les humeurs changeraient. Apparaîtrait le soupçon — mais que nous cache-t-on ? — doublé d'une mise en cause de la sécurité de l'adolescent. Pourquoi n'avait-on pas pris plus de précautions ? Quelle négligence avait bien pu être commise pour que le gamin s'évapore ainsi, au nez et à la barbe de la police française ? Déjà, défilaient sur les plateaux d'I-TÉLÉ, de BFMTV, des radios et des autres chaînes généralistes, les pseudo-spécialistes dont tous ces médias possédaient une liste. Ils puisaient dedans faute de pouvoir interviewer ceux qui avaient vraiment des choses à dire mais étaient tenus au secret. Anciens flics, magistrats en rupture de poste, ex-chefs du RAID, du GIGN, de l'OCRB[1] et de l'antiterrorisme, tous y allaient de leur couplet sentencieux. Jusqu'ici, en dehors du communiqué officiel de la nuit, l'Élysée n'avait pas pris la parole, non plus que le ministère de l'Intérieur. Derrière ces silences, transparaissait l'ordre général d'embargo voulu par le chef de l'État.

Abadie acheva de se préparer, l'œil rivé à la télé. Comme il était capable de faire plusieurs choses en même temps, il passa un coup de fil à Valentine. Non pas pour lui parler de l'enlèvement d'Adel Kinsky — qui n'avait pas pu lui échapper puisqu'il mobilisait l'intégralité de l'actualité — mais de Marion, auprès de qui elle venait de passer une nouvelle nuit, après avoir décidé de poser une semaine de congé, le temps de voir venir. Il voulait savoir si tout allait bien. Il n'obtint que sa messagerie. Il indiqua qu'il passerait prendre la relève auprès de la « patronne » dès qu'il serait sorti du 36, quai des Orfèvres.

Il allait, ce matin, officiellement, se voir notifier son arrêté d'affectation à la Crim.

– Passez me voir, avait dit la divisionnaire Meunier quand il avait appelé pour prendre rendez-vous avec l'adjoint du directeur, chargé des Ressources humaines de la PJ.

1. Office Central de Répression du Banditisme, se nomme aujourd'hui OCLCO, Office Central de Lutte contre le Crime Organisé.

Il entendit que la Crim se trouvait fourrée dans le galimatias de services qui grouillaient autour de l'enlèvement « présumé » d'Adel Kinsky, terme de rigueur qui s'imposait encore, aucune revendication ou demande de rançon n'ayant été formulée à ce stade. Il imagina l'effervescence qui régnait partout, se demandant si c'était le bon moment pour aller voir Maguy Meunier.

## 54

***Brigade criminelle***
***Mardi, 9 heures***

Il s'attendait que les étages du bâtiment, dont la réputation avait franchi nombre de frontières, bruissent de l'agitation qui caractérise les crises. Il fut surpris du calme qui régnait là, plus peut-être que d'habitude. Les équipes étaient concentrées sur leur travail et, pour tout dire, certainement en majorité sur le terrain. Il fut encore plus étonné quand, après avoir pris connaissance des détails administratifs de son affectation et de quelques règles propres à la PJPP, on lui fit savoir que Maguy Meunier l'attendait.

Elle avait la tête de quelqu'un qui a essayé de dormir sans y être parvenue. Le cheveu terne en bataille, les yeux plus cernés qu'un château fort par des assiégeants déterminés, elle sirotait un café. Elle grimaça en reposant sa tasse bruyamment sur le bureau où des cercles enchevêtrés indiquaient qu'elle n'en était pas à sa première.

– Je n'ai pas beaucoup de temps, vous devez vous en douter, dit-elle, la voix râpée par l'insomnie, j'ai besoin que vous arriviez le plus vite possible. J'ai fait appeler votre direction, ils sont d'accord pour vous lâcher à la fin de la semaine. Cela vous va ?

Il n'allait quand même pas dire non, songea-t-il en l'observant. Elle semblait à cran, on l'aurait été à moins. Il s'attendait qu'elle lui parle de l'enlèvement d'Adel Kinsky, c'est une autre disparition qu'elle évoqua. Marysa de Mareil, « sa » psycho-criminologue, chez qui, une demi-heure plus tôt, elle avait envoyé une équipe, avec un serrurier et l'IJ[1]. Outre les témoignages inquiets de ses proches, le voisinage de Marysa ne l'avait pas vue depuis plusieurs jours et, pire, une odeur peu engageante flottait sur le palier de la jeune femme.

– Nous allons bientôt être fixés, dit-elle, mais pour ne rien vous cacher, je crains le pire.

Abadie l'écouta lui dire ce qu'elle savait à propos de la jeune femme en se demandant pourquoi elle lui racontait tout cela, maintenant.

– C'est votre groupe qui est parti là-bas, répondit-elle comme si elle avait deviné son étonnement, enfin celui que vous allez diriger dans deux jours. Je préfère que vous soyez déjà dans la boucle…

Elle fut interrompue par la sonnerie de son téléphone. Elle écouta son correspondant sans poser de questions superflues. À la tête qu'elle faisait en raccrochant, Abadie comprit que son premier dossier à la Crim porterait le nom de Marysa de Mareil, psycho-criminologue employée par la police, assassinée à son domicile. Sans un mot, Maguy Meunier, plus livide que jamais, lui tendit une chemise de couleur jaune.

– Tenez, dit-elle, ce sont quelques documents concernant la victime, l'essentiel. Prenez contact avec votre groupe dès à présent ! Si le cœur vous en dit, vous pouvez faire un saut sur les lieux… vous serez encore observateur mais ça peut le faire… Moi, je dois aller m'occuper du reste…

1. Identité Judiciaire.

Elle lui laissait le choix, tout en sachant qu'il n'était pas en position de décliner l'offre. Il subodora que son histoire avec la Crim serait à l'image d'aujourd'hui, imprévue, imprévisible et dévoreuse de temps. Il songea à Valentine qui l'attendait à l'hôpital Lariboisière. Elle ne pouvait pas passer sa vie là-bas. Il fallait trouver une solution pour Marion. Il fallait qu'il en parle avec Maguy Meunier. Il sortit du bureau pour la rattraper mais elle avait déjà filé. Il ouvrit le dossier de Marysa de Mareil pour y trouver son adresse. Accrochée à la liasse de papiers par un trombone, il y avait la photo d'une belle jeune femme rousse, tout sourire. La crinière, les taches de rousseur, les dents blanches. Abadie sursauta. Cette femme, il l'avait déjà vue, une fois.

En grimpant les deux volées de marches qui conduisaient à l'appartement de Marysa, Abadie eut du mal à contenir les battements de son cœur. En dépit des dix-huit années qu'il venait de passer dans la police, ce moment, il le savait, serait crucial. Il y avait longtemps que les crimes de sang ne faisaient plus partie de son quotidien et il était conscient que le premier contact avec « son » groupe, en situation, serait déterminant pour la suite. Il ne croisa personne dans l'escalier et, tout comme une heure plus tôt au 36, il s'étonna du calme qui régnait là. Sur le palier, il repéra deux « bleus » chargés de protéger les accès à la scène de crime et le temps de se présenter, de montrer sa carte, lui suffit à calmer son essoufflement. La première personne qu'il vit ensuite fut Jean-Charles Annoux, le sixième de groupe, un lieutenant qui lui avait donné l'impression de partager avec lui une attirance pour les hommes. Le regard dont l'officier l'enveloppa fit s'envoler ses derniers doutes. Le garçon « en était ». Mais au-delà de ce constat primaire, il y avait dans ses yeux une immense et surprenante dose d'admiration ou d'un sentiment plus fort encore. C'était la première fois qu'Abadie ressentait une chose pareille de la part d'un homo et il en fut déstabilisé. D'autres hommes lui avaient exprimé de l'affection, du désir, de l'intérêt. Jamais il n'avait lu dans un regard une telle exaltation. Il tendit la main au lieutenant qui la serra avec chaleur.

– Bienvenue, commandant, dit-il, nous vous attendions…

Il tiqua sur le « commandant » avant de se souvenir qu'il venait d'être promu. Un événement qui passait inaperçu, hélas. Il comprit un peu plus tard que le « nous » signifiait « je » car les autres membres du groupe se montrèrent plus réservés. Mais, à l'inverse de ce qu'il redoutait, pas hostiles non plus. Ces hommes et ces femmes étaient des soldats, habitués à obéir. La machine une fois lancée, ils se montraient disciplinés et professionnels. Il convenait pour autant de ne pas rater la mise en route. Abadie tenta de repérer le second de groupe, mais il ne vit que deux femmes penchées de chaque côté d'un lit sur lequel, les jambes largement écartées, un corps gisait. Il songea tout d'abord, à voir leurs équipements, qu'elles étaient de la PTS mais il en douta vite à la vue des deux cosmonautes qui furetaient dans la pièce, leurs kits de prélèvements en main. Finalement, celle qui se trouvait à gauche du lit, une brune petite et menue, les cheveux courts sous la charlotte, leva la tête et l'aperçut. Elle murmura deux mots à l'adresse de l'autre femme, plus grande et plus âgée aussi, également brune mais avec déjà des touches grisâtres dans la chevelure. Après un furtif signe de tête à l'adresse d'Abadie, elle replongea vers le cadavre. La petite brune s'avança :

– Capitaine Marie Lapierre, dit-elle un peu raide, je suis votre second de groupe ! Le capitaine Rose Ritsch est le procédurier du groupe…

– La procédurière, donc… souffla Abadie avec un mince sourire qui suffit à briser la glace.

Marie Lapierre lui rendit son sourire d'une façon qui devait la caractériser : toute en réserve. Il prit une inspiration :

– Inutile de vous dire qui je suis, je vois… Mais comme vous le savez, je suis, pour l'instant, un béotien par rapport à vous. Je vais rester là, vous m'expliquerez ce que vous faites et si j'ai des questions, je les poserai, d'accord ?

– D'accord, commandant ! Alors voilà, ce que je peux vous dire en résumé…

Marysa de Mareil avait trouvé la mort dans cette chambre arrangée comme celle d'un catalogue de décoration, genre glamour coquin, il y avait environ quatre jours. L'odeur en témoignait, du reste, mais Abadie s'était bien gardé de se précipiter pour ouvrir la fenêtre ou se coller un mouchoir imbibé d'eau de Cologne sous le nez. S'il ne tenait pas le coup, il pourrait toujours demander du gel camphré à se mettre sous les narines. Cependant, personne n'en avait utilisé autour de lui car la température, peu élevée, rendait l'ambiance supportable.

Marysa de Mareil était allongée sur le dos, les poignets et les chevilles liés par des foulards de soie Yves Saint-Laurent aux quatre montants métalliques du lit, un modèle ancien avec baldaquin de chez Habitat. Elle était écartelée, ce qui donnait au spectacle une tonalité pornographique, renforcée par le gros engin qui dépassait de son entrejambe. Personne n'y avait touché encore mais on devinait qu'il s'agissait d'un sex-toy d'un genre particulier, profondément enfoncé dans le vagin. Sa chevelure rousse, répandue autour de sa tête comme l'auréole d'une sainte profanée, avait subi, par capillarité, les effets de l'abondante perte de sang dont on avait situé l'origine à partir d'une double entaille des carotides.

– Selon le légiste, qui vient juste de partir, dit Marie Lapierre, il a suffi de deux petites coupures pour qu'elle se vide de son sang, lentement.

– Combien de temps ?

– Plusieurs heures. On ne sait pas exactement. Elle s'est vidangée entièrement et n'a pas opposé de résistance.

– Droguée ?

– Probablement oui. Inconsciente en tout cas. Elle ne s'est pas débattue, il n'y a ni abrasions, ni hématomes, ni traces de lutte.

Ouf, c'est déjà ça, se dit Abadie, qui détestait la violence et l'acharnement de certains assassins sur leurs victimes. Il subodora pourtant que le pire restait à venir.

En se redressant, la procédurière découvrit complètement le visage de la morte. Abadie eut un haut-le-corps. Marysa avait été bâillonnée à l'aide d'un large adhésif gris métallisé sur lequel un agent de police technique était en train de passer un coton-tige dans l'idée, sûrement, d'y trouver de l'ADN. Ce qui avait provoqué le sursaut d'Abadie se situait dans les yeux. Maintenus grands ouverts par des bouts de bois.

– Des morceaux d'allumette, commenta la capitaine sans émoi. C'est peut-être une signature.

Abadie recula d'un pas pour laisser passer les techniciens et le photographe de l'Identité judiciaire. Il tenta de se rappeler la jolie rousse qu'il avait entrevue devant le 36 et n'y parvint pas. Dans la mort, les corps se transforment. Les visages n'expriment plus rien, n'en déplaise à ceux qui prétendent y lire l'horreur, la terreur, la douleur. De la littérature, écrite par des gens qui n'ont jamais vu de cadavres. Par définition, un mort ne peut rien exprimer. Le relâchement musculaire et nerveux plaque sur tous les visages le même air pacifié. Sauf que là, bien sûr, le cas était tout autre. Marysa, avec ses yeux écarquillés, avait l'air plus terrifiante que terrifiée.

Il écouta ses futurs équipiers lui faire le point de leurs investigations. Lui dire, notamment, que la belle était de réputation plutôt légère, éclectique quant à ses partenaires sexuels. On ne lui en connaissait pas d'attitré et elle n'était pas davantage fiancée. Abadie songea à l'information qu'il retenait encore, ne sachant pas ce qu'il devait en faire. Balancer le nom de son patron, ici, ne lui semblait pas opportun. Mais à qui livrer ce petit secret qui commençait à lui peser sur l'estomac ? Au bout d'un quart d'heure, il annonça au groupe qu'il s'en allait. Se trouver sur une scène de crime sans y avoir de fonction précise, c'est comme se trouver au milieu d'un tournage de film sans rôle à jouer : il n'y a pas de place, trop de câbles partout, toujours une caméra qui vous met dans le champ et oblige à refaire la scène… Il marqua un arrêt dans l'entrée où un fonctionnaire de l'IJ photographiait le sac à main de Marysa, une grande besace faite d'un assemblage de bouts de cuir multicolores. Son contenu était étalé sur une console en fer forgé. Bien en vue, une photo de ce jeune Serbe qu'il avait lui-même extraite des vidéos de la gare Montparnasse. En la revoyant, il eut un choc, de l'ordre de ceux qui vous tirent d'un endormissement furtif. Sur ce cliché de mauvaise qualité vinrent étonnamment se superposer deux autres images. Il resta sonné un long moment, se demandant si la fatigue, l'angoisse ou l'appréhension liée à son nouveau job n'étaient pas en train de lui jouer des tours.

En sortant sur le palier, il croisa Jean-Charles Annoux, qui avait entamé l'enquête de voisinage dans l'immeuble. Il eut le sentiment que le jeune homme le guettait et ne sut que penser. C'était une sensation agréable mais aussi, inéluctablement, s'il entrait dans le jeu, le début des emmerdes. Jamais dans la paroisse, disait Marion. Et elle savait de quoi elle parlait, elle qui ne cessait de tout mélanger. Il devrait se tenir à l'écart de ce regard fervent. Pourtant, le jeune lieutenant était un bien joli garçon.

## 55

***16e arrondissement de Paris***
***Mardi, 12 heures***

En fin de matinée, Maguy Meunier fit le point avec ses collègues du GSPR et du SPHP. Les hommes de la Crim soutenaient qu'aucun incident notable ayant mis en cause un véhicule dans le parking privé de la rue Boileau ni dans l'ensemble du 16e arrondissement de Paris n'avait été répertorié, pas plus que n'y avait été signalé le vol d'un engin à moteur. De là à conclure que les kidnappeurs — on excluait une intervention isolée en raison de la présence de deux flics chevronnés avec un adolescent qui ne passait pas pour être du genre placide — étaient arrivés avec leur propre voiture dans ce parking en sous-sol, il n'y avait qu'un pas qui fut vite franchi. Avaient-ils planqué leur bagnole dans ce parking avant de s'emparer de la Peugeot élyséenne et de ses occupants pour venir ensuite opérer l'échange ici ? Comment s'y étaient-ils pris pour subtiliser trois personnes, dont deux flics, sans laisser de traces ? Il y avait bien sûr une autre hypothèse, celle d'une capture et d'un transfert sur la voie publique suivis du camouflage de la Peugeot dans le parking de la rue Boileau. Mais outre que cette façon d'opérer n'aurait pas manqué d'attirer l'attention, en plein jour, en plein Paris, de témoins ou de l'œil indiscret des caméras de vidéosurveillance, il ne répondait pas à la question cruciale : pourquoi atterrir ici ? L'énigme restait entière, la scène n'avait pas eu de témoin.

Dans l'immeuble bourgeois de la rue Boileau, les occupants avaient été répertoriés et contactés. À l'exception de ceux de deux studettes du sixième, l'une louée à une femme de soixante ans qui faisait des voyages fréquents chez sa vieille mère en province, l'autre à un étudiant portugais parti passer l'été dans son pays. Ces deux-là étaient absents depuis plusieurs jours, on ne perdit pas de temps à les retrouver. Au quatrième, à côté de chez Michel Désarnaux, une vieille dame n'ouvrait sa porte qu'à son fils. On attendait le rejeton, un retraité très occupé qui se faisait prier pour se déplacer. Ce n'était pas son jour de visite, il ronchonnait. Il rappliqua quand il fut question de serrurier ou d'enfoncer la porte. Deux autres logements restèrent fermés. L'un, au premier étage, où vivait un couple de garçons, plutôt discrets, pacsés comme l'indiqua complaisamment le directeur de la société GSI. Ils avaient été aperçus, le dimanche soir, par leur voisine qui sortait ses poubelles. Ils quittaient l'immeuble, en tenue de ville et portant un sac de voyage. Elle ne savait pas où ils allaient. Le second, au troisième, était occupé par une femme, Marie-Claude Moins, également peu communicative. On ne savait pas grand-chose d'elle, sinon, ainsi que le laissèrent entendre plusieurs commères du voisinage, qu'elle « recevait » beaucoup. Maguy Meunier savait à quoi s'en tenir à ce sujet. Elle avait contacté, dès le matin de ce mardi, son homologue à la BRP[1]. Il ne lui avait pas fallu longtemps pour identifier, dans ses fichiers, une prostituée de longue date, d'abord péripatéticienne

1. Brigade de Répression du Proxénétisme.

au bois de Vincennes puis, à son compte et à l'abri, par la grâce d'un héritage qui lui avait permis de s'établir à domicile. Elle recevait sur rendez-vous et n'était pas connue pour être une stakhanoviste de la passe. Elle n'avait pas de « julot » répertorié. Le chef de la BRP ne connaissait aucun de ses clients car elle était sans histoire. Marie-Claude Moins avait pour nom de guerre Mathilda.

À 12 heures, un homme vint sonner à sa porte et s'en mordit les doigts, car trois flics lui tombèrent dessus. Il souhaitait garder secrets ses rendez-vous hebdomadaires avec cette femme qui avait dépassé la quarantaine, mais s'avérait très expérimentée. Il ne l'avait pas vue depuis une semaine et elle n'avait pas décommandé le rendez-vous d'aujourd'hui. Son téléphone était sur répondeur, de même que son portable, une situation d'autant plus inquiétante qu'elle rappelait toujours ses correspondants quand elle ne pouvait pas leur répondre en direct. Il ne savait rien d'autre. Avisée et pragmatique, Mathilda pratiquait un cloisonnement strict de sa clientèle.

Pendant que se tenait la réunion de travail, le couple homosexuel du premier étage de la rue Boileau fut localisé. Il se trouvait sur la Côte d'Azur, parti célébrer un mariage gay qui durerait toute la semaine. Le commissariat d'Antibes fut chargé de leur poser les questions de base auxquelles ils ne fournirent aucune réponse utile.

Seuls deux éléments, si l'on exceptait les analyses en cours des multiples traces relevées sur le véhicule de l'Élysée, avaient été jugés importants par Maguy Meunier et le commandant Alfion. Trois résidents de l'immeuble avaient entendu, lundi vers 16 h 30 puis 17 h 15, sans qu'ils puissent en situer la provenance, des bruits qu'ils décrivaient comme ceux de « bouchons de champagne qui sautent ». Trois témoins, ce n'était pas une coïncidence. Tous les occupants, questionnés sur ce point, affirmèrent n'avoir pas débouché de champagne ni visionné, dans ces créneaux horaires, un film où il en aurait été question. Pas d'usage de pétards non plus ou de bricoleur subitement pressé de donner quelques coups de marteau.

Le fait le plus significatif provint cependant du témoignage d'un jeune garçon qui avait fait son apparition vers 12 h 15, un sac de classe sur le dos. Lucas de Brévant, quatorze ans, habitait au troisième, sur le même palier que Mathilda Moins. Ses regards en dessous et d'inopportunes rougeurs indiquèrent aux enquêteurs qu'il connaissait « un peu » la dame. Ils n'eurent pas le cœur — pas encore — de lui demander jusqu'où allait cette connivence, tout en imaginant que, soit elle l'avait initié à des jeux d'adulte — les vieilles putes adorent ça — soit il était du genre à regarder par le trou de la serrure, au sens propre et au sens figuré.

– En gros, c'est un petit fouineur mais pour le coup ça nous arrange, expliqua Maguy Meunier à son directeur, qui en rendrait compte aussitôt au préfet de police, lequel le dirait au ministre de l'Intérieur qui, à son tour… bref.

– En quoi ça nous intéresse que ce gamin mate cette pute ? s'impatienta le grand manitou de la PJPP qu'elle imaginait se rongeant les ongles au sang.

– Lui, il connaît quelques-uns des clients de la fille, dit lentement la divisionnaire. Enfin, connaît, c'est un grand mot, disons qu'il a observé des faits intéressants…

« Espèce de garce, tu vas le cracher, le morceau ! » crut entendre Meunier à travers les ondes. Ses rapports avec son patron étaient tendus depuis la crue. Il ne l'avait guère soutenue pendant la crise. Au contraire, il avait pris ses distances comme si le malheur pouvait être contagieux et nuire à sa carrière. Elle ne ratait pas une occasion de se venger.

– Si je te dis que Lucas de Brévant a vu plusieurs fois une Peugeot 508 s'arrêter devant l'immeuble, l'après-midi, au cours des derniers mois… Une Peugeot grise avec des vitres teintées…

– Bon sang de bois ! jura le directeur qui s'efforçait, en toutes circonstances, de rester urbain, ça veut dire quoi, ça ?

– Et si je te dis que ce même Lucas de Brévant est en classe de troisième au lycée Notre-Dame-des-Oiseaux, qu'il connaît Adel Kinsky et le voit arriver ou partir presque tous les jours à bord de cette même Peugeot 508 ?

– Sacrebleu !

– Comme tu dis, se moqua la chef de la Crim. On est en train de lui montrer les photos des gars du GSPR, le chauffeur et l'officier de sécurité. Mais, d'après le garçon, l'homme qu'il a vu descendre plusieurs fois de la Peugeot est un type d'une quarantaine d'années. Il correspond au signalement de Jérôme Berret. Le gorille devait venir se faire dégorger le poireau en douce l'après-midi…

– Hum, hum, gronda le directeur qui désapprouvait ces excès de langage dont les policiers usent et abusent. Dans un vulgaire commissariat passe encore, mais à la Crim !

– Qu'est-ce qu'on fait ? lança Maguy Meunier, joyeusement sarcastique.

Voilà bien, en plus des gros mots et des insanités de corps de garde, une autre manie que cet homme, issu d'un milieu pourtant modeste mais élevé dans les hautes sphères à la force du poignet et, selon certaines mauvaises langues, de la compromission, haïssait : qu'on lui demande de prendre une décision.

– Qu'en penses-tu, Maguy ? biaisa-t-il, soudain radouci.

– Je pencherais pour une visite chez Mathilda… Il n'est pas normal que cette femme ne se trouve nulle part, ne réponde pas au téléphone. Et je considère, pour ma part, que deux gardes du corps, enlevés avec le gamin, c'est un sacré coup de poker de la part des kidnappeurs.

– Tu penses que…

– Je ne pense pas, patron, je déduis.

– Tu crois qu'ils sont ligotés à l'intérieur avec la pu…, enfin, la femme Moins et le… ?

Il allait ajouter « et le gamin » mais n'osa pas, aussi superstitieux qu'une bigote. Maguy Meunier sourit. Elle l'avait amené à la conclusion qu'elle voulait.

– J'aimerais bien être saisie officiellement, quand même, objecta-t-elle. Le président n'a toujours pas porté plainte ?

– Ah que non ! sursauta le directeur. Pour l'instant il reste encore prudent avec l'hypothèse d'un enlèvement.

– Il est bien le seul, grinça Meunier. Bon, je me débrouille… On va faire dans la dentelle pour ouvrir cette porte. Mais si la femme vient gueuler au charron, tu me couvres !

Elle le « vit » inondé de sueur, soufflant comme une haridelle à la pensée de ce qu'elle suggérait. Elle persifla pour la gloire :

– OK, j'ai compris… je mettrai en procédure qu'on a entendu des appels au secours provenant de l'intérieur de l'appartement. Si ça se trouve, y a rien là-dedans.

Les trois personnes qui gisaient derrière la porte de Mathilda Moins auraient eu bien du mal à appeler qui que ce soit. Elles étaient mortes depuis environ vingt-quatre heures, selon le médecin légiste appelé dans la foulée, quand Maguy Meunier donna à un serrurier l'ordre d'ouvrir l'appartement. « L'homme de l'art » constata, d'emblée, que la porte était fermée à double tour mais que les clefs ne se trouvaient pas dessus, à l'intérieur, ainsi qu'il est d'usage quand on est chez soi. Le procédurier du groupe nota ce point qui, par la suite, mais il ne le savait pas encore, s'avérerait crucial.

Les hommes du groupe Alfion virent la femme en premier car elle gisait dans le vestibule, couchée sur le dos, ses jambes repliées, basculées sur le côté. Elle portait un peignoir de soie bleu électrique sous lequel elle était nue à l'exception d'un porte-jarretelles rouge qui retenait des bas de nylon gris fumée. Elle avait été jolie autrefois et gardait de sa jeunesse quelques restes acceptables quoique empâtés et blancs comme la craie. Son visage trop maquillé et ses cheveux aile de corbeau coupés au carré lui donnaient l'air d'une pâle catin de maison close. Ses yeux bleus contemplaient le plafond et ses mains aux ongles d'un rouge carmin très sombre étaient tournées paumes en l'air, implorant les dieux de lui venir en aide. Sur son front, le trou d'une balle de gros calibre dessinait un cercle sombre, qui lui donnait l'apparence d'une vierge indienne. Sous sa tête ce n'était que bouillie, et une flaque de sang mêlée d'esquilles d'os et de matière cervicale occupait toute la largeur du couloir.

Le deuxième corps se trouvait à l'entrée du salon. C'était celui d'un homme jeune, vêtu d'un costume gris, chemise blanche et cravate bleu marine. Il reposait face contre terre, une jambe pliée sous lui comme s'il avait tenté de se relever. Ses deux bras étaient coincés sous son buste, en position de défense. Le légiste identifia deux impacts, un dans la poitrine, un au milieu du front, à la même place que celui qui avait eu raison de Mathilda Moins. Lui aussi avait abandonné la moitié de sa calotte crânienne dans la bataille. À un mètre de ce premier homme, le second était assis, dos appuyé à un gros fauteuil club de cuir rouge, la couleur dominante de ce salon décoré par ailleurs de fresques érotiques et bourré d'objets et bibelots très suggestifs. Un musée du sexe où les mares de sang formaient des taches sombres sur les tapis. Cet homme, plus âgé que l'autre, était identiquement vêtu. Sa bouche était grande ouverte, mâchoire inférieure pendante. On voyait immédiatement que c'était par là que la balle mortelle était entrée, pour ressortir, après un tracé en diagonale, par le pariétal gauche. Des projections sanglantes maculaient les murs et les meubles à une hauteur qui pouvait laisser déduire qu'il s'était flingué après s'être assis. Car, à l'extrémité de son bras droit, le cadavre tenait encore un automatique Glock 26, arme autrichienne de calibre 9 parabellum, chargeur 14 coups, arme de dotation des policiers du SPHP. Le commandant Alfion fit signe à tout le monde de reculer afin de laisser la place aux techniciens de l'IJ et au médecin légiste. Le procédurier reprit ses écritures à l'endroit où il s'était interrompu. L'odeur de la mort flottait dans l'appartement aux fenêtres closes. Le commandant Jean-Pierre Alfion appela Maguy Meunier pour lui rendre compte de leur découverte. Les cartes de police des deux hommes étaient posées par terre dans le salon de la défunte cocotte, bien en vue. Juste à côté de leurs téléphones portables et des appareils de transmission de leur service. D'un coup d'œil le premier agent technique de police scientifique repéra un détail : tous les appareils avaient été délestés de leurs batteries, qui furent retrouvées en vrac sous la table basse. Maguy Meunier savait ce que cela signifiait : on avait à faire à des professionnels.

## 56

***Palais de l'Élysée***
***Mardi, 13 h 30***

Une heure après ce que la presse s'empressa de nommer la « terrible découverte », une réunion de crise se tint à l'Élysée. Contre son gré, mais sur l'insistance de son directeur de cabinet et de ses conseillers, le président y associa le ministre de l'Intérieur. Il ne se priva pas de le rabrouer dès que celui-ci émit l'idée de lancer un plan alerte enlèvement. Il était averti, par les spécialistes consultés préalablement, de l'inutilité d'un tel dispositif, vingt-quatre heures après la disparition d'Adel et en l'absence de tout élément matériel exploitable, tels qu'une description de véhicule, son immatriculation ou le signalement des ravisseurs. Contre toute logique, Frédéric Kinsky s'obstinait à ne pas vouloir prononcer le mot d'enlèvement. Il faut dire que, même ceux, parmi les flics, qui lui étaient le plus hostiles, étaient ébranlés par la découverte des trois corps de la rue Boileau. Beaucoup de journalistes avaient d'emblée décrit la scène comme l'aboutissement d'un affrontement entre les deux policiers du GSPR, querelle qui aurait eu pour objet la prostituée. Après avoir abattu Mathilda Moins et son jeune collègue, l'officier de sécurité Berret aurait mis fin à ses jours en se tirant une balle dans la bouche. Le test de Gonzales pratiqué sur sa personne confirma la présence de poudre sur ses doigts et sa main droite tandis qu'il n'en fut pas détecté sur ceux de Maxime Lavot ni de Mathilda Moins. La conclusion provisoire des enquêteurs, qu'il faudrait confirmer par les expertises balistiques et médico-légales, rejoignait celle de la presse, d'un double meurtre suivi de suicide. Précédemment, l'officier Berret avait rassemblé leur matériel professionnel, enlevé la batterie de tous les appareils de transmission, bien au fait, comme tous les flics, que ce geste interdirait toute possibilité de géolocalisation. Bien que l'astuce ne soit pas secrète — on en trouvait l'explication sur Internet — il fallait être professionnel pour y penser, trop de gens imaginant encore qu'il suffisait d'éteindre son portable pour neutraliser l'émission des signaux. Ce détail cependant faisait tiquer la divisionnaire Maguy Meunier. En pleine crise passionnelle, pense-t-on à enlever les batteries des appareils, après avoir abattu deux personnes et juste avant de se flinguer ? Et pour quelle raison ne voulait-il pas être localisé ? Pour retarder le moment de la découverte des corps ? Comme si l'on pouvait oublier longtemps trois cadavres en voie de décomposition derrière une porte ! Et dans ce scénario bien commode, n'oubliait-on pas le plus important ?

Où était passé Adel Kinsky ?

Le président, une fois évacuée à la hussarde l'éventualité de déclencher le plan alerte enlèvement, émit l'idée que, ayant assisté à la scène dans des circonstances qu'il faudrait établir, son fils, violemment traumatisé, serait parti errer quelque part. Peut-être avait-il perdu la mémoire à l'instar de ces victimes d'accidents de la route qui parcourent des kilomètres après le choc et ne se rappellent plus ce qui leur est arrivé. Jean-Claude Krops ouvrit la bouche pour objecter : on l'aurait repéré, depuis plus de vingt-quatre heures, enfin ! Sans paraître comprendre que le président cherchait peut-être tout simplement à se rassurer, à espérer encore un miracle qui lui ramènerait son gamin, sain et sauf. Frédéric Kinsky exprima son mécontentement en levant la séance brusquement. « Faites votre travail, dit-il en substance à l'assistance, et retrouvez mon fils. »

Maguy Meunier, par la grâce de ces trois cadavres, fut saisie d'une enquête pour homicides volontaires, enlèvement et séquestration — cette dernière qualification ajoutée subrepticement par le parquet de Paris — n'en déplaise à Frédéric Kinsky, qu'elle appelait « Sa Majesté » dans le secret de son bureau. Elle ne croyait pas un instant à la version présidentielle d'un choc traumatique, tout en se demandant pourquoi il mettait autant d'énergie à nier l'évidence. Elle en avait vu, en quinze ans de Police judiciaire, de toutes les couleurs. Dans les affaires de disparition ou de meurtres d'enfants, c'était dans le premier cercle, celui de la famille, qu'il fallait commencer à chercher. Malgré sa réputation et l'appui du ministre de l'Intérieur, qui jouissait de contrer le président à tout propos, elle ne se voyait pas lancer une offensive dans ce sens. Pourtant, quelle que soit l'origine de l'affaire, il y avait des dispositions à prendre, et vite. Enlèvement signifie contact des ravisseurs. Contact possible ou espéré signifie mise sous surveillance des lignes téléphoniques des proches du président et du président lui-même. Qui allait demander à Sa Majesté l'autorisation de placer son portable sur écoute ?

Il y avait une autre raison pour que Maguy Meunier ne souscrive pas à l'hypothèse tirée par les cheveux du président : les témoins avaient parlé de bouchons de champagne qui sautent pour qualifier le bruit des détonations. Dans cet immeuble plutôt bien insonorisé, c'était concevable. Sauf qu'ils avaient évoqué deux séries de bruits de bouchons, à trois quarts d'heure d'intervalle. À moins d'imaginer, comme le prétendaient certains de ses hommes, que Berret ait ruminé pendant presque une heure son double homicide avant de se donner la mort, le scénario ne tenait plus.

## 57

*Gare du Nord*
*Mardi, 20 h 30*

Il était plus de 20 heures quand Abadie se décida à appeler Maguy Meunier. Il avait pensé le faire bien plus tôt mais avait été bloqué une grande partie de l'après-midi à la Brigade des chemins de fer pour vérifier des informations concernant le fils du président Kinsky. Il était habituel qu'un événement important ou insolite déclenchât les réactions les plus diverses, les plus inattendues, de l'opinion publique. Dans le cas d'Adel Kinsky, le processus atteignait des sommets. On avait vu l'adolescent dans toutes les gares de France, dans des trains, en Hollande, en Espagne ou en Italie quand ce n'était pas sur le chemin de la Sibérie. Les coups de téléphone abondaient, des messages les plus saugrenus, et d'autres qui semblaient fiables. Le tri n'était pas simple et, faute de patron à la brigade, Abadie s'était employé à organiser les vérifications, le relais des informations et leur restitution à la hiérarchie suprême. Justement, à propos du patron de la brigade, il avait procédé à quelques sondages. Il fallait se rendre à l'évidence : depuis la fin de la semaine dernière, vendredi pour être précis, nul n'avait revu Guerry. Or, habituellement, même s'il était en arrêt de travail, il se passait rarement deux jours sans qu'il vienne s'enfermer dans son bureau pour « relever ses mails » ou bricoler sur son ordinateur, passer parmi les groupes pour demander un service ou une information. Abadie alla jusqu'à demander à ses nouveaux collaborateurs de la Crim si quelqu'un l'avait vu au 36. Idem à l'hôpital de la Pitié-Salpêtrière où il reçut, les deux fois, la même réponse négative. Il essaya de l'appeler sur son téléphone portable, poussa jusqu'à la rue Lecourbe, le domicile officiel du commissaire, quand le château de Saint-Médard dans l'Eure n'était encore que sa résidence secondaire. Dans le 15e arrondissement, il constata que la boîte aux lettres était pleine de courrier. Aucun bruit ne filtrait par la porte à laquelle il sonna pourtant, ayant préparé une excuse au cas où Guerry lui ouvrirait. Rien de tel ne se produisit. Avant d'entreprendre autre chose, il préféra s'en remettre à Maguy Meunier. Pour le coup, sa réaction, avant même qu'il ne lui eût exposé l'objet de son appel, le surprit :

– Commandant, il y a une chose que vous devez savoir : la Brigade criminelle a une hiérarchie. Entre vous et moi, il y a des commissaires, dont un qui supervise l'activité de votre groupe.

Elle n'était pas fâchée, elle voulait juste se montrer pédagogue. Jusqu'ici, elle ne lui avait pas encore mis en avant les règles de préséance à observer.

– Je vous prie de m'excuser, répliqua-t-il sans servilité, j'ai hésité en effet à vous déranger, mais voilà, ce que j'ai à vous dire concerne un commissaire…

– Qui ?

– Mon patron, enfin pour quelques jours encore…

– Ce grand benêt, là ? Guerry machin truc ?

– Oui.

– Eh bien ?

Abadie lui fit part de ce qu'il avait vu, un soir, Marysa de Mareil en sa compagnie. La divisionnaire laissa tomber un silence lourd de sous-entendus.

– Ils auraient eu une relation ? lâcha-t-elle.

– Je l'ignore mais je me disais que vous auriez peut-être une explication…

– Pas le moins du monde, j'imagine qu'ils ont pu se croiser au 36, mais je n'en sais pas plus. Je vais sonder les groupes, à tout hasard… Vous savez où il est en ce moment ? Vous pouvez le contacter ?

– Non, j'ai essayé plusieurs possibilités… Il n'y aurait que Saint-Médard, mais…

– Ne mettez pas les pieds là-dedans, commandant ! En tout cas, pas encore ! Voyons déjà si on peut raccorder votre Guerry trucmuche à Marysa de Mareil de façon un peu plus formelle. Après tout, ce n'est pas parce qu'on emmène une jeune femme dans sa voiture qu'on se prépare à l'égorger ou même à faire des cochonneries avec elle. Je crois savoir que l'IJ, outre des empreintes à foison dans l'appartement, a aussi trouvé de l'ADN… Nous avons celui de Guerry à la Crim…

– Ah bon ? Vous avez fait établir sa formule génétique ?

– La sienne, non, mais celle de son jumeau mort et enterré. Je ne vous apprendrai pas qu'ils ont la même…

– Oui, bien sûr… C'est une bonne idée… Il y a autre chose, madame, si je puis me permettre…

– Je vous écoute, souffla-t-elle sur le ton de quelqu'un qui a mille choses à faire et condescend à vous accorder encore une seconde, pas plus.

– Mlle de Mareil, si j'en crois le dossier que vous m'avez confié, travaillait sur les meurtres de ces deux adolescents…

Pour le coup, la divisionnaire se laissa aller à soupirer.

– Oui, eh bien ?

– Avez-vous regardé les photos d'Adel Kinsky ?

Même à distance, il aurait pu lire dans ses pensées : « Est-il devenu fou ? Quel est ce barré que j'ai embauché dans ma prestigieuse brigade ? »

– Évidemment ! s'exclama-t-elle, un rien excédée. Sa bobine est dans tous les journaux, elle apparaît toutes les dix secondes sur les écrans… Je ne vois pas…

– Une chose m'a frappé, je sais que cela va vous paraître idiot, mais…

– Accouchez, bon sang ! cria Maguy Meunier au comble de l'exaspération. Qu'est-ce vous avez vu sur cette photo ?

– Une ressemblance étrange entre les deux garçons assassinés et le fils du président… Pas forcément dans le détail des traits mais dans l'allure générale, je ne sais pas comment vous dire… Enfin, ça m'a frappé…

– Eh bien, pas moi, commandant ! Et arrêtez vos élucubrations ! Le travail d'enquête, ce n'est pas ça, mais alors pas du tout. Concentrez-vous sur les faits et ne jouez pas les Madame Irma !

– Je… je suis désolé… Mais je pensais…

– Une dernière chose, commandant ! Avez-vous évoqué cette question avec les membres de votre groupe ?

– Non…

– Alors, abstenez-vous, vous allez vous ridiculiser !

Elle raccrocha sèchement.

« Voilà, se dit Abadie avec amertume, comment on se crame avant même d'avoir commencé. »

# 58

*Ministère de l'Intérieur*
*Mercredi, 14 heures*

Au ministère de l'Intérieur, les idées volaient bas. Le ministre restait arc-bouté sur l'idée qu'il fallait déclencher le plan alerte enlèvement ou, à tout le moins, diffuser une photo officielle d'Adel Kinsky en appelant *enlèvement* sa disparition, au lieu de tourner autour du pot et de laisser courir ces photos floues, volées par des paparazzi ou extraites des images de la vidéo tournée le soir de l'affaire du scooter. Ce déferlement avait rendu le président fou de rage, d'ailleurs, mais il n'avait pas pu l'empêcher. Il aurait dû pour cela couper toutes les connexions Internet où d'innombrables images circulaient tandis que s'épanouissaient des histoires rocambolesques à propos des circonstances de la disparition de son fils.

Maguy Meunier sortait d'une réunion de crise tout aussi stérile que les précédentes. Du moins avait-elle été la seule à apporter quelques éléments positifs. Dans la Peugeot 508, on avait mis en évidence des empreintes et plusieurs ADN qui n'appartenaient pas aux gardes du corps ni à Adel Kinsky lui-même. On allait les passer aux fichiers FNAED[1] et FNAEG[2]. Elle attendait les résultats des autopsies pour l'après-midi mais elle savait déjà que Mathilda Moins présentait un gros hématome sous-dural au ras de l'implantation des cheveux. Jérôme Berret avait, lui, la peau du crâne éclatée sur six centimètres au niveau du temporal droit. Le médecin légiste avançait l'hypothèse que la galante et l'officier de sécurité avaient reçu un coup ante mortem. Si ce constat ne constituait pas une anomalie dans le contexte d'une bagarre préalable aux mises à mort, restait qu'aucun objet contondant n'avait été découvert sur la scène de crime. De même, après avoir déterminé que Mathilda Moins disposait dans le parking de l'immeuble d'un emplacement où on avait retrouvé sa Mini Austin Morris fermée à clef, non forcée, les enquêteurs s'étaient mis en quête de la télécommande qui permettait d'ouvrir et de refermer la porte basculante. Ainsi que l'avait indiqué le gestionnaire de l'immeuble, chaque titulaire d'un de ces emplacements avait droit à deux télécommandes. Aucune n'avait été retrouvée dans les affaires de Mathilda. Bien que cela n'autorisât encore aucune déduction, on commençait à pencher sérieusement pour une intervention extérieure.

Maguy Meunier sourit de contentement au souvenir de l'embarras des services de renseignement confrontés à l'obligation expresse de trouver des coupables. Sans oublier de devoir remettre la main sur le fils du président de la République avant que celui-ci ne les envoie tous faire la circulation à Nœux-les-Mines.

Son portable, qui hurlait la *Neuvième Symphonie* de Beethoven au fond de sa poche, l'arracha à cette perspective plaisante.

– C'est Steve, dit l'appelant. J'ai quelque chose...

---

1. Fichier National Automatisé des Empreintes Digitales.
2. Fichier National Automatisé des Empreintes Génétiques.

« Le salopard ! » marmonna Meunier après l'avoir écouté.

C'était affectueux dans sa bouche. Le reporter s'était concentré sur l'école Notre-Dame-des-Oiseaux, tandis que ses hommes à elle n'y avaient fait qu'un bref passage, se contentant, dans un premier temps, des déclarations du concierge, du directeur et des quelques élèves qui étaient sortis de l'établissement en même temps qu'Adel, le lundi fatidique. Ils n'avaient pas pu faire mieux en raison de l'avalanche de nouvelles des dernières vingt-quatre heures. Steve, lui, avait pu choisir son terrain de chasse. Il savait que Meunier lui ferait part de ce qu'elle glanait de son côté. Au lieu de coller aux basques de la Crim comme tous ses confrères, il avait ciblé l'endroit où elle l'avait amené le premier jour. Il avait pu en diffuser les photos en avance sur tous les autres. La proximité de l'école et de l'immeuble où le garde du corps se faisait faire une gâterie l'après-midi lui apparaissait comme un totem planté en plein milieu de l'affaire. De la même façon, lui qui n'avait rien d'un rouleau compresseur et fonctionnait à l'instinct, avait imaginé qu'un tel enlèvement avait été préparé, longuement et avec soin. Les kidnappeurs s'étaient forcément concentrés sur cette extrémité du parcours quotidien. À l'autre bout, autour de l'Élysée, un ou plusieurs guetteurs se seraient fait « détroncher » dès leur arrivée. De plus, tenter une action dans le secteur le plus fliqué de Paris aurait été suicidaire. Si enlèvement il y avait, c'était là, à proximité de cette école et pas ailleurs, qu'il avait été préparé et perpétré.

Steve s'était posté à divers endroits d'où il pouvait observer les entrées et sorties des élèves, les allées et venues des voitures qui ne pouvaient pas s'arrêter longtemps devant l'établissement ni monter sur le trottoir à cause de barrières de sécurité fixes. Il y avait un banc public, sur le trottoir, à cinquante mètres de l'entrée de l'école, tellement en bordure de rue que personne sans doute ne s'y asseyait jamais. Il avait repéré des élèves qui passaient là et il les avait questionnés.

Maguy Meunier bouillonnait qu'il ait devancé des déductions que ses hommes n'auraient pas manqué de faire un jour ou l'autre. Mais elle avait appris à utiliser les bonnes idées, voire à se les approprier. Elle avait, debout dans la rue, en appui sur le capot de sa voiture, noté deux noms que Steve lui avait donnés. Un garçon et une fille du lycée. Ils avaient confirmé au photographe que personne ne s'attardait jamais sur ce banc, sauf depuis quelques jours, dix ou quinze, peut-être plus, un homme qui venait y lire, étalant ses guiboles au ras de la chaussée. Si grandes que, pour un peu, les bagnoles lui auraient roulé dessus. Ils avaient donné de lui un signalement avec lequel on pourrait essayer d'établir un portrait-robot.

La divisionnaire n'attendit pas d'être de retour au 36 pour lancer ses limiers sur cette piste. En échange, elle suggéra à Steve le barbu de regarder d'un peu plus près les photos d'Adel Kinsky et des deux adolescents assassinés au cours des derniers mois à Paris. Elle répondit évasivement à ses questions : Pourquoi cette comparaison ? Y avait-il une relation entre ces trois garçons ?

« Regardez-les, se contenta-t-elle de répéter, et rappelez-moi ! »

## 59

*Gare du Nord*
*Mercredi, 20 h 30*

Luc Abadie réussit à s'extraire de la Brigade des chemins de fer vers 20 heures. Il avait laissé des messages à Valentine, qui n'avait pas rappelé, et il commençait à être inquiet. Il devait se rendre chez Marion pour se changer, prendre une douche et mettre des vêtements propres afin de passer la nuit à l'hôpital dans les meilleures conditions. Au moment de quitter les bureaux du service qu'il abandonnerait bientôt pour de bon, il lui vint une idée. Il grimpa par l'escalator au rez-de-chaussée de la gare, slaloma au milieu de voyageurs chargés de bagages comme des sherpas en expédition. Au lieu de sortir par la façade principale et de prendre la rue de Dunkerque en direction de Barbès, il traversa la cour des départs, occupée maintenant par les taxis, et entra dans le bâtiment qui abritait les services administratifs de la région Nord de la SNCF. Il devait franchir la grande verrière pour, ensuite, gagner une première cour, descendre quelques marches et longer un couloir borgne. Puis, remonter, passer un autre espace ouvert à tous les vents, jonché de mégots et de canettes vides, de sacs en plastique et même de quelques bagages, probablement volés, vidés de leur contenu et abandonnés. Il y marqua une pause, dégoûté par les miasmes qui stagnaient là. Il souleva du bout du pied une besace en toile marron à côté de laquelle gisait un sac à dos en cuir, un bagage de marque, assez luxueux pour paraître incongru ici. Il se remit en marche en se demandant si on pourrait un jour infléchir le cours de cette délinquance, apparentée à la misère, à la pauvreté ou à la paresse, il ne savait plus très bien par moments. Au bout, une volée de marches permettait d'accéder à la passerelle close et vitrée qui surplombait la rue de Maubeuge. Une construction du XIXe siècle, étonnante. Il admira fugacement la perspective qui montrait à droite l'hôpital Lariboisière et l'entrée des urgences, à gauche, la rue de Maubeuge, bien au-delà de la place de Roubaix. Il redescendit, traversa un autre couloir souterrain où campaient des odeurs fortes d'urine et d'excréments, et déboucha dans la cour située sur l'arrière de l'immeuble de Marion, où des box fermés étaient alignés. Le passe magnétique accroché au trousseau de clefs ouvrait la porte donnant accès à la zone des caves et, au-dessus, au local à poubelles.

Il n'avait pas mis cinq minutes pour accomplir ce périple et n'avait pas rencontré âme qui vive. S'il n'était pas vraiment attrayant, le parcours avait un avantage : il était discret. De là à imaginer l'hypothèse d'un rôdeur ayant atterri chez Marion par hasard, il y avait un pas qu'il ne put franchir : c'était trop tiré par les cheveux, trop aléatoire, trop… tout court. Il fallait abandonner cette idée.

## 60

***Hôpital Lariboisière***
***Mercredi, 21 h 30***

Valentine somnolait dans le fauteuil de skaï, le seul meuble de la chambre en dehors du lit. La télévision marchait, diffusant une série policière que la majorité des flics plébiscitaient. Il y était question d'un groupe d'un DPJ[1] de Paris. Cara prétendait que montrer à Marion des images comme celles-ci pouvait lui rappeler qu'elle avait fait ce métier un jour. La « patronne » avait les yeux fixés sur l'écran. Abadie nota son regard vide, absent, comme tourné vers l'intérieur, vers son cerveau blessé et ce monde inconnu qu'elle ne laissait entrevoir à personne.

Elle ne réagit pas à l'entrée en scène du commandant. Valentine, elle, sursauta quand elle sentit sa présence. Elle avait l'air épuisée, abrutie par ces longues heures de veille. Abadie la trouva encore amaigrie, le teint terreux, et se dit que cette situation devrait prendre fin avant qu'ils n'y laissent leur peau. Cara ne l'entendait pas de cette oreille. Elle le lui signifia tandis qu'il l'en-

1. District de Police Judiciaire, subdivision territoriale de la Direction de la PJ de Paris.

traînait vers la cafétéria située au sous-sol, à l'aplomb exact de la chambre de Marion. Oh, elle avait rechigné à laisser la blessée seule, fût-ce pour quelques minutes, un quart d'heure à tout casser. Abadie avait tenu bon. Elle devait manger et lui aussi. Autour d'une table en formica et au milieu d'odeurs de nourriture d'hôpital, ils s'échangèrent les dernières nouvelles.

Le docteur Magali Legendre, la neurologue en charge de Marion, une femme à la cinquantaine alerte, d'une extrême minceur et branchée sur le 220, était passée dans la matinée. Elle s'était étonnée de la présence assidue de Valentine mais l'avait approuvée. Pour elle, la stimulation de ce type de blessé était la base et la condition de tout progrès. Valentine fit la grimace :

– Progrès ! Je me demande quand on va pouvoir dire qu'elle fait des progrès ! Par moments, c'est désespérant. Je m'échine des heures entières, elle ne fait que rabâcher la même chose. Elle est en boucle sur Guerry, à croire qu'elle l'a gravé dans son cerveau au fer rouge, lui et lui seul…

– Elle dit quoi ?

Valentine haussa les épaules :

– Toujours la même chose. Il lui a tiré dessus, c'est un pervers, dangereux… Il va venir la tuer, il a ça en tête depuis longtemps, elle ignore pourquoi… Et puis, quand je passe aux questions précises, elle se ferme, ne fait que dire : c'est pas lui. C'est lui, c'est pas lui… Faudrait savoir…

Abadie constata son énervement à la façon dont elle attaquait une grosse part d'un mille-feuille dont le glaçage marbré suintait dans la chaleur ambiante.

– Sinon, elle ne recolle rien, nous, la brigade, tout semble anéanti… Je ne sais pas ce qu'il faut faire. Putain, ce gâteau, c'est immonde, faut vraiment avoir faim pour bouffer ça !

– Qu'est-ce qu'elle dit, la toubib ?

– Qu'il faudra encore des mois avant de la voir gambader. Que ça va être long et qu'elle ne pourra pas rester ici. Elle cherche une place dans un établissement de post-soins. Ça ne sera sûrement pas à Paris…

La cuiller grinça dans la tasse à café de Valentine.

– On ne va pas pouvoir continuer comme ça, souffla Abadie en repoussant la coupe de salade de fruits, qui avait un goût de térébenthine.

Valentine Cara ne releva pas.

– La toubib m'a demandé si Marion avait de la famille, en dehors de nous, éluda-t-elle.

Abadie détecta dans la voix de son amie une lassitude sans bornes. Le fardeau dont ils s'étaient chargés ensemble paraissait subitement intolérable. Il attendit qu'elle eût dégluti son ultime bouchée de mauvaise pâtisserie.

– Tu lui as parlé de Nina ?

– Oui. Elle était surprise de ne jamais la voir auprès de Marion. Je lui ai expliqué.

– Et ?

– Elle m'a suggéré fortement de renouer le contact. La présence de sa fille pourrait être déterminante.

– Elle en a de bonnes…

– Si on n'essaie rien, en même temps…

Il y avait dans la voix et le regard vert de Valentine un vague reproche qu'Abadie, toujours prompt à se flageller, prit pour lui.

– Je suis désolé, Valentine, je sais que je n'ai pas été très présent ces jours-ci, mais tu…

Elle le coupa d'un geste de la main :

– On fait ce qu'on peut, chacun de notre côté. Je suis plus disponible que toi en ce moment… Ça ne veut pas dire…

– Je sais, ne t'inquiète pas, je suis toujours là, avec toi, c'est un peu plus compliqué, c'est tout… Alors, Nina ?

– Je l'ai appelée.

Abadie poussa une exclamation. Il attendit la suite, traversé par une brusque envie de griller une cigarette.

– Elle a pleuré au téléphone, reprit Cara. Elle ne semble pas très épanouie entre sa sœur frivole et son vieux mari ennuyeux. Elle est d'accord pour venir…

Le commandant fit un saut sur sa chaise :

– Et tu ne me disais rien !

Valentine l'enveloppa d'un regard qui signifiait : pour ça il faudrait que je te voie ! Elle ravala ses mots.

– Elle viendra le week-end prochain, dit-elle seulement avec un sourire mitigé.

Quand ils parvinrent en vue de la chambre de Marion, ils constatèrent que la porte était entrebâillée. Ils entendirent distinctement la voix cassée de la patronne. Ils s'arrêtèrent pile quand ils saisirent le sens de ses propos :

– J'avais un mec, autrefois, il s'appelait Pierre. C'était un baiseur moyen. Il partait sur les chapeaux de roue et ça se terminait souvent en eau de boudin ! Ce n'était pas sa faute, il était malade, déjà. Je ne sais pas ce qu'il est devenu, il est mort peut-être…

Ses mots ponctués d'un rire aigrelet restèrent sans écho. Les deux tuteurs n'osaient plus bouger. Était-ce une nouvelle facétie de son cortex abîmé ? Qu'elle se mette à parler toute seule ?

– J'ai une fille aussi, vous savez. Elle s'appelle Lola, non… c'est pas ça. Nina ! Elle s'appelle Nina. Une jolie petite princesse. Un sacré caractère, mais ça vaut mieux pour faire son trou dans la vie ! Elle aussi, elle m'a abandonnée. Je suis bien malheureuse, vous savez !

« Vous savez » ! Ils réalisèrent tout à coup qu'elle parlait à quelqu'un ! À un présentateur de la télé, comme cela lui arrivait parfois ? Ils firent un pas en avant, aperçurent l'écran noir. Si ce n'était pas à la télé, alors à qui racontait-elle sa vie ?

Abadie entrebâilla la porte. À contre-jour de la fenêtre, dans l'ombre qui gagnait la chambre, il y avait un homme. Valentine eut un haut-le-corps derrière lui. Elle savait qu'il ne fallait pas quitter Marion une seconde, que l'autre salopard était embusqué, guettant leur défaillance ! La porte repoussée brusquement claqua contre le mur. Marion sursauta. L'homme cligna des yeux dans la lumière vive que Cara venait d'allumer. Abadie sentit son visage s'empourprer et son cœur eut un raté.

Jean-Charles Annoux eut un sourire contrit :

– Je crois que je vous ai fait peur, murmura-t-il.

– Mais c'est qui, lui ? beugla Valentine au risque de faire trembler les murs. Qu'est-ce qu'il fait là ?

Luc Abadie balançait entre gêne et stupeur. Également une sensation inconnue qui faisait s'emballer le sang dans ses artères.

– Mme Meunier m'a demandé de venir…

Abadie ne songea pas à protester qu'elle aurait pu l'appeler, le prévenir. Il s'employa plutôt à empêcher Valentine de sauter à la gorge de l'intrus. Elle se calma dès qu'elle sut de qui il s'agissait.

– C'est moi qui vais assurer la garde, cette nuit, dit le lieutenant Annoux avec sérieux.

– Mais…

– C'est un ordre de Mme Meunier, elle a dit que vous deviez rentrer chez vous, tous les deux.

Ils ne se firent pas prier. Valentine resta avec Abadie le temps qu'il fume une cigarette dans la cour de l'hôpital. Il lui proposa de dormir chez Marion pour s'éviter un aller-retour à Montreuil mais elle déclina l'offre. Elle avait besoin de son antre pour se laver des heures passées au milieu des souffrances et des gémissements.

Son moral flanchait, c'était évident, tandis qu'Abadie, galvanisé par les attentions du beau Jean-Charles, grimpait sur un nuage. Valentine avait compris ce qui se passait mais ne faisait aucun commentaire ni ne persiflait. Quant à la relève organisée par Meunier, il fallait savoir lâcher prise, la divisionnaire savait ce qu'elle faisait. Son nouveau chef de groupe devait être performant, ce n'était pas que de l'altruisme. Abadie, lui, songeait que le choix de Jean-Charles Annoux n'était pas anodin mais ne connaissait pas assez Meunier pour l'interpréter. Il regarda Valentine mettre son casque et enfourcher sa moto en renvoyant les questions à demain. Là, à cet instant, il voulait seulement dormir.

## 61

***Montreuil, domicile de Valentine Cara***
***Mercredi, minuit***

Valentine Cara, après des nuits passées pliée en huit dans un fauteuil inconfortable, savourait la position horizontale. Dans le noir, sur son Clic-Clac, les bras le long du corps, elle se demandait pourquoi Marion parlait à un inconnu, alors qu'à ses proches elle ne dégoisait que des litanies incohérentes. Fallait-il y voir un signe ? Le signe qu'elle faisait exprès de ne rien leur dire, à eux, pour une raison qui leur échappait ? Elle devrait interroger le docteur Magali Legendre à ce sujet. Une vague de torpeur l'embruma, entremêlant les visages et les mots. Nina se mit à parler de sexe et Abadie d'une balade à moto. La neurologue passa, collée au jeune lieutenant de la Crim à qui elle débitait des salacités. Valentine se sentit quitter son corps, qu'elle abandonna, tel un objet usagé, sur le canapé. Elle se retrouva devant sa chaîne Hi-Fi, sentit sous ses doigts le vinyle du CD où la voix de Régine Duval lui rappelait qu'elle existait encore à travers ce bout de plastique. Avec une nuance de reproche pour cet abandon de quelques jours. Les mots retentirent dans le silence approximatif de la cité : « Allô, Val… C'est moi… » Tout aussitôt, c'est Marion qu'elle entendit : « Je suis la cheftaine, bande de gamins, obéissez ! » La silhouette de Guerry troua son rêve. Il marchait dans une lumière trouble, son bonnet sur la tête. Il avait son air doux, celui de l'agneau qu'on mène à l'abattoir. « Regardez sa tête ! » hurla la neurologue en colère, faisant se retourner Guerry. Cette fois, ses yeux de porcin méchant lançaient des flèches, sa bouche s'ouvrait sur des chicots noircis, il puait la viande avariée, les chiottes bouchés. Il puait la mort. « C'est pas lui », cria Marion. « Il parle comme un gamin », lui fit écho Régine. « Comme un gamin, comme un gamin », grinça en résonance la voix de Guerry le mauvais. Il prit son élan et sauta sur Valentine.

Qui fit un bond sous sa couette. Le cœur à 200 pulsations-minute, elle mit un moment à se rappeler qu'elle était chez elle, à l'abri dans ses 25 mètres carrés. Du dehors, lui parvint une chanson du Maghreb, un rythme syncopé connu, qui apaisa son désordre intérieur.

– C'est quoi, ce cauchemar à la con ? râla-t-elle en constatant qu'elle était bien réveillée.

Et pas près de se rendormir. Elle se leva, fit chauffer de l'eau, y laissa infuser un sachet de verveine tout en reconstituant le rêve qui l'avait cueillie à peine assoupie. Une technique qu'on lui avait apprise quand, enfant, elle était la proie d'envahisseurs, d'extraterrestres qui l'enlevaient pour la torturer et l'empêcher de revenir chez elle. Elle reprenait une à une les phases du cauchemar jusqu'à l'avoir mis à plat, décortiqué, anéanti. Elle n'essayait pas de comprendre le sens des images, elle ne faisait qu'apprivoiser le rêve pour évacuer l'angoisse. Que lui disait son subconscient ? Vers quelle aberration tentait-il de la conduire ? Elle analysa un à un les flashs, les mots, les phrases. Au bout du compte, les images les plus terrifiantes étaient celles de Guerry, son double profil, ses expressions diamétralement opposées. Comme s'il y avait deux Guerry et que…

Valentine Cara, pourtant pragmatique, faillit renverser le liquide odorant. L'idée que lui soufflait ce songe était tout simplement extravagante. Comment pouvait-il y avoir deux hommes en un ? Et parmi ces deux… C'était biscornu mais, en même temps, tant de points s'éclairaient ! Elle réfléchit intensément, colla entre eux des morceaux sans rapport, se remémora ce qui l'avait dérangée au cours des dernières semaines. Les pièces s'emboîtaient, lentement mais sûrement. Ce qui en résultait dépassait l'entendement. Valentine s'aperçut qu'elle tremblait. Au point d'être incapable d'avaler sa tisane, de composer le numéro d'Abadie. Elle y parvint après plusieurs essais et tomba directement sur sa messagerie. Elle se demanda ce qu'elle devait faire. Elle ne pouvait pas débarquer au milieu de la nuit pour lui servir une soupe aussi incroyable ni laisser sur son portable un message auquel il ne comprendrait rien. Elle se recoucha mais ne put se rendormir. Dehors la voix du chanteur de raï s'était tue.

# 62

***Gare du Nord***
***Jeudi, 7 heures***

À 7 heures, Abadie sortit de l'immeuble de la rue Saint-Vincent-de-Paul après un sommeil tourmenté. Il constata que Valentine avait essayé de le joindre au milieu de la nuit. Elle n'avait pas laissé de message, aussi décida-t-il d'attendre qu'elle le rappelle. Il devait passer à la gare du Nord, annoncer son départ, vérifier que les consignes laissées la veille seraient suivies à la lettre. Il restait des masses d'informations à traiter, d'autres, des centaines, allaient tomber, c'était une certitude. Ainsi qu'il l'entrevit en traversant la gare, tous les journaux, ce matin, avaient fait leur une avec la photo d'Adel Kinsky. Les titres variaient peu : « la France sous le choc » ou quelque chose d'approchant. De bribes de conversation attrapées au vol, il ressortait que les gens ne parlaient que de cela. Abadie n'avait pas d'enfant mais il avait souvent côtoyé des familles qui s'étaient trouvées dans cette situation. Quand la victime portait le nom et le sang du président de tous les Français, l'affaire prenait des allures de cataclysme collectif.

Quand il franchit le sas, au deuxième sous-sol, il se rendit compte qu'il avait été précédé par le commissaire

Kevin Leprix, affecté à la direction des groupes transfrontières. La trentaine svelte, le jeune patron montrait, ce matin-là, en haranguant les patrouilles sur le point de quitter la gare du Nord pour les zones de banlieue, une componction appuyée. Il en allait ainsi quand les chefs voulaient communiquer aux hommes de troupe que l'heure n'était pas à la rigolade, que la situation était grave et que chacun risquait d'y laisser des plumes.

Il termina sa harangue et fit signe au gradé de distribuer les feuilles de route.

– Votre départ tombe mal, dit-il à Abadie une fois les hommes dispersés.

– Vous m'en voyez navré...

– Peu importe ! Ce n'est pas moi qui décide... Mais je vous le dis, je suis dans la merde.

Il semblait en effet bien embarrassé. Guerry absent et injoignable, la direction lui avait demandé de prendre en main la brigade pour les aspects opérationnels.

– Je n'y connais rien, avoua le commissaire Leprix, je suis là depuis trois mois, je n'ai fait que de la frontière...

– M. Guerry ne s'en faisait pas autant que vous, il prétendait qu'il n'y avait rien de plus facile que de diriger un service... un grand service même.

– Oui, je sais, mais figurez-vous que, justement, je me suis posé des questions.

– À quel sujet ?

– Eh bien, il n'a jamais fait un rapport, établi un PV, rédigé une note de service lui-même, vous n'avez pas remarqué ? Vous connaissez son écriture, vous ? Je me demande s'il sait écrire.

Il partit d'un rire tonitruant. Abadie l'écoutait distraitement. Il était pressé de régler les dernières formalités et de partir. Il ne voulait pas contrarier Maguy Meunier, à qui il avait promis de diriger l'affaire Marysa de Mareil. L'autopsie de la psycho-criminologue avait lieu ce matin, il n'y participerait pas mais souhaitait en entendre les conclusions dès la fin de l'opération. Il voulait surtout creuser ces intuitions qui lui tournaient dans la tête et, pour cela, il devait se placer au centre névralgique des dossiers. Il vit que les officiers présents se rassemblaient au bout du couloir et se tourna vers Kevin Leprix :

– Il faut que je leur dise au revoir.

– Bien sûr ! On fera un pot pour votre départ dans quelque temps, dit le commissaire, tout est allé trop vite et en ce moment…

Abadie comprenait. Ce n'était pas très important de boire un coup à sa santé mais lui tenait aussi à faire ses adieux à la brigade et aux trains. Sa voix s'enroua malgré lui. Il allait se diriger vers le groupe en attente quand il s'aperçut que Leprix lui parlait encore.

– Vous disiez, patron ?

– On m'a annoncé hier soir qu'il y aurait un service particulier à organiser…

Il baissa le ton comme si, d'entre ces pièces enfouies dans les souterrains, quelques secrets pouvaient s'échapper.

– Quel genre ? le relança Abadie, soucieux de lui donner une dernière preuve de bonne volonté.

– Le président de la République et une partie du gouvernement vont se rendre à Bruxelles en train…

Abadie hocha la tête. Il n'y avait là rien d'extraordinaire.

– C'est un Tender ou un voyage classique ?

Kevin Leprix ouvrit de grands yeux. Abadie faillit éclater de rire.

– Tender est le nom de code pour le train spécial. Sinon…

– Oui, c'est ça ! percuta le commissaire, le train spécial… Comme la reine d'Angleterre ! Ça doit coûter bonbon, cette plaisanterie !

– Oui, d'autant plus qu'il y a un second train qui le suit, un genre de train-balai... et que le trafic régulier en est pas mal perturbé. Le PR utilise ce moyen quand il va à Bruxelles avec un gros bataillon... Conseillers, ministres, presse, photographes...

– Exact, il va à la réunion du conseil de l'Union européenne... jeudi prochain...

– Ça vous laisse le temps de vous retourner ! Le dossier Tender se trouve dans l'armoire blindée de la SIC[1], avec les dossiers de crise et les opérations spéciales. Mettez Morel sur le coup, il connaît ça par cœur !

---

1. Salle d'Information et de Commandement.

# 63

***Palais de l'Élysée***
***Jeudi, 8 heures***

Deux cellules de crise avaient été installées, une à l'Élysée, l'autre au ministère de l'Intérieur. Elles resteraient actives tant qu'on n'aurait pas retrouvé Adel Kinsky, mort ou vif. Plutôt vivant, menaçait Frédéric Kinsky, qui devait, tant bien que mal, continuer à tenir la barre de l'État. Il avait néanmoins allégé ses charges en s'appuyant sur son Premier ministre, un homme falot qui s'évertuait à lui ressembler en tout point. Du moins était-il sûr, l'orgueilleux patron de la France, que l'autre ne prendrait pas d'initiative et ne ferait rien qui pût le contrarier. Il avait ainsi un peu de temps pour aller titiller le staff réuni dans une salle du rez-de-chaussée du palais de l'Élysée. Consternés, les collaborateurs subissaient les bouffées de chaleur du président qui ne comprenait pas qu'après trois jours de recherches, on n'eût toujours rien trouvé. Rien de rien. La quasi-totalité des flics de Paris, de banlieue et de province cherchait le fils disparu. Depuis la veille, ils s'étaient déployés dans le 16e arrondissement, explorant chaque pouce de terrain, de rue, de parking, interrogeant les cafetiers et restaurateurs, les éboueurs, les facteurs. Les habitants n'en pouvaient plus d'être soumis à un quasi-état de siège, un quadrillage à l'allure militaire qui limitait leurs allées et venues, en leur posant les mêmes sempiternelles questions. Autour de l'Élysée, les mêmes opérations se déroulaient. Chaque flic en poste dans le secteur, chaque garde républicain avait été passé au crible. Ce jeudi matin, il n'en était toujours rien sorti.

La Crim avait érigé des barricades virtuelles dans le périmètre de l'école Notre-Dame-des-Oiseaux. Maguy Meunier avait, sur ordre de son directeur, réquisitionné la plus grande partie de sa brigade, ne conservant que l'effectif minimum affecté à la gestion des affaires courantes. Une décision qu'elle avait du mal à digérer. Elle n'avait pas que des qualités, la divisionnaire, mais on devait lui rendre cette justice qu'elle considérait toutes les victimes à égalité. Aucune ne prenait le pas sur l'autre. Lever le pied sur une enquête criminelle revenait souvent à la condamner à ne jamais sortir. Le seul argument qu'elle jugeait valable pour concentrer soixante-dix fonctionnaires sur l'affaire Adel Kinsky était que l'enfant était peut-être vivant et qu'on devait tout faire pour le tirer de là où un (ou des) jobard(s) l'avai(en)t emmené. Et plus on a de bras, plus on est fort, disait son premier patron.

Elle n'avait pas obtenu l'autorisation de « brancher » les téléphones privés du président. Uniquement ceux des proches, la première dame et Madame mère, mais cela ramenait le problème à son point de départ. Si les ravisseurs essayaient de joindre quelqu'un, ce ne serait pas elles. En contrepartie, le président s'était engagé solennellement à ne rien cacher des appels qu'il recevrait. À 9 heures, ce jeudi matin, il n'avait reçu aucun message ou demande de rançon, il était prêt à le répéter sous serment.

Le battage médiatique ne facilitait pas l'enquête. Cinquante ou soixante équipages de presse, en voiture, à moto, à pied, collaient aux basques des enquêteurs dont ils connaissaient toutes les astuces pour les semer. Tels des pots de glu, ils réapparaissaient dès qu'on avait le sentiment de s'en être libérés. On ne pouvait pas les disperser, pas les anéantir, il fallait, vaille que vaille, les supporter. Steve avait rappelé Maguy Meunier plusieurs fois. Elle n'avait rien à lui donner, sinon des bricoles que tous ses confrères obtiendraient aussi, à un moment ou à un autre. Il n'en revenait pas, le free-lance, que la Crim en soit réduite à spéculer sur de vagues ressemblances entre trois ados qui n'avaient rien en commun. Son persiflage n'avait pas ébranlé Meunier, qui lui avait presque raccroché au nez.

Les témoignages des lycéens et de quelques riverains débusqués par le rouleau compresseur rue Michel-Ange, avaient conduit à la réalisation d'un portrait-robot du guetteur, en admettant toutefois que l'homme aux grandes guiboles ait un rapport quelconque avec la disparition d'Adel Kinsky. Pouvait-on d'ailleurs appeler portrait-robot la compilation de descriptions approximatives et, pour la plupart, contradictoires ? Le seul point sur lequel tout le monde s'accordait était la haute taille, le fait qu'il portait toujours un couvre-chef, chapeau, bonnet ou bob, et des lunettes fumées, probablement un leurre pour dissimuler ses traits. Le résultat ne ressemblait à rien, sinon à quelques dizaines de milliers d'individus, au point que Maguy Meunier hésitait à le communiquer au ministre de l'Intérieur — via le préfet de police, cela va de soi — convaincue que les autorités voudraient le faire paraître dans les journaux, ne serait-ce que pour montrer qu'elles s'activaient et avaient des pistes. Elle savait ce qui en découlerait : des centaines d'appels qui dénonceraient tout et son contraire, du mari infidèle au père détesté en passant par tous les voisins qu'on voulait enquiquiner.

Au lycée Notre-Dame-des-Oiseaux, la moisson s'avéra tout aussi pauvre. L'incident du scooter avait suscité beaucoup de commentaires et contribuait à polluer les investigations. Adel Kinsky avait mal vécu les suites de l'histoire, les quolibets à peine déguisés de ses copains de classe et de quelques enseignants. Il s'était replié sur lui-même, montrait de l'animosité à l'égard de son père et certains élèves et enseignants n'étaient pas loin de penser à une fugue opportuniste. Malgré sa faible probabilité, Meunier avait examiné l'idée et lancé des investigations dans tous les sens : famille, amis de la famille, copains de classe, camarades d'activités scolaires puisqu'il n'y avait presque rien en extra-scolaire, petites amies. « Rien que du lourd », soupirait la chef de la Crim en prenant connaissance de la liste établie par ses hommes. Il faudrait plusieurs jours pour tout purger.

– Trop long, disait le préfet de police, et attention, vous marchez sur des œufs !

– Ah ça ! C'est rien de le dire, maugréait la divisionnaire qui s'attendait à une protestation du président car la liste comptait pas mal de notables et de célébrités.

Pour les enquêteurs de la Crim, c'était un coup d'épée dans l'eau. Car, si elle avait une vertu lénifiante, cette version n'éclairait pas la fin tragique des gardes du corps.

Les premiers résultats de la balistique montraient en effet que les trajectoires de tir démentaient le rôle attribué un peu vite au seul Jérôme Berret. Le tireur, dont on ne pouvait évaluer la taille, les victimes ayant été exécutées à terre ou quasiment, était droitier. L'officier de sécurité l'était aussi. En revanche, si la balle qui avait tué Berret, retrouvée fichée dans un livre placé sur le rayon du milieu de la bibliothèque, sortait bien de son Glock 26, ce n'était pas le cas de celles qui avaient tué Mathilda Moins et le conducteur Maxime Lavot. Le calibre était le même, du 9 mm parabellum mais, au macroscope de comparaison, elles ne présentaient pas les mêmes caractéristiques du tout.

Malgré la proximité des décès, le médecin légiste avait avancé que les premiers survenus étaient ceux de Mathilda Moins et de Jérôme Berret, tandis que Maxime Lavot était mort environ une heure plus tard. Cette déduction, qui contredisait la première hypothèse d'un double meurtre suivi de suicide, était liée en partie à la structure du bol alimentaire des victimes, qui avaient pris leur dernier repas à peu près à la même heure. Un nouveau scénario se dessinait : le meurtrier était venu frapper à la porte de Mathilda Moins, qui avait ouvert sans se méfier. Elle avait reçu un coup à la tête, de face, et était tombée à genoux avant d'être exécutée d'une balle en plein front, tirée à bout touchant. La découverte de la munition fichée dans la porte des toilettes à une distance d'un mètre trente du sol en attestait. Puis, dans le salon, Jérôme Berret avait été surpris à son tour, frappé à la tête et, une fois assis au sol, assassiné d'une balle tirée dans la bouche avec son arme de service. Il était encore vêtu, ce qui voulait dire qu'il venait juste d'arriver ou s'apprêtait à repartir. L'heure habituelle de ses visites à Mathilda coïncidait avec la perception des premiers tirs par les gens de l'immeuble. Pour le meurtre de Maxime Lavot, les choses paraissaient encore floues. Était-il venu chercher son collègue qui se faisait attendre et ne répondait pas au téléphone ? L'assassin l'aurait alors cueilli à son arrivée. L'examen des relevés téléphoniques des agents de sécurité démentait ce postulat : Maxime Lavot n'avait passé aucun coup de fil. Le meurtrier était-il allé le trouver rue Michel-Ange, alors qu'il était au volant de la Peugeot ? Puis amené, sous un prétexte quelconque, rue Boileau, pour l'abattre une fois à l'intérieur de l'appartement ? Étaient-ils venus à pied ? Ou à bord de la 508 qu'ils auraient introduite à ce moment-là dans le parking grâce à la télécommande récupérée chez Mathilda ? Ensuite de quoi, le triple meurtrier serait ressorti du parking à bord de la 508 pour aller chercher Adel Kinsky ?

Le commandant Alfion prônait que Maxime Lavot avait aussi bien pu venir à pied avec son bourreau, lequel, après l'avoir tué et avoir peaufiné sa mise en scène, avait récupéré le bip du parking et les clefs de la Peugeot. Il avait ensuite introduit son propre véhicule dans le sous-sol. À 18 heures, il était allé attendre Adel, ainsi qu'en témoignaient le concierge de l'école et quelques élèves. Le jeune garçon avait-il pu se laisser embarquer sans protester ? La question était ouverte. Le président Kinsky, confronté à cette version, leva les bras au ciel d'indignation. Jamais son fils ne se serait laissé kidnapper sans rien faire. Ou alors on l'avait assommé, drogué. De même Gilbert Furgo et Gary Meillan réfutèrent-ils en bloc ce scénario qui ridiculisait leurs hommes. L'hypothèse avancée qu'il n'y eût qu'un seul et unique individu achevait de les faire grimper aux rideaux. Seul un commando entraîné et préparé de longue date avait pu réussir ce coup.

À présent on ne se demandait plus si Adel Kinsky avait été enlevé. Mais pourquoi.

## 64

***Brigade criminelle***
***Jeudi, 8 h 15***

Abadie retrouva son groupe, diminué de moitié pour cause de branle-bas de combat présidentiel, à l'issue de l'autopsie de Marysa de Mareil. Le premier arrivé avait été Jean-Charles Annoux, libéré à 7 heures de l'hôpital par Valentine Cara. Elle n'avait fait passer aucun message par le lieutenant, mais son appel du milieu de la nuit, s'il n'inquiétait pas Abadie, l'intriguait. Avant de commencer la réunion, il avait prétexté une envie de fumer pour s'éclipser. Dans la cour, il avait appelé Valentine.

– Tu m'as sonné cette nuit ?

– Oui.

– Rien de grave ?

– Non, je ne dormais pas, j'avais besoin de parler. Tu sais, le coup de blues de 2 plombes du mat…

Abadie avait laissé passer un ange dubitatif.

– Val, je te connais…

– Je sais, oui… Mais c'est la vérité. Il m'est venu des pensées saugrenues.

– À propos de Marion ?

– Si on veut… Plutôt à propos de Guerry…

– Ben, vas-y, raconte ! Je n'ai pas trop le temps, là, il faut…

– Non, c'est rien, laisse tomber, je suis sûre que c'est absurde. Va bosser, je reste avec elle toute la journée. On verra ce soir…

## 65

***Hôpital Lariboisière***
***Jeudi, 8 h 15***

Valentine referma doucement le boîtier de son téléphone. Marion dormait, la bouche entrouverte. On lui avait retiré ses pansements crâniens la veille. Cara s'avança vers le lit pour examiner les cicatrices, un cratère à gauche, une dépression de quelques centimètres carrés à droite. En apparence, pas de quoi fouetter un chat. Autour, les cheveux repoussaient déjà. La patronne était moins pâle que les autres jours, ses joues moins creuses. Ou n'était-ce qu'une illusion parce que, dans le sommeil comme dans la mort, les faciès se détendent ? Valentine approcha le fauteuil, s'y installa du mieux qu'elle put et, le regard au loin sur la fenêtre, commença à parler à sa « chef Marion ». Elle décortiqua son rêve de la veille, sans rien omettre. S'attarda longuement, pour finir, sur l'impression qui l'avait effrayée et que, ce matin, à la lumière du jour, elle trouvait absurde. Il ne pouvait pas y avoir deux Guerry en un. Ce que laissaient supposer ses terreurs nocturnes relevait du travail d'un cerveau disloqué de fatigue.

– Ça ne se peut pas, tout simplement, conclut-elle. Si le Guerry que nous côtoyons depuis trois mois n'est pas celui que nous croyons, cela voudrait dire…

Le souffle d'un soupir effleura sa main posée sur le bras du fauteuil. Valentine tourna la tête vers Marion qui la regardait, les yeux grands ouverts. La divisionnaire sourit, franchement :

– Eh bien, souffla-t-elle, vous y avez mis le temps !

## 66

***Brigade criminelle***
***Jeudi, 8 h 30***

Jean-Charles Annoux coinça Abadie près de la machine à café. Il avait pris le temps de passer se changer, il sentait le linge propre et un nuage de parfum l'environnait. Avec sa taille moyenne mais athlétique, son visage carré, ni beau ni laid, et ses cheveux châtains coupés court, il respirait la santé et la joie de vivre. Pas compliqué, se dit Abadie en l'observant à la dérobée. Il recula d'un pas pour sortir de son aura.

– Je voulais vous parler un instant avant la réunion, commandant, si vous permettez…

– Mais oui, bien sûr !

– Il s'agit de Mme Marion…

Abadie se tendit car, manifestement, le jeune lieutenant était embarrassé. D'ici à ce qu'elle lui ait fait des propositions, tenu des propos obscènes ou Dieu sait quoi du même tonneau ! Il fit un signe de tête pour l'encourager à poursuivre en s'attendant au pire.

– Elle tient des propos étranges…

Étranges.

– C'est-à-dire ?

– Eh bien, elle est un peu en boucle sur l'homme, votre patron de la Brigade des chemins de fer, si j'ai bien compris, dont, vous-même, paraissez vous méfier… Je me trompe ?

– Nous méfier, c'est un grand mot, disons que nous souhaitions que Mme Marion soit tenue à l'écart de toute visite inopportune. Et la présence de Guerry la perturbait violemment…

– Oui, j'ai bien compris…

Abadie récupéra le gobelet de café que venait de cracher la machine et le tendit au lieutenant. Qui le refusa d'un geste. Le commandant trempa ses lèvres dans le café parfumé.

– Elle ne cesse de répéter que le Guerry qui est venu la voir en douce à l'hôpital n'est pas le vrai Guerry. Elle dit « c'est l'autre ». Je ne sais pas comment interpréter ces propos, mais j'ai pensé…

– Oui, soupira Abadie, soulagé qu'on ne parle pas de pornographie, elle fait une fixation sur ce thème, je pense que ce sont des séquelles de sa blessure.

– Elle dit qu'on devrait s'intéresser à la blessure, justement, qu'il a à la tête, poursuivit Annoux.

– Il s'est éclaté le crâne sur la portière de sa voiture de service.

– Je le lui ai dit mais elle est têtue, elle parle d'avant cela, de l'autre blessure…

– Franchement, lieutenant, je ne vois pas…

– Moi non plus, commandant, soupira le beau gars, je voulais vous informer.

Seuls étaient présents la seconde de groupe, la procédurière et Jean-Charles Annoux. Les deux femmes détaillèrent l'autopsie de Marysa de Mareil pour conclure à l'absence d'éléments nouveaux. La jeune psycho-criminologue avait bu pas mal (0,90 g d'alcool par litre de sang) et consommé d'autres substances chimiques avant d'être ligotée sur son lit, soumise à des jeux sexuels extrêmes, pénétration anale et vaginale à l'aide de sex-toys abandonnés autour du lit et, pour finir, un pénis surdimensionné en marbre qui l'avait affreusement déchirée. Cet objet était connu pour lui appartenir. Elle avait succombé à une exsanguination totale qui l'avait tuée en moins de deux heures.

Abadie examina la liste de tout ce qu'on avait mis en évidence dans l'appartement. Aucune des empreintes relevées n'avait matché au FNAED. Les prélèvements n'avaient pas encore livré de conclusion formelle quant à la présence d'un ou de plusieurs ADN étrangers à Marysa. Il n'y avait rien, à ce stade, qui fît penser, de près ou de loin, à Guerry.

La capitaine Marie Lapierre s'étonna. Qu'avait à voir le commissaire Guerry dans cette histoire ?

– Parce que je pensais qu'il pouvait être en relation privée avec la victime.

– Heureuse de l'apprendre, grinça la femme qui, sans charlotte sur la tête, avait gagné quelques années et un charme insoupçonné.

– Ce n'était qu'une hypothèse. Je les ai vus ensemble une fois…

– Ils ne se rencontraient peut-être pas chez elle.

– En effet… Je voulais seulement évacuer cette piste, murmura Abadie.

– Il faudrait aller faire un tour chez lui dans ce cas. Cela fermerait votre hypothèse, au moins.

La capitaine lui tendait une perche, qu'il saisit.

– D'accord. Mais pour l'heure, personne ne sait où il est.

Marie Lapierre releva la tête et le gratifia d'un regard pointu.

– J'aimerais aussi, reprit Abadie, qu'on compare son ADN avec les traces relevées chez Marysa…

– Son ADN ? firent en chœur les membres du groupe.

– Mme Meunier m'a dit que vous aviez la formule génétique de son jumeau…

La procédurière percuta la première :

– Ça y est, j'y suis ! Oui, en effet, elle est quelque part par là…

Elle désigna une armoire aux portes entrouvertes.

– Après la mort du frère, Ambroise, expliqua-t-elle, nous avons fait établir sa formule pour vérifier qu'il n'y avait pas d'autres affaires qu'on aurait pu lui mettre sur le dos. Le FNAEG a mouliné sans résultat.

– La formule est toujours dans le fichier ?

– Ah non, s'agissant de quelqu'un qui est mort, on ne peut pas la laisser dedans. Mais nous, nous l'avons gardée. Avec sa formule décadactylaire qui, elle, en revanche, est toujours dans le FNAED.

Abadie enregistra ce point. Dommage qu'ils n'aient pas aussi les empreintes d'Amaury Guerry, songea-t-il. Il fixa Marie Lapierre :

– Va pour l'ADN, alors.

## 67

***Jeudi, 8 h 30***

Guerry ne s'attendait pas que les choses se passent aussi mal. Son frère s'était mis à gueuler dès son réveil. Au lieu de se sentir soulagé d'avoir retrouvé sa vraie famille, il s'était mis à l'injurier et à le menacer des foudres de son « père ».

« Il vous tuera, promettait-il en bavant de colère, il est tout-puissant, vous n'êtes qu'une larve, un pauvre type ! Vous *devez* me laisser partir, sale pervers ! »

Il l'entendait crier, vociférer et pleurer. Trois jours que cela durait et il ne désarmait pas. Pour couronner le tout, *Abel* s'était explosé la cheville en tombant, son pied enflé le faisait souffrir et il ne cessait de hurler sa douleur. Guerry se résigna à aller le voir bien qu'il fût certain que le laisser mijoter était la seule méthode, celle qu'appliquait leur père, autrefois. Recroquevillé dans son coin, les bras prisonniers d'une camisole, le jeune homme cligna des yeux sous la lumière vive de la lampe torche.

– Sors-moi de là, salaud ! hurla-t-il. Je veux rentrer chez moi !

– Tu es chez toi, Abel !

– Je m'appelle Adel, avec un « d », pas Abel, espèce de cinglé !

– Oh, vraiment ? Tu es un ingrat, mon frère !
– Je ne suis pas votre frère ! Mon père va me retrouver, il vous tuera…
– La ferme ! Allez, lève-toi, je vais te faire pisser et tu vas manger !
*Abel* ne bougea pas, hostile et immobile. Quand Guerry le releva, il s'aperçut qu'il s'était pissé dessus. Puis le jeune homme tenta maladroitement de lui balancer un coup de pied, le regard fixé sur la grille. La colère gronda dans la tête de Guerry qui le repoussa sans douceur et le laissa s'écrouler contre la paroi de pierre. Son crâne se mit à saigner et le gamin gueula de plus belle. Pour en finir, son aîné lui administra une dose de calmants qui l'envoya aussitôt au pays des rêves.
Guerry se demanda ce qu'il allait faire de lui. À cause de cet entêtement qui ne menait nulle part, *Abel* était en train de signer son sort. Il le contempla, avachi et misérable. Il lui accorda encore un jour, deux au maximum, pour se ressaisir. Passé ce délai, il serait trop tard.
Il décida d'aller en ville prendre la température.

# 68

*Hôpital Lariboisière*
*Vendredi, 17 heures*

Valentine Cara n'avait pas réussi à convaincre Abadie. Marion l'avait aidée de son mieux, pourtant. Mais ses propos restaient décousus. Sous le coup de l'émotion, elle présentait des troubles de l'élocution qui ne facilitaient pas la compréhension. Elle répétait que l'homme qui lui avait tiré dessus était celui qui était venu la harceler plusieurs fois à la Pitié alors qu'elle se débattait pour reprendre pied. Elle disait se rappeler qu'il l'avait enlevée à l'hôpital au moment de la crue de la Seine, trimbalée au cours d'un périple qui aurait pu lui coûter la vie. Valentine n'avait pas le cœur de lui dire que c'était précisément le projet de son ravisseur, la tuer et la coller dans des bandelettes de momie. Marion avait reconnu la lueur félonne dans son regard, les intonations dans sa voix dont elle avait gardé le souvenir aigu parce qu'elles la menaçaient et la terrifiaient.

– Vous étiez inconsciente ! avait objecté Abadie.

– Je l'entendais et je le sentais, s'obstinait Marion qui, progressivement, voyait se lever le voile qui lui obscurcissait la mémoire.

Ses sensations étaient pour Abadie du même ordre que le rêve de Valentine et ce qui en découlait : inconsistantes. Son pragmatisme butait dessus. Il ne voyait rien, concrètement, qui rendît cette fable crédible. Cara avançait que parfois il faut suivre son instinct et ne pas trop se poser de questions.

– Comment tu vois ça ? s'était-il braqué. On porte plainte pour usurpation d'identité ? On déterre le corps d'Ambroise Guerry des Croix du Marteroy et là, oh miracle, on découvre que c'est Amaury qui est dans la boîte ! Et comment on obtient l'autorisation de faire ça ?

– Je ne sais pas.

– Moi non plus.

Ils s'étaient tus. Marion, à un moment, l'avait traité de couille molle. Il ruminait ce que lui avait dit Kevin Leprix au sujet de Guerry. Cela non plus n'était pas suffisant. Le nouveau patron de la brigade s'était rendu antipathique à nombre de ses collaborateurs. Cela n'en faisait pas un schizophrène assassin.

« Et toi, avec tes photos d'ados qui se ressemblent… », lui soufflait une voix têtue. Il protestait que cela n'avait rien à voir. Ce n'était pas qu'une sensation, une impression. Des photos, c'est concret. Meunier, au stade zéro de l'imagination, lui avait-il semblé, n'avait d'ailleurs pas été convaincue. On ne pouvait pas comparer les deux cas, une hypothèse certes bancale et l'autre, complètement irrationnelle.

– J'en parlerai à Meunier, avait-il promis pour conclure une discussion qui ne menait nulle part.

Valentine était restée auprès de Marion qui, une fois ses exercices physiques terminés, dormait. Ce soir, Nina arriverait par l'Eurostar. Elle irait l'attendre et l'amènerait à l'appartement de la rue Saint-Vincent-de-Paul où la jeune fille retrouverait sa chambre pour quelques jours. Au bord de la somnolence, Valentine sursauta. Elle avait failli oublier que la petite aurait besoin de ses clefs ! Elle se tritura les méninges pour se rappeler ce qu'elle avait fait du trousseau que la mère de Pierre Mohica lui avait rendu. Elle se souvenait que la rencontre avait eu lieu dans les locaux de la brigade, un jour sombre, à tous points de vue. Elle avait emmené Eugénie dans le bureau qu'elle partageait avec deux autres civils. Dans le tiroir du haut, elle avait rangé le trousseau de clefs de Nina tandis que la vieille dame lui parlait de son fils et de la foutue tumeur qui en avait fait un légume, en quelques semaines. Un souvenir furtif vint la déranger à cet instant. Elle ferma les yeux, se revit en train de consoler Eugénie qui ne pouvait contenir ses larmes. Quelqu'un était entré. Guerry. Elle lui avait présenté Eugénie et expliqué l'objet de sa visite, parce qu'il s'étonnait de sa présence. Rien de grave, songea-t-elle. C'était juste ça. Guerry était passé. Guerry, encore lui.

## 69

***Brigade criminelle***
***Vendredi, 19 heures***

Abadie garda toute la journée l'impression détestable qu'il passait à côté de quelque chose. Il avait espéré croiser Maguy Meunier, saisir l'occasion de lui parler de Guerry. Lui faire part des rêves de Valentine et des affirmations délirantes de Marion. Elle l'aurait recadré sévèrement mais au moins, il se serait en partie déchargé sur elle et s'en serait mieux porté. La question ne se posa pas : il ne la croisa pas et n'osa pas l'appeler. Elle passait le plus clair de son temps en réunion de crise au ministère de l'Intérieur ou sur le terrain avec les groupes qui quadrillaient Paris.

Il lut avec attention la procédure de l'affaire Marysa de Mareil. Quand il eut terminé, il appela la seconde de groupe qui se préparait à partir. Il eut le sentiment de la déranger mais elle prit sur elle pour reposer son sac.

– On a trouvé une trace d'ADN exploitable dans le sac à main de Marysa de Mareil, dit-elle. Pas n'importe où, en plus, sur une photo de Matej Jelko qu'elle avait avec elle.

– Vous comptiez me le dire quand ?

– J'allais vous en informer avant de partir, je viens juste d'avoir l'info.

Il n'en était pas aussi sûr et le lui fit comprendre d'une grimace.

– Vous en pensez quoi ?

Marie Lapierre haussa les épaules.

– Il s'agit de salive. D'après les photos de l'IJ et les agrandissements de la trace, on a l'impression que quelqu'un a léché la photo, et mieux, le visage du garçon.

– Ça pourrait être elle ?

– Je l'ignore, on le saura demain.

Abadie contourna son bureau en tapotant un stylo contre ses lèvres. La capitaine attendait en le suivant des yeux.

– Je voudrais que nous levions un doute, dit-il. J'ai lu, dans les témoignages des amies de Marysa, que quelque chose la perturbait depuis quelques semaines. Je me demande…

– C'est une fille que nous connaissons bien ici, fit Marie Lapierre. Elle avait une face cachée, c'est sûr. Je ne suis pas persuadée que ses copines en avaient conscience.

– On peut supposer que son assassin avait commencé une relation avec elle, un peu borderline, et qu'il y a eu dérapage… ?

La capitaine fit une moue en jetant un coup d'œil à peine discret sur la pendule fixée au-dessus de la porte.

– Vous êtes pressée, peut-être ? Je vous retiens, désolé…

– Il est 19 heures, je dois récupérer mes enfants.

– Ah, pardon. Dans ce cas…

– Bonsoir, commandant. Bon week-end.

Bon week-end ! Il faillit se pincer. Alors que toute la brigade était à feu et à sang ! Et que lui, Abadie, chef de groupe en titre depuis ce matin, voulait… Que voulait-il au juste ? Et pourquoi n'avait-il pas empêché cette capitaine grincheuse de partir ? Il entendit des voix dans le bureau voisin. Il identifia le rire de Jean-Charles Annoux et le timbre grave de la procédurière. Il se leva et les rejoignit.

– Un problème, commandant ? demanda le lieutenant.

– Non, je voudrais organiser une perquisition au domicile du commissaire Guerry.

– S'agissant d'un commissaire… Il faut prévenir la hiérarchie.

La procédurière s'exprimait sur un ton neutre. Elle semblait fabriquée dans un bois solide et sans aspérités.

– Mme Meunier est au courant. Je préfère qu'on s'en tienne à cela. J'en prends la responsabilité.

– Comme vous voulez. On fait ça lundi ?

– Vous avez des enfants, vous aussi ?

Abadie, les mains dans les poches, avait penché la tête de côté, ironique.

– Non, pourquoi ?

Il surprit le regard de Jean-Charles Annoux, amusé.

## 70

*Gare du Nord*
*Vendredi, 19 h 15*

Le commissaire Kevin Leprix s'était installé dans la salle de commandement de la Brigade des chemins de fer. L'heure de pointe du vendredi soir faisait cracher les messages radio à un rythme soutenu tandis que les écrans des ordinateurs clignotaient sans relâche. Il venait de lire en entier le dossier de consignes « Tender » et le refermait quand le « clic » déclenchant l'ouverture de la porte blindée retentit. Il leva la tête machinalement et resta un court instant en arrêt à la vue de celui qui venait d'entrer. Le commissaire Guerry se dirigeait vers lui de sa démarche gauche, vêtu d'un jean trop large pour ses jambes maigres, arborant une coupe de bagnard qu'il ne lui connaissait pas encore.

– On m'a dit que tu étais là, dit Guerry avec un demi-sourire.

– Oui, j'allais partir, d'ailleurs, répondit le jeune commissaire, je ne voudrais pas me plaindre mais depuis le début de la semaine, je me tape tout ici…

– Navré, fit Guerry, qui ne semblait pas plus désolé que cela, je suis fatigué, j'ai des vertiges et…

– Dommage ! Je croyais que tu venais m'annoncer ton retour !

Ils étaient seuls dans la salle en dehors des trois opérateurs débordés qui n'avaient même pas levé le nez de leurs consoles. Guerry se fendit d'un geste évasif en lorgnant sur l'épaisse chemise brune sanglée d'un ruban noir.

– Il y a un dispo « Tender » la semaine prochaine, dit Leprix, qui avait suivi son regard. C'est d'un chiant, ces trucs !

– Ça n'a rien de compliqué. Le major Morel connaît le dossier par cœur.

– Oui, mais moi pas…

Le jeune commissaire tenta de maintenir la conversation sur ce thème mais Guerry ne saisit pas la perche. Ce désintérêt conforta le jeune patron dans l'idée que son chef de service était un « charlot ». En revanche, Guerry se montra très intéressé par l'affaire du fils Kinsky, ce qui paraissait normal compte tenu de l'impact de l'événement. Après qu'il lui eut expliqué, en long et en large, ce qu'il savait de l'avancée des investigations, Kevin Leprix proposa à son chef de service de jeter un œil sur la pile de courrier qui l'attendait dans une corbeille. L'autre déclina l'offre, prétextant devoir passer par son bureau avant de se rendre à un rendez-vous galant. Il ponctua son propos d'un clin d'œil entendu que Leprix estima parfaitement ridicule.

Valentine Cara attendait au bout du quai de la voie 2. L'Eurostar qui amenait Nina de Londres avait dix minutes de retard et la jeune femme se sentait nerveuse. Comment allait-elle retrouver celle qu'elle persistait à appeler « la petite » ? En forme ? Morose ? Comment Nina vivrait-elle ces retrouvailles avec sa mère ? Marion n'avait pas beaucoup réagi à l'annonce de sa venue. À se demander si elle avait au moins une vague réminiscence de sa fille. Et si Nina décidait de revenir vivre à Paris ? Comment cela serait-il possible ? Comment prendre en charge une fille de quatorze ans quand Marion en avait peut-être encore pour des mois avant de pouvoir seulement retrouver sa propre autonomie ? Sans parler de la cohabitation avec Abadie.

Elle jeta un regard à son téléphone serré dans sa main. Toujours rien ! Elle ronchonna après Abadie qui, justement, ne la rappelait pas. « Depuis qu'il est à la Crim, celui-là ! râla-t-elle à voix haute, s'attirant le regard suspicieux de son plus proche voisin de quai.

Elle savait par Jean-Charles Annoux, revenu prendre la garde de nuit auprès de Marion, que le commandant était « au taf » pour une partie de la soirée. Le lieutenant de la Crim avait proposé de reconduire le dispositif à Lariboisière pendant le week-end. Il était décidément bien disposé, ce garçon, avait songé Valentine en acceptant son offre. Soulagée de pouvoir souffler, même si ce n'était pas pour ses beaux yeux que le lieutenant montrait autant de bonne volonté. L'annonce de l'arrivée de l'Eurostar retentissait sous la voûte classée quand Abadie se manifesta enfin :

– Qu'est-ce qui se passe ? demanda le commandant dont le ton indiquait qu'il redoutait encore un rêve ou des délires post-traumatiques de Marion.

– J'ai un problème, dit Cara cependant que le convoi apparaissait à l'extrémité des voies, juste après la courbe qui signait le franchissement de la zone de La Chapelle. Je suis passée au service pour récupérer le trousseau de clefs de Marion…

– …

– Pour Nina ! Je te rappelle qu'elle arrive, là… Je suis à la gare…

– Mais je le sais, répliqua Abadie, agacé par le ton agressif de Valentine, qu'est-ce que tu imagines ?

– Rien, excuse-moi, je suis à cran ! Bon, je te disais que je n'ai pas pu remettre la main sur les clefs. Voilà.

– Tu es sûre d'avoir cherché au bon endroit ?

– Oui... Enfin, j'en sais rien... Je déraille par moments, je crois, avec toutes ces conneries ! En tout cas, je n'ai pas de clefs pour Nina, on ne peut pas entrer dans l'appart...

– Bon, j'ai pigé ! Tu me laisses une heure ?

– Ben, j'ai pas le choix, si ?

– Arrête, Valentine, je fais ce que je peux.

– OK, je l'emmène dîner au Terminus Nord. Je t'attends là-bas.

Elle remit le téléphone dans sa poche au moment où le train se posait en douceur contre le butoir. Les portes s'ouvrirent et le cœur de Valentine battit un peu plus fort. Alors qu'elle guettait Nina, c'est une autre silhouette qui s'inscrivit dans son champ de vision pour disparaître sitôt entrevue. Son souffle s'accéléra. Si c'était bien lui dont elle avait aperçu l'allure dégingandée et le crâne de skinhead, que venait foutre Guerry dans cette gare ? À cent mètres, même pas, de Marion ?

Elle reprit son téléphone et faillit le laisser tomber tellement elle tremblait. Jean-Charles Annoux la rassura : il allait ouvrir l'œil, prévenir le personnel d'étage et verrouiller la porte de la chambre. Cara raccrocha, hors d'elle. Elle s'efforça au calme et plaqua sur ses lèvres un sourire contraint quand elle aperçut la menue silhouette de Nina. Ses cheveux avaient poussé, ils lui frôlaient maintenant le milieu du dos. Elle paraissait plus grande et arborait une jolie poitrine découverte par un tee-shirt bleu ciel échancré. Elle ne portait qu'un petit sac, un ridicule petit sac. Elle n'était pas venue avec l'idée de s'installer. Ouf.

# 71

***Ministère de l'Intérieur, place Beauvau***
***Vendredi, 20 heures***

La semaine administrative s'achevait sur une note déplorable. La dernière réunion de crise au ministère de l'Intérieur avant le week-end prenait des allures de fin de marché. On pliait les tentes, démontait les étals. Dans un coin, les camions attendaient pour ramasser les décombres d'une série d'investigations et de recherches qui n'avaient servi qu'à épuiser les réserves policières pour un résultat nul. L'affaire tourna au drame quand le président Kinsky fit irruption et prit Jean-Claude Krops au collet devant tous les assistants statufiés.

– À quoi ils servent tes flics, hein ? cria-t-il hors de lui.

– Mes flics sont aussi les tiens, tenta de sourire Krops dont le teint habituellement coloré virait au rouge brique. Et notre police est une des meilleures du monde…

– Une des meilleures du monde, laisse-moi rire, pauvre cloche ! Tu as lu la presse internationale ces jours-ci ? Leurs commentaires et leurs quolibets ? La meilleure du monde ! Une police de branquignols, oui ! Et j'ai été à l'Intérieur avant toi, ne l'oublie pas ! Tes flics, ils n'en branlent pas une ! Leurs résultats sont minables, trafiqués, et tu le sais !

– Frédéric, voyons… tenta le ministre tandis que le directeur de cabinet de l'Élysée s'avançait, horrifié.

– On a prévu des renforts de CRS, monsieur le président, dit-il d'une voix éraillée.

– Les CRS ! Vous vous foutez de moi ! Les danseuses de la République, trop payées, exigeantes comme des cocottes… Je vais mobiliser les gendarmes, l'armée. Au moins eux, ils savent ce qu'obéir signifie et ils ne comptent pas leurs heures. En plus, ils n'ont pas de syndicats pour nous faire chier !

L'ensemble de l'assistance vibrait sous les coups de boutoir. Personne n'osait plus respirer. Le président, devant les mines consternées, se tut aussi brutalement qu'il était monté en pression. Il donnait là, publiquement, toute la mesure de son caractère. Il n'ignorait pas que, dans la pièce voisine, une vingtaine de représentants de la presse attendaient le communiqué du ministre de l'Intérieur et le sien. Une déclaration, un commentaire. Il savait que, dans une minute, les tweets allaient se déchaîner, qu'on ferait fi de sa douleur de père pour ne retenir qu'une chose : il insultait sa police, la traînait dans la boue. Les flics allaient se rebiffer, manifester. Ils savaient le faire depuis le temps qu'ils encadraient les manifs. Ils allaient devenir hostiles à un chef de l'État emporté qu'ils mettraient à mort alors qu'il était déjà à terre. Il se prit la tête entre les mains et tout le monde pensa qu'il allait se laisser aller à pleurer. C'était la faute de Valéria, de Bogna, qui lui mettaient la pression. Pour finir, la mère d'Adel, sa première femme, avait débarqué à Paris, toutes voiles dehors, index accusateur pointé sur l'homme qui, du haut de son perchoir présidentiel, avait laissé enlever *son* fils et n'était pas fichu, avec ses bataillons de Robocops, de le retrouver. Il détestait cette femme qu'il avait tant aimée. Il la trouvait laide. Et méchante. Adel lui ressemblait, hélas.

Pourquoi fallait-il qu'il l'ait rencontrée, épousée, et qu'il lui ait fait un enfant ?

Il prit le temps de récupérer puis se redressa. Aucune larme ne baignait son visage qui avait retrouvé son apparence lisse. Il marcha d'un pas décidé vers la porte et sortit sans un mot pour personne.

# 72

***Saint-Médard, Eure***
***Samedi, 9 h 30***

Abadie avait compris que le week-end serait une parenthèse bien qu'il demeurât de l'agitation ici et là. Des interpellations dans des banlieues chaudes, des plongées dans des mouvances pro-ceci ou pro-cela, des gens qu'on exhibait comme des bêtes de foire et qui n'avaient pour but que de calmer les affres du président. De camoufler ses débordements verbaux dont la presse parlait, étonnamment, ce matin, à mots couverts. Comme s'il était de bon ton de ne pas en rajouter. Il ne sortirait rien de ces opérations aveugles, sinon quelques pauvres types qui iraient grossir les rangs des centres de rétention administrative, prendraient des avions pour leur pays d'origine et reviendraient dans quelques semaines avec un visa de tourisme flambant neuf. Quelques grammes de cannabis, une ou deux armes oubliées par des imprudents, un commentaire lénifiant, de quoi patienter jusqu'au lundi. D'ici là, les essoufflements des médias et la retombée du soufflé inciteraient peut-être les ravisseurs à se manifester, à revendiquer leur acte ou à exiger une rançon. Chacun se prenait à l'espérer, cela donnerait au moins une orientation à cette affaire qui n'avait aucun sens.

Hier soir, Abadie avait retrouvé Valentine et Nina au Terminus Nord alors qu'elles entamaient leur dessert. La petite lui avait paru triste, un peu amorphe. Il avait détaillé sa taille mince, emballée de vêtements de marques connues, coûteux. Sa sœur Angèle était derrière cette transformation en poupée Barbie, Nina n'avait pas pu changer à ce point, aussi vite. Avec Valentine, il avait fait en sorte de retrouver cette légèreté, l'humour et les blagues, qui caractérisaient leur relation passée. Petit à petit, l'adolescente s'était détendue. Elle avait même trouvé le moyen de rire quand les deux officiers lui avaient demandé qui elle avait amené à l'appartement avant son départ pour Londres. Une bande de sagouins ? Des jeunes gens empressés mais sales ?

– Mais ça va pas, non ? avait-elle protesté. Jamais de la vie ! J'ai jamais amené personne !

Ils l'avaient crue. Nina ne savait pas mentir.

Elle avait renoncé à aller voir sa mère le soir même. Encore lourdement « sédatée » pour la nuit, Marion n'aurait pas perçu sa présence. Elle irait ce matin, avec Valentine.

Après s'être assuré que le front était calme, notamment à l'hôpital où la présence de Jean-Charles Annoux le tranquillisa, Abadie partit pour Dreux. Le temps était maussade, la bruine posait sur les pare-brise une pellicule collante. En s'éloignant de Paris, le crachin céda progressivement la place à une atmosphère neutre, sans soleil mais sèche. À 9 h 45, il était à pied d'œuvre.

## 73

***Hôpital Lariboisière***
***Samedi, 10 heures***

Marion était assise sur son lit, par-dessus les couvertures. Elle avait revêtu son survêtement Adidas et chaussé des baskets. Sa maigreur et ses pieds à la peau jaune étaient ainsi camouflés. Ses cheveux en repousse — ils avaient déjà repris un petit centimètre — lui donnaient l'air d'une sportive en séance de récupération ou en attente de massage. Jean-Charles Annoux avait tenu à la maquiller lui-même à l'aide de quelques produits apportés par Valentine. Sa délicatesse et son empathie lui avaient confirmé ce qu'elle ressentait : il serait le futur compagnon de Luc Abadie, même si ni l'un ni l'autre n'en était encore conscient. Avec le lieutenant, pas une fois la divisionnaire n'avait tenu de ces propos grossiers qui scandalisaient Abadie et n'amusaient plus guère Valentine. Elle-même avait fini par s'en rendre compte sans parvenir toujours à les empêcher de sortir de sa bouche. La porte s'ouvrit et Nina apparut. La petite marqua un arrêt. Derrière elle, Valentine sentit l'émotion qui la submergeait, le bouleversement qu'elle s'était évertuée à ressentir quand sa mère était dans le coma, sans y parvenir. Nina se retrouva dans les bras de sa mère et les deux officiers de police les laissèrent en tête à tête.

## 74

*Saint-Médard, Eure*
*Samedi, 10 h 15*

Abadie fit un premier passage devant le château fortifié de Saint-Médard, sans s'arrêter. L'allée de hêtres qui conduisait à la porte principale, au bout d'un pont-levis qui ne se levait plus depuis des lustres, était vide, tout comme la maison de guet située pile en face, de l'autre côté de la voie communale. On voyait au premier coup d'œil que la demeure du père Verdelet, témoin capital des affaires qui avaient secoué l'ancienne forteresse en février, n'était plus occupée. Le jardin disparaissait sous des orties d'un mètre de haut, les volets de la baraque étaient clos et des planches avaient été clouées en travers de la porte. Le vieux bonhomme était mort ou en maison de retraite. Après avoir fait demi-tour dans un petit chemin en contrebas, Abadie revint sur ses pas, s'arrêta au bout de l'allée arborée et sortit de son véhicule. Il examina le château, austère et perché sur un tertre envahi d'une forêt anarchique. Il se souvint des douves qui protégeaient l'accès sur les trois quarts de la construction tandis que le dernier quart, au nord, était gardé par un à-pic qui plongeait dans une rivière dont il avait oublié le nom. Rien ne bougeait dans les environs.

En se penchant, il repéra, sur la terre du chemin, de multiples traces de pneus dont il fut certain que la plupart étaient fraîches. Il avait plu la veille mais pas cette nuit. L'eau en aurait effacé les reliefs. Or, ces dessins-là étaient bien marqués. Il songea à une voiture légère, une berline.

« Bon, et maintenant ? » se demanda-t-il, les poings sur les hanches en regardant autour de lui.

L'idée lui était venue pendant la nuit. Il avait beau rechigner à suivre Valentine sur son terrain onirique, il ne parvenait pas à dormir car chaque début d'endormissement le jetait sur un obstacle qui le ramenait brutalement à la réalité. Il avait fini par renoncer au sommeil pour s'apercevoir que l'obstacle avait la tête de Guerry. Il s'était laissé entraîner dans le grand huit des hypothèses irrationnelles. Il avait admis qu'il fallait attaquer de face ce grand dadais, ne serait-ce que pour savoir ce qu'il avait dans le ventre. Il avait quand même une bonne raison, s'était-il rassuré : Marysa de Mareil et ses yeux écarquillés. Ses yeux à lui l'avaient bien vue avec Guerry. Il n'allait pas attendre lundi pour commencer l'éventration des secrets du commissaire.

Il devait bien cela à Valentine et à Marion.

# 75

***Hôpital Lariboisière***
***Samedi, 11 heures***

Nina riait et pleurait à la fois. Marion caressait ses cheveux plus fins que la soie mais dont elle n'aimait pas le parfum, cher, hargneux. Un truc qui s'imposait à vous et que Nina n'avait pas dû choisir elle-même.

– Je te demande pardon, maman, murmura la petite, je ne pouvais pas…

– Je sais, ma fille, je sais… Je comprends. Tu ne voulais pas toucher les morts…

– Mais comment… ? Comment tu sais ? Valentine te l'a dit ?

– Non, ma beauté, Valentine n'était pas là, il n'y avait que Pierre et toi…

– Pierre ? Mais…

– Il est très malade, oui. Je t'entendais, Ninette. Je ne pouvais pas te parler mais je t'entendais…

– Oh, maman ! Je suis tellement désolée !

– Chut… Viens, n'en parlons plus.

## 76

***Saint-Médard, Eure***
***Samedi, 11 h 30***

Il n'y avait aucune possibilité de voir ce qui se passait derrière le pont-levis et l'énorme porte d'entrée. Sa position haute mettait le château à l'abri des curieux, ou alors il aurait fallu un hélicoptère. Abadie réfléchit un moment. On pouvait encore mener des investigations sans recourir à l'artillerie lourde. Arrêté au milieu de la route, il aperçut une voiture qui tournait l'angle, au carrefour situé à 200 ou 300 mètres. Jaune, la voiture, avec un oiseau bleu stylisé sur la portière. La Poste venait vers lui, sans se presser. Il remonta dans sa vieille caisse et démarra pour libérer le passage. Le facteur lui fit un signe de la main en arrivant à sa hauteur et le dévisagea longuement avant de poursuivre sa route. Abadie sourit. Voilà ce qu'il devait faire : la bonne vieille police de papa.

Il alla se poster au carrefour, sur le bas-côté. Autour de lui ce n'était que champs et bois, un désert de campagne, sans une maison. Il ressemblait, avec sa bagnole bleue, à une mouche égarée dans une soupière de lait. Plusieurs voitures passèrent dans les deux sens. La carte routière qu'il avait achetée en venant lui indiqua que la route menait à Dreux, située à dix kilomètres de là. Trois villages encadraient le château. Saint-Médard, au nord, dont il avait pris le nom, ou l'inverse, Saint-Maximin, à l'ouest, et Touches à l'est. Entre ces patelins plutôt à l'écart les uns des autres, des hameaux et des fermes isolées. Il y avait peut-être encore des commerçants qui passaient faire des tournées pour les ravitailler. Vers 10 h 30, un fourgon blanc mit son clignotant pour emprunter la route qui passait devant le château. Poissonnerie Barthe et fils, Saint-Maximin. Puis ce fut une voiture sans indication mais on voyait distinctement des baguettes et des pains à travers les vitres. Elle venait de Saint-Médard. À 11 h 30, Abadie n'avait pas vu débouler les gendarmes ni qui que ce soit d'autre. Il décida de lever le camp s'il voulait arriver avant la fermeture du bureau de poste.

Guerry des Croix du Marteroy était revenu dans les parages depuis quelques semaines. Il n'en faisait pas mystère, ne se cachait pas et la forteresse n'abritait que lui, en dehors de quelques corbeaux et de rats en pagaille. Du moins pour ce que les habitants de Saint-Médard en savaient. Il n'avait pas modifié ses habitudes pour autant et la Poste lui réacheminait à Paris, rue Lecourbe, tout le courrier qui arrivait ici. Le facteur n'allait donc jamais jusqu'au château. La piste postale refroidissait avant même d'avoir tiédi. La directrice d'établissement conseilla à Abadie d'aller voir le boulanger, ce qu'il avait prévu de faire, et l'épicerie où elle savait que l'héritier du château venait s'approvisionner de temps à autre. La boulangère ne put pas dire grand-chose, sinon que le château ne figurait pas sur la tournée de son mari et qu'elle ne voyait Guerry que de manière épisodique, quoique plus assidûment depuis une semaine.

L'épicerie ne ressemblait pas à ce qu'Abadie avait gardé en mémoire de l'époque où il allait en vacances chez une tante dans la campagne toulousaine. Un bric-à-brac comme une caverne d'Ali Baba tenu par une centenaire en blouse grise, moustachue, bossue et sèche comme un coup de trique. Là, la tenancière était trentenaire, elle était vêtue d'un ensemble pantalon en polaire rouge et vert et, en guise de bijou, portait un badge avec son nom inscrit en dessous de celui de la chaîne de commerces de proximité dont elle gérait un des points de vente. Elle accueillit le commandant avec un sourire commercial. Les clients ne se bousculaient pas, il était plus de midi, la plupart étaient déjà à table. Son affabilité disparut quand il annonça l'objet de sa visite.

– Oh, lui... fit-elle en pinçant les lèvres.

– Que voulez-vous dire ?

– Il est tellement bizarre... Enfin quand je dis bizarre, c'est plutôt lunatique. Un jour il va vous raconter sa vie, enfin j'exagère un peu, et le lendemain il ne vous dit pas bonjour, à vous arracher les choses des mains.

Guerry était réapparu à peine un mois plus tôt. Il n'était pas du genre à fréquenter les gens du village qui, soit dit en passant, travaillaient pour la plupart à Dreux. En plus, il ne voulait pas qu'on lui pose de questions sur l'affaire qui avait provoqué une onde de choc dans la région. Mais il venait parfois acheter des provisions.

– Je vends de tout ici, voyez vous-même, dit la femme avec un geste du bras pour montrer les étalages de presse, d'aliments frais et en conserve, de produits d'entretien et de droguerie, de parapharmacie, de pain et de mille autres produits de première nécessité. Mon mari s'occupe de l'annexe où il vend des articles de bricolage et des matériaux pour le bâtiment. Rien d'important, du dépannage aussi. Le Guerry est allé plusieurs fois acheter du matériel, il disait qu'il aménageait une chambre dans le château.

– Pour lui ?

– Ah, ça, j'en sais rien...

– Et ici, qu'est-ce qu'il achetait ?

– Bof, pas grand-chose, je pense qu'il faisait comme les gens du village, ils vont surtout dans les hyper, moi je suis la dépanneuse !

– Mais encore ? insista Abadie.

La femme haussa les épaules.

– Je peux pas vous dire, des bricoles, une boîte de conserve, des sachets de soupe, du lait, oui, mais pas depuis longtemps. Une semaine, je dirais. Et des céréales, ça me revient…

– Vous l'avez vu quand pour la dernière fois ?

– Ah ben, pas plus tard qu'hier ! Il est venu acheter une bande…

– Une bande ?

– Oui, une bande Velpeau. Et de l'alcool à 60° et du mercurochrome. C'est drôle d'ailleurs…

Elle s'était subitement mise à contempler le plafond comme pour y chercher un souvenir ou le courage de finir sa phrase.

– Qu'est-ce qui est drôle, madame Lefort ?

Anne Lefort, selon son badge, leva encore une fois ses épaules rondes.

– Je lui ai demandé, juste pour être aimable avec les clients, s'il s'était blessé. Il était distrait, ailleurs, contrarié, je dirais…

– Par votre question ?

– Non, en arrivant… Il ne m'a pas répondu. Juste en partant, il a marmonné un truc. J'ai compris qu'il parlait de son frère. Votre frère ? j'ai demandé. Je sais bien que des frères y en a plus, le dernier c'était le dingue qui est mort en février. Le troisième, je l'ai pas connu, il était mort depuis longtemps quand on est arrivé là avec mon mari. Et je…

– Qu'est-ce qu'il a répondu ?

– Euh… Il s'est comporté comme s'il se réveillait, vous voyez ? Il s'est fermé comme une moule. Il m'a lancé un regard, je vous dis pas, si ses yeux avaient été des couteaux, je serais morte aussi à l'heure qu'il est... Il a un grain, ce type, c'est pas possible ! Remarquez, y a de quoi, avec ce qu'il a vécu !

– Et ensuite ?

– Ensuite ? Ben rien, allons ! Il est parti comme s'il avait le diable aux trousses.

– Il est parti comment ?

– En bagnole, une voiture grise, de la police, je crois, puisqu'il est flic, vous le savez, quand même ?

Abadie s'abstint de lui dire que, la veille encore, l'étrange Guerry des Croix du Marteroy était son patron.

# 77

***Palais de l'Élysée***
***Dimanche, 16 heures***

Le président Kinsky décida que sa famille resterait à Paris pour le premier week-end qui suivait la disparition d'Adel. Il laissa les femmes pleurnicher entre elles. Lui alla s'enfermer dans son bureau où il passa de nombreux coups de fil. Il tenta de s'intéresser à un dossier qui arriverait en discussion au prochain Conseil des ministres, mercredi. Le sujet était chaud, emploi, chômage, mais il ne parvenait pas à se concentrer. En fin d'après-midi, il n'y tint plus. Il appela une des jolies nanas qui composaient un cheptel dans lequel il puisait à tout propos et lui donna les indications nécessaires pour qu'elle le rejoigne ici même, une heure plus tard. La fille acquiesça sans se faire prier. Après quoi, Frédéric Kinsky sonna le responsable du GSPR, le commissaire Gary Meillan, qui ne décollait pas de son PC depuis le début de la « crise Adel ». Il le chargea d'accueillir la jeune femme et de l'amener jusqu'à lui. Il ne pouvait demander cela à personne d'autre. Le commissaire Gary Meillan était son âme damnée et il n'avait confiance qu'en lui.

Côté police : RAS.

## 78

***Brigade criminelle***
***Lundi, 7 h 45***

Incrédule, Maguy Meunier contemplait la première page du *Parisien*. À peine arrivée, à 7 h 30, et juste avant de rejoindre la cellule de crise du ministère de l'Intérieur, elle avait vu débouler le chef d'état-major avec la pile de journaux du matin. Le commandant tirait une tête d'enterrement qui lui fit craindre une affreuse nouvelle dont on aurait oublié de l'informer. Ce qu'elle avait sous les yeux était, d'une certaine manière, bien pire. Trois photos alignées comme à la parade. Mark Van de Root et Matej Jelko voisinant avec Adel Kinsky sous un titre qui occupait toute la largeur de la page :

« **Le fils du président victime d'un tueur en série ?** »

La gorge sèche, les mains tremblantes, elle parcourut l'article qui, bien évidemment, n'était pas signé.

– L'enfoiré de sa race ! dit-elle à voix haute sous l'œil inquiet de son collaborateur. Putain d'enfoiré de sa race !

L'homme recula vers la porte. Il ne voulait pas en entendre davantage.

– Si vous avez besoin de moi, patron…

– Oui, oui, fit-elle distraitement, je vous sonne, Romain…

Il était sur le point de sortir quand elle le rappela :

– Trouvez-moi le commandant Abadie, s'il est arrivé, sinon, appelez-le. Je le veux ici dans cinq minutes !

La divisionnaire avait conservé de sa jeunesse un tempérament impétueux. Le sang lui montait facilement à la tête mais elle savait aussi que c'était précisément à ce moment-là qu'elle devait surtout ne rien faire. Juste attendre que reflue le magma qui noyait son cerveau, que retombe le niveau des pulsations de son cœur au bord de l'implosion.

Si elle s'était écoutée, elle aurait composé le numéro de Steve, le free-lance à qui elle dédiait tous ces noms d'oiseau. Elle l'aurait interpellé sèchement.

– C'est vous qui m'avez donné l'info, dois-je vous le rappeler ? aurait-il dit.

Oui, c'était elle qui l'avait mené sur cette piste, par la main, tel un enfant devant un étal de Noël, en lui demandant de regarder, seulement regarder. Un tueur en série !

Abadie la trouva ainsi, ses mains ravageant le brushing qu'elle avait patiemment concocté au milieu de la nuit parce qu'elle n'arrivait toujours pas à dormir. Elle tourna le journal vers lui avant même de lui dire bonjour. Le commandant blêmit :

– Madame, vous n'allez pas imaginer que je suis pour quelque chose…

– Normalement, répondit-elle sèchement, si j'étais une « salope de taulière » comme vous m'appelez entre vous, je vous répondrais « si » et je vous demanderais de retourner d'où vous venez non sans vous coller une procédure au cul pour divulgation d'éléments confidentiels d'enquête ! Ça tiendrait la route suffisamment longtemps pour que les charognards passent à autre chose.

– Mais…

– Pas de mais ! Je sais que vous n'y êtes pour rien. Vous n'avez fait qu'émettre l'hypothèse d'une ressemblance.

– Vous connaissez le journaliste… supposa Abadie finement.

– Pas autant que vous le croyez ! Parfois il nous arrive de faire des bourdes mais je reste convaincue que, la plupart du temps, nos actes sont loin d'être anodins. Je voulais vous voir avant la réunion de 8 heures pour arrêter notre stratégie.

« *Notre* stratégie », songea Abadie élevé par magie au rang de chef de guerre.

– Vous, vous n'ouvrez pas la bouche ! Vous n'êtes pas là depuis deux jours que déjà… Bref ! Je prends pour moi la communication sur les élucubrations d'un journal, habituellement sérieux, autour de trois photos de gamins qui ont peut-être des points communs physiquement, mais de là à en faire des sosies… La plupart des groupes vont travailler sur la recherche d'Adel Kinsky, les groupes Bernard et Nerval en premier lieu, vous ne les aurez pas dans les pattes.

Abadie se tenait raide sur sa chaise avec la désagréable impression que Meunier se préparait à lui porter l'estocade. Il n'avait pas la moindre idée de la manière dont elle allait l'achever.

– Vous, pendant ce temps, vous allez rester ici. Vous récupérez les dossiers de Mark Van de Root et Matej Jelko et vous me les passez à la revue de détail. Les autres ont le nez dans le guidon, ils s'échangent un minimum d'informations, je le déplore, mais les raideurs sont tenaces. Vous allez étudier tout ça avec un regard neuf et… candide. Et si elle existe, vous allez trouver la corrélation entre ces trois garçons. Puisque c'est vous qui en avez eu l'idée !

Elle pencha la tête de côté pour s'assurer qu'il avait bien compris. Les deux téléphones de bureau se mirent à sonner en même temps tandis que la *Neuvième Symphonie* de Beethoven de son portable tentait de les dominer. Elle les contempla, la mine sombre.

– Ça y est, c'est parti ! Le cirque commence…

Ses ordres furent clairs et, vu l'ambiance, personne ne se risqua à les contester. Ce fut une réunion courte, une demi-heure, entrecoupée d'incessantes sonneries de téléphone. Meunier répondait invariablement qu'elle rappellerait en sachant que la majorité des appels partirait à la poubelle. Malgré l'engagement qu'avait pris Abadie de ne rien dire, il ne put s'empêcher de la rattraper au moment où, sommée par le directeur de la PJ de la rejoindre sur-le-champ dans son bureau, elle gagnait la porte sous les regards lourds de sous-entendus des chefs de groupe.

– Madame, j'avais prévu ce matin une perquisition au domicile du commissaire Guerry, se lança-t-il.

– Je vous demande pardon ?

– Dans le cadre de l'affaire de Mareil… pour établir ses relations avec elle et…

– Écoutez, commandant, j'ai été claire, non ? Je vous ai indiqué les priorités, oui ou non ? Vous irez là-bas demain ou après-demain, je m'en contrefiche. Et lâchez-moi avec votre commissaire, c'est compris ?

## 79

***Cellule de crise du ministère de l'Intérieur***
***Lundi, 9 heures***

Le raz-de-marée que provoqua la publication des photos fit ressembler le dernier tsunami du Japon à une tempête dans un verre d'eau. Le président convoqua les responsables de la crise en urgence, en premier lieu le ministre de l'Intérieur, qu'il aurait révoqué sur-le-champ ou piétiné sauvagement s'il avait pu. Il le somma d'identifier les auteurs de cette galéjade ignoble en promettant des sanctions sans appel. Krops n'avait pas attendu la énième colère de son ennemi, alimentée, il le savait, par la pression que la grand-mère d'Adel et ses deux femmes, l'ancienne et la nouvelle, faisaient peser sur lui. Elles le cernaient comme des mantes religieuses et c'était sûrement pire pour lui que d'affronter ses adversaires politiques et la presse, que plus personne ne parvenait à juguler, la preuve. Au *Parisien*, on s'était abrité derrière le secret des sources pour ne pas répondre aux questions. Le directeur de la rédaction s'était même payé le culot de prétendre qu'il n'avait besoin de personne pour étudier des photos et en tirer des conclusions.

– Ils se paient notre tête ! ne décolérait pas Frédéric Kinsky. Je veux savoir qui a fait ça, tu m'entends,

Krops ! Je vous donne la journée, ajouta-t-il à la ronde, après quoi je tape au hasard.

La ruche se mit à bruisser aussitôt qu'il fut sorti. Les suppositions allaient bon train. À la longue, les regards et les soupçons finirent par se concentrer sur la PJ. Forcément, qui pouvait, mieux qu'eux, avancer une hypothèse d'enquête ? Le directeur se défendit comme il put, c'est-à-dire mal. Épinglé par les accusateurs silencieux, il avait la course désordonnée d'une gazelle poursuivie par un troupeau de lionnes affamées. Il ne savait que répéter qu'il se portait garant de ses hommes, ce qui ne faisait qu'aggraver son cas. Dans son coin, Maguy Meunier ne mouftait pas, plongée dans les informations du week-end et de la dernière nuit. Quand son tour vint de s'exprimer, elle avait compris depuis longtemps que si elle voulait détourner l'attention des autorités, elle devait leur jeter un os à ronger. Sinon, cela n'en finirait pas, elle en aurait pour la journée à se justifier, à ériger les barrages entre sa brigade et la suspicion que la publication des photos faisait peser sur elle. Elle brandit le portrait-robot établi à partir des témoignages recueillis autour de l'école Notre-Dame-des-Oiseaux.

– Puisque nous sommes dans les photos, je pense que nous devrions publier celle-ci ! dit-elle.

Désarçonnée, prise à contre-pied, l'assistance se figea.

– Je croyais que vous étiez contre ! s'exclama le directeur de cabinet du ministre de l'Intérieur, déjà reparti vers d'autres complots.

– J'étais contre parce que le résultat est médiocre.

– Et il ne l'est plus ?

– Si. Mais ce portrait-robot ferait passer au second plan les photos des trois garçons. C'était une idée comme ça, si vous en avez une autre…

Après s'être consultée du regard, la cellule acquiesça à l'idée de Meunier. Il fallait bien faire quelque chose.

## 80

***Quelque part dans Paris***
***Lundi, 9 heures***

Guerry avait passé une sale nuit à ruminer. Enfoui dans le quartier de Barbès, dans un hôtel louche où personne n'avait prêté attention à lui, il perdait l'espoir qu'*Abel* et lui puissent être autre chose que des ennemis, désormais. Un grand trou se creusait en lui quand il s'obligeait à regarder les choses en face. Il n'avait rien éprouvé de tel avec les deux premiers garçons, celui du Thalys et celui de la gare Montparnasse, car, au fond, il savait qu'ils n'étaient pas *Abel*. Ils ne l'avaient pas déçu, c'est lui qui s'était trompé. En songeant à *Abel*, *son Abel*, à peine retrouvé et déjà perdu, il ressentit un profond désenchantement.

Sur le boulevard des Batignolles, un kiosque à journaux exposait la sempiternelle photo d'*Abel* en vingt, trente exemplaires ou davantage. Mais ce matin, il n'était plus seul à la une. Deux autres *Abel*, les brouillons, l'escortaient. Guerry s'arrêta pour les regarder de plus près. Le gros titre le fit bondir.

Lui, un tueur en série ? Lui, qui ne voulait que reprendre son frère aux voleurs d'enfants ! Sa démarche était légitime, fondée, valable. Le qualificatif dont on l'affublait le révulsa. Ils allaient voir, tous ces jean-foutre, ce qu'il était vraiment.

## 81

*Gare du Nord*
*Lundi, 9 h 15*

Valentine accompagna Nina à la gare du Nord pour l'Eurostar de 9 heures.

Les adieux furent sobres. Le fin museau de Nina restait fermé. Durant ces deux jours, elle n'avait quitté le chevet de Marion que pour aller dormir, à deux pas de l'hôpital, dans sa chambre de la rue Saint-Vincent-de-Paul, à côté de celle qu'occupait Abadie. Elle n'avait pas commenté l'installation du commandant dans le lit de sa mère mais ses yeux bleus exprimaient de la gêne.

Elle avait fait du chemin en quelques mois, cisaillé le lien avec sa vie d'avant. Marion s'en inquiétait, pas sûre que Nina voudrait revenir un jour vivre avec elle. Pourtant, de manière spectaculaire, sa visite avait débloqué quelques rouages du cerveau de la divisionnaire, remis à leur place de nombreux souvenirs. Si l'ensemble manquait encore de cohérence, il y avait d'indéniables progrès, à croire que Marion avait attendu le retour de Nina pour consentir à ouvrir quelques tiroirs solidement verrouillés. De même, si ses délires érotiques, ponctués de sorties extrêmement crues, persistaient, ils semblaient s'espacer et, en tout cas, elle arrivait à les maîtriser en présence de tiers et notamment de sa fille.

Au moment de monter dans le train, Nina s'arrêta pour enlacer Valentine, sans un mot. Son corps mince ne transmettait rien.

– Je reviendrai, murmura-t-elle en s'écartant, bientôt, dis-le à maman…

Elle lut dans les yeux battus de fatigue de Valentine qu'elle devait peut-être en dire plus.

– Je ne sais pas si j'aurai envie de revenir pour de bon… Pas encore…

– Je lui dis ça aussi ?

– Comme tu veux, Valentine. Elle s'en doute de toute façon… Mais ce n'est pas contre elle. C'est…

– Je comprends, Nina, ne t'inquiète pas.

Une rupture de plus dans la vie d'une enfant qui en avait vécu d'autres, quelle importance, sinon pour ceux, pour celle qu'elle laisserait derrière elle ?

– En tout cas, dit-elle en grimpant sur la première marche parce que l'accompagnateur de l'Eurostar s'impatientait, je ne veux plus vivre là…

– C'est-à-dire ?

– Dans l'appartement… C'est crade, trop bizarre. Il y a de mauvaises ondes, là-dedans. Dis à Marion de déménager…

– Sinon ?

– Sinon rien, je ne veux plus habiter là, c'est pas compliqué à comprendre !

Fichu carafon, songea Valentine tandis que Nina entrait dans la voiture sur un dernier signe de la main.

## 82

***Brigade criminelle***
***Lundi, 11 heures***

Abadie examina longuement les trois photos en première page du *Parisien*. Il devait reconnaître que sa première impression était à présent mitigée. Les garçons avaient le même visage un peu allongé, des yeux clairs, une bouche large aux lèvres minces, sauf le Serbe chez qui la lèvre inférieure était plus charnue. Ils arboraient d'identiques cheveux blonds, clairs en tout cas, fins et peu fournis, un peu longs dans le cou, des oreilles légèrement décollées. Ils ne portaient pas de boucles ni de piercings, attributs fréquents des jeunes d'aujourd'hui. Ce qui les différenciait, en revanche, tenait à l'expression de leurs regards. Le Belge semblait défier le monde avec suffisance. « Content de lui », murmura Abadie. Le Serbe montrait de la combativité teintée de résignation. Habitué à prendre des coups dans la gueule. Adel Kinsky suait l'ennui de ceux qui ont tout et se plaignent tout le temps. Mais on lisait aussi qu'il était provocateur et ambitieux. Abadie reposa le journal en soupirant, considéra les piles de documents représentant les dossiers des deux affaires. Voilà ce qu'il avait récolté pour avoir avancé une idée stupide. Il eut un regard contrit pour le dossier Marysa de Mareil, abandonné dans un coin. La jeune psychologue avait travaillé sur les affaires des deux ados assassinés. Il ne la laissait pas complètement tomber puisqu'il allait inévitablement la retrouver au milieu des actes de procédure. Il se mit au travail.

Il procédait par ordre. Découverte des corps, constatations. Pas de doute, les corrélations étaient évidentes. L'emballage dans les bâches de protection le ramena dans l'appartement de Marion, le jour où il cherchait un cabas pour les courses. Il ne s'y arrêta que le temps de noter la coïncidence. Il passa plus de temps sur les conclusions du médecin légiste. La façon dont ces garçons avaient été mis à mort donnait le frisson. Une descente aux enfers lente, d'abord, par privation de nourriture, de boisson, lavage gastrique et colique. Il n'y avait aucun commentaire de Marysa à ce sujet, pas de commentaire du tout, soit dit en passant, en dehors de quelques notes prises en réunion par les procéduriers. Il s'installa devant son micro-ordinateur et se connecta à Internet. Il ne trouva rien qui pût être directement lié à ce qu'il avait lu. Rien, sinon la lointaine référence à des techniques utilisées pour la conservation des corps. Thanatopraxie ou pratiques égyptiennes de momification. Cette allusion lui remit en mémoire la sordide épopée des Guerry des Croix du Marteroy, le père Anselme sur les traces de qui avait marché son fils Ambroise. À la différence notoire que ces gens, pour être sacrément fêlés, ne s'en prenaient pas à des individus vivants, se contentant de les vider de leur substance une fois morts. Quoique… Ambroise tué dans l'affrontement fratricide, tuait bien ses victimes pour les momifier. Le rappel inattendu de l'affaire Guerry mit Abadie mal à l'aise.

Enfin, venait l'acte ultime de l'exsanguination. Deux incisions dans les carotides. Là, c'est le cadavre de Marysa de Mareil qui s'imposa par-dessus ceux des jeunes victimes. Comme les garçons, elle s'était lentement vidée de son sang après que l'on eut pratiqué sur son cou ces coupures mortelles. Il faudrait lancer une requête pour découvrir d'éventuelles affaires récentes ou passées dans lesquelles ce mode opératoire serait mentionné.

En attendant, le lien qu'il voyait entre ces trois victimes tenait au fait que Marysa de Mareil avait travaillé sur les cas des deux jeunes gens et que, d'une façon ou d'une autre, elle avait percé un mystère, peut-être rencontré l'assassin et représenté un danger pour lui. De nouveau, il pensa à Guerry. Inconcevable, répliqua la voix de la raison qui tenait Abadie loin des spéculations. « Lâchez-moi avec votre commissaire ! » surenchérit Maguy Meunier.

Il fallait continuer de décortiquer les faits, de noter sur la double page punaisée au mur tous les points communs. Il ajouta, pour Marysa, une troisième colonne aux deux premières. S'il y avait d'autres indices à trouver, il les trouverait. Il savait qu'il s'égarait. La divisionnaire lui avait ordonné de mettre en évidence des corrélations entre les trois garçons, de découvrir ce qui, dans la personnalité d'Adel Kinsky, ses habitudes de vie, avait pu attirer un tueur. Le mettre au rang d'un jeune Belge aisé et bien éduqué et d'un adolescent serbe pauvre et mal parti dans la vie, pour comprendre ce qui lui était arrivé. Il y passa la journée sans rien découvrir de plus que ce qu'il avait noté au début. Les colonnes de son tableau ne s'étaient pas remplies. Il n'avait rien trouvé qui pût faire émerger une quelconque hypothèse concernant le fils du président de la République.

Il regroupa les différents documents, déçu et impuissant. Il entendait d'ici les sarcasmes de Maguy Meunier et sans doute lui en voudrait-elle de l'avoir entraînée sur cette piste. Il était sur le point de refermer le dossier Van de Root quand une enveloppe blanche, glissée entre les soufflets d'une chemise cartonnée, tomba au sol. Il la ramassa et lut l'inscription rédigée à la main : « photos de Mark prises par sa mère avant son départ de Bruxelles ». Il y avait quatre clichés à l'intérieur de l'enveloppe. Deux étaient pris de loin, devant le Thalys. Le troisième présentait Mark Van de Root de trois quarts, sourire aux lèvres. On voyait le sac qu'il portait sur le dos, en cuir, de marque Hermès. Comme la ceinture qui tenait son jean et qui apparaissait sur la quatrième photo. Abadie riva son regard sur cet objet dont il lui semblait avoir vu le même récemment. Mais où ? Sur une autre photo ? Sur une autre personne ? Il remit tout ce qu'il avait déballé à sa place, non sans empocher l'enveloppe et les photographies. Ses muscles étaient douloureux, il était raide comme un passe-lacet, essoré, vidé. Il se rendit compte qu'il était 18 heures et qu'il n'avait vu personne de la journée, ni les membres de son groupe, réquisitionnés par Meunier, ni Meunier elle-même. Absolument personne. C'est en introduisant une pièce dans la machine à café que le souvenir lui revint. Il ressortit fébrilement les photos de Mark Van de Root de sa poche et examina la dernière. Une ceinture Hermès ! Comme celle qu'il avait trouvée dans l'appartement de Marion, le jour où, avec Valentine, il avait levé les scellés. Pour le coup, son esprit cartésien se rebiffa, lui ordonnant d'aller prendre l'air, marcher sur le quai, boire de l'alcool, désembourber ses neurones. Il sortit fumer une cigarette en contemplant les boues de la Seine et quelques quintaux de détritus flottants. Il ne voulait pas regarder les choses en face mais il ne pouvait pas en appeler deux fois le même jour à une coïncidence. Dans sa poche, la photographie d'une ceinture Hermès le brûlait comme un fer chauffé au rouge.

## 83

***Rue Boileau, 16e arrondissement***
***Lundi, 19 h 30***

La journée apporta aux cellules de crise une multitude de pistes sans issue. Cette fois, à la cohorte des témoins débordant d'imagination, visionnaires ou farfelus, venait s'ajouter celle, inépuisable, des médiums et autres radiesthésistes, cartomanciennes et devins de tout poil qui jouaient des coudes pour se faire entendre. Dans la cacophonie, un appel ressortit pourtant qui apporta une lueur d'espoir. Le couple d'homosexuels logé au premier étage de la rue Boileau était rentré, il y avait une heure ou deux, de sa semaine de mariage gay au cap d'Antibes. Une fois à Paris, ils avaient été surpris de constater l'agitation qui régnait autour de leur immeuble. Leur voisine de palier était sortie au moment où ils mettaient la clef dans la serrure. Elle leur avait tendu un papier que la Brigade criminelle l'avait chargée de leur remettre. Une convocation à appeler le commandant Alfion sans délai, dès leur retour. Ils prirent le temps de poser leurs bagages, de prendre une douche. Le premier était sorti de la salle de bains et, tandis que son compagnon y entrait, il avait allumé la télévision. Il était 19 heures et les infos du soir tournaient toujours autour de la disparition du fils Kinsky. Des quantités de reportages ou d'images volées circulaient, montrant un déploiement policier hors du commun pour, déploraient les commentateurs, un résultat encore nul. Au moment où apparut sur l'écran une photo robotisée, l'homme, prénommé Chris, sursauta. Cette dégaine, cet accoutrement !

– Laurent ! Laurent !

– Quoi ? fit la voix étouffée de son ami.

– Viens vite !

– Je suis sous la douche !

– Magne-toi de finir alors !

Quand Laurent rejoignit Chris, enroulé dans une serviette de bain large comme un drap de lit, il leur fallut attendre un moment, zapper sur toutes les chaines infos pour voir réapparaître le portrait-robot.

– Regarde ! dit Chris.

– La vache, c'est le trouduc qui nous a insultés !

Ils tendirent l'oreille au commentaire. Quand ils comprirent que le type en question pouvait être témoin dans l'affaire Kinsky, ils s'empressèrent d'appeler le numéro qui s'affichait, tout excités à l'idée de se retrouver bientôt sous le feu des projecteurs.

## 84

***Brigade criminelle***
***Lundi, 20 heures***

– Black-out total là-dessus ! ordonna Meunier au commandant Alfion. Allez voir ces deux types, déguisez-vous en courant d'air mais je ne veux pas de presse, personne dans la confidence.

Dix minutes plus tôt, l'un des opérateurs qui prenait les appels au numéro ouvert pour la crise lui avait fait signe. Un homme voulait parler au commandant Alfion, il habitait rue Boileau et était convoqué à titre de témoin. Intriguée, elle avait demandé la mise en relation. Le correspondant s'appelait Chris Barbier. Il était un des ultimes occupants de l'immeuble de la rue Boileau à ne pas avoir été entendu par la Crim.

– Vous avez été auditionnés par le commissariat d'Antibes, objecta Meunier, vous n'aviez rien à dire à l'époque si ma mémoire est bonne ?

– À l'époque je n'avais pas vu le portrait-robot.

Meunier avait senti des picotements lui envahir les jambes. Enfin, quelque chose se passait, après une semaine stérile.

– Vous ne dites rien par téléphone, martela-t-elle à ses hommes. Rendez-vous à la brigade dès que vous avez récupéré les deux gars.

– Comment ça, récupéré ?

– Vous les amenez au 36 ! Et planquez-les dans la bagnole, je ne veux pas qu'on les voie…

– Mais…

– Obéissez, bordel ! Vous savez encore faire ça, obéir ?

– Bien, patron, à vos ordres ! murmura le commandant qui avait passé l'âge de ces enfantillages.

– Ces témoins ont été en contact avec le guetteur de l'école Notre-Dame-des-Oiseaux, expliqua-t-elle pour tempérer son accès d'autoritarisme. Ils l'ont reconnu.

## 85

***Rue Saint-Vincent-de-Paul, appartement de Marion***
***Lundi, 20 h 30***

Abadie avait attendu un délai raisonnable dans l'espoir de voir arriver sa nouvelle patronne. La secrétaire était partie depuis longtemps et l'état-major ignorait si la divisionnaire allait passer ou non. Il rédigea quelques lignes pour lui dire qu'il avait fait chou blanc et qu'il en était désolé. Qu'il reprendrait demain le cours de l'enquête sur la mort de Marysa de Mareil, sauf contrordre de sa part. Il souhaitait la voir, quand elle aurait un moment, mais ne lui dit pas pourquoi. Elle ne voulait plus qu'on lui parle de Guerry, soit. Mais lui devait quand même lui expliquer ce qui le chiffonnait. Il ferma l'enveloppe et la remit au permanent.

Il laissa des messages aux membres de son groupe et rejoignit la rue Saint-Vincent-de-Paul après un crochet par l'hôpital pour récupérer les clefs laissées par Nina. Marion dormait, terrassée par les sédatifs dont elle avait demandé, ce soir, qu'on force la dose. Jean-Charles Annoux avait remplacé Valentine dans un ballet maintenant rodé et il savait que Marion avait passé une mauvaise journée. Nina, dit-il sobrement. Abadie lui serra la main longuement.

Une fois dans le hall de l'immeuble, au lieu de prendre l'ascenseur pour le septième étage, il s'engouffra dans l'escalier qui menait aux caves. À présent, arrêté sur le seuil de celle de Marion, il contemplait les deux sacs-poubelle comme s'il s'était agi d'animaux dangereux. L'éclairage du couloir, réglé par une minuterie, s'éteignit, lui arrachant un tressaillement. Il chercha le bouton à tâtons, remit la lumière. Les caves n'étant pas pourvues d'électricité, il tira les sacs au-dehors. Quand il ouvrit le premier, l'odeur forte le fit reculer. Le linge et les vêtements souillés avaient macéré à l'abri dans le plastique, cela sentait la pisse, la merde et quelques relents de vomi. Par précaution, il enfila des gants de latex et commença à fouiller, libérant des effluves de plus en plus agressifs. Il finit par trouver la ceinture Hermès et l'extirpa en la tenant par la boucle, du bout des doigts. À chaque instant il devait appuyer sur le bouton de la minuterie et il se dit qu'il aurait plus vite fait de tout monter là-haut. Il n'en avait pas le courage. Déjà que l'appartement ne sentait pas la rose !

Il sortit les photos de Mark Van de Root et les examina tout en gardant la ceinture à vue. C'était la même, du moins le même modèle, comme il en existait des centaines. Voire des centaines de milliers s'il s'agissait d'une contrefaçon. Pourtant c'était troublant. Il continua son exploration mais ne découvrit dans le sac aucun autre objet ou vêtement qui aurait conforté ses doutes. Une ceinture Hermès, c'était un peu mince pour affirmer que Mark Van de Root était venu dans l'appartement de Marion. Avec qui ? Pour quoi faire ?

Il referma le sac, le remit en place tout en gardant la ceinture. Une fois dans l'appartement, il posa l'objet sur la table de la cuisine et s'assit pour réfléchir. Que devait-il faire ? Alerter Meunier ? « Un peu léger, sur ce coup, Abadie », se dit-il à mi-voix tandis que, de la gare du Nord proche, lui parvenaient les annonces de trains en partance. Après un long moment d'incertitude, il ouvrit le placard à balais pour y dénicher un contenant où il mettrait la ceinture Hermès à l'abri. Il se retrouva nez à nez avec le sac en plastique rose et ses bâches de chantier. Il l'examina attentivement sans le toucher. Un élément, ce n'était rien, deux éléments, ce n'était plus tout à fait anodin. Il attendit une réaction de Meunier au mot qu'il lui avait laissé mais elle ne se manifesta pas. Demain, il lui parlerait de tout ça. Il alla se coucher avec le terrible sentiment qu'il passait à côté de quelque chose.

## 86

***Brigade criminelle***
***Lundi, 20 h 30***

Les deux occupants du premier étage de la rue Boileau étaient assis côte à côte dans le bureau de Maguy Meunier, un traitement de faveur réservé parfois aux suspects récalcitrants à qui la solennité de cette pièce mythique réussissait à délier la langue. Aucun risque avec Chris Barbier et Laurent Prax, qui se battaient pour prendre la parole.

– Ça se passait, il y a quoi ? Trois semaines, à peu près ? fit Chris, qui ponctuait ses phrases de grands gestes.

– Oh oui, au moins trois semaines, je dirais même…

– Et vous avez gardé cet épisode en mémoire au point d'identifier l'homme du portrait-robot sans hésiter ! s'étonna Maguy Meunier, qui était restée debout, les fesses appuyées contre son bureau, le commandant Alfion assis dans le fond de la pièce.

– Ah ça ! firent-ils en chœur, s'attirant une protestation de la divisionnaire.

– L'un après l'autre, s'il vous plaît !

Ce fut Chris Barbier, à l'évidence le moteur du couple, qui expliqua l'histoire. Cela se passait dans l'après-midi, un mardi pour être précis. Jour de fermeture des musées. Le couple travaillait au Louvre et profitait du mardi pour faire des courses dans le quartier. Dans la rue Boileau, à peu près devant leur immeuble, un homme sortait d'une voiture qu'il avait stationnée sur un emplacement « handicapés ».

Le souffle de la divisionnaire s'accéléra.

– Comme il n'avait pas mis de carte d'invalide sur son pare-brise, Laurent, ça, c'est tout lui, lui a fait la remarque. Le type est venu vers nous, l'air pas commode. Il s'est énervé, nous a dit de nous occuper de nos fesses... Entre autres. J'ai protesté. Laurent aussi...

– Il nous a traités de tous les noms, compléta Laurent, qui n'y tenait plus.

– Genre ?

– Vous voulez un dessin ? Fiottes, pédés...

– Gays de mes deux... Il avait un air tellement méchant, méprisant, j'ai cru qu'il allait nous cogner, c'est bien simple !

– Qu'avez-vous fait ?

– On est partis, quelle question ! On n'allait pas attendre qu'il nous tabasse tout de même !

– Vous êtes sûrs de vous en ce qui concerne le portrait-robot ? biaisa Meunier, qui n'osait pas aborder la question de la voiture.

– Ah oui, c'était vraiment tout à fait ça : grand, dégingandé, jean et baskets...

– Les lunettes, le bob bleu, exactement comme sur le dessin !

– Rien d'autre ?

– Comme quoi ?

– Un signe particulier, un indice ?

Les deux hommes se regardèrent, pétris de leur importance. Un indice ! Pour une enquête criminelle ! Ils firent non de la tête, désolés.

– La voiture ? demanda Meunier, la voix éraillée d'espoir.

– Gris foncé, taille moyenne, française je dirais, s'empressa Chris.

– La marque ?

Laurent se concentra, yeux clos. Renault, probablement, Laguna, peut-être. Bien entendu, ils n'avaient ni l'un ni l'autre jeté un œil sur les plaques minéralogiques.

– Vous n'avez pas eu l'idée de porter plainte ? s'enquit le commandant Alfion, qui sentait poindre la déception de sa patronne.

Chris Barbier haussa les épaules.

– Pour quoi faire ? Ce type était plus agressif que la moyenne, mais on est habitués, nous les gays, à se faire insulter…

– On s'est tout de même vengés, poursuivit Laurent avec un sourire en coin.

Maguy Meunier était désappointée. Elle avait faim, aussi, et se demandait ce qu'elle mangerait ce soir encore et à quelle heure elle pourrait espérer dormir.

– Comment, vengés ? demanda-t-elle cependant pour exploiter le filon jusqu'au bout.

– Quand on a tourné dans la rue d'Auteuil, on a vu une équipe de flics qui verbalisaient les voitures en stationnement. Les aubergines, les pervenches, je ne sais pas comment vous les appelez maintenant. On leur a balancé ce salopard !

– Ils se sont pas fait prier, ils sont partis à deux en nous disant qu'ils allaient l'aligner !

La divisionnaire redressa son dos fatigué. Elle croisa le regard du commandant Alfion. Il sortit sans attendre qu'elle lui en donne l'ordre.

## 87

***Rue Lecourbe, domicile de Guerry***
***Mardi, 9 h 30***

La perquisition au domicile de Guerry des Croix du Marteroy se déroulait en silence. La porte avait été ouverte par un serrurier requis pour la circonstance, en présence de deux témoins, un agent d'assurance qui avait son cabinet au rez-de-chaussée et une habitante du dernier étage. Une écrivaine qui travaillait à domicile et ne s'était pas fait prier, tout excitée de participer à une aventure hors norme. Pendant une heure et demie, une équipe de la PTS et de l'IJ avaient occupé les deux pièces de l'appartement au décor très dépouillé. Peu de meubles, une sobriété et une propreté qui avaient laissé penser un moment que l'occupant avait « fait le ménage » puis, à la vue de quatre cartons empilés, qu'il était sur le point de vider les lieux. Une fois les opérations préalables terminées, relevés d'empreintes, recherche d'ADN ou de tout autre indice prouvant la venue de Marysa de Mareil, les enquêteurs prirent la place. Abadie avait vu de loin opérer les techniciens, il savait qu'ils avaient embarqué la literie, qu'ils avaient aspiré minutieusement les toilettes et la salle de bains, des lieux où on trouve des cheveux et des poils, de la salive, du sperme, de l'urine… Il avait la certitude que Guerry n'était pas revenu ici, qu'il n'avait même pas essayé d'entrer car, à sa dernière visite, le commandant avait installé un « piège à con ». Ainsi nommé un dispositif artisanal, un bout de scotch, un minuscule morceau de papier dont la disparition ou le déplacement dénonçaient une intrusion. Son « piège à con » était bien en place à son arrivée ce matin. Tandis que ses coéquipiers se concentraient sur la chambre et les sanitaires, il s'avança vers les cartons empilés dans le couloir entre le séjour et la chambre à coucher. Sous l'œil intéressé de la romancière, il se saisit d'un cadre posé à l'envers sur le haut de la pile. L'IJ y avait cherché des empreintes, des traces de poudre d'alumine maculaient encore le cadre en bois lisse et le verre de protection. En dessous, la photo d'un adolescent déclencha chez Abadie une montée d'adrénaline. Il reconnaissait les traits de Guerry, avec quelques années en moins. Mais ce n'était pas cela qui le faisait réagir. Il utilisa un mouchoir en papier pour essuyer les reliquats de poudre noire. La romancière s'était avancée, intriguée par sa réaction.

– Oh ! s'exclama-t-elle, par exemple, c'est incroyable !

– Quoi ? grogna Abadie, encore sous le choc.

– Eh bien, ça ressemble bigrement au gosse du président ! Vous ne trouvez pas ?

On voyait bien que la photo était ancienne, un cliché noir et blanc aux contrastes délavés par la lumière. Abadie retourna le cadre. Dans un ovale, le nom du photographe « Albert Gerin, Dreux ». Il défit les attaches qui retenaient la photo et la sortit du cadre. Au dos, une écriture appliquée avec noté « Abel, mon frère, juin 1996 ». Il aurait pu parier un an de salaire que cette annotation était bien plus récente que la photo. Il chercha Rose Ritsch, la procédurière, pour qu'elle inscrive au PV cette découverte et l'endroit où elle avait été faite. Abadie entreprenait le démantèlement de la pile de cartons quand il vit approcher Jean-Charles Annoux. Le sixième de groupe agitait un objet qu'il avait trouvé dans un tiroir de la cuisine, parmi les couteaux et les fourchettes. Une clef de voiture, accrochée à un porte-clefs publicitaire, avec le logo de la marque Toyota. Abadie ne savait pas à quoi correspondait cet objet. Il n'avait jamais eu connaissance que Guerry pût avoir un véhicule personnel. Il s'agissait peut-être d'une ancienne voiture, du genre qu'on a conduit quand on était étudiant et fauché mais dont on conserve la clef en souvenir. Il n'y avait pas de papiers ni de dossier d'assurance, précisa le lieutenant. Abadie allait retourner à ses cartons quand l'immobilité du lieutenant l'alerta.

– Regardez ça, commandant ! souffla Annoux, qui hésitait entre embarras et incrédulité.

Il tendit un trousseau de clefs au commandant. Une clef Vigik pour ouvrir les portes à serrure électronique, une clef de sûreté plate, une petite clef de boîte aux lettres. Trois objets reliés par un anneau en métal jaune, maintenant une chaînette au bout de laquelle pendait un cœur doré cerné de rouge comme le prénom qui y figurait, en lettres penchées : *Nina*.

## 88

***Brigade criminelle***
***Mardi, 14 heures***

Après un entretien d'une heure avec Luc Abadie, Maguy Meunier hésitait encore à croire à la réalité de ce que le commandant avait étalé devant elle. Il ne manquait plus que ça, après une matinée éprouvante et son florilège de réactions à la diffusion du portrait-robot du guetteur de Notre-Dame-des-Oiseaux. Le président, que le ministre de l'Intérieur Krops avait « oublié » de faire prévenir, avait piqué un énième coup de sang. Les journaux se déchaînaient ce matin parce qu'une « source proche de l'enquête » leur avait indiqué que le dessin était en possession des enquêteurs depuis plusieurs jours déjà. Pour Meunier, Steve l'avait trahie, en conséquence de quoi elle refusait désormais de répondre à ses appels. Des flopées de coups de fil se télescopaient. Les gens interpellaient même les flics dans la rue pour affirmer que le « tueur d'Adel Kinsky » — le raccourci avait été immédiat — était untel ou untel. Qu'on l'avait repéré ici ou là. Les mêmes causes produisant les mêmes effets, il n'était pas rare que ceux qui avaient déjà appelé pour donner des informations sur Adel Kinsky se manifestent de nouveau pour son présumé assassin.

– J'avais raison, clamait la chef de la Crim, ce portrait correspond à la moitié des mâles de ce pays !

Ce foutoir avait un avantage : il mobilisait les structures de crise, occupait la presse et l'opinion, les détournait de l'essentiel. En premier lieu, des témoins majeurs qu'étaient Chris Barbier et son compagnon Laurent Prax. En grand secret et sans demander l'avis de personne, Meunier avait organisé leur départ du 36 en sinuant par le palais de justice. Une voiture de police les avait pris en charge pour les amener, non pas chez eux, rue Boileau, où stagnaient en permanence une douzaine de charognards, mais dans un lieu connu de quelques initiés seulement. Un petit appartement douillet, sans téléphone, dans une caserne de banlieue d'où il était impossible de sortir, gardé par des flics en tenue qui ne posaient pas de questions. Les deux garçons avaient accepté de jouer le jeu pour une nuit, avec la promesse d'une récompense et la perspective de devenir, pour la postérité, des témoins clefs de l'affaire Adel Kinsky. Le comportement de Meunier virait à la paranoïa, auraient dit ses détracteurs, en première ligne desquels plusieurs de ses hommes. Aussi n'avait-elle informé personne de ce qu'elle mijotait, même pas le commandant Alfion. Abadie, c'était parce qu'elle ne pouvait pas faire autrement. Également parce qu'il avait, en quelques heures, fait apparaître plusieurs clefs — au sens propre et au sens figuré — de l'affaire. Des affaires, plutôt.

Abasourdi par ses propres découvertes, il avait réagi dans le sens qu'elle attendait. Il avait récupéré le trousseau de clefs de Nina sans le faire intégrer au PV de perquisition et demandé au lieutenant Annoux de garder le silence jusqu'à nouvel ordre. De la même façon, il avait conservé la photo d'Abel Guerry des Croix du Marteroy sans la placer sous scellés. « Abel, mon frère, juin 1996 ». Il lui était revenu fugacement en mémoire la visite de Guerry à l'épicerie de Saint-Médard et son étrange façon de parler de son frère quand il était allé acheter des pansements. C'était troublant, mais il n'arrivait pas encore à associer les deux séquences. Ces objets faisaient partie de l'alignement sur le bureau de la divisionnaire. Avec une ceinture Hermès et un sac à dos de la même marque qu'il était allé repêcher en fin de matinée dans une courette crasseuse du chemin qui conduisait de la gare du Nord à l'immeuble de Marion. Le sac était encore garni de quelques vêtements dont il avait vérifié la liste sur la déclaration de Mme Van de Root. La divisionnaire était restée muette. Manifestement, elle avait du mal, elle aussi, à recoller tous les morceaux.

– Expliquez-moi ça !

– Je ne sais pas expliquer, justement, patron. Ce que je vois, dans tout ça, c'est un personnage central.

– Guerry ! murmurait-elle, consternée. Mais pourquoi ? Je veux dire pourquoi lui ? Il y a forcément une raison…

– Je ne la connais pas…

– Alors, reprenons, point par point !

– On part des photos, avait dit Abadie.

Il avait placé la galerie de portraits du *Parisien* à côté de celle d'Abel Guerry, le troisième triplé de la fratrie.

– Indéniablement, ils se ressemblent, avait admis Meunier, surtout Adel Kinsky et le frère de Guerry, Abel, d'ailleurs.

À ce moment-là, bien que son esprit rationnel n'en fît pas autant de cas, elle avait souligné la proximité des prénoms. Un hasard ?

– Pour une raison quelconque, liée au traumatisme de ce qu'il a vécu, poursuivait Abadie, Guerry enlève d'abord Mark Van de Root, puis le Serbe…

– Et il les tue à petit feu ! Dans quel but ? Pourquoi s'acharner ainsi sur ces pauvres garçons ?

Abadie hochait la tête. Impossible de savoir. Non plus qu'il ne pouvait émettre la moindre hypothèse sur l'abandon des corps, quasiment à découvert. Comme des objets encombrants et sans intérêt. En revanche, il était à peu près certain de savoir où l'assassin avait gardé les garçons pendant leur agonie.

– C'est insensé ! protestait Meunier, de plus en plus chavirée.

Oui, c'était insensé, comme bon nombre d'affaires criminelles.

– Guerry a vu Valentine Cara ranger dans un tiroir de son bureau les clefs de Nina, rendues par la mère de Pierre Mohica. Il les a subtilisées en sachant que les scellés étaient apposés sur la porte de Marion et que personne ne viendrait le déranger. Surtout pas un voisin sourd et un concierge qui se bat l'œil de ce qui se passe dans ses HLM. Personne n'a jamais vu Guerry dans les parages de l'immeuble ni dans le hall puisqu'il empruntait les coursives des bâtiments de la SNCF.

– Il faudra examiner les scellés… Vous les avez gardés au moins ?

Abadie avait fait oui de la tête.

Maguy Meunier avait ruminé un long moment, contemplant, par les vitres poussiéreuses, les toits des immeubles luisants d'humidité.

– Bien, on va passer tout ça à la loupe, cette coursive, l'appartement de Marion, le sac à dos, les bâches de protection… Dommage que vous ayez fait le ménage là-haut…

Abadie n'avait pas eu le temps de protester car, à ce moment-là, l'IJ l'avait appelé. De nombreux éléments pileux avaient été mis en évidence rue Lecourbe. Ils appartenaient à une femme. Des cheveux longs, roux et torsadés. Un bâton de rouge à lèvres gisait sous le lavabo coincé derrière la colonne. Il était en or et portait des initiales gravées : MM.

– Bon sang ! avait sursauté la divisionnaire. Il la baisait chez lui, donc !

– On s'en doutait un peu.

Abadie avait écouté la suite du rapport. Son visage allongé, une fois qu'il eut coupé la communication, montrait qu'il était devant un nouvel abîme :

– L'IJ, souffla-t-il au bord de l'épuisement, a trouvé, à foison, des empreintes de son frère mort, Ambroise.

– Cela voudrait dire qu'il nous a menti, le grand sifflet ? Il aurait eu des relations avec son frère Ambroise ? Avant la crue, pendant ?

– J'avoue, madame, je n'y comprends plus rien.

Il fallait se rendre à l'évidence. Quelles que soient les raisons qui avaient poussé Guerry à commettre des enlèvements suivis de meurtres, un problème crucial demeurait. S'il avait kidnappé le fils du président, et rien n'était moins sûr encore, qu'en avait-il fait ?

– Vous trouvez que le portrait-robot lui ressemble, vous ? demandait Meunier.

– Moyennement, mais l'allure quand même…

Meunier savait que si elle lançait les hordes aux trousses du commissaire, elle n'aurait plus voix au chapitre, tout partirait dans tous les sens. Lui, se sentant traqué, ferait une connerie, brûlerait ses ponts, tuerait son otage. Adel Kinsky n'était, comme les deux autres, qu'un objet de convoitise, même si elle ne voyait pas pourquoi. Il était sûrement encore vivant à cette heure puisque les deux autres avaient mis trois semaines à mourir. Il n'y avait pas, à cet instant, trente-six endroits possibles où le chercher. Pouvait-on pour autant y envoyer d'emblée la grosse artillerie, à l'aveugle ? Abadie dut lui avouer qu'il était allé à Saint-Médard, dimanche.

– Je vous avais dit de ne pas y mettre les pieds !

– J'ai été discret, je n'ai pas essayé d'entrer…

Il omit de rapporter ses visites aux commerçants.

– Il peut être là-bas, vous croyez ? demanda Meunier, tendue comme une corde au-dessus du vide.

Elle eut la vision de cauchemar d'une première descente à tombeau ouvert à Saint-Médard. Puis les mois d'investigation, la mise en pièces du château. Abadie haussa les épaules en signe d'ignorance. Elle se tut pour réfléchir.

– Contactez les gendarmes de la BR[1] de Dreux ! se décida-t-elle soudain. Si c'est moi qui les appelle, ils vont immédiatement faire le lien avec l'affaire Kinsky et ça va être l'état de siège à Saint-Médard, avec la presse en prime. Guerry, si c'est bien lui qui a fait le con, est un flic, il connaît toutes nos ficelles et devance tous nos coups. Je suis sûre qu'il n'est pas là-bas tranquillement à nous attendre. Vous inventez une fable pour les pandores : Guerry est en arrêt maladie, on a besoin de lui en urgence à Paris, il ne répond pas au téléphone. Vous insistez, hein… Vous leur demandez d'être discret mais de laisser une « chandelle »… Ils ont traité une partie de l'affaire il y a trois mois, ça devrait passer. Pendant ce temps, on essaie de trouver où Guerry peut bien se planquer. Si on n'a rien d'ici demain matin, on change de braquet.

Abadie ramassait ses pièces à conviction quand le téléphone de Meunier la dérangea une fois de plus. Elle écouta le commandant Alfion lui annoncer que les deux agents de surveillance de la PP envoyés par Chris Barbier et Laurent Prax pour se venger d'un malpoli, rue Boileau, avaient été identifiés. Ils venaient d'arriver au 36. Conformément aux consignes de la patronne de la Crim, on ne leur avait rien dit, ni posé la moindre question.

– Amenez-les ! dit-elle en faisant signe à Abadie de rester.

Un homme et une femme. Ils faisaient équipe la plupart du temps et étaient en uniforme puisqu'ils tra-

---

1. Brigade de Recherches.

vaillaient. Ils avaient l'air tétanisés de se trouver là, dans le saint des saints, dans le bureau de Maigret, en plus. Meunier les mit à l'aise avec un café. Ils se souvenaient bien de l'incident. Et pour cause.

– Quand on est arrivés, expliqua la femme, une imposante blonde très maquillée, le conducteur revenait à sa voiture. On lui a dit qu'on allait le verbaliser et qu'il devait nous présenter ses papiers et ceux du véhicule…

– Il a obtempéré ?

– D'une certaine manière…

– C'était un flic ! compléta l'homme. Il nous a montré sa carte, on l'a laissé partir…

« Nom de Dieu ! » murmura Abadie. Meunier se dressa.

– On ne « gratte » pas les collègues, en principe, se justifia la femme.

– Vous avez vu son nom ?

– Non. Mais comme il s'est montré désagréable, j'ai relevé son numéro de plaque…

L'agente fouilla sa poche de poitrine, en sortit un calepin à spirale, à la couverture usagée. Identifier le propriétaire du véhicule ne prit à la divisionnaire que le temps de contourner son bureau et de s'asseoir devant son ordinateur.

Elle ne fit aucun commentaire, demanda à la femme de lui confier momentanément son calepin et accompagna les deux agents sur le palier. Elle leur demanda une totale discrétion mais n'en rajouta pas. Dans quelques heures tout le monde saurait à quoi s'en tenir au sujet d'un commissaire de police qui était, peut-être, mêlé à l'enlèvement du fils du président de la République. Abadie attendait les ordres.

– Faites ce que je vous ai dit, confirma-t-elle en se mordillant la lèvre inférieure, et préparez les avis de recherche pour Guerry. On les garde sous le coude. On a la nuit pour débusquer l'oiseau

## 89

***Brigade criminelle***
***Mercredi, 8 heures***

La nuit s'était écoulée comme les précédentes, au ralenti.

La BR de Dreux était allée explorer le château de Saint-Médard et avait rappelé une heure plus tard. RAS. Un examen minutieux des environs n'avait rien donné de plus et la « chandelle » maintenue aux abords n'avait rien vu bouger. À 2 heures, le chef de brigade avait demandé des consignes.

– Stand-by, laissez le dispositif en place, on vous recontacte plus tard, avait dit Abadie depuis l'hôpital Lariboisière.

Il ne pouvait pas dormir dans l'appartement de Marion, d'où il était allé retirer ses affaires avant que la Crim ne l'investisse ce matin. Ou demain, cela dépendrait de la suite des événements. Il ne voulait pas retourner chez Valentine, même pour une nuit, et le lieutenant Annoux n'avait rien contre un peu de compagnie au chevet de Marion. Il avait donc fait installer un deuxième fauteuil dans la chambre. Ils avaient joué au tarot avec elle une partie de la soirée, elle confondait encore quelques règles mais les deux hommes s'étaient demandé si elle ne surjouait pas ce rôle d'ancienne gloire policière sur le déclin pour mieux les plumer.

La fin de nuit apporta un élément important, vers 7 heures. La Renault Laguna diffusée en fin d'après-midi avait été retrouvée dans un parking du 15e arrondissement. Un vigile avec chien avait remarqué que le réservoir de carburant fuyait. Pas de grosses quantités mais suffisamment pour que le dispositif de sécurité standard s'applique. Les pompiers étaient intervenus et, par la force des choses, l'information était remontée jusqu'à TNZ1, la salle de commandement de la préfecture de police. Maguy Meunier fut avertie dans la foulée. Selon les données informatiques transmises par le gestionnaire de parc, le véhicule y était entré quarante-huit heures auparavant. Avant qu'une équipe ne se mette à visionner les vidéos saisies par les caméras du parking, une autre, de la PTS, se mit en devoir d'examiner le véhicule dans les moindres détails. À 9 heures, la presse était au courant qu'on avait du nouveau mais personne ne put savoir de quoi il retournait exactement. Le ministre de l'Intérieur, alerté par on ne sait trop qui, fut informé qu'il s'agissait, à cet instant, d'une vérification de routine pour une affaire sans rapport avec l'affaire Kinsky. Abadie rappela à Meunier que le double d'une clef de voiture avait été trouvé chez Guerry. Il était possible qu'à présent, le suspect roulât à bord d'une Toyota dont on ne savait strictement rien sinon que la clef correspondait à un modèle Auris de 2007.

## 90

***8e arrondissement de Paris***
***Mercredi, 11 heures***

À 11 heures, une Toyota Auris de couleur blanche, modèle 2007, entra dans un parking de l'avenue Matignon. Son conducteur en sortit à pied deux minutes plus tard. Dans une poubelle de rue, il jeta le ticket qu'il avait pris à l'entrée du parc. Les cheveux très courts, il portait sur le nez des petites lunettes rondes à monture métallique. Son costume de coupe classique, gris, une chemise blanche et une cravate bleu roi parsemée de fleurs de lys blanches donnaient à sa haute taille un air très distingué. Il marcha d'un bon pas en direction du centre névralgique de Paris et de la France réunis. Il marqua une pause devant la grande grille de la place Beauvau qu'il contempla longuement avec un sourire énigmatique, sortit un téléphone portable de sa poche et composa un numéro.

Le commissaire Gary Meillan en était au début de son troisième jour d'affilée au GSPR. Sans compter les nuits passées sur le canapé à bout de souffle de son bureau. Il venait de prendre son café, un moment de répit qu'il s'accordait pendant la tenue du Conseil des ministres. Juste avant, le président l'avait appelé. Il était passé de la colère et la surexcitation à une espèce d'abattement qui n'annonçait rien de bon.

– Ça va mal finir, Gary, avait-il dit avec amertume, et moi je suis foutu. Pourquoi est-ce qu'on ne le retrouve pas ?

Gary Meillan n'avait pas su quoi répondre. Il subissait les humeurs du chef de l'État. Qui d'autre aurait pu tenir ce rôle, se demandait Meillan avec fierté quand le « patron » le sollicitait pour ses escapades sexuelles ou les petits coups tordus à l'encontre de certains adversaires dont il voulait s'assurer le silence ou se venger ? Qui, sinon lui, le célibataire, plus fidèle et muet qu'un chien ? De Zorro, il était le Bernardo.

La sonnerie de son portable fit grimper le stress qu'il n'arrivait plus à canaliser. On ne fait rien de bon quand on est crevé. Gilbert Furgo, le chef du SPHP, son patron hiérarchique, ne cessait de le lui rabâcher. Il n'écoutait pas Furgo, car le vrai patron de Gary Meillan n'était pas Furgo. C'était Frédéric Kinsky, qu'il suivait comme son ombre depuis des années. Un patron à qui il devait tout et pour qui il sacrifiait tout.

– Gary Meillan ! dit-il en décrochant.

– Salut, Gary… Amaury Guerry !

– Amaury ? Ça alors ? Comment vas-tu ?

Il connaissait le patron de la Brigade des chemins de fer, celui qui remplaçait Edwige Marion depuis qu'elle avait pris une balle dans la tête. Guerry était, avec la divisionnaire, son interlocuteur dès qu'il s'agissait de mettre en place un dispositif ferroviaire, train spécial ou voyage standard pour le président de la République et sa suite. Depuis trois ou quatre mois, le commissaire au nom imprononçable était seul à bord. Il déléguait beaucoup mais il restait un collègue aimable. Gary Meillan était au courant de son histoire, comme la plupart des commissaires parisiens.

– Je t'appelle à propos du dispositif de demain, dit Guerry sur un ton professionnel. Le Tender.

– Mais, comment ça ? Attends, j'ai tout calé avec ton adjoint… Leprix, c'est ça ? Il m'a dit que tu étais en arrêt maladie…

– J'ai repris ce matin.

– Ah, super ! Et alors, qu'est-ce que tu as à me dire ?

– C'est un peu délicat par téléphone. Je préfère t'en parler de vive voix.

– Oh ! tu me fais peur ! Qu'est-ce qui se passe ?

– Rien de grave, je pense, c'est juste un peu… sensible.

– Tu sais qu'on est charrette en ce moment… Le fils du président…

– Évidemment que je le sais ! s'emporta Guerry dans l'espoir de faire plier l'autre. Mais tu devrais m'écouter, c'est un conseil d'ami. Ça concerne le big chef.

Gary Meillan changea immédiatement d'attitude en même temps qu'il transférait son téléphone d'une oreille à l'autre. Si ça concernait le grand chef, ça le concernait aussi.

– Bon, dans ce cas, dit-il d'une voix crispée, qu'est-ce que tu proposes ?

– Écoute, je sors de Beauvau, là, je suis à côté. Je viens te voir.

Gary Meillan fit une grimace. Le Conseil tirait à sa fin, il fallait qu'il aille rôder là-bas. Le président aurait besoin de le voir, de lui parler, enfin, probablement. Mais l'autre, son collègue de la gare du Nord, lui mettait la puce à l'oreille. Il regarda sa montre. 11 h 10. C'était jouable. Il ne pouvait pas passer à côté d'une information qui concernait « son » patron. Le big chef, comme avait dit Guerry, curieusement. Et peut-être que ce serait enfin une bonne information.

– OK, soupira-t-il, présente-toi au poste de garde du 55, je viens te chercher.

Il repéra d'emblée la silhouette de Guerry à travers les vitres du poste de la garde républicaine. Le commissaire était d'une exceptionnelle élégance, ce matin, habillé comme il l'était lui-même au quotidien. Il fit un signe au garde qui s'avança à sa rencontre.

– Je suis obligé de lui retirer son arme de service, fit le garde républicain à voix basse en désignant Guerry, qui regardait dans leur direction.

– Bien sûr…

Gary Meillan serra la main de son collègue, qui ne songea pas à s'offusquer de la confiscation provisoire de son Sig Sauer. Il s'était soumis aux autres formalités, portique de détection, présentation de sa carte professionnelle, accrochage de badge « visiteur » à son revers.

– On va rester dans les parages de la cour d'honneur, dit Gary Meillan, le Conseil des ministres va se terminer dans un quart d'heure, il faut que je sois là…

– Pas de problème !

Le patron du GSPR était relié par une oreillette à son PC et il ne cessait de regarder autour de lui, au cas où un improbable ennemi surgirait d'un pot de fleurs ou d'une des innombrables fenêtres. Dans un coin de la cour, les journalistes et photographes accrédités commençaient à se rassembler. Les logos des grandes chaînes de télévision étaient facilement repérables. Guerry suivit le regard de Meillan en attendant qu'il se réintéresse à lui.

– Alors, je t'écoute, dit finalement Meillan.

– C'est très, très particulier, Gary. Je ne suis pas sûr que tu puisses…

Il s'interrompit. Ses mains s'agitaient, de longues mains marquées de coupures et de bobos divers. Des mains de bricoleur du dimanche qui juraient avec le reste de la personne, les chaussures impeccablement cirées, le costume sobre mais de bonne facture.

– Je ne peux pas te dire de quoi il s'agit, reprit-il en se penchant vers son collègue nettement plus petit que lui.

– Tu déconnes ? Pourquoi tu es venu, alors ?

– Je ne peux pas te le dire, *à toi* !

– À qui, dans ce cas ?

Guerry leva les yeux vers le haut du perron, sur les fenêtres closes. Meillan n'osait comprendre.

– Tu déconnes ! redit-il tel un disque rayé. Tu es en train de me dire que tu veux parler au président ?

– Oui, ce que j'ai à dire ne peut être entendu que de lui.

– Ce n'est pas possible, Amaury. Il ne te recevra pas, même si…

– Ça concerne son fils.

Il n'avait pas haussé le ton, pas changé de posture, mais il avait planqué finalement ses mains esquintées dans ses poches.

– Mais… comment ça, ça concerne son fils ?

– Écoute, collègue, dit Guerry la voix un peu altérée soudain, je viens de te dire que je dirai au président et à lui seul ce qu'il doit savoir à propos de son fils. Je sais qu'il te fait confiance, débrouille-toi !

– Et si je refuse ?

– Et si le gamin crève ?

Le grand Guerry fit du regard le tour de la cour d'honneur avant de planter ses yeux jaunes dans ceux de Gary Meillan. Il redressa sa carcasse longiligne, remonta de l'index ses lunettes rondes sur son nez. Gary Meillan, décontenancé, ne savait quelle posture adopter.

– Je parle au président ou je m'en vais. Je suis sûr que ceux-là seront contents d'entendre ce que j'ai à dire.

Il montrait du pouce le groupe de presse qui se renforçait d'une seconde à l'autre, annonçant la fin proche du Conseil des ministres. Dans son oreillette, le commissaire Meillan entendit que la sortie du président de la République et des ministres était imminente. Il devait se décider, maintenant. Au fond de lui, il savait qu'il devait prendre des précautions. Que cette façon de lui forcer la main sentait mauvais. Mais il songeait aussi à Adel qu'il aimait bien, au président qu'il avait senti ce matin sur le point de sombrer. Et que risquait-il de la part d'un collègue désarmé, avec des gendarmes et des policiers tout autour ?

– Je veux le voir seul à seul, précisa Guerry comme s'il avait deviné les pensées de Meillan.

## 91

***Brigade criminelle***
***Mercredi, 11 h 20***

En raison des investigations en cours, Maguy Meunier avait été autorisée à rester au 36, tout en maintenant le contact avec la cellule de crise. Toutes les dix minutes, le directeur de la PJ l'appelait, harcelé par le préfet de police, lui-même écartelé entre les ministres de l'Intérieur, de la Justice, le cabinet du Premier ministre, l'Élysée, la presse. Elle avait de plus en plus de mal à garder son calme et à tenir la ligne qu'elle s'était fixée. Ça ne se passait pas exactement comme elle l'aurait voulu.

La voiture Renault Laguna, complètement désossée, essorée, aspirée, passée au luminol, à la poudre d'alumine, photographiée sous tous les angles, avait livré quelques éléments : des empreintes de Matej Jelko, un téléphone portable sans batterie. Un morceau de bâche de protection coincé dans une charnière du coffre. Mais rien qui, de manière incontestable, pût impliquer Guerry dans la disparition d'Adel Kinsky. L'appartement de Marion subissait, depuis le petit matin, une nouvelle mise à sac, pendant que les spécialistes de l'enquête criminelle se déployaient dans les coursives de la gare du Nord, entre la cour des départs et l'immeuble de la rue Saint-Vincent-de-Paul. À 11 heures, les preuves relatives au rapt et au meurtre des deux adolescents, le Belge et le Serbe, s'étaient accumulées, mais rien concernant Adel Kinsky. Entre autres, le téléphone de marque Samsung débusqué sous les sièges arrière de la Renault n'était pas celui d'Adel.

Les gendarmes attendaient, l'arme au pied, à la caserne de Dreux, l'arrivée d'un groupe de la Crim pour investir le château de Saint-Médard. Après qu'il eut entendu les dernières nouvelles et qu'en particulier, il était encore prématuré de coller l'enlèvement d'Adel Kinsky sur le dos de l'homme suspecté d'avoir tué les deux adolescents, le directeur de cabinet du ministre de l'Intérieur, soutenu par la cellule de crise, considéra que l'on pouvait, dès à présent, lancer l'avis de recherche de Guerry des Croix du Marteroy. Le préfet de police fit relayer l'ordre. La rédaction du document avait été pesée mot à mot. Chacun, Maguy Meunier en premier lieu, savait que ce simple bout de papier ferait l'effet d'un raz-de-marée et que la presse, elle, ne prendrait aucune précaution pour l'interpréter.

Alors qu'elle se préparait à donner le feu vert à la « diffusion immédiate et urgente », Maguy Meunier fut arrêtée par son téléphone. Elle y vit affiché un numéro qu'elle ne connaissait pas. En temps normal, elle aurait ignoré l'appel. Masqué ou non identifié suffisait à lui faire appuyer sur le bouton rouge. Impulsivement, elle décrocha.

– Amaury Guerry ! dit une voix à peine audible.

– Pardon ?

– Je suis le commissaire Guerry, celui que vous cherchez partout…

– C'est une blague ?

– Faites le bornage du numéro affiché, vous allez voir si c'est une blague.

La tête à l'envers, Maguy Meunier avait failli raccrocher. La dernière phrase la colla au mur.

– Allez, faites-le ! insista son correspondant. Par l'interphone de votre bureau, vous appelez les services techniques…

– Qu'est-ce que vous voulez ?

– Vous dire au revoir, madame le divisionnaire… Je vais expliquer au président où se trouve son fils puisque vous n'avez pas été capable de le faire. Votre super brigade !

Avant qu'elle n'ait eu le temps de dire ouf, la communication fut interrompue. Dans un brouillard, par gestes automatiques, elle fit ce que Guerry — si c'était bien lui — suggérait. Localisation d'un téléphone portable en temps réel, une opération qui ne prenait que quelques secondes.

Elle attendit la réponse avec l'impression que le temps s'accélérait, que les aiguilles de la pendule Napoléon-III, une relique qui trônait sur la cheminée depuis la nuit des temps, tournaient à toute vitesse. Elle entendit la réponse et, sans se poser de question superflue, appela Gilbert Furgo. Le patron du SPHP était à son bureau, comme tous les mercredis matin, Conseil des ministres oblige.

– On a un problème, lui dit Meunier. Tu connais Amaury Guerry ?

– Oui, de loin, je l'ai croisé à la g…

– Bon. Je n'ai pas le temps de détailler mais il est peut-être en cause dans l'enlèvement d'Adel Kinsky…

– Lui ? Mais comm…

– Arrête de m'interrompre, putain de merde ! Je ne sais pas ce qu'il fabrique, il vient de m'appeler, il dit qu'il va aller voir le président…

– Laisse tomber, Maguy, c'est un dingue, voyons ! Comment veux-tu que… ?

– Il dit qu'il sait où est le gamin, j'ai de bonnes raisons de le croire, figure-toi !

– Eh bien, qu'il vienne ! s'exclama Furgo qui n'arrivait pas à enregistrer ce qu'il entendait. On va le recevoir avec les honneurs !

– Pour ta gouverne, je viens de faire borner son portable, il matche sur la balise de l'Élysée !

## 92

***Palais de l'Élysée***
***Mercredi, 11 h 30***

Gary Meillan avait demandé à Guerry d'attendre en bas, dans le vestibule, le temps qu'il aille jusqu'au salon Murat. Ainsi qu'il était de tradition, le président sortit le premier pendant que les ministres et le Premier ministre rassemblaient leurs dossiers et échangeaient quelques commentaires à voix basse. Le visage de Frédéric Kinsky se rembrunit dès qu'il aperçut Gary Meillan.

– Du nouveau ? articula-t-il péniblement.

– Oui, monsieur le président.

Kinsky devint pâle sous le hâle discret qu'il entretenait pour garder bonne mine et laisser croire au « peuple » que son sort était entre les mains d'un homme sain. Gary Meillan se hâta de préciser :

– Non, rien de grave, je vous rassure. Puis-je vous parler en privé ?

Ce n'était pas très commun, à vrai dire. Mais, dans le contexte, le président aurait admis n'importe quoi, que son chef de sécurité danse la gigue, qu'il se foute à poil ou qu'il l'embrasse sur la bouche. Il fit un signe autoritaire à sa suite — directeur de cabinet, directeur du protocole, conseillers empressés — qui se figea aussitôt, dépitée de ne pas entendre ce que le commissaire avait à dire. Kinsky prit le bras de Gary Meillan et l'entraîna vers l'escalier Murat.

– Allons dans mon bureau !

# 93

***SPHP, rue de Miromesnil***
***Mercredi, 11 h 30***

Gilbert Furgo n'était pas plus inquiet que cela. Des dingos qui avaient prétendu approcher le chef de l'État, ce n'était pas rare. L'histoire en témoignait. Certains y étaient arrivés, plus ou moins. D'autres avaient raté des attentats, contre de Gaulle, Chirac. Il n'avait donc aucune raison de s'inquiéter. Si ce n'est qu'il avait décelé, dans la voix de son amie Maguy Meunier, un sérieux et une tension dont, en maîtresse femme, elle n'était pas coutumière. Et puis, il valait toujours mieux en faire trop que pas assez. Tout en mesurant l'impact de ce qu'il allait dire, Furgo composa le numéro de portable de Gary Meillan. Message d'accueil, messagerie. Il appela dans la foulée EDEN 10, le PC de sécurité de l'Élysée où on lui répondit que le chef du GSPR était parti « faire la sortie du Conseil ». Il ne répondait pas car il plaçait son portable sur vibreur pour ne pas indisposer le président.

S'il y avait urgence on pouvait le joindre par radio. Furgo se tâta. Quelle était l'urgence ? Qui pouvait prétendre entrer à l'Élysée et parvenir jusqu'au chef de l'État ?

– Dès qu'il a fini, dites-lui de m'appeler ! Mais pas dans deux heures, n'est-ce pas ?

– Le Conseil est terminé, il ne devrait pas tarder.

# 94

***Palais de l'Élysée***
***Mercredi, 11 h 30***

Guerry avait quitté la place que lui avait assignée Gary Meillan dès qu'il avait aperçu le président qui montait au premier étage avec le commissaire. Même si rien n'échappait au quadrillage des gardes républicains en nombre dans le vestibule et aux abords du perron, aucun ne sembla prêter attention au mouvement du grand type qui se dirigeait nonchalamment vers l'escalier. D'autant moins que les ministres commençaient à sortir de la salle du Conseil, tandis que leurs véhicules arrivaient dans la cour d'honneur, à la queue leu leu. Une cinquantaine de journalistes et photographes les guettaient, de part et d'autre de la cour, ou carrément au milieu. Lentement, Guerry monta l'escalier.

– Je vous fais confiance, Gary, dit Frédéric Kinsky, vous le savez. Si vous ne vouliez pas que je reçoive ce commissaire, il ne fallait pas l'amener jusqu'ici. Et s'il y a une chance qu'il m'apprenne quelque chose… Mettez-vous à ma place.

Même en y mettant du sien, Gary Meillan n'aurait pas pu. Il vouait sa vie à son métier, maintenant à « son » président. Il n'y avait pas de place pour qui que ce soit d'autre. Alors, un enfant…

– Bien, monsieur le président, je vais aller le chercher.

Gary Meillan quitta le bureau. Ils étaient restés près de la porte, juste derrière, pour se parler. La main sur la poignée, Frédéric Kinsky ne put résister à lui emboîter le pas tant l'impatience le taraudait, une fébrilité comme il en avait rarement ressenti. Sur le pas de sa porte, il aperçut un homme qui se dirigeait vers l'antichambre et ses hautes fenêtres donnant sur le perron de la cour d'honneur. Il reconnut vaguement le commissaire qu'il avait croisé à plusieurs reprises alors qu'il prenait le train. Son attitude et sa prestance lui firent bonne impression, plus aujourd'hui que les autres fois où il l'avait trouvé quelque peu « farfelu ». Gary Meillan revint précipitamment sur ses pas, semblant chercher quelqu'un. Frédéric Kinsky pointa l'index sur le dos de Guerry.

– Laissez-nous, dit-il à voix basse, faites en sorte qu'on ne nous dérange pas.

Gary Meillan s'exécuta, refoulant sans ménagement les ombres qui venaient aux nouvelles. Même le secrétaire général de l'Élysée, qui prétendait regagner son bureau, fut prié de s'éclipser. En haut de l'escalier, le garde républicain n'en perdait pas une miette, malgré son regard fixé sur la ligne bleue des Vosges. Rassurant. À distance raisonnable, l'œil braqué sur l'étrange couple en train de se former à contre-jour, Gary Meillan sortit son portable de sa poche pour vérifier ses appels. Il vit que Gilbert Furgo avait tenté de le joindre. Il s'éloigna de quelques mètres pour le rappeler sans gêner le président.

– Commissaire Guerry !

Le grand Guerry se retourna d'un bloc, reçut pleine face le visage crispé du président qui s'avançait, s'efforçant de faire bonne figure, la main tendue et un sourire contraint sur les lèvres.

– Bonjour ! lança le commissaire comme s'il avait salué un de ses copains de commissariat ou sa concierge.

Frédéric Kinsky fut instantanément sur ses gardes. Il y avait chez son vis-à-vis une expression de haine telle qu'il eut l'impression que son corps allait le lâcher. Il n'osa pas se retourner pour chercher du secours, c'était inutile puisqu'il avait viré tout le monde. Il espéra seulement que Gary ne lui avait pas obéi et ne se trouvait pas trop loin.

– Vous vouliez me parler de mon fils, émit-il d'une voix qu'il eut du mal à empêcher de trembler.

– Votre fils ? VOTRE fils ?

Interloqué, Frédéric Kinsky ne répondit qu'après un temps de silence troublé par le brouhaha des véhicules qui commençaient à quitter la cour d'honneur, les claquements mesurés des portières et les interpellations des photographes. « Par ici, monsieur le ministre ! madame la ministre, s'il vous plaît ! »

– Mon fils, Adel. Qu'avez-vous à me dire, monsieur le commissaire, je vous en prie !

Le grand échalas pencha la tête de côté, ressemblant subitement à un rapace se demandant par quel bout il entreprendrait de déguster sa proie.

– Vous voulez dire « Abel », je suppose…

Le président se méprit :

– Oui, Adel, mon fils.

– Il n'y a pas d'Adel ! s'emporta l'homme, soudain agité. Je vous parle d'Abel ! A.B.E.L. Vous me l'avez pris…

Il se calma tout aussi vite quand il vit l'expression de Frédéric Kinsky passer de l'abattement à la rage.

– Il fait chaud ici, vous ne trouvez pas ? grogna-t-il.

D'un mouvement heurté, il se déplaça jusqu'à la fenêtre, en saisit l'espagnolette. Instinctivement, le président recula. Ce type ne tournait pas rond. Quelle idée, mais quelle idée de l'avoir laissé monter ? Qu'est-ce qu'il allait faire maintenant ? Il n'eut pas le temps de s'interroger davantage.

– Je sais où est Abel… président ! Mais vous devez savoir une chose. Un voleur reste un voleur quoi qu'il arrive ! VOUS êtes un voleur !

Un détraqué ! Un malade ! Bien sûr qu'il n'avait rien à lui dire sur Adel. Il voulait juste venir jusqu'ici. Pourquoi ? Le balancer par la fenêtre ?

– Vous ne le reverrez jamais ! Vous entendez, président ? Jamais !

Gary Meillan avait enfin en ligne le patron du SPHP dont le téléphone sonnait occupé sans interruption. Il avait fallu qu'il appelle par radio le PC du service, RAMI 75, pour qu'on le prévienne de raccrocher.

– Ah ! Gary, dit un Gilbert Furgo à la voix altérée. On a un léger souci… Je te rassure, c'est sûrement bidon… Il y a un type qui essaierait de s'introduire à l'Élysée pour voir le président, tu vois un peu…

Le sang reflua du cerveau et du cœur de Meillan jusqu'à ses pieds. Il perçut à travers un nuage cotonneux des mots qui achevèrent de le crucifier :

– Fais gaffe quand même, il paraît qu'il est dangereux. En plus, tu vas pas le croire, c'est un collègue. Tu le connais, il s'appelle Guerry. Amaury Guerry des Croix de… Allô ! Allô !

Gilbert Furgo eut beau s'égosiller, son collaborateur ne lui répondit pas. Porté par des jambes en carton-pâte, Gary Meillan courait vers l'antichambre. Il repéra la silhouette du président en ombre chinoise, hurla « attention, président ! » avant de heurter un obstacle humain non identifié qui l'envoya au tapis. La dernière chose qu'il vit, c'est un homme debout sur l'appui de fenêtre et qui plongeait dans le vide.

Le bruit fut épouvantable. Le choc d'un corps qui s'écrase au sol produit le son d'un meuble qui explose. Craquements d'os, éclatement de la peau et, en l'espèce de la boîte crânienne. Les secondes de sidération qui suivirent s'éternisèrent. Le corps avait raté de peu la ministre des Affaires sociales et de la famille, qui répondait aux questions d'un journaliste sur la dernière marche du perron. Le sang et les morceaux de matière grise avaient giclé sur le pantalon d'un chauffeur qui manqua tourner de l'œil. Le Premier ministre fut plaqué au sol par ses gardes du corps, qui n'avaient pas vu tomber le corps et croyaient à une attaque à la bombe. Les sons et les mouvements reprirent très vite au milieu de la pagaille et des cris horrifiés. Les journalistes et les photographes jouèrent des coudes pour immortaliser la scène. Une défenestration sur le perron de l'Élysée ! Le costume de l'homme tombé face contre terre autorisait toutes les suppositions : ministre, conseiller, employé. Compte tenu de sa taille, il ne pouvait s'agir du président, que l'on vit d'ailleurs arriver en courant, flanqué de son responsable de la sécurité.

– Mais c'est qui ? Qu'est-ce qui se passe ?

Frédéric Kinsky écarta les badauds sans ménagement en gueulant après les photographes dont les déclenchements incessants de leurs appareils le mettaient hors de lui.

– Sauvez-le ! cria-t-il au médecin du staff élyséen alerté par un huissier. Il faut le sauver ! Je vous en supplie, sauvez-le !

Le médecin de l'Élysée resta un moment penché sur le corps, tâtant le pouls pour montrer qu'il faisait quelque chose. Il se redressa en faisant de la tête un signe négatif.

Amaury Guerry, ou plutôt Ambroise Guerry des Croix du Marteroy s'était jeté du premier étage, la tête la première, avec toute la force dont il était capable. Il avait rencontré l'arête de pierre de la troisième marche. Son crâne avait éclaté comme une pastèque.

Les cris et les pleurs de Frédéric Kinsky, flashés d'abondance, se perdirent dans la mascarade générale, vite couverts par les sirènes des pompiers et de la police.

***Cette même année,***
***Octobre…***

Les derniers cosmos de la prairie fleurie dont les abeilles s'étaient régalées tout l'été ployaient sous un vent désagréable. Il avait fait beau tous les jours, pourtant, depuis la fin de l'été. Marion, installée derrière la fenêtre, laissa errer son regard sur le ciel où filaient des nuages annonciateurs de tempête. Le jardin du centre de rééducation du Vésinet, dans les Yvelines, s'était vidé de ses habituels éclopés, tantôt motorisés en fauteuils, tantôt soutenus par des béquilles ou des visiteurs compatissants. Quatre mois passés ici lui avaient appris qu'on se plaint trop souvent de tout et de rien quand on est bien portant. Son cas n'était pas le plus dramatique. Elle avait sous les yeux, chaque jour, des gamins de vingt ans qui ne marcheraient plus jamais. Dans quelques jours, elle sortirait. Dans quelques mois, « en janvier si tout va bien », avait dit le corps médical, elle retrouverait la police et le fumet des vestiaires de commissariats. Ce ne serait pas la gare du Nord. Doublement étêtée, la brigade avait été confiée à un nouveau divisionnaire, nommé en juillet. Une femme commissaire lui avait été adjointe pour succéder à Guerry. Page tournée pour Marion et pour ses « tuteurs ». Depuis la Crim, Luc Abadie avait fait ce qu'il fallait pour absorber Valentine Cara à la PJ parisienne. Elle était sur la liste du prochain mouvement administratif.

Marion étira son dos, ses bras, abaissa les yeux sur le paquet de feuilles qui pesait sur ses cuisses. Un rapport d'enquête volumineux, le plus épais qu'elle n'ait jamais eu entre les mains.

Il était à l'en-tête de la brigade criminelle, signé de la divisionnaire Maguy Meunier.

*« J'ai l'honneur de vous rendre compte du résultat des investigations menées dans le but d'établir la participation de*

*– Ambroise Guerry des Croix du Marteroy, né le 20 mai 1981 à Saint-Médard, Eure, décédé,*

*à trois homicides volontaires sur les personnes de*

*– Matej Jelko, de nationalité serbe, né le 3 décembre 2000 à Belgrade,*

*– Mark Van de Root, de nationalité belge, né le 15 juillet 2001 à Bruxelles,*

*– Marysa de Mareil, de nationalité française, psychocriminologue, née le 26 avril 1978 à Paris.*

*dans les circonstances exposées ci-après. »*

Trois morts scandaleuses, comme elles l'étaient toutes. Mais celles-ci plus encore. Auraient-elles pu être évitées ? Marion en était convaincue. Comment Ambroise Guerry, le frère schizophrène, avait-il pu abuser autant de personnes aussi affûtées que des flics, des magistrats, des hauts fonctionnaires ? Et poursuivre son parcours criminel à leur nez et à leur barbe, jusqu'à enlever le fils du président de la République avec une aisance qui laissait pantois ? À travers les lignes et les mots de la procédure, froids, précis, dépourvus de sentiments, Marion lisait la lame de fonds qui avait broyé les dernières ressources de Maguy Meunier, mis en morceaux sa confiance en elle et pour finir, enterré sa carrière. Cette fois, elle avait eu gain de cause, elle allait quitter la Crim. La hiérarchie envisageait de la muter à l'IGS, le cimetière des éléphants. Le dépeçage ne s'arrêterait pas là. Le père de Mark Van de Root avait engagé un bataillon d'avocats pour démontrer que son fils aurait pu être épargné si la police française avait été plus clairvoyante. En écho, un vague oncle de Matej Jelko, pressentant qu'il y aurait de l'argent à prendre, avait pris le relais. Toute la Brigade des chemins de fer était mise en cause pour n'avoir pas vu la grossière substitution opérée à sa tête, la Brigade criminelle dans la foulée pour n'avoir pas compris qu'elles avaient affaire à un usurpateur. Doué et retors, certes, mais quand même. Maguy Meunier défendait bec et ongles ses troupes, y compris Abadie et Cara, mais il n'était pas certain que son sacrifice suffirait à calmer les esprits.

*« Il est avéré que Matej Jelko et Mark Van de Root, après avoir été approchés, l'un en gare de Paris-Montparnasse, l'autre à la descente d'un train en provenance de Bruxelles, ont été enlevés et conduits au domicile de la commissaire divisionnaire Edwige Marion, rue Saint-Vincent-de-Paul à Paris 10e. Si les conditions exactes du contact n'ont pas été démontrées (absence de témoins) le parcours utilisé par Ambroise Guerry emprunte un passage non ouvert au public, qui relie directement la gare du Nord à la cour arrière de l'immeuble d'Edwige Marion. On peut supposer qu'après les avoir convaincus de le suivre, Guerry leur aurait administré un sédatif pour s'assurer de leur docilité. Matej Jelko aurait été amené en voiture jusqu'à la gare du Nord (cf scellés nos 18 et 19, relatifs à des cheveux de Jelko et un téléphone portable de marque Samsung lui appartenant), puis transporté par le passage privatif. Mark Van de Root a pu être conduit à pied depuis la partie nord de la gare du Nord qui révèle plusieurs possibilités de sortie hors la vue du public. Guerry, au fait que l'appartement d'Edwige Marion*

*était placé sous scellés, l'a utilisé pour y séquestrer les deux garçons, enlevant et remettant les scellés à chaque visite. L'état de l'appartement tel que l'ont découvert les officiers Luc Abadie et Valentine Cara ne laisse planer aucun doute à ce propos. De nombreux éléments (PV de perquisition cote 46 et 48, scellés de 50 à 80) en attestent. Par exemple et de façon non exhaustive : serviettes éponges, linges divers portant en abondance les ADN des deux garçons, ceinture Hermès appartenant à Mark Van de Root, pochette de bâches de protection de marque TESA, solution de lavage colique dans le réfrigérateur, enfin, dans le siphon de la baignoire, un amas de restes humains dont, selon les analyses effectuées à l'IML et au laboratoire d'anatomo-pathologie, des fragments de globes oculaires des deux adolescents... Le choix de l'appartement de Mme Marion doit être aussi considéré comme une provocation à son égard. Il est établi en effet qu'Ambroise Guerry n'avait pas abandonné l'idée de lui faire payer sa relation amicale avec Amaury, voire de la supprimer (cf/PV 12 à 18, témoignages recueillis à l'hôpital la Pitié-Salpêtrière). »*

Marion frissonna. Abadie disait que l'odeur était pestilentielle dans l'appartement tandis que Nina, à sa première visite, avait déclaré tout net ne plus vouloir y mettre les pieds. Il y avait de quoi. Comment les deux officiers auraient-ils pu seulement imaginer ce qui s'y était passé, eux à qui l'on reprochait aujourd'hui d'avoir fait le ménage ?

La page n'était pas tournée, l'appartement était de nouveau sous scellés mais, cette fois, la protection des accès avait été renforcée. Plusieurs occupants de l'immeuble, épouvantés d'avoir côtoyé ces horreurs sans rien en soupçonner, avaient déménagé. Marion n'y retournerait plus jamais.

À la fin de l'été, Pierre Mohica était décédé au service de soins palliatifs de Villejuif. Sa maison de la rue de Mouzaïa était revenue à ses filles, qui ne voulaient ni la vendre ni l'occuper. Aux obsèques de Pierre, Jennifer, l'aînée, était venue embrasser Marion, encadrée de ses « tuteurs ».

– Je voudrais que tu occupes la maison de papa, avait-elle dit en serrant ses mains. C'est ce qu'il aurait voulu lui aussi.

L'offre était inespérée. Marion en avait beaucoup parlé avec Abadie et Valentine, le soir, au centre du Vésinet. Pesé le pour et le contre. Une idée avait fini par germer dans sa tête qui se reconstruisait maintenant rapidement.

– Et si on y habitait tous ensemble ?

Cara avait dit non, d'emblée. Liberté, liberté chérie, clamait-elle. Abadie hésitait. Son histoire avec son commandant du périph était bien enterrée elle aussi. Il occupait, depuis fin juin, une chambre meublée rue de Béthune, triste, bruyante. Une maison, un jardin, c'était tentant. Le hic s'appelait Jean-Charles Annoux. Déjà qu'il avait dû le faire changer de groupe, en douceur, cacher aux autres qu'il y avait entre eux, désormais, bien plus qu'une camaraderie professionnelle. S'il fallait en plus faire des acrobaties dans le privé…

– Allez voir la maison ! avait insisté Marion, vous direz non après !

Ils y étaient allés le samedi suivant et étaient tombés sous le charme. Pierre Mohica, pendant les dix années qui avaient précédé la mort de sa femme, avait aménagé cet ancien atelier de plomberie-soudure. Deux niveaux vastes, une cour spacieuse dont il avait fait un jardin avec, au fond, une maison de poupée autrefois occupée par le patron de l'entreprise. Jennifer y avait vécu ses dernières années de célibat. Avec son entrée séparée de la maison principale, elle était idéale pour quelqu'un qui voulait protéger sa vie privée. Le regard appuyé de Valentine montrait qu'elle était au courant des amours secrètes d'Abadie. Ce détail et la maison qui permettait de vivre ensemble sans se marcher dessus l'avaient fait flancher. Cara avait été plus difficile à convaincre. Elle n'avait cédé que sur les instances de Nina. La petite reviendrait à Paris quand sa mère sortirait du Vésinet, à condition qu'elle ne se retrouve pas seule avec elle. Décidément étrange, Nina, mais, à bientôt quinze ans, on pouvait la comprendre. L'évolution de Marion était susceptible de réserver encore quelques surprises qu'une adolescente ne pourrait surmonter. L'installation des tuteurs à la Mouzaïa se ferait en novembre.

*« L'enquête, en absence de témoignages et en raison du décès prématuré du présumé coupable, n'a pas permis d'établir précisément le mobile des homicides. Dans les rapports d'expertise joints au présent, les analyses des psychiatres restent floues, parfois contradictoires. Elles évoquent une schizophrénie hébéphrénique dont il faut chercher les origines dans l'enfance et l'adolescence d'Ambroise Guerry. Cette affection amène des troubles dissociatifs, des phases hallucinatoires et des pulsions morbides. Un blocage de son évolution psychique aurait fixé le meurtrier à l'âge de l'adolescence, au moment de la disparition de son frère jumeau Abel, dans des conditions d'extrême violence. Pour autant, les experts ne s'expliquent pas que l'affection schizophrénique n'ait pas évolué vers une désocialisation sous forme autistique mais ait permis, au contraire, qu'il mène une existence quasi insoupçonnable, capable d'assimiler les éléments de la vie de son frère Amaury pour se les approprier. On peut supposer à cet égard que les dix années passées au centre spécialisé de Toul ont facilité une forme d'insertion et activé chez Ambroise Guerry une capacité à se glisser dans la peau d'un personnage*

*"normal". Des notes de la troisième victime de Guerry, Marysa de Mareil, retrouvées dans ses effets personnels, éclairent la personnalité de l'assassin. On y lit que "le sujet est en quête d'une époque bénie de son enfance, avec un frère ou un cousin qu'il magnifie ou idéalise, qui a souffert, peut-être, et qu'il doit protéger. On l'a privé ou séparé de ce miroir de lui-même et il est à sa recherche". La découverte dans le sac de Marysa de Mareil d'une photo de l'une des victimes, Matej Jelko, conforte cette analyse, par la ressemblance entre les victimes et le frère de Guerry, Abel. Il a été découvert sur la photo de Jelko une trace de salive portant l'ADN d'Ambroise Guerry, issue d'un crachat ou, possiblement, d'un léchage. Une autre réflexion de Marysa de Mareil, notée lors d'une réunion, indique que "après s'être emparé des adolescents, l'auteur est déçu par leur comportement, il doit dès lors les punir et les laisse mourir car ils sont devenus des objets sans intérêt". La manière de les mettre à mort doit être rapprochée de la passion d'Ambroise Guerry pour les techniques de momification. Le fait de les laisser ensuite en évidence serait, lui, à rapprocher de l'analyse de Marysa de Mareil, à savoir que ces victimes-là n'étaient sûrement pas jugées dignes d'être embaumées et traitées avec égards. Ces remarques n'ont pas été reprises par les experts. Toutefois, sans les contredire, on peut tout de même envisager que Marysa de Mareil ait plus ou moins percé la personnalité de Guerry avec lequel elle avait, de surcroît, une relation intime.* »

Marion dut faire une pause : on l'invitait à se rendre à la salle à manger, à l'étage en dessous, pour la collation de 16 heures. Elle déclina l'offre, sa lecture lui ayant coupé l'appétit. Elle se leva, posa le tas de papiers sur son lit et alla jusqu'à la petite table où sa machine Nespresso lui tenait compagnie. Elle se fit couler un « déca » et le sirota en contemplant les arbres du parc, que le vent déplumait sans vergogne. Pourquoi ne l'avait-on pas écoutée quand elle criait à tous que « Guerry n'était pas Guerry » ? Elle avait reconnu l'homme qui peuplait ses cauchemars dans celui qui venait la harceler à l'hôpital. Elle oubliait seulement qu'elle avait été, pendant des mois, incapable d'exprimer sa pensée de façon cohérente. Ses perceptions restaient emmurées dans son cerveau. Les autres ne pouvaient rien entendre. Comment une mystification aussi improbable pouvait-elle passer inaperçue ? Il y avait bien tous ces signes, un comportement atypique, une légèreté professionnelle. Dérangeants mais insuffisants pour que la vérité éclate toute seule. Une vérité qui dépassait l'entendement d'un esprit cartésien. Ainsi que le démontrait le rapport de Maguy Meunier.

*« La somme de doutes nés de l'attitude parfois incompréhensible de Guerry des Croix du Marteroy n'a jamais permis d'aller au-delà, avant le dénouement des derniers jours de juin. Souvent absent de son service pour raisons de santé, le susnommé maniait avec habileté différents subterfuges destinés à faire écran, y compris dans les hautes sphères de l'administration où, à aucun moment, n'a été évoquée une dualité dans l'attitude, les réactions ou la personnalité même de Guerry. Le rapport du psychiatre X... annexé au présent fait état d'un état psychologique post-traumatique, sans aller plus loin. »*

Maguy Meunier tentait de justifier l'injustifiable, ce qui revenait dans chacun de ses rêves et dans ceux des flics qui avaient approché Guerry, longuement parfois, fréquemment, et qui n'en finissaient pas de se demander pourquoi ils étaient passés à côté d'un truc aussi énorme. Pour se consoler, Marion se disait que, au moment où elle aurait pu tenter de se faire entendre, Ambroise Guerry avait déjà tué, deux fois.

*« La substitution de personne a été formellement établie après exhumation du corps du caveau privé de la famille Guerry des Croix du Marteroy à Saint-Médard et comparaison avec celui du suicidé de l'Élysée. La ressemblance physique, mise à mal par les mois d'inhumation, restait néanmoins forte : même taille, même corpulence, même blessure à la tête. En ce qui concerne ce dernier point : la médecine légale n'a pas pu, compte tenu de l'état du corps d'Amaury, démontrer comment l'entaille de 6 centimètres au cuir chevelu lui avait été infligée. Pour le suicidé, en revanche, elle a démontré que, précédemment à une coupure due à un choc contre une portière de voiture, le crâne avait reçu une blessure qui avait arraché la peau et, surtout, éraflé l'os pariétal. Si l'identité parfaite de l'ADN des deux frères a pu tromper les enquêteurs, il aurait pu être démontré facilement par les empreintes digitales, différentes par définition, que le vrai commissaire Amaury Guerry était mort et enterré. Pour autant, si Ambroise Guerry a laissé quelques traces dactyloscopiques sur les différentes scènes de crime, en aucun cas le FNAED ne pouvait les recouper puisque les seules empreintes qui y figuraient étaient celles du mort, Amaury, à qui on avait malencontreusement attribué la responsabilité des crimes découverts au moment de la crue de la Seine*[1]*. Ce point a été démontré après la mort d'Ambroise grâce à l'analyse de séries d'empreintes découvertes rue Lecourbe, au domicile du commissaire Guerry. La présence en ce lieu de deux séries bien différenciées et leur rapprochement avec celles des deux cadavres ont écarté formellement toute autre hypothèse. »*

1. Voir *Crimes de Seine*, Rivages/noir n° 916.

La scène de l'exhumation d'Amaury Guerry avait été racontée à Marion par Abadie qui, en compagnie d'un bataillon de flics et de gendarmes, dynamitaient le château de Saint-Médard à la recherche d'une trace d'Adel Kinsky. Il y avait deux cercueils dans le caveau. L'un contenait la mère des triplés, Aménaïde Guerry des Croix du Marteroy. On n'y avait pas touché. L'autre bière, comme la première, était fixée sur une plaque de marbre. On ne l'avait pas descellée, seulement ouverte pour en extraire le corps d'Amaury. Le cercueil avait été refermé et le resterait le temps de procéder aux expertises medico-légales. Selon Abadie, les abords du caveau de famille avaient fait l'objet d'un examen particulier sans rien révéler malgré la présence d'un expert archéologue. Elle termina la lecture du premier rapport avec le sentiment qu'il manquait quelque chose. Que Guerry, Ambroise, le schizophrène qui ne l'était pas tout à fait, avait encore blousé son monde.

Marion constata que le jour baissait. On était passé à l'heure d'hiver et il ferait bientôt nuit à 17 heures. Elle consulta l'écran de son téléphone. L'heure de l'appel quotidien à Nina approchait. Pour se dégourdir les jambes, elle alla faire un tour dans la salle de bains attenante, se lava les mains en grimaçant comme si les détails abjects qu'elle avait lus risquaient de la contaminer. Le miroir lui renvoya l'image d'une femme mûre. Les traces de la balle avaient disparu sous ses cheveux grisonnants et, bien qu'elle eût besoin d'un bon soin de peau, rien sur son visage ne rappelait ces mois d'épreuve. Ses clavicules saillaient encore mais elle s'était remplumée, remusclée surtout, grâce aux exercices quotidiens.

– Baisable ou pas baisable ? chuchota-t-elle à son reflet.

– Ta gueule ! dit-elle à haute voix tout aussitôt. Tu ne dois pas dire des trucs comme ça !

Avec la récupération quasi totale de sa faculté de mémorisation et de ses souvenirs, elle savourait cette victoire sur la partie de son cerveau encore résistante. Au point que sa répugnance à aborder des sujets sexuels ou à prononcer le mot en public lui valait à présent les critiques d'Abadie, qui n'en était pas à une contradiction près.

Après deux minutes un peu mornes au téléphone avec Nina, qui ne parvenait pas à se décider entre rester à Londres et vivre comme une princesse triste et revenir à Paris pour faire quelque chose de sa vie, Marion entama le deuxième tome. Ce rapport concernait l'affaire Adel Kinsky, les investigations de la Crim, les soubresauts interminables de l'enquête, pour conclure sur un constat d'échec.

« *J'ai l'honneur de vous rendre compte du résultat des diligences menées suite à la disparition de :*

*– Adel, Marie, Jean, Kinsky, né le 1^er^* mai 1999 à Paris 16^e^, *fils de Frédéric Kinsky, président de la République française, et de Clara Barrot, comédienne, époux divorcés.*

*Sont annexés au présent rapport 320 procès-verbaux reprenant l'ensemble des investigations, 60 scellés et 35 rapports d'expertise technique et scientifique.* »

Le rappel condensé des conditions de la disparition d'Adel Kinsky rassemblait une vingtaine de feuillets. Le déroulement des faits tel qu'il avait pu être reconstitué, bien que reconnu pour authentique par tous les experts, n'en paraissait pas moins effarant. Concocté par un fou, un homme qui n'avait peur de rien et ne doutait pas de réussir. Qui disposait d'une motivation profonde, bien que difficile à cerner. Repérages autour de l'école Notre-Dame-des-Oiseaux, entre dix et quinze jours, neutralisation, le dernier lundi de juin, de l'équipe de sécurité. L'officier Berret avait été suivi chez Marie-Claude Moins, dite « Mathilda », abattu, ainsi que la femme, dans l'appartement de celle-ci. Le conducteur du véhicule, Maxime Lavot, y avait ensuite été entraîné sous un prétexte suffisamment fort pour qu'il abandonne le véhicule officiel. Le meurtrier l'avait tué dans le salon de Mathilda avant d'aller récupérer le véhicule Peugeot 508. Après avoir enlevé Adel Kinsky, avec une aisance qui indiquait une grande maîtrise ou l'usage de produits chimiques, il était revenu dans le parking de l'immeuble de la dame Moins et avait opéré le transfert de sa victime de la Peugeot à un autre véhicule stationné là en prévision. Ce scénario était le plus crédible même si l'on ne disposait pas de témoins.

*« Il n'a pas été possible, malgré les multiples investigations et un nombre élevé d'enquêteurs mobilisés sur cette affaire, de déterminer avec certitude l'identité du ravisseur. L'intervention d'un individu isolé a, quant à elle, été établie, du moins pour ce qui est de la phase repérage et enlèvement, étant donné qu'aucun autre élément n'a été mis en évidence à partir de là. Les soupçons qui pèsent sur l'implication d'Ambroise Guerry des Croix du Marteroy se faisant passer depuis plusieurs mois pour son frère jumeau, Amaury, commissaire de police, décédé à Saint-Médard le 25 février dernier, reposent sur les constats suivants :*

*– Le portrait-robot du « guetteur », réalisé grâce aux témoignages des élèves de Notre-Dame-des-Oiseaux, lui correspond à plusieurs titres (taille, corpulence, allure). Confrontés à des photos d'Ambroise Guerry, les témoins se sont montrés moins formels.*

*– Le témoignage de MM. Chris Barbier et Laurent Prax, domiciliés 10* bis *rue Boileau qui ont eu une altercation devant leur immeuble avec un automobiliste le 15 juin. Ils ont réagi à la diffusion du portrait-robot.*

*– Le témoignage de deux agents de la préfecture de police, service circulation-stationnement, qui ont contrôlé l'individu suite à l'incident ci-dessus. Contrôle informel au cours duquel l'homme a montré une carte de police. Les agents ayant relevé le numéro minéralogique du véhicule, il s'avérait que celui-ci était la propriété du ministère de l'Intérieur, direction centrale de la PAF, Brigade des chemins de fer. Son utilisateur habituel était le commissaire Amaury Guerry des Croix du Marteroy.*

*– L'examen balistique effectué au domicile de Marie-Claude Moins, dite « Mathilda » qui démontre, après l'identification de Guerry comme l'auteur possible des trois homicides, que c'est bien l'arme qui lui est affectée, un Sig Sauer... numéro de série (...////...) qui se trouve à l'origine du tir mortel contre Mme Moins.*

*– La mise en cause d'Ambroise Guerry dans les enlèvements suivis de meurtres de deux adolescents, Matej Jelko et Mark Van de Root, et la découverte à son domicile d'un portrait de son frère jumeau Abel, décédé en 1997, apporte un éclairage sur le choix des victimes qui présentent entre elles et avec Abel Guerry une ressemblance troublante. Cela est particulièrement vrai d'Adel Kinsky sur lequel Ambroise Guerry aurait pu effectuer un transfert (cf notes d'expertise de deux psychiatres évoquant cette hypothèse dans des cas de schizophrénie avec blocage traumatique à un stade de l'évolution).*

*– Les propos tenus par Ambroise Guerry au commissaire Gary Meillan et au président de la République lui-même juste avant qu'il ne se défenestre. Traité de voleur d'enfant, M. Kinsky n'a pas compris de quoi il*

*s'agissait. Les notes de Marysa de Mareil ont permis de mieux comprendre ces mots étranges.*

*– L'appel téléphonique d'Ambroise Guerry à la commissaire divisionnaire Meunier quelques minutes avant son suicide, faisant allusion à Adel Kinsky.*

*Bien que l'on ne puisse exclure que ces deux derniers points ne soient que le produit d'un esprit dérangé, ils n'en demeurent pas moins indicatifs d'une forte présomption de participation aux faits d'enlèvement et séquestration. »*

Marion poursuivit sa lecture à la lumière de la lampe de bureau que ses « tuteurs » lui avaient apportée, le seul et unique objet sauvé du déménagement de la rue Saint-Vincent-de-Paul. En dehors de quelques effets très personnels, Marion avait décidé de tout abandonner là-bas. Rien ne pourrait effacer les conséquences de cette année noire mais au moins, en recommençant ailleurs, autrement, la vie serait peut-être supportable.

La suite du rapport criminel était dramatiquement vide et elle pouvait lire, à travers les lignes, le désespoir des enquêteurs, leur impuissance. Également, la pression qu'ils subissaient de toutes parts. Un carcan d'interventions, de menaces, des autorités, de la presse, du président de la République qui, de jour en jour, devenait plus ingérable, dangereux, au dire de certains journaux. La période compassionnelle passée, même ses plus fervents supporters le lâchaient. Son opposition demandait au Conseil constitutionnel l'application de l'article 7 de la Constitution de la V^e^ République qui prévoyait l'empêchement du président d'exercer ses fonctions. Bien que le gouvernement n'ait pas relayé cette démarche, les coups de boutoir avaient affaibli Frédéric Kinsky. Malmené par une situation intérieure et internationale à laquelle il ne pouvait plus faire face, il avait fini par démissionner. Une première dans l'histoire des présidents français démissionnaires. En dehors de Paul Deschanel, qui avait abdiqué pour raisons de santé, les autres avaient jeté l'éponge pour des raisons politiques. Plus que par l'enlèvement de son fils, il avait été laminé par l'échec de l'enquête après la mort de Guerry. Toute la presse avait fait son beurre de son visage torturé, baigné de larmes quand il tournait autour du cadavre du faux commissaire tel un objet télécommandé dont le manipulateur aurait perdu le contrôle. Les caméras avaient filmé la scène et ne s'étaient pas privées de la diffuser pendant des jours et des jours. La suite avait été pour Frédéric Kinsky une lente descente aux enfers. Certains opposants s'en étaient donné à cœur joie, allant même jusqu'à douter de la réalité du suicide de Guerry. N'était-il pas seul avec Kinsky, si l'on exceptait son âme damnée de Gary Meillan quand c'était arrivé ? N'était-il pas coutumier des coups de sang ? Sa cavalcade autour du corps n'était-elle pas la mascarade d'un type abruti de chagrin qui venait de voir s'envoler (on peut le dire ainsi) une chance de retrouver son enfant ?

*« Les investigations les plus poussées ont été conduites :*

*– au domicile d'Amaury Guerry, rue Lecourbe, adresse à laquelle son frère Ambroise a vécu et laissé de nombreuses traces ;*

*– au domicile de Mme Edwige Marion, où avaient été séquestrées les victimes Jelko et Van de Root. Bien que cette probabilité soit nulle en l'espèce, l'appartement ayant été nettoyé pour être occupé par le commandant Abadie avant la date de l'enlèvement. Toutefois la possibilité d'y trouver des indices relatifs à la préparation de l'enlèvement d'Adel Kinsky avait été évoquée. Rien de tel n'a été constaté ;*

*– le bureau d'Amaury Guerry, occupé pendant quelque temps par son usurpateur. RAS ;*

*– dans le véhicule administratif Renault Laguna immatriculé (.../...) utilisé comme voiture de fonction par Ambroise Guerry, alias Amaury Guerry et dans lequel une première série de recherches avait permis de découvrir des éléments relatifs à Matej Jelko. Il est manifeste que ce véhicule n'avait pas été nettoyé. Après un examen extrêmement minutieux, la seule piste envisagée pour le transport est le coffre, seul endroit où a pu être enfermé Adel Kinsky et encore, probablement emballé dans une housse, un drap ou une bâche de chantier ;*

*– le véhicule personnel d'Amaury Guerry, une Toyota Auris, immatriculé (.../...) retrouvé dans un parking de l'avenue Matignon plusieurs jours après le décès d'Ambroise Guerry. Il a été démontré que cette voiture y avait été introduite le jour même du suicide de Guerry à l'Élysée, environ une heure avant. Pas plus que la voiture de service, celle-ci n'a révélé la moindre trace du transport ou du séjour d'Adel Kinsky ;*

*– le château de Saint-Médard, propriété de la famille Guerry des Croix du Marteroy depuis plusieurs générations. Pour les opérations précédentes ayant fait suite à l'enlèvement de Mme Edwige Marion, on peut se reporter à mon rapport du 15 mars de cette année. La propriété, après une série de fouilles, avait été placée sous séquestre avant d'être rendue au fils survivant (a priori Amaury, en réalité son frère Ambroise) au début du mois de juin sur décision du juge d'instruction Leminois. Dans l'espoir de découvrir Adel Kinsky ou des indices démontrant qu'il avait pu y être conduit par Guerry, le château a fait l'objet d'une nouvelle série approfondie d'investigations qui, toutes, sont restées stériles. »*

Marion entendait encore les comptes rendus que lui en faisait Abadie à chacune de ses visites. La Crim et la PTS, les gendarmes et l'IRCGN (là, il avait bien fallu cohabiter, ordres du président lui-même !) s'étaient partagé le territoire, quadrillant, fouillant et analysant chaque centimètre carré du château. D'anciens souterrains avaient été sondés, creusés, déblayés. On avait ré-exploré les douves, d'anciennes salles depuis longtemps inutilisées, le grenier où Anselme Guerry, le père de famille un peu cinglé, enfermait ses garçons pour les punir. Chaque étape montrait un commandant Abadie de plus en plus las, déprimé, parce qu'il n'y avait RIEN. Pas un cheveu d'Adel, pas un objet, pas un bouton de chemise. Les enquêteurs avaient retrouvé intacts les produits achetés à l'épicerie du village, sur la table de la cuisine. Guerry s'était approprié l'ancienne chambre de sa mère où il avait abandonné quelques objets banals et un cahier de croquis inséré dans un vieux livre aux pages racornies. Pas plus qu'ailleurs on n'avait retrouvé de trace d'Adel. Dans le parc, immense et en friche, des sondages avaient été opérés à des endroits suspects. On avait lâché les chiens, utilisé des caméras thermiques, effectué des passages multiples en hélicoptère et avec un tout nouvel engin de reconnaissance expérimenté par les gendarmes. Il permettait, grâce à l'émission d'ondes, de repérer des mouvements infimes, de révéler la moindre modification de terrain : tombe creusée et refermée par exemple. Rien n'avait été décelé.

*« La conclusion provisoire est malheureusement pessimiste en ce qui concerne les chances de retrouver Adel Kinsky vivant, du moins avec les éléments à disposition à ce jour.*

*Les recherches sont poursuivies dans l'hypothèse d'une séquestration de longue durée par un complice de Guerry ou par toute autre personne non directement liée à lui. Ce postulat, s'il permet de garder l'espoir de le retrouver, est néanmoins extrêmement aléatoire car aucun élément n'y conduit, aucune revendication ou demande de rançon n'ayant été formulée à notre connaissance. »*

Bien obligée de l'exprimer ainsi, songea Marion en refermant le rapport. Les voies du pouvoir sont impénétrables et, dans cette affaire qui n'en finissait pas de remuer les esprits, tout était possible.

L'été avait vu les touristes se précipiter dans la capitale sinistrée. Pour la première fois depuis plusieurs décennies, la tour Eiffel, Notre-Dame, le Louvre ou le Sacré-Cœur n'étaient pas les monuments les plus visités. Le palais de l'Élysée les avait relégués au rang de chefs-d'œuvre en péril. Les gens déposaient des bouquets de fleurs et des messages d'espoir, de part et d'autre de la grille. Des femmes vêtues de noir venaient prier, à genoux parfois. Les photos d'Adel réapparaissaient sitôt enlevées.

Un autre président avait été élu après le délai constitutionnel requis. La France sous le choc l'avait choisi parce qu'il n'avait pas d'enfant. C'est du moins ce qu'affirmaient les journalistes et même les analystes politiques qui en appelaient au sensationnel parce qu'ils n'avaient rien d'autre à dire. La politique ne faisait plus recette depuis longtemps.

Le sort d'Adel Kinsky finirait bien, lui aussi, par ne plus intéresser personne.

***Novembre…***

À la Toussaint, quatre mois après la disparition d'Adel Kinsky, le maire de Saint-Médard (Eure) se rendit au château de la famille Guerry des Croix du Marteroy. Il était accompagné d'un représentant de la Conservation des monuments historiques qui avait mission de plancher sur une inscription du site au patrimoine national, maintenant que la propriété du domaine allait revenir à l'État. Le commandant Luc Abadie les accompagnait pour assister à la visite en tant qu'officier de police judiciaire, le château et ses environs n'étant pas encore libérés de la tutelle de justice. Ils étaient suivis d'une équipe de spécialistes et d'experts qui se prononceraient sur l'intérêt de l'opération et les travaux à engager.

La troupe passa en revue les bâtiments et ses dépendances, bien mises à mal par les recherches techniques et scientifiques. Puis s'intéressa aux extérieurs, aux douves et au parc en friche piétiné par les hordes policières. Profitant d'une pause-café offerte par la mairie de Saint-Médard, Luc Abadie sortit de sa sacoche un objet qu'il posa sur la table de la cuisine du château. L'assistance l'observa avec curiosité tandis qu'il interpellait l'homme assis juste en face de lui :

– Monsieur le conservateur des Monuments historiques, pourriez-vous jeter un coup d'œil à ces documents ?

– Mais... oui, volontiers, commandant, de quoi s'agit-il ?

– Un livre ancien où figurent des plans assez grossiers du château et de nombreux commentaires sur sa construction. On y voit notamment que le château n'a pas été beaucoup transformé depuis son édification. Mais il y a un chapitre, à la fin, qui nous interpelle et pour lequel nous n'avons pas d'explication. Tenez !

Abadie ouvrit l'ouvrage à la page en question. On y voyait, dessinées grossièrement, des formes arrondies positionnées en quinconce, sur deux rangées. Il n'y avait aucune indication d'échelle, ni observations. Seule, une légende lapidaire indiquait, en dessous du croquis : « Culs-de-basse-fosse ». Le conservateur, nommé Jacques Dupart, leva un sourcil :

– Cela me semble clair, dit-il, vaguement suffisant. Aucun château de cette époque n'était construit sans ces fameux culs-de-basse-fosse. Des oubliettes où l'on emprisonnait les ennemis capturés et les traîtres au seigneur.

– Oui, nous avions bien compris cela, plusieurs experts nous l'ont confirmé au cours de l'enquête. Regardez ce carnet, s'il vous plaît !

Il tendit par-dessus la table le carnet de croquis découvert avec le livre ancien au moment de la perquisition dans la chambre d'Aménaïde Guerry des Croix du Marteroy et vraisemblablement laissé là par Guerry lui-même. Dupart le feuilleta, observant avec intérêt les dessins au crayon. La ligne de cercles était ici réalisée avec plus de précision et sous différentes perspectives. Des cotes avaient même été ajoutées. Sur un plan de coupe on voyait chaque alvéole, mesurant 1,20 mètre de haut et autant de large, surmontée d'une sorte de conduit de 20 centimètres de diamètre et d'1,50 mètre de longueur.

– Ah ! c'est un ensemble atypique ! s'exclama le conservateur alors que les autres participants se levaient pour regarder les dessins. Il s'agit de cellules pourvues de « cheminées » dont les extrémités affleuraient le sol d'une pièce ou d'un espace quelconque. L'orifice permettait de nourrir et abreuver les prisonniers, mais surtout, de recueillir leur confession… C'était assez barbare, je vous l'accorde, mais n'oublions pas que ces méthodes ont eu cours bien longtemps après, pendant la guerre d'Algérie par exemple, où l'on creusait des trous en pleine nature, pour…

– C'est entendu, monsieur Dupart, l'interrompit Abadie, nous avons obtenu ces explications de la part des experts.

L'homme haussa les épaules, presque vexé.

– Dans ces conditions, je ne vois pas ce que je peux faire pour vous, marmonna-t-il en faisant glisser le carnet à travers la table.

– Je me demandais si vous aviez une idée de l'endroit où l'on construisait ces loges ?

– Vos experts ne le savent pas ? ironisa Jacques Dupart.

– C'est à vous que je pose la question !

– Eh bien, en principe, vous auriez dû les trouver sous la salle des gardes ou, à défaut, à proximité du château, dans un endroit à l'écart d'où l'on n'entendrait pas les cris des détenus…

– Oui, c'est ainsi que nous avons procédé, à partir des informations des spécialistes. Nous n'avons rien trouvé. Que dites-vous de ce dernier dessin ?

Il avait repris le livre et tourné la page décrivant les culs-de-basse-fosse. Un dessin aussi mal dégrossi que le premier montrait une sorte de construction en pierre, de forme indécise, arrondie, qui ressemblait à une borie. Jacques Dupart l'examina longuement.

– C'est peut-être l'entrée des oubliettes, matérialisée par cette cabane en pierre. Dans ce cas, cela signifierait qu'elles se trouvaient bien à l'extérieur du château. Vous avez exploré le parc, à l'ouest et au nord, bien évidemment ?

– Évidemment. Aucune trace de cette cabane. Mais, sur le carnet de croquis, figure une sorte d'escalier métallique, une échelle plutôt, qui part de la borie et descend dans le sol.

– L'échelle devait conduire à l'alignement des « culs-de-basse-fosse », dit un des assistants de Dupart. Tout cela a dû être comblé et a disparu avec le temps.

Le silence s'était abattu sur la cuisine. Abadie ne s'était pas attendu que quelqu'un, fût-il un éminent spécialiste des mœurs moyenâgeuses, lui livre sur un plateau, au détour d'une pause-café, la solution qu'il cherchait depuis des mois. Il était persuadé que ces carnets recélaient la vérité. Il était sûr d'une chose, Guerry n'avait pas amené ces objets dans la chambre de sa mère sans raison. Lui savait ce qu'il en était. Il avait trouvé les caches et s'en était servi. Abadie s'était obstiné, lui, et toute la Crim, à les faire parler. Il s'était cassé les dents et le mystère restait entier.

Une fois les visites des bâtiments et des abords immédiats terminées, ils longèrent les murs d'enceinte jusqu'au flanc nord du parc, dont le mur de pierre surplombait la rivière.

Quand ils en arrivèrent à l'examen du mausolée de la famille, le maire battit sa coulpe. Avoir autorisé le dernier membre de la famille Guerry à entreposer dans la construction les cercueils de son frère et de sa mère était une erreur. L'édile n'était pas seul en cause puisque cette dérogation relevait du préfet du département mais il avait appuyé la demande du dernier héritier Guerry, invoquant une tradition millénaire chez les châtelains. Le conservateur des monuments historiques estima qu'il fallait, dès à présent, déplacer ces bières et les inhumer au cimetière du village, là où elles auraient dû être enfouies d'emblée. Le commandant Abadie ne manifesta pas d'opinion. Ces manœuvres n'étaient pas de son ressort. Pour autant, il se demandait pourquoi le juge d'instruction, le psychorigide Albert Leminois, dont il faudrait solliciter le feu vert pour intervenir, n'avait pas décidé ce transfert dès le suicide d'Ambroise Guerry. Alors que les participants s'apprêtaient à faire demi-tour, le commandant vit l'homme, qui était intervenu à la fin de la discussion dans la cuisine, s'approcher du cercueil vide ayant contenu la dépouille d'Amaury Guerry. Il se pencha, examina la plaque de marbre sur laquelle il avait été fixé. Puis il fit la même chose avec la bière où reposait encore la mère, Aménaïde. Il passa la main sur la pierre froide, se hasardant jusque sous les cercueils. Il tâtonna longuement avant de se redresser. Abadie s'approcha sur un geste du petit bonhomme à lunettes et regarda ce qu'il lui montrait en caressant le marbre comme il l'aurait fait d'une peau accueillante. C'était invisible à l'œil nu, mais au toucher, on la percevait, subtile et presque indétectable : la plaque de marbre présentait une scissure, pile entre les deux sépultures. Le conservateur des Monuments historiques s'y pencha à son tour, subitement excité. Il se mit à genoux, sous l'œil intrigué des autres participants, glissa sa main sous les cercueils, les tâtant centimètre par centimètre. Il finit par s'asseoir sur le sol recouvert de dalles de pierre blanche, puis s'y allongea sur le dos, s'acharnant sur le dessous de la bière d'Aménaïde. Il poussa un petit cri, entre triomphe et dépit :

– Il y a quelque chose, là !

– Quoi ? fit le maire dont la posture en avant montrait l'impatience.

– Je pense qu'il s'agit d'un mécanisme qui permettait d'ouvrir la dalle ! Malheureusement, la manette ou le bouton de manœuvre a été cassé !

Abadie songea à un Guerry s'acharnant à briser les accès d'il ne savait encore quelle infâme prison, brûlant ses ponts avant d'aller se sacrifier sur le perron de l'Élysée.

– Que pouvons-nous faire ? s'enquit le maire, de plus en plus mal à l'aise.

– Il faudrait des techniciens, un serrurier au moins…

En quelques secondes, le maire dégaina son portable. On l'entendit réclamer des hommes de son équipe technique, Bertrand Lefort en particulier, d'urgence, et « tant pis s'il était en congé, il n'y avait qu'à le sortir de son lit ».

Bertrand Lefort était employé aux services techniques de la ville de Saint-Médard depuis que son père, forgeron-serrurier, était mort à l'ouvrage. Lui-même, formé à l'école paternelle, rude et traditionnelle, avait tenté de maintenir l'atelier à flot mais les clients se faisaient rares et il avait dû fermer boutique. La mairie avait racheté l'affaire et embauché le fils Lefort à la tête de l'équipe technique de la commune en raison de ses immenses talents et de son inusable ingéniosité.

– Je connais le système, affirma l'homme après s'être à son tour couché sur le dos pour l'examiner. J'étais gamin mais je me souviens que M. Anselme Guerry venait à la forge pour en bricoler les pièces…

– C'est-à-dire ?

– Il apportait des croquis et mon père fabriquait des éléments sur ses indications.

– Vous saviez de quoi il s'agissait ? insista Abadie d'une voix tendue.

– Moi, non, mon père, je ne suis pas sûr. M. Anselme prétendait qu'il réparait ou remontait un mécanisme d'une vieille rôtissoire dans le château. Mon père disait qu'il se moquait de lui. « Une rôtissoire, il disait, je veux bien me faire curé… » Mais je ne crois pas qu'il aurait pu deviner… Vous voyez, là ? Il y avait une tirette, elle a été sciée, on ne peut pas l'actionner…

– Que peut-on faire, alors ? demanda le maire.

– Enlever le cercueil et voir comment c'est foutu dessous…

Quelques heures plus tard, les Pompes funèbres locales emportaient le cercueil plein, d'Aménaïde, et celui, vide, d'Amaury Guerry des Croix du Marteroy, pour les déposer dans une pièce de la mairie en attendant leur inhumation au cimetière du village. Le juge Leminois n'avait pas osé tergiverser et avait acquiescé à la requête d'Abadie, manifestant, pour une fois, un soupçon de chaleur à la perspective d'une imminente découverte. Bertrand Lefort s'acharna ensuite longuement sur le mécanisme dévoilé par l'enlèvement de la bière. Les spectateurs étaient sur le point de perdre patience, le maire allait donner à ses hommes qui attendaient, haches et masses en main, l'ordre d'exploser la plaque de marbre, quand celle-ci daigna s'entrouvrir d'une dizaine de centimètres. Puis de quelques autres jusqu'à libérer un espace assez grand qui permit de dévoiler une sorte de puits maçonné de deux mètres cinquante de profondeur pour un de diamètre. Sur la paroi, une dizaine de marches en fer étaient scellées. On laissa au commandant Abadie, officier de police judiciaire, l'honneur de descendre le premier.

Un oiseau de proie perché sur un arbre géant, à quelques mètres du tombeau, poussa un cri déchirant. L'assistance frissonna dans la bruine qui noyait le parc. Abadie, sur le point de mettre le pied sur le premier degré de l'échelle de fer, songea que ce glapissement de détresse avait quelque chose d'humain.

Dans la dernière niche des oubliettes, le corps d'Adel Kinsky n'attendrait plus très longtemps.

## Remerciements

Au docteur Yan Hayon, du service de réanimation de l'hôpital de Saint-Germain-en-Laye, pour ses conseils avisés,

À Éric Stemmelen, commissaire divisionnaire honoraire, pour sa connaissance des procédures et du monde de la protection des hautes personnalités.

Composition et mise en pages
Nord Compo à Villeneuve-d'Ascq

Achevé d'imprimer en juillet 2015
sur les presses de Normandie Roto Impression s.a.s.
à Lonrai (Orne)
pour le compte des Éditions Payot & Rivages
106, bd Saint-Germain - 75006 Paris
N° d'imprimeur : 1503055
Dépôt légal : juillet 2015

*Imprimé en France*